Willi Schissler

Im Strom des Verbrechens

Willi Schissler wurde 1949 im Otzberger Ortsteil Nieder-Klingen im Odenwald geboren und wohnt seitdem dort. Nach einer Lehre und einer aktiven Zeit als Bankkaufmann wechselte er 1970 zu einem Institut für Marktforschung in Frankfurt/Main. Er ist verheiratet und hat eine erwachsene Tochter.

Naumann Verlag
Raiffeisenallee 10
82041 Oberhaching

Bildquelle Umschlag: Shutterstock
Lektorat: Miriam Spies
Satz: Fred
ISBN: 978-3-943206-04-3

Willi Schissler

Im Strom des Verbrechens

Gefährliches Pflaster Mümlingtal

Naumann
Verlag

Die Handlung des Romans ist frei erfunden. Jede Ähnlichkeit mit lebenden oder verstorbenen Personen und realen Begebenheiten ist rein zufällig.

Gewidmet meiner Frau Karin,
unserer Tochter Yvonne und
unseren Freunden Bärbel und Jürgen.

Das Schicksal mischt die Karten, wir spielen.
(Arthur Schopenhauer,
deutscher Philosoph, 1788–1860)

1

Mittwoch, 22. Juli

In der Nacht wurde zwischen Bad-König und Zell auf einem Feldweg am Bahndamm eine dunkelhaarige Frau mit zerrissener Bluse und heruntergezogenem Minirock von einem Autofahrer aufgefunden. Der Lichtkegel der Scheinwerfer seines Wagens hatte sie erfasst. Er hielt an, stieg aus, stellte fest, dass sie schwer misshandelt worden war. Ihr Gesicht war angeschwollen, die Lippen waren aufgeplatzt und bluteten. Trotz der Dunkelheit konnte er erkennen, dass ihr ein Schneidezahn fehlte. Sie war völlig durcheinander und murmelte unverständliche Wörter. Er versuchte, sie zu beruhigen, bot ihr an, sie ins Krankenhaus zu bringen, was sie vehement ablehnte: »Nix Krankenhaus! Nix Polissei!« Sie sprach verwaschen mit osteuropäischem Akzent. Offensichtlich hatte sie Alkohol getrunken.

»Wo wohnen Sie? Ich bringe Sie wenigstens nach Hause.«

»Absessen Michelstadt, wenn geht. Danke.«

Der Mann mittleren Alters fuhr näher heran, half der Frau beim Einsteigen und brachte sie nach Michelstadt. Am Stadtrand sagte sie mit schleppender Stimme: »Danke, gutt!«

Er ließ sie aussteigen, wollte zuerst doch die Polizei informieren. Nach kurzem Überlegen entschloss er sich, es nicht zu tun.

Wahrscheinlich eine Illegale. Das gibt nur Scherereien.

2

Der Binnenschiffseigner Johannes Merdinger, von allen Jo genannt, und seine Frau Ottilie saßen an diesem Tag beim Frühstück auf der schattigen Terrasse ihres neuen Bungalows in der Neckarstraße in Höchst im Odenwald. Schon morgens herrschte eine brütende Hitze. Merdinger nahm die Titanbrille ab, hielt sie in der Hand, wischte sein schweißnasses Gesicht mit einem Stofftaschentuch ab. Die hohen Temperaturen machten ihm zu schaffen.

»Du, Ottilie«, meinte er, fuhr sich mit dem Taschentuch abermals übers Gesicht, »wir haben schon seit einigen Jahren keinen Urlaub gemacht. Mal hatten wir wegen des Unternehmens keine Zeit, mal kam etwas Anderes dazwischen, wie zum Beispiel der Bau des Bungalows.«

»Na ja, Johannes. Das mit dem Haus! Da warst du ja selber schuld. Du hättest nicht andauernd auf der Baustelle sein müssen.

Die Baufirma hat gute Arbeit geleistet. Außerdem hat sich der Architekt ständig gekümmert. Er hatte schließlich die Bauleitung. Wir hätten also getrost zumindest mal eine Woche Urlaub machen können.« Sie schaute ihm mit dem Kopf nickend ins Gesicht: »So ist das wohl, gell!«

Ottilie nannte ihren Mann nur *Johannes*, wenn sie Meinungsverschiedenheiten oder gar Streit hatten, was sie keinesfalls scheute. Im Gegenteil, sie stritt reichlich mit. So auch jetzt.

Der beleibte sechsundsechzigjährige, eins fünfundachtzig große Jo Merdinger blickte seine Frau von unten herauf an: »Fang doch nicht wieder damit an, Ottilie. Du hast ja Recht, auf Wolters war Verlass. Aber ich dachte mir, sicher ist sicher. Das ist genau wie in der Firma. Wenn ich nicht da bin, läuft nichts!«

»Das glaubst du!«, gab sie zurück. »Bilde dir bloß nicht zu viel ein. Kennst du dich mit Computern aus? Nein! Mit Aufträgen kennst du dich auch nicht mehr aus. Die Jungs haben mittlerweile neue Quellen erschlossen. Ich bin mir nicht sicher, ob du das überhaupt weißt.«

»Na, na, na, Ottilie, jetzt übertreibst du aber! So ist es nun auch wieder nicht«, wiegelte er ab.

»Doch Johannes, so ist es. Aber lassen wir das. Darüber haben wir oft genug diskutiert.«

»Jaja, wenn du nur das letzte Wort haben kannst!«

»Ich wusste nicht, dass du noch etwas sagen willst«, konterte sie gelassen. »Außerdem rück mal deine komische Perücke zurecht. Die hängt ganz schief auf deinem Kopf.«

»Scheiß Hitze!« Jo Merdinger verzog das Gesicht, nahm die schwarze Perücke von seinem kahlen Schädel, legte sie auf einen Stuhl, ergriff das *Odenwälder Echo*, das er kurz zuvor aus dem Briefkasten geholt hatte. Er setzte die leicht getönte Brille wieder auf, schlug den Sportteil auf, begann zu lesen. Zwischendurch trank er Kaffee, biss in sein drittes, dick mit Leberwurst bestrichenes Schwarzbrot. Unvermittelt zog er die Augenbrauen hoch. Die Höchster Fußballer hatten schon wieder ein Testspiel verloren, diesmal 1:4 gegen den VFL Michelstadt. »Wenn die so weitermachen, steigen sie in der neuen Saison ab«, knurrte er schlechtgelaunt. Da würde sein jährlicher Zuschuss auch nichts nützen. Über die wirkliche Summe, die er sponserte, sprach er nicht.

»Der frisst sich noch zu Tode«, murrte die fünfundsechzigjährige Ottilie vor sich hin.

Sie war genau das Gegenteil von ihrem Gatten, was die Figur betraf. Ottilie Merdinger war eins einundsechzig klein, schmal, hatte braunes, grau durchsetztes, kurzes Haar. Eine Lesebrille mit silbernem Gestell saß ständig auf ihrer Nasenspitze. Sie schaute ihn verächtlich an: »Mach doch mal langsam mit der Völlerei. Du wirst eines Tages platzen!«

»Du würdest besser auch tüchtig essen. Du siehst ja aus wie die teure Zeit«, knurrte er bissig.

»Und man könnte meinen, du seist schuld daran«, gab sie spitz zurück, stand auf, brachte Tasse und Teller in die Küche, stellte sie in die Spülmaschine. Als sie sein Geschirr wegräumen wollte, maulte er: »Bin noch nicht fertig!« Er nahm sich ein weiteres Stück Schwarzbrot, belegte es mit sechs Scheiben Pfeffersalami. Seine Frau schüttelte den Kopf. Ärgerlich winkte Merdinger ab, widmete sich wieder der Zeitung. Ottilie schaltete den Geschirrspüler ein, rief hinaus: »Was ist jetzt? Machen wir Urlaub oder lassen wir es sein? Ich bin sicher, dass dir wieder irgendeine Ausrede einfällt.« Sie ging zurück auf die Terrasse: »Du wirst das vorhin doch nicht ernst gemeint haben? Das mit dem Urlaub!«

Jo schaute von der Zeitung auf, legte sie beiseite: »Doch! Und ob ich das ernst gemeint habe! Sehr ernst sogar!«

»Gut! Wo fahren wir hin?«

»Wenn du willst, an die Ostsee«, sagte er, nun wesentlich besser gelaunt. »Oder sonst wo hin. Such etwas aus. Du kennst dich im Internet besser aus als ich.« Stöhnend fügte er hinzu: »Aber keine heiße Gegend. Hier ist es zurzeit heiß genug.« Er tupfte sich mit dem Taschentuch die schweißnasse Stirn.

»Mhm«, freute sich Ottilie, »Ostsee! Das klingt nicht schlecht. Vielleicht Rügen? Oder Warnemünde? Wie lange wollen wir wegbleiben?«

»Das muss ich noch mit den Jungs abklären. Mach ich dann.« Merdinger hatte sein opulentes Frühstück beendet, setzte die Perücke auf, erhob sich ächzend vom Stuhl. Sie schaute ihn an, drehte sich um, ein Grinsen überzog ihr Gesicht. Der mit seiner Perükke! Meine Güte! Aus dem Alter, wo ihm die Frauen nachschauen, ist er doch längst raus. Sie schüttelte den Kopf. Alter Spinner!

3

Der ältere der beiden Söhne, Hartmut, vierzig Jahre alt, wohnte in Hetschbach bei Höchst mit seiner Frau Katharina, einer ehemaligen Schulfreundin, dem achtjährigen Thomas und der sechsjährigen Bettina in einem hellgelb verputzten doppelstöckigen Haus. Ein hübscher Garten mit Gemüsebeeten und verschiedenartig blühenden Blumen befand sich hinter dem Haus. Der gepflegte Rasen neben dem mit Verbundsteinen gepflasterten Hof rundete das nahezu perfekte Bild ab. Das Grundstück lag von Zypressen umsäumt am Waldrand.

Der ein Meter achtundsiebzig große Hartmut war einer der Schiffsführer des Familienunternehmens *Merdingers Binnenschifffahrt,* das vier Frachtschiffe besaß. Sein eigentliches Zuhause waren überwiegend Deutschlands Flüsse und die der angrenzenden Länder. Derzeit war er unterwegs auf dem Main.

Der andere Sohn Stefan wohnte in Sandbach in einem Appartement. Stefan war Junggeselle, hatte dunkelbraune, rechtsgescheitelte Haare. Er besaß zwar auch alle Patente, die er als Schiffsführer der Binnenschifffahrt benötigte, kümmerte sich aber im Büro als Disponent um Aufträge, damit die Schiffe der Reederei Merdinger ausgelastet waren. Er sollte künftig die Geschäftsleitung übernehmen.

4

Jo Merdinger verabschiedete sich von Ottilie. Er ging am Swimmingpool vorbei zur Doppelgarage, wo sein Mercedes neben dem Beetle seiner Frau stand, setzte sich in den Wagen und fuhr ins Büro in die Bismarckstraße. Die Luft über dem heißen Asphalt der Straße flimmerte, Blumen in manchen Gärten hängten schon am Morgen die Köpfe. Vom endlos blauen Himmel brannte die Sonne. Es war ungewöhnlich still. Jo hatte den Eindruck, als wäre es selbst den Vögeln zu heiß, um ihre Gesänge anzustimmen. Er hätte es verstehen können.

Zwei Männer waren ihm in ihrem Wagen gefolgt: »Das ist also das Büro von *Merdingers Binnenschifffahrt.*« Der eine schaute hinüber zu dem verklinkerten Bürohaus mit dem flachen Dach. »Nicht schlecht. Da sieht man doch gleich, wie die Gelder verteilt sind.« Der schmale Mann stieß dem Fahrer des Wagens leicht den Ellbogen in die Rippen. Dieser hüstelte leise: »Das kann man wohl so sagen.« Er grinste.

In dem vierstöckigen Gebäude hatten noch zwei weitere Firmen ihren Sitz, eine Versicherungsagentur und ein Reisebüro. Merdinger stellte den Wagen auf dem reservierten Parkplatz ab. Als er in sein Büro ging, saß seine Assistentin Veronica de Silva bereits im Vorzimmer, sortierte die Post. Einen Teil hatte sie schon auf den wuchtigen Eichenholzschreibtisch ihres Chefs gelegt. Die Kühle in den Büroräumen, erzeugt durch die Klimaanlage, empfand Jo als sehr angenehm. Hitze mochte er nicht, was vermutlich seiner beträchtlichen Leibesfülle geschuldet war.

»Moin, Vroni«, grüßte er freundlich. »Na, schon bei der Arbeit?« Er nickte wohlwollend. »Fleißig, fleißig!«

»Guten Morgen, Herr Merdinger.« Veronica staunte. Sie war es nicht gewohnt, dass der Chef schon morgens so gute Laune hatte, kümmerte sich aber nicht weiter darum, öffnete den nächsten Brief. Ihr fiel auf, dass seine Perücke schief saß. Immer dasselbe! Wozu braucht er die? Alter Sack! Sie ging zu ihm hin, deutete auf die Perücke, ging zurück an ihren Arbeitsplatz. Jo Merdinger verstand. Es war nicht das erste Mal, dass Veronica ihn auf den Sitz der Perücke aufmerksam machte. Er ging zum Waschraum, schaute in den Spiegel. »Scheißding!«, fluchte er, rückte die kurzhaarige Perücke zurecht, ging zurück, setzte sich auf seinen ledernen Chefsessel, schaute nachdenklich aus dem Fenster. Dann griff er in die oberste Schublade seines Schreibtisches, nahm eine Montecristo Edmundo, eine ausgezeichnete Havanna, aus einem Holzkästchen, zündete sie mit einem langen Streichholz an. Dabei stellte er fest, dass die drei Blumenstökke auf der Fensterbank recht traurig aussahen. Er schaute sich um. Auch die Zimmerpalme machte einen mickrigen Eindruck. Jo Merdinger wunderte sich über sich selbst. So etwas fiel ihm normalerweise überhaupt nicht auf.

»Vroni, ruf meine Söhne an. Die *Cristan von Hoiste* müsste jetzt ungefähr Wörth erreicht haben. In dreißig Minuten kurzes Meeting auf dem Schiff«, rief er knapp ins Vorzimmer.

»Soll ich mitkommen?«

»Nein«, gab der Chef zur Antwort, »sonst hätte ich dir das ja wohl gesagt, nicht wahr?«

»Jaja«, flüsterte seine Assistentin, rief zuerst Hartmut auf dem Schiff, dann Stefan in seinem Büro an, informierte anschließend Jo Merdinger: »Hartmut legt vor der Schleuse in Klingenberg an, Stefan kommt dann zu Ihnen.«

»Sag ihm, wir treffen uns in fünf Minuten draußen auf dem Parkplatz. Und gieß mal wieder die Blumen, auch die Palme. Die sehen aus, als hätten sie eine ganz trockene Zeit hinter sich.« Mokant, trotzdem freundlich, sagte er halblaut: »Aber lass dir ruhig Zeit, sie werden's noch eine Weile aushalten.« Genüsslich an der Montecristo ziehend schlenderte er aus dem Büro, blies den Rauch in die Luft, schnupperte. Er liebte das Aroma der edlen Zigarre.

Veronica verstand sehr wohl die Ironie ihres Chefs, rollte die Augen, informierte Stefan Merdinger, stand auf, holte die Gießkanne aus dem Abstellraum. Sie öffnete ein Fenster, wedelte den Rauch der Montecristo aus dem Vorzimmer, nörgelte: »Keiner qualmt hier in den Büros. Keiner! Außer ihm! Der Alte macht was er will. Kein Wunder, wenn die Pflanzen über die Wupper gehen.« Sie war sauer, schaute mit gerunzelter Stirn aus dem offenen Fenster, atmete die schon ziemlich warme Morgenluft ein.

Die Männer im roten Corsa fuhren gerade weg, als Veronicas Chef durch die Glastür das Bürohaus verließ, eine weiße Rauchwolke zog an ihm vorbei. Er hatte wohl heftig an der Zigarre gezogen.

Veronica de Silva schüttelte verständnislos den Kopf. Dann musste sie lachen. Seine Perücke saß schon wieder schief.

Die Assistentin Jo Merdingers wohnte im Otzberger Ortsteil Lengfeld in der Borngasse in einem ehemaligen Bauernhaus. Sie war sechsunddreißig Jahre alt, schlank und eins siebzig groß. Lange schwarze Haare umrahmten ihr schönes, gebräuntes Gesicht. Seit zwei Jahren lebte sie von ihrem Mann getrennt. Juanito Alberto de Silva hatte sie wegen einer Affäre verlassen, die sie mit einem glutäugigen Sizilianer hatte und war zurück an die Costa Blanca im Südosten Spaniens gegangen. Nachdem der Italiener sich plötzlich nicht mehr sehen ließ, bereute sie bitter diese Affäre und versuchte Juanito zu erreichen, konnte aber nicht herausfinden, wo er sich aufhielt. Seine ehemalige Adresse in Alicante lautete inzwischen auf einen anderen Namen. Eine Familie Ortez-Virgen wohnte jetzt in der Wohnung am Parque El Palmeral. Sie hatte Juanito nicht wieder gesehen, gab aber die Hoffnung nicht auf, ihn zu finden und sich mit ihm zu versöhnen.

Veronica de Silva vertrat immer ihre Meinung, auch ihrem Chef gegenüber. Deswegen gab es hin und wieder Diskussionen. Trotz allem war ihr Verhältnis zu Jo Merdinger durchweg gut.

Es wurde gemunkelt, Hartmut Merdinger würde sich für sie interessieren, jedoch konnte es niemand mit Gewissheit sagen. Der goldene Ring mit dem blauen Saphir, den sie an der linken Hand trug sollte angeblich ein Geschenk vom Schiffsführer sein. Ebenso das schmalgliedrige Goldkettchen, dessen Anhänger aus drei Blausaphiren bestand und ihren schlanken Hals zierte. So vermutete die große, sehr bieder wirkende Assistentin Stefan Merdingers, deren schmale Figur auf das tägliche Training in einem Höchster Fitnessstudio zurückzuführen war.

5

Pünktlich eine halbe Stunde später saßen Hartmut und Stefan ihrem Vater gegenüber auf Sesseln aus feinstem Nubuk, die um einen Edelstahltisch mit getönter Glasplatte gruppiert waren.

Gegenüber der Sitzgruppe befanden sich eine moderne Einbauküche aus Ahorn sowie eine Essecke aus dem gleichen Holz. Der gesamte Raum war an den Wänden mit Teakholz getäfelt. Ein wunderschöner Kontrast, der von dem surrealistischen Kunstdruck *Weiche Uhren* des exzentrischen spanischen Künstlers Salvador Dalí noch unterstrichen wurde wurde.

Jo Merdinger hasste Unpünktlichkeit. Für ihn gab es keine tausend Farben, was geschäftliche Dinge betraf. Für ihn gab es nur Schwarz oder Weiß. Ende! Das wussten seine Söhne.

»So, Jungs«, begann er, »reden wir nicht lange herum. Ich will mit eurer Mutter Urlaub machen. Wann passt es euch?« Er trommelte mit den Fingern einer Hand auf den Tisch, nahm eine Montecristo aus dem Etui, das er aus seiner Herrenhandtasche zog. Hartmut kräuselte die Stirn, zeigte auf die Zigarre, schüttelte den Kopf.

»Dann halt nicht«, knurrte Jo, steckte Zigarre und Etui wieder weg. »Also ... wann passt es euch?«

Seine Söhne schauten ihn erstaunt an. »Du willst Urlaub machen? Mit Mutter? Ist das dein Ernst? Das glaub ich nicht!«, meinte der sechsunddreißigjährige Stefan grinsend.

»Doch, Freunde! Ihr habt richtig gehört! Ich mache Urlaub! Mit Mutter!« Er schob die Brille auf die Perücke, die augenblicklich wieder schief saß. Seine Söhne konnten ein Grinsen nicht unterdrücken.

»Jawoll!«, bekräftigte er. »Sie sucht schon den Urlaubsort aus.«

»Aber Vater, ihr könnt doch Urlaub machen, wenn es euch passt«, schaltete sich Hartmut ein. »Ihr habt doch wirklich genug gerackert. Stefan und ich sind halt ein wenig überrascht, weil wir nicht gewohnt sind, dass ihr Urlaub machen wollt.«

»Nun ja, das Unternehmen, der Hausbau. Das hat uns schon sehr beansprucht. Ich wollte euch doch nicht im Stich lassen. Und will es eigentlich auch jetzt nicht, aber ich habe eurer Mutter den Urlaub versprochen.« Er stand auf, ging zum Fenster, schaute über den Main, dessen Wellen sich leicht kräuselten. Einige Segelboote schaukelten gemächlich am anderen Ufer.

»Nun mach mal halblang. Wir meistern das schon. Keine Sorge.« Hartmut blickte seinen Vater fragend an: »Wie lange wollt ihr denn bleiben?«

Jo drehte sich um: »Also zwei Wochen sollten es schon sein. Oder meint ihr, das sei zu lange?«

»Nein, nein. Fahrt für zwei Wochen weg.« Hartmut wandte sich seinem Bruder zu: »Kein Problem, oder?«

»Kein Problem«, antwortete Stefan kurz.

»Okay, dann will ich mal Ottilie anrufen«, entgegnete Jo Merdinger. »Was das Unternehmen angeht, besprechen wir uns später.« Er wollte das Zigarrenetui aus der Tasche holen. Er ließ es sein, zuckte die Schultern, griff zum Handy. Hartmut nahm seinen Bruder am Oberarm: »Komm!« An Deck scherzte er: »Ob es wohl ohne ihn geht?« Sie grinsten sich an.

6

Der Binnenfrachter *MS Odenwald* war unterwegs von Budapest nach Aschaffenburg. Die Stammholzladung aus Ungarn musste im Aschaffenburger Hafen gelöscht werden. Der im Breuberger Ortsteil Neustadt geborene Schiffsführer Dieter Röhm, ein neunundvierzig Jahre alter, ein Meter achtundachtzig großer, kräftiger Mann mit schwarzen, kurzgeschnittenen Haaren kümmerte sich via Internet um einen neuen Auftrag. Zweitausendeinhundert Tonnen Getreide sollten in Hanau geladen und nach Trier transportiert werden. Auf seinem Kopf saß wie immer die unvermeidliche dunkelblaue zerknautschte Schiffermütze. Er nahm sie nur zum Duschen und Schlafen ab. Seine Frau Femke, eine blonde Holländerin mit derbem Gesichtsausdruck, stammte aus Maastricht. Sie bereitete gerade das Essen zu als der Schiffsführer die Küche betrat. Er knurrte »Was gibt's 'n heut?«

»Sieh doch selbst!«, gab sie unfreundlich zur Antwort, wischte ihre Hände an der geblümten Schürze ab.

»Mhm!«, knurrte er abermals, hob den Deckel der Pfanne: »Schnitzel wär mir lieber.« Er schaute in den Topf auf der anderen Platte des Herdes: »Und auch noch Fußballgemüse!« Er rümpfte die Nase.

»Hätte mich auch gewundert. Gäbe es Schnitzel, wolltest du Bratwurst. Gäbe es Blumenkohl, wolltest du Rosenkohl.« Sie blickte ihn kopfschüttelnd an: »Heute gibt's eben Bratwurst mit Rosenkohl.«

»Kartoffeln?«

»Auch.«

»Wenigstens etwas, das ich mag«, brummelte er. Die stämmige Femke winkte ab. Sie war vor wenigen Wochen vierundvierzig Jahre alt geworden. Die Haare hatte sie zu einem unmodernen Knoten hochgesteckt. Man sah ihr die harte Arbeit auf dem Schiff an. Femke kümmerte sich nicht nur um die Küche, sondern half auch beim Reinigen des Schiffes mit. Die gesamte Planung von Haushalt und Familie auf dem Wasser lag in ihren Händen. Sie meisterte die Aufgabe, wenn auch meistens übel gelaunt.

Ihre Tochter kam hinzu: »Hunger, Mama! Ich habe einen fürchterlichen Hunger!« An ihren Vater gewandt, sagte sie erstaunt: »Was machst du denn hier? Das kenn' ich ja gar nicht. Ich war immer der Meinung, du hättest die Küche noch nie von innen gesehen. Willst du jetzt etwa Koch werden?« Sie grinste: »Vergiss es Papa, Schiffsführer kannst du besser.«

»Wahrscheinlich hast du Recht.« Dieter Röhm umarmte seine einundzwanzigjährige blonde Tochter Mila. Sie war nur in der Zeit, in der sie Urlaub hatte, auf dem Schiff.

So freundlich wie in diesem Moment war Röhm äußerst selten. Und wenn, dann nur zu seiner Tochter, die er sehr liebte. Ansonsten war er eher ein sturer Mensch, der allen mit viel Misstrauen begegnete.

An Bord waren noch zwei Matrosen und zwei weitere Männer, Bekannte von Röhm. Diese beiden Männer warteten im Steuerhaus auf ihn. Als er kam, schauten sie sich vorsichtig um, niemand sollte hören, was sie zu bereden hatten.

»Wie gehen wir vor?«, fragte der eine mit hoher Stimme.

»Das ist doch wohl eure Sache«, antwortete Röhm barsch. »So war es abgemacht. Ihr wisst doch, worum es geht.« Er setzte sich auf seinen Sessel am Steuerpult. »Die Adresse habt ihr ja.«

Der andere Mann schnaufte: »Okay, den Merdinger werden wir um einige Euros erleichtern.« Er schaute seinen Partner an: »Dann mach mal einen Plan.«

»Mhm!«, knurrte sein Gegenüber. »Mach ich. Gegen ein gewisses Entgelt.« Er schaute zu Röhm hinüber: »Klar, oder?«

»Klar«, gab Dieter Röhm mit finsterem Blick zurück. »Aber es muss alles reibungslos klappen. Ich will da nicht mit hineingezogen werden. Auch klar!« Er blickte grimmig die beiden Männer an. »Termin steht?«

»Termin steht«, bestätigte die hohe Stimme.

7

Ottilie Merdinger hatte im Internet ein exklusives Hotel in Sellin auf Rügen gebucht.

»Na siehste«, lächelte Jo seine Frau an, »wird was mit unserem Urlaub. Wie ich es dir versprochen habe.«

»Ich wollte, wir wären schon dort … und könnten die zwei Wochen bleiben, die ich gebucht habe.«

»Aber Ottilie, warum so misstrauisch?«

»Na ja!« Sie machte ein ernstes Gesicht, wiegte den Kopf. Jo Merdinger rief seine Assistentin an: »So, Vroni, wir sind für die nächsten zwei Wochen auf Rügen. Sollte etwas Wichtiges sein, kannst du mich auf dem Handy erreichen.«

»Alles klar.«

»Gut. Dann hätte ich noch eine kleine Bitte.«

»Ja, Chef?«

»Schau doch im Bungalow in Höchst hin und wieder nach dem Rechten. Stefan hat die Schlüssel.«

»Ja, mach ich gerne. Schönen Urlaub, grüßen Sie Ihre Frau.«

»Danke.«

Während Ottilie nach dem Abendessen die Koffer packte, sagte ihr Mann: »Ich geh mal noch einen trinken. Hier bin ich dir ja nur im Weg.«

»Ja, geh nur«, erwiderte sie. »Da gibt es wenigstens keine Diskussionen wegen der Kleider, die wir mitnehmen oder auch nicht.«

8

Donnerstag, 23.Juli

Jo und Ottilie Merdinger fuhren morgens los nach Sellin auf Rügen. Im Wellnesshotel *Golden Riff* checkten sie ein.

In Höchst in der Reederei *Merdingers Binnenschifffahrt* ging alles seinen gewohnten Gang. Der Chef wurde von niemandem vermisst, im Gegenteil. Die Söhne Hartmut und Stefan hatten alles gut im Griff. Hartmut, wie immer auf dem Fluss, Stefan hatte die Geschäftsleitung im Büro übernommen. Seine Assistentin, die grauhaarige Irma Kronauer sprach ihn darauf an, wann es so weit sein würde und er die Geschäftsleitung nicht nur als Urlaubsvertretung übernehmen würde.

»Das kann noch lange dauern«, gab er zur Antwort, »der Alte will das Zepter einfach nicht aus der Hand geben. Ist ja schon verwunderlich, dass er mit Mutter in den

Urlaub gefahren ist.« Er lehnte sich im bequemen Chefsessel zurück, verschränkte die Arme. »Bis dahin, Irma, bist du wahrscheinlich längst in Rente.«

9

Spätnachmittags kam Hartmut Merdinger nach Hause. Er hatte an der Schleuse in Obernau angelegt, seinen Wagen mit dem Kran von Bord der *MS Cristan von Hoiste* gehievt und war nach Hetschbach gefahren.

Seine Frau wurde am nächsten Tag vierzig. Er wollte einen Tag vorher zu Hause sein, um mit ihr und den Kindern den Abend und den nächsten Tag zu verbringen. Da seine Eltern im Urlaub waren, wollten sie erstmal nicht so groß feiern. In zwei Wochen sollte dann alles im *Hotel & Restaurant Zur Krone* in Hetschbach nachgeholt werden.

Mit Erstaunen sah er, dass das Garagentor offenstand. Katharinas Audi stand nicht in der Garage. Ein ungutes Gefühl kam in ihm auf. Er hatte am Vormittag mit ihr telefoniert und ihr gesagt, wann er ungefähr heimkommen würde. Auch vermisste er die Kinder Thomas und Bettina. Wo waren sie? Er kratzte sich am Kinn, stellte den metallicblauen

BMW X3 auf der Straße ab. »Merkwürdig!« Hartmut Merdinger ging zum Haus. Die Eingangstür war nur angelehnt. Er rief nach Katharina. Keine Antwort. »Bettina! Thomas!« Nichts! Er schaute in jedem Zimmer des Hauses und im Garten nach. Auch nichts! Er versuchte, seine Frau auf dem Handy zu erreichen. Sie nahm nicht ab. Jetzt wurde ihm klar, dass etwas passiert sein musste. Panische Angst erfasste ihn, er rannte zu einem über fünfzig Meter entfernten Haus. Franz und Monika Wegner, ein kinderloses Ehepaar, waren die nächsten Nachbarn.

Monika Wegner, die gerade die Gardinen am Wohnzimmerfenster abnahm, um sie später zu waschen, sah ihn schon von Weitem. Sie öffnete das Fenster, rief laut: »Hartmut, ist was passiert?« Von den Bäumen im Garten gurrten unaufhörlich wilde Tauben. Monika knurrte: »Luftratten!« Sie schloss genervt das Fenster, ging zur Tür und öffnete sie. Ihr Cockerspaniel bellte.

»Katharina und die Kinder sind weg, die Haustür ist nur angelehnt. Ich weiß nicht, was ich machen soll«, schrie Merdinger entsetzt.

»Jetzt komm erst mal herein.« Monika Wegner machte eine beschwichtigende Handbewegung, gab dem Cocker einen Klaps. Der verdrückte sich mit hängendem Kopf in die Küche, wo er weiterbellte. Sie schloss die Küchentür, das Bellen steigerte sich zu einem jämmerlichen Jaulen. Sie schnarrte: »Blöder Köter!«

Hartmut betrat den Flur. Er war völlig aufgelöst, brachte kein Wort heraus, musste tief durchatmen. Sie nahm ihn am Arm, führte ihn ins Wohnzimmer, deutete auf einen Sessel: »Setz dich und beruhige dich. Katharina ist bestimmt zum Einkaufen gefahren und hat jemanden getroffen, den sie kennt. Da hat man sich schnell verplaudert. Sie wird sicher bald nach Hause kommen.« Monika Wegner lächelte, legte die Hand auf seinen Arm: »Ist mir doch auch schon passiert.«

»A-aber, Moni, das ist nicht ihre Art«, keuchte er. »Und die Tür? Warum war die nur angelehnt?«

»Die hat Katharina wahrscheinlich nicht richtig zugezogen.«

»Ja! Aber …« Merdinger hob hilflos beide Arme. »Obwohl … vorkommen kann das.« Er versuchte, ruhiger zu werden, klare Gedanken zu fassen, wählte abermals die Handynummer seiner Frau. Nichts! Er räusperte sich, schaute die Nachbarin ernst an: »Da ist was passiert!

Ich spüre das. Da stimmt was nicht! Moni, da stimmt was nicht! Ich habe Angst!« Verzweifelt raufte er sich die langen schwarzen Haare. »Ich muss sofort zur Polizei. Sofort!«

»Jetzt warte doch mal. Franz ist bei einem Freund. Ich rufe ihn an. Warte, bis er kommt.«

»Nein, nein. Du kannst ihn meinetwegen anrufen, aber ich fahre jetzt gleich zur Polizei.« Er sprang auf, eilte aus dem Haus der Wegners zu seinem Wagen, setzte sich hinein, startete den Motor. Mit Glubschaugen starrte ihm Monika Wegner nach. Hartmut Merdinger fuhr in rasendem Tempo zur Polizeistation nach Höchst in die Aschaffenburger Straße. Als er aussteigen wollte, klingelte sein Handy, *Katharina* stand auf dem Display. Er seufzte: »Endlich!« Er meldete sich. Eine monotone Stimme, die wie ein Automat klang, sagte leise, aber deutlich: »Wir haben ihre Frau und ihre Kinder. Keine Polizei! Ich warne Sie! Keine Polizei! Und zu niemandem auch nur ein Wort! Haben Sie verstanden? Sie hören wieder von mir.«

Voller Entsetzen sagte Hartmut heiser: »Aber warum? Was ist denn los? Ich will mit meiner Frau sprechen.«

»Später!« Ein Knacken beendete das Gespräch.

10

Katharina Merdinger war mit ihren Kindern Thomas und Bettina kurz nach Mittag zum Einkaufen nach Höchst gefahren. Zwei Männer hatten sie beobachtet, als sie aus dem Haus gingen und wegfuhren. Sie warteten.

Über eine Stunde später war Katharina zurückgekommen, hatte den Wagen im Hof abgestellt und die Einkäufe ins Haus gebracht. Die Kinder waren hinter ihr hergegangen. Thomas hatte die Tür zugezogen, aber sie war nicht eingerastet.

Einer der Männer eilte gebückt durch den Garten hinterm Haus, sah, dass die Eingangstür nur angelehnt war. Er stieß sie sachte mit dem Fuß auf, schlich in den Flur, versteckte sich hinter der Garderobe, hörte, wie Katharina mit den Kindern sprach: »Ich wollte eigentlich heute mit euch ein wenig wandern. Aber das verschieben wir. Wir haben wegen der Feier morgen genug zu tun. Außerdem kommt heute Nachmittag euer Vater. Da ist es doch schön, wenn wir daheim sind. Einverstanden?«

»Ja klar, Mama. Wir freuen uns auf Papa. Wir helfen dir auch bei den Vorbereitungen.« Bettina schaut ihre Mutter in freudiger Erregung an.

»Das ist lieb. Ich fahre nur noch den Wagen in die Garage.« Sie streichelte ihrer Tochter über die Wange, schloss die Küchentür, ging in den Flur. Der Mann, der eine Donald Duck-Maske trug, ergriff sie von hinten, drückte ihr ein chloroformiertes Taschentuch ins Gesicht. Er nahm ihr den Autoschlüssel ab, schleppte sie in ihren Wagen, zerrte die korpulente, blonde Frau auf den Rücksitz und setzte sich ans Steuer.

Inzwischen war der andere Mann mit einer Maske von Gustav Gans auch im Haus, riss die Kinder an sich, die laut schrien und heftig um sich schlugen. Erst nachdem er ein Messer zog, waren sie stumm vor Angst. Er klebte ihnen mit Paketband den Mund zu, verband ihnen die Augen, schleifte sie in den Hof, wo er vorher seinen Opel Corsa abgestellt hatte, schob sie auf den Rücksitz. Die Kinder schluchzten. Sie zitterten am ganzen Körper.

»Gebt endlich Ruhe, oder ich betäube euch«, knurrte der Mann böse. Sie weinten, immer noch zitternd, leise in sich hinein. Die Männer nahmen ihre Masken ab, fuhren in Richtung Höchst. Der Fahrer des Audis wischte sich den Oberarm ab, ein kleiner Kratzer blutete etwas. In Höchst brauste der Corsa ungeachtet der rot anzeigenden Ampel über die Kreuzung Aschaffenburger/Groß-Umstädter Straße. Der Audi war schneller, er war schon weg. Ein Ford Fiesta kam aus der Wilhelminenstraße und wollte die Kreuzung passieren. Die Fahrerin trat instinktiv auf die Bremse. So konnte sie glücklicherweise einen Aufprall vermeiden. Sie und ihre Freundin auf dem Beifahrersitz wurden in die Sicherheitsgurte gepresst. Ihr Wagen wurde nur am vorderen Stoßfänger leicht gestreift. Der rote Opel Corsa setzte seine rasende Fahrt ungehindert fort. Um diese Zeit war wenig Verkehr. Sie machten die Kreuzung frei, fuhren weiter in die Aschaffenburger Straße, stellten den Wagen am Straßenrand ab. Die Frauen stiegen völlig schockiert aus dem Fiesta. Sie umarmten sich weinend, waren froh, dass nicht mehr passiert war. »So ein Idiot!«, schimpfte Chantal. »Konntest du die Nummer erkennen?« Sie wischte sich mit dem Handrücken die Tränen aus den Augen. Ines schaute fassungslos drein: »Nein, wirklich nicht. Es ging alles viel zu schnell.«

Die wenigen Passanten kümmerten sich nicht um den zum Glück glimpflich ausgegangenen Unfall. Lediglich ein junger Mann ging nach kurzem Zögern auf die beiden zu, erkundigte sich nach ihrem Befinden, fragte, ob er ihnen helfen könne.

»Nein, nein, lassen Sie nur«, antwortete Chantal: »Es ist alles in Ordnung. Wir sind nur erschrocken. Danke!«

11

Hartmut Merdinger legte mit flauem, angstvollem Gefühl den Kopf in den Nacken. Sein Magen rebellierte. Er wischte sich den Schweiß von der Stirn, seine Kehle war wie zugeschnürt. Der Anrufer mit der monotonen Stimme hatte ihn zutiefst schokkiert. Er fuhr verstört nach Hause, rief seinen Bruder Stefan an: »Komm schnell, aber pass auf, dass dich niemand sieht. Stell deinen Wagen irgendwo im Ort ab und komm durch den Garten. Ich öffne die Kellertür.«

»Was ist los?« Stefan saß im Büro an seinem Schreibtisch, hatte gerade mit seiner Freundin telefoniert. Silke war für eine Woche an den Tegernsee zu ihren Eltern gefahren, die in Rottach-Egern ein Ferienhaus besaßen.

»Komm!« Hartmut legte auf. Stefan kannte seinen Bruder. Ihm war klar, dass etwas geschehen sein musste. Er sprang auf, setzte sich in seinen Wagen, fuhr nach Hetschbach.

Hartmut erklärte ihm, was passiert war. »Was sollen wir tun?«, fragte er verzweifelt seinen jüngeren Bruder. Er tupfte mit dem Taschentuch eine Träne von der Wange, sah Stefan mit feuchten Augen an.

»Ja, was tun?« Der großgewachsene Stefan setzte die getönte randlose Brille ab, legte sie auf den Tisch, strich sich übers glatt rasierte Kinn: »Ich weiß es auch nicht. Polizei scheidet aus, sagtest du.«

»Ja! Auf jeden Fall! Wir dürfen kein Risiko eingehen.«

»Forderungen wurden keine gestellt?«

»Nein, bisher nicht. Der Anrufer will sich wieder melden.«

»Der will dich erpressen«, war sich Stefan sicher, »der will Geld!«

»Das denke ich auch. Es ist mir egal. Ich will meine Familie zurückhaben. Gesund zurückhaben!« Er stützte den Kopf in beide Hände.

»Es gibt eigentlich nur einen Weg«, meinte Stefan.

»Und der wäre?«

»Ein Privatdetektiv. Der ist zwar teuer, aber …«

»Du glaubst doch nicht etwa, mir käme es darauf an, was er kostet?« Hartmut hob den Kopf. »Kennst du einen?«

»Kennen wäre zu viel gesagt. Aber ich wüsste vielleicht einen. Ob er Erfahrung mit Entführungen hat, weiß ich nicht.«

»Meinst du nicht, wir sollten warten, bis der Entführer wieder anruft? Er wird bestimmt Lösegeld fordern.«

»Das halte ich für keine gute Idee, Hartmut. Es ist wahrscheinlich nicht nur eine Person. Bei solchen Entführungen sind meistens mehrere beteiligt. Wir wissen nicht, was die mit deiner Familie vorhaben. Ich denke, ein Privatdetektiv könnte ohne aufzufallen herausfinden, wo sie sich verstecken. Zudem haben wir ja gar keine Ahnung, wie wir uns verhalten sollen.«

Sein Bruder überlegte kurz, zupfte sich am Bart: »Okay, wir reden mit ihm. Wo wohnt er?«

»In Nieder-Klingen.«

Das Telefon klingelte. Hartmut nahm den Hörer von der Station: »Merdinger.«

Sein Nachbar Franz Wegner war dran. Er wollte wissen, ob Katharina und die Kinder wieder zu Hause seien. Hartmut nahm sich zusammen, versuchte ruhig zu bleiben: »Nein, Franz, sie sind noch nicht da. Ich denke aber, dass sie bald kommen werden.«

»Hast du sie inzwischen erreicht?«

»Hab's etliche Mal versucht. Es funktioniert nicht. Vielleicht ein Funkloch.«

»Aber da ist doch etwas ...!«

»Lass gut sein, Franz. Mach dir keinen Gedanken. Die kommen schon.« Er fügte hinzu: »Und kein Wort! Zu niemandem! Bitte!«

»Aber warum? Warst du bei der Polizei?«

»Bitte, Franz! Kein Wort! Ich erkläre dir das später. Tschüss!«

Hartmut legte das Telefon zurück, wischte sich übers schweißnasse Gesicht.

»Ja, tschüss.« Franz Wegner legte den Hörer auf die Gabel des Telefons, das eine Micky Maus-Figur darstellte. Nachdenklich schaute er aus dem Fenster. Das sich dauernd wiederholende Gurren der wilden Tauben, die gegenüber auf den Bäumen saßen, war trotz geschlossener Fenster durchdringend zu hören. Er ging genervt hinaus in den Hof, klatschte einige Male laut in die Hände. Wie auf Kommando flatterten die Tauben in hohem Bogen weg. Wenige Minuten später saßen sie wieder auf den Bäumen und gurrten weiter. Er hatte das Gefühl, sie seien jetzt noch lauter. Er fluchte: »Verdammte Scheißviecher!«

12

Die Entführer schleppten die Kinder in eine Blockhütte tief im Wald zwischen Boxbrunn und Amorbach, brachten sie in eine kleine Nebenkammer. Sie setzten wieder ihre Masken auf, befreiten sie von den Augenbinden und dem Klebeband. Thomas und Bettina standen ängstlich zitternd und weinend stumm nebeneinander. Einer der beiden Maskierten bedeutete ihnen, sich zu setzen. Der Mann mit der Donald Duck-Maske ging hinaus, nahm sein Smartphone aus der Tasche, telefonierte.

Inzwischen war Katharina im Auto, das etwas weiter im Wald geparkt war, aufgewacht. Sie war zwar noch ziemlich benommen, nahm aber durch das geöffnete Seitenfenster zwei Worte wahr: *Röhm. Odenwald.* Sie konnte sich keinen Reim darauf machen, auch wusste sie nicht, wo sie war, um sie herum standen dichte hohe Fichten. Sie verspürte furchtbare Angst. Dicke Tränen liefen ihr über die vor Aufregung und Entsetzen geröteten Wangen. Hose und Bluse waren durchgeschwitzt. Die Kühle des Waldes tat ihr gut. Sie versuchte, die Autotür zu öffnen. Der Mann mit der Maske sah dies, unterbrach sein Telefongespräch, ging zum A3. Auf ihre Frage, was er von ihr wolle, erklärte er ihr mit verstellter Stimme, dass sie es früh genug erfahren würde. »Wir haben auch Ihre Kinder«, teilte er ihr gehässig mit. Sie stieß einen gellenden Schrei aus, bäumte sich auf, brachte es fertig, die Tür zu öffnen. Sie wollte unbedingt aus dem Wagen heraus. Mit grobem Griff schob er sie zurück und schloss die Tür. Er betäubte sie erneut mit Chloroform, fesselte sie.

Nach Rücksprache mit seinem Kumpanen, der sich vor der Hütte auf die dreistufige Holztreppe gesetzt hatte, stieg er in den Audi, fuhr los. Der andere ging hinein, verriegelte die Tür, legte sich auf das wackelige Bett, dessen löcherige Matratze mit einem pappigen Leinentuch überzogen war. Die Kinder saßen, immer noch schluchzend und vor Angst zitternd in der kleinen Kammer nebenan auf einem verschmutzten Sofa. Ein verschmiertes Glas Wasser stand vor ihnen auf dem ramponierten, primitiv zusammengezimmerten Holztisch. Die Fensterläden waren geschlossen, durch die Ritzen drang minimales Licht in den schäbigen Raum, dessen Tür ebenfalls verriegelt war.

13

Ungefähr eine halbe Stunde später war der Entführer mit seiner Geisel vor der Schleuse Freudenberg, wo die *MS Odenwald* angelegt hatte. Schiffsführer Röhm erwartete ihn. Er hob den Audi mit dem Kran an Deck. Sie schafften die immer noch bewusstlose Katharina nach unten in den Maschinenraum. Röhm und der Mann kannten sich schon längere Zeit, hatten bereits verschiedene Geschäfte miteinander getätigt, die Röhm eingefädelt hatte. Meistens war es Rauschgiftschmuggel von Holland nach Deutschland, Kokain, Marihuana, Heroin. Auch die Idee, Katharina Merdinger und ihre Kinder zu entführen, um Lösegeld zu erpressen, kam von ihm. Im Steuerhaus setzten sie sich zusammen.

»Die Entführung muss sich auf jeden Fall lohnen«, bestimmte der Schiffsführer. Er zündete sich schmutzig grinsend eine Zigarre an: »Der alte Merdinger hat mir so manchen Auftrag vor der Nase weggeschnappt. Und nicht immer mit fairen Mitteln. Dieses Mal bin ich am Zug. Er muss richtig zahlen. Genug Kohle hat er ja.«

Sein Gegenüber wedelte mit übertriebener Geste den übel riechenden Zigarrenrauch vor der Nase weg. Sie legten eine Summe von zwei Millionen Euro als Lösegeld für die Geiseln fest. Röhm stand auf, bedeutete ihm, das Steuerhaus zu verlassen. »Kommst du?« Er wollte an Deck gehen, um den Wagen Katharina Merdingers vom Schiff zu heben.

»Ich bleibe die Nacht über hier. Der Tag war anstrengend«, beschloss der Entführer.

»Meinetwegen«, knurrte Röhm widerwillig, drehte sich um und ging hinunter in den Maschinenraum. Der andere stiefelte ins Wohnzimmer, machte es sich auf einem Sessel gemütlich, was Femke argwöhnisch und ganz schlecht gelaunt hinnahm. Sie ignorierte ihn.

Der Mann und Röhm waren keine Freunde, sie waren lediglich Geschäftspartner, wenn man das so nennen kann.

14

Stefan Merdinger suchte im Internet die Telefonnummer des Privatdetektivs in Nieder-Klingen heraus. Er schaute seinen Bruder an: »Hier steht's: *Detektei Frederic Kaiser, Auf dem Rain 78, Otzberg–Nieder-Klingen. Ermittlungen aller Art.*«

Hartmut griff in die Brusttasche seines Hemdes, holte ein lederüberzogenes Zigarettenetui hervor, entnahm eine Roth-Händle, zündete sie mit einem Feuerzeug an, inhalierte tief. Das Rowenta- Men hatte ihm seine Frau vor vielen Jahren geschenkt. Für ihn war es so was wie Kult. Er lächelte. Kult von Katharina! Langsam blies er den Rauch aus.

Dann holte ihn die Wirklichkeit ein. Was wird mit ihr sein? Und mit den Kindern? Er hustete, rang verzweifelt die Hände, Tränen traten ihm in die Augen. Stefan rief in Nieder-Klingen an, konnte den Privatdetektiv nicht erreichen. Dessen Tochter Ariane war am Apparat: »Vielleicht kann ich Ihnen helfen. Wir arbeiten zusammen«, entgegnete sie freundlich.

Die fünfzwanzigjährige brünette Ariane erledigte die Büroarbeiten ihres Vaters, half ihm manchmal bei Observierungen und Ermittlungen.

Ariane war Studentin, hatte verschiedene Fächer angefangen zu studieren, die sie immer wieder abbrach. Bisher war nichts dabei gewesen, was ihr wirklich Spaß gemacht hätte. Ihr Freund Yannik war für ein Jahr nach Brasilien gegangen. Er hatte von einem Verlag den Auftrag erhalten, einen Reisebericht für eine namhafte Illustrierte in Deutschland zu verfassen. Beide planten, künftig zusammenzuarbeiten und Berichte über ferne Länder in verschiedenen Medien zu präsentieren.

»Okay, können wir gleich bei Ihnen vorbeikommen?«

»Ja, klar, kommen Sie«, antwortete sie, froh darüber, dass mal wieder jemand Arbeit für ihren Vater hatte. So dicke waren die Aufträge nicht. Kaiser war bereits mit drei Monatsmieten im Rückstand. Sein Vermieter hatte ihm eine Frist von acht Wochen gesetzt, alles zu begleichen, sonst müsse er ausziehen. Zudem stellte die Bank Forderungen, denn sein Schuldenberg wuchs unaufhörlich. Dem Privatdetektiv stand sprichwörtlich das Wasser bis zum Hals. Er konnte diesen Job gut gebrauchen.

Die Brüder fuhren mit Hartmuts BMW nach Nieder-Klingen.

Das Frachtschiff *Cristan von Hoiste* blieb vorerst in Obernau liegen. Die Matrosen Karl Felden und Fred Schneider, zwei zuverlässige Burschen um die dreißig blieben an Bord, verrichteten Arbeiten, die sonst eher vernachlässigt wurden.

In Nieder Klingen, Auf dem Rain angekommen, klingelte Stefan Merdinger im ersten Stock des zweistöckigen Hauses bei *Kaiser*. Ariane öffnete: »Guten Tag, mein Vater wird gleich hier sein. Ich habe gerade mit ihm telefoniert.«

Frederic Kaiser war am Klinger Teich zum Angeln. Kaiser war schon seit einigen Jahren Mitglied des Nieder-Klinger Angelvereins. Er freute sich ganz besonders, dass er diesmal einen Karpfen an die Angel bekommen hatte, im Gegensatz zu seinem Angelfreund und ersten Vorsitzenden des Vereins, Volker Schöller, der vorher den Rasen des gepflegten Grundstückes gemäht hatte, auf dem sich das Anglerheim mit dem rustikalen Grill befand. Volker hatte ihm diesen guten Fang gegönnt und ihn verschmitzt angegrinst: »Das nächste Mal bin ich wieder dran, gell?«

»Meinetwegen gerne«, hatte Frederic großzügig geantwortet und ihm auf die Schulter geklopft. Eigentlich wollten sie mit noch einigen Kollegen, die sich, wie Volker, bereits im Ruhestand befanden, im Anglerheim auf seinen Erfolg anstoßen, jedoch kam dann der Anruf von Ariane.

»Wir holen das nach«, versprach Frederic. Volker grinste erneut: »Das will ich doch hoffen.« Er lachte: »Mann, Mann, wenn du schon mal was Gescheites fängst.«

Kaiser nickte schmunzelnd: »Nur keinen Neid, mein Lieber.« Er packte zusammen, setzte sich auf sein Moped, fuhr nach Hause.

Erhaben präsentierte er den stattlichen Karpfen und vier Forellen, wickelte sie in Papier, legte sie in den Kühlschrank.

»Gibt's den Karpfen morgen?«, fragte er seine Tochter, zog die Gummistiefel aus.

»Für morgen habe ich etwas Anderes geplant«, erwiderte sie, »ich friere das Prachtexemplar ein.« Sie lächelte: »Die Forellen auch! Du hast einen guten Fang gemacht.«

Kaiser nickte stolz, schlüpfte in seine Pantoffeln, dann begrüßte er seinen neuen Klienten. Sie nahmen im spartanisch eingerichteten Büro des Privatdetektivs auf dem verschlissenen Sofa Platz. Hartmut Merdinger berichtete, was geschehen war. Ihm fiel ein, dass Katharina heute Nachmittag eigentlich mit den Kindern durch die Obrunnschlucht wandern wollte, um ihnen dort die Miniaturmotive zu zeigen. Er teilte es dem Privatdetektiv mit.

»Keine Polizei!«, bat Hartmut eindringlich. »Die Entführer bringen meine Frau und die Kinder um, sobald die Polizei eingeschaltet wird.« Seine Augen bekamen einen feuchten Glanz.

Der Privatdetektiv versprach, unauffällig und anonym zu ermitteln.

Er hoffte, die Entführer zu finden, bevor sie Lösegeld forderten. Sollten sie einen Termin zur Geldübergabe festlegen, müsste doch die Polizei eingreifen. Darum würde er sich dann kümmern. Er hatte gute Beziehungen zur Erbacher Kripo. Das verschwieg er vorerst noch Merdinger. Kaiser hob den Kopf, blickte Hartmut Merdinger verlegen an: »Ich weiß, das passt jetzt nicht so gut, aber es muss auch geklärt werden.«

»Was meinen Sie?«

»Das Honorar. Wollen Sie bar bezahlen, oder …?«

Merdinger spürte, dass Kaiser auf sein Geld angewiesen war. »Wie Sie möchten, Herr Kaiser. Nennen Sie mir eine Summe. Sie bekommen einen Vorschuss. Nach getaner Arbeit bekommen Sie den Rest. Ist das okay?«

»Ja, natürlich, Herr Merdinger.« Er vereinbarte mit Hartmut einen Betrag. »Mir wäre es am liebsten, wenn ich das Geld bar bekommen könnte.«

»Kein Problem.«

Auf diese Weise konnte Kaiser die Bank umgehen und einen Teil seines Mietrückstandes begleichen. Mit der Bank würde er eine Regelung finden, sobald der Auftrag abgeschlossen war und er das restliche Honorar erhalten hatte.

»Bitte … noch einmal! Verhalten Sie sich so unauffällig wie möglich.« Hartmut Merdinger war erneut den Tränen nah. Der Privatdetektiv versprach es.

15

Freitag, 24. Juli

Am Vormittag gingen Frederic Kaiser und Ariane alles, was ihnen Hartmut und Stefan Merdinger mitgeteilt hatten, im Detail durch. Kaiser notierte das auf einen Schmierzettel Geschriebene mit kritzeliger Schrift in sein altes, abgegriffenes Notizbuch. *Obrunnschlucht* unterstrich er.

Dass er seine Handschrift überhaupt lesen konnte! Seine Tochter schüttelte den Kopf. Und dann noch dieses uralte, zerfledderte Notizbuch! Sie würde ihm demnächst ein Neues besorgen.

Der zweiundfünzigjährige Frederic Kaiser entschied sich dafür, zuerst nach Hetschbach zu fahren. Er rief bei Merdinger an, vereinbarte mit ihm, durch den Garten zu kommen. Dann ging er hinaus in die Garage, setzte den Helm, der an einem krummen Nagel an der Wand hing, auf den kahlen Kopf, fuhr mit seiner Kreidler Florett, Baujahr 1966 nach Hetschbach, um sich genauer über das Geschehene zu informieren. Sein alter Opel Rekord wurde nicht mehr zugelassen. Er musste ihn verschrotten lassen. Einen neuen Wagen konnte er sich derzeit nicht leisten.

Hartmut Merdinger öffnete ihm das Gartentürchen. Die Kreidler hatte Kaiser im Wald hinter dem Haus abgestellt. Sie gingen hinein, der Privatdetektiv schaute sich um. Nichts Auffälliges. »Haben Sie aktuelle Fotos von Ihrer Frau und den Kindern?«

»Ja, habe ich.« Hartmut holte seine Brieftasche, nahm ein Foto von Katharina, Thomas und Bettina heraus. Er hatte seine Familie erst kürzlich bei einem Ausflug auf die Burg Breuberg fotografiert. Der Privatdetektiv nahm das Foto an sich, steckte es in seine Umhängetasche. Als er hinaus in den Hof ging, entdeckte er eine dünne, angetrocknete Blutspur am Rahmen der Eingangstür. Mit seinem Schweizer Messer kratzte er vorsichtig das Blut ab, verpackte es in einen Papierbeutel, den er aus der Tasche nahm. Im Hof stellte er Reifenabdrücke auf dem Verbundpflaster fest. Der Sand auf dem neuverlegten Pflaster war noch nicht vollständig in die Fugen eingedrungen. Es waren unterschiedliche Abdrücke. Kaiser nahm den Fotoapparat aus der Umhängetasche, fotografierte alles, lief in die Garage, um die Abdrücke zu vergleichen. Der geflieste Boden wies jedoch keine sichtbaren Spuren auf. Er ging zum BMW Merdingers, der vor der Garage stand, verglich das Reifenprofil. Es waren andere Reifen, er fotografierte sie trotzdem. Frederic Kaiser ging zurück ins Haus, Hartmut Merdinger saß im Wohnzimmer. In der linken Hand hielt er ein halbvolles Whiskyglas. Er schaute Kaiser an, deutete auf die auf dem Tisch stehende Chivas Regal-Flasche: »Sie auch?«

Der Privatdetektiv verneinte. »Also«, berichtete er, »auf jeden Fall standen mindestens zwei Wagen im Hof.«

»Sie meinen zusätzlich den BMW«, erwiderte Hartmut.

»Abgesehen von dem BMW, Herr Merdinger. Der BMW hat ein anderes Reifenprofil.« Er nahm den Chip aus seinem Fotoapparat, gab ihn Hartmut Merdinger: »Sie haben doch sicher einen Computer.«

»Ja, klar.«

Er bat ihn, die Fotos auszudrucken, was Merdinger umgehend tat. Sie schauten sich die Bilder genau an.

»Zunächst muss ich herausfinden, zu welchem Fahrzeug die Spuren gehören. Was fährt ihre Frau für einen Wagen?«

»Einen weißen Audi A3.«

»Gut. Wer könnte gestern sonst noch in Ihrem Hof geparkt haben?«

»Ich weiß es nicht. Meine Eltern oder mein Bruder parken im Hof, wenn sie uns besuchen. Aber meine Eltern sind im Urlaub und mein Bruder hatte aus Sicherheitsgründen gestern seinen Wagen in der Bergstraße abgestellt.«

»Ich denke, dass eine der Reifenspuren zu dem Wagen ihrer Frau gehört. Aber die andere? Keine Ahnung.«

Er verließ das Haus des Schiffsführers, ging die Straße hinunter, wollte sich in der Nachbarschaft umschauen. Er klingelte bei *Wegner*. Aus der Wohnung drang Hundegebell. Es dauerte eine Weile, bis er eine gedämpfte Stimme hörte: »Still, Rocky, still!« Die Stimme wurde lauter: »Ich komm ja schon. Einen Augenblick.« Das Bellen des Hundes wurde zu einem Winseln. Die vollschlanke Monika Wegner öffnete im Bademantel die Haustür. Sie hatte ein Handtuch um den Kopf gewikkelt, darunter schauten nasse, dunkelbraun gekräuselte Haare hervor. Ein brauner Cockerspaniel drängelte sich an die Tür, kläffte den Mann im gelben T-Shirt und der blauen Jeans an. Sie schob den Cocker mit dem Fuß zurück. Der trollte sich zutiefst beleidigt in sein Körbchen in der Ecke des Flurs, rollte sich knurrend zusammen, schloss die Augen.

Sie entschuldigte sich: »Sorry, ich war gerade im Bad.«

»Schon gut.« Kaiser war aus Respekt vor dem Hund einen Schritt zurückgetreten. Hunde waren nicht unbedingt seine Freunde. Diesbezüglich hatte er schon sehr ärgerliche Erfahrungen gemacht. Er musterte Monika Wegner verlegen.

»Aber was wollen Sie?«, fragte die Frau etwas irritiert. Sie bat ihn nicht hinein.

»Ich … ich hätte nur eine Frage … oder zwei?«

»Um was geht's?« Frau Wegner hob den Kopf.

»Das ist so, ähh … haben Sie vielleicht gestern etwas Ungewöhnliches gehört … oder gesehen? In … in ihrer unmittelbaren Nachbarschaft?«, stammelte er.

»Was soll ich gesehen oder gehört haben?« Sie schob das Kinn vor. Dann ging ihr ein

Licht auf: »Hat es etwas mit den Merdingers zu tun? Mit Katharina und den Kindern?« Sie zog die Brauen zusammen: »Wer sind Sie überhaupt?«

»Ich bin ein Kollege Hartmuts. Ich möchte ihm helfen.«

»Aber er sagte, wir sollen nichts weitersagen, mein Mann und ich. Woher wissen Sie …?« Sie war etwas durcheinander.

»Na ja, mir hat er es halt erzählt. Als Freund, verstehen Sie?«, versuchte Frederic sie zu überzeugen. Sie nickte. »Ach so! Ich weiß nur, dass seine Frau und seine Kinder seit gestern verschwunden sind. Aber mehr …« Monika Wegner schüttelte den Kopf, das Handtuch fiel zu Boden. Sie hob es stöhnend auf, wobei sich der Morgenmantel öffnete und ihren üppigen Busen freigab. Die Gesichtsfarbe des Detektivs wechselte augenblicklich auf rot. Sie schloss hektisch mit der einen Hand den Morgenmantel, wickelte mit der anderen umständlich das Handtuch um den Kopf. »Mehr kann ich Ihnen nicht sagen«, schnaufte sie.

»Haben Sie eine Ahnung, wann das gewesen sein könnte? Das Verschwinden der Frau und der Kinder.«

»Wahrscheinlich am frühen Nachmittag. Ich habe mit Katharina gesprochen, als ich mit dem Hund spazieren ging. Meistens laufe ich den Rundweg durch den Wald. Ich komme dann immer bei den Merdingers vorbei. Katharina war im Hof, wir unterhielten uns, na ja, ich sag mal, eine Viertelstunde lang. Dann gab der Hund keine Ruhe mehr und ich ging mit ihm nach Hause. Es war vielleicht halb zwölf.«

»Ist Ihnen bei Frau Merdinger etwas aufgefallen? Hatte sie es eilig, oder hat sie sich ungewöhnlich verhalten, oder war etwas anders als sonst?«

»Nein, es war alles normal. Sie sagte mir noch, dass sie später zum Einkaufen fahren würde. Aber das ist ja nichts Ungewöhnliches.« Sie schob ungeduldig das Handtuch auf ihrem Kopf hin und her, als jucke ihre Kopfhaut. »Mehr weiß ich wirklich nicht.«

»Schade.« Kaiser verabschiedete sich, suchte alle Nachbarn auf, die ein gutes Stück weg von Merdingers Haus wohnten. Niemandem war etwas Außergewöhnliches aufgefallen.

Der Privatdetektiv setzte sich auf die Kreidler, fuhr nach Höchst. Dort kannte er einen Imbissstand am Ortsrand Richtung Ober-

Nauses, dessen Dach ein rotes Schild mit der Aufschrift *Zur Hamburger Deern* trug. Er hatte Hunger. Frederic stellte das Moped ab, ging zum Imbissstand. Das gepflegte Äußere und die saubere Anlage mit dem sattgrünen Rasen luden geradezu zum Verweilen ein. Es war schon eher eine kleine Freizeitanlage als ein Imbissstand. Bunte Rosenrabatte grenzten das kleine quadratische Grundstück ein. Ein Springbrunnen inmitten des Rasens vermittelte ein besonderes Flair. Unmittelbar vor dem Stand gab es drei runde Stehtische und drei Sitzgarnituren aus massivem Eichenholz. Aus zwei Lautsprechern erklang der melancholische Song *It's your world now*, erstklassig interpretiert von Felicity Haze, einer Top-Country-Sängerin aus den USA.

Kaiser begrüßte die Inhaberin, eine waschechte Hamburgerin, die die Liebe vor einigen Jahren in den Odenwald verschlagen hatte. Ihr Mann besaß ein Feinkostgeschäft in Höchst. »Moin, moin, Rieke. Alles gut?«

»Moin, moin Frederic. Alles gut! Bei dir?«

»Es geht so.«

»Was heißt das: Es geht so? Hast du Probleme?«

»Die üblichen. Aber die sind zu lösen.«

Rieke Pohl nickte verständnisvoll: »Dann ist ja alles in Ordnung.«

»Ja, schon.« Er warf einen Blick auf den Grill, bestellte eine Currywurst mit Pommes frites und eine Cola.

Drei junge Frauen in Sportkleidung standen an einem der Stehtische und unterhielten sich bei Schaschlik und Mineralwasser. Nachdem Kaiser sein Essen und die Cola erhalten hatte, stellte er sich an den Tisch daneben. Während er aß, hörte er, wie eine der Frauen sagte: »Was glaubst du, Martina, was uns gestern passiert ist?«

»Na was wird euch schon passiert sein?«, seufzte Martina: »Guter Sex, oder?« Sie hatte in letzter Zeit nur wenig davon, fragte neugierig: »Mit wem? Sagt schon?«

»Quatsch!« Ines tippte sich mit dem Zeigefinger an die Stirn. »Hast du nichts Anderes im Kopf?«

»Wenn Dominik mich nicht im Stich gelassen hätte, wäre das sehr wohl anders.« Martina zog die Mundwinkel nach unten, ließ die Schultern hängen. »Er fehlt mir.«

»Ach, pfeif drauf! Es gibt doch genug Männer.« Chantal hob beschwörend die Arme. »Mach doch nur mal die Augen auf.«

»Ich wollte eigentlich etwas erzählen, aber wenn es nicht wichtig ist … ich kann auch still sein«, bemerkte Ines, schob ein Stück Schaschlik in den Mund.

»Nein, nein. Entschuldige, Ines. Komm, erzähl.« Martina legte den Arm um die Schultern ihrer Freundin.

»Also, wir waren gestern in der Nähe des Jugendzeltplatzes in Ober-Nauses zum Joggen. Später als wir heim nach Sandbach fuhren, kamen wir an die Ampel an der Kreuzung in Höchst. Du weißt?«

Martina nickte. »Es gibt dort ja nur eine.«

»Genau.« Ines erzählte, was sich zugetragen hatte. »Dieser beschissene rote Corsa!«

Was hätte alles passieren können, wenn Chantal nicht so schnell reagiert hätte? Sie dachte mit Schrecken an die wenigen Sekunden, die vielleicht über Leben und Tod entschieden hatten.

»Um Himmels willen!« Martina war entsetzt. »Da bin ich ja froh, dass ich gestern Mutti besucht habe.« Sie legte bestürzt die Hand auf den Mund. »Habt ihr das der Polizei gemeldet?«

»Nein! Wozu? Es ist ja nichts passiert. Der hat uns nur ein kleines bisschen gestreift.

Sonst nichts!« Ines gab sich cool, strich sich aber erregt über die langen blonden Haare. Mit der Serviette wischte sie heruntergetropfte Schaschliksoße vom Tisch auf.

»Ja, aber die Polizeidienststelle ist doch gleich nebenan. Haben die das nicht gehört? Den Knall und die Vollbremsung?«

»Offensichtlich nicht. So laut war der Knall nicht. Und die Bremsung?« Ines zog die Augenbrauen nach oben. »Gebremst wird dort ganz sicher öfters.«

»Vergesst es einfach«, meinte Chantal. »Es ist doch alles gut gegangen.« Sie wollte die Geschichte beenden, trank einen großen Schluck Odenwald-Quelle.

Frederic Kaiser war neugierig geworden. Wann war das geschehen? Er verließ seinen Tisch, warf den leeren Pappteller in den Papierkorb, nahm seine Cola, ging zu den drei Frauen, die mittlerweile wieder beim vorherigen Thema waren. Männer!

»Entschuldigen Sie, ich habe soeben ungewollt mitgehört, was Ihnen gestern passiert ist«, sprach er Chantal an.

»Was geht Sie das an? Sind Sie von der Polizei, oder was?«, murrte diese ungehalten. Sie wollte eigentlich nicht mehr darüber sprechen.

»Nein, bin ich nicht. Es interessiert mich aber, wann das geschehen ist. Um welche Uhrzeit.«

»Warum wollen Sie das wissen?«

»Ooch, nur so! Ich vermute«, schwindelte er, »der hat meinen Wagen auch schon angerempelt und ist abgehauen. Auf dem Parkplatz am Bürgerhaus. Fahrerflucht! Die Beifahrertür war eingedrückt. Der rote Lack war eindeutig zu erkennen. War ganz schön teuer, die Reparatur. Das ist ein Verkehrsrowdy. Den sollte man nicht so einfach davonkommen lassen.«

»Ach ja?« Chantal legte die Hand auf die Lippen, wurde nun freundlicher: »Na, da haben sie Recht.« Sie schaute Ines fragend an: »Wann war das ungefähr?«

Ines dachte kurz nach: »Fünfzehn Uhr?«

»Wieviel Personen saßen in dem Wagen?«, fragte Kaiser.

»Ich habe nur eine Person gesehen.« Chantal war unsicher: »Oder, Ines?«

»Ich auch. Es ging rasend schnell ... ich denke auch, dass nur eine Person im Auto saß.« Ines hob die Schultern.

»Mann oder Frau?«

»Konnte ich nicht erkennen. Wie gesagt, es ging alles so furchtbar schnell.« Sie hob entschuldigend die Arme.

»Ach so! Vielleicht kann ich sie erwischen. Ich vermute, dass es ein und dieselbe Person ist.« Der eins neunzig große schmale Mann bedankte sich, setzte seinen Helm auf, der auf der Sitzbank der Kreidler lag, stieg steifbeinig auf und fuhr davon.

»Komischer Kauz«, stellte Martina fest. Sie hatten ihn rasch vergessen, widmeten sich wieder ihrem Lieblingsthema.

16

Wir müssen handeln. Wir müssen schnellstens unsere Forderungen stellen«, betonte Schiffsführer Röhm von der *MS Odenwald,* holte aus der Hosentasche eine Dose mit Schnupftabak hervor, zog eine kräftige Prise durch die Nase, wischte sich die Nase mit dem Handrücken ab.

»Geduld, Skipper, Geduld. Wir halten sie noch ein paar Tage hin. Wir machen sie mürbe. Die müssen eine Scheißangst haben. Nur so klopfen wir den Merdinger weich«, versuchte der andere mit hoher Fistelstimme Röhm zu überzeugen.

»Meinst du?« Röhm war unsicher.

»Aber klar. Vertrau mir!«

»Was ist mit den Kindern?«, fragte der Schiffsführer. Sie saßen im Steuerhaus am Tisch, an dem Röhm mit der Crew manchmal das Essen einnahm. Röhms Schwiegervater Pieter van Doorn kam hinzu, wollte sich zu den Männern setzen. Dieter Röhm wies ihn ab, schickte ihn hinaus. Er schaute seinen Partner an: »Der braucht das nicht wissen. Der hat schon zu viel in den Sand gesetzt. Er soll seine Arbeit auf dem Schiff machen. Mehr ist nicht. Es reicht schon, dass er von der Entführung weiß.« Er mochte van Doorn nicht.

»Um deine Frage zu beantworten: Die Kinder sind gut aufgehoben. Die kommen auch erst wieder frei, wenn wir die zwei Millionen haben.« Röhms Partner gab sich eiskalt.

***

Pieter van Doorn hatte bei einer Fahrt übers Ijsselmeer vor einigen Jahren sein Schiff bei einem Sturm verloren. Die Schuld lag eindeutig bei ihm. Trotz intensiver Sturmwarnungen riskierte er bei hohem Wellengang die Fahrt von Hoorn nach Urk. Sein Frachter *MS Oostenbeek*, der Kohle geladen hatte, kenterte und sank. Einer der Matrosen kam bei dem Unglück ums Leben. Van Doorn wurde das Schiffsführerpatent entzogen. Hinzu kamen eine Gefängnisstrafe und eine hohe Geldstrafe. Seine Frau hatte sich daraufhin von ihm scheiden lassen und lebte später in Utrecht in Holland. Er heuerte bei seiner Tochter und seinem Schwiegersohn als Bootsmann auf der *MS Odenwald* an.

***

Röhm schaute seinem Kompagnon mit ernster Miene in die Augen: »Am besten wird es sein, wenn *du* bei Hartmut anrufst. Wir müssen sicherstellen, dass er die Stimme auf keinen Fall erkennt. Meine erkennt er womöglich. Wir haben oft genug miteinander telefoniert.«

»Kein Problem. Ich rufe ihn an.«

Der Schiffsführer nickte, übernahm von seiner Frau Femke den Joystick, mit dem die *MS Odenwald* gesteuert wurde. Möwen umkreisten kreischend das Schiff. Manche flogen gegen die in der Sonne glänzenden Scheiben des Steuerhauses, drehten verstört wieder ab.

Femke Röhm hatte dafür gesorgt, dass sich Katharina Merdinger wenigstens frei bewegen konnte. Sie hatte sie im Zimmer Milas, die wieder in Aschaffenburg zur Arbeit war, untergebracht, aber die Tür verschlossen gehalten. Femke hatte das Fenster von außen mit einem Holzladen verbarrikadiert. Durch sechs Glasbausteine fiel ein klein wenig Tageslicht in den ansonsten stockdunklen Raum. Sie brachte Katharina vom übriggebliebenen Bohneneintopf.

Katharina Merdinger war völlig am Boden zerstört. Am ganzen Körper bebend bat sie Femke weinend, ihr doch zu sagen, wie es den Kindern gehe. »Sind sie gesund? Wo sind sie?«

Femke drehte sich wortlos um, ging hinaus, drehte den Schlüssel zweimal um. Katharina sank zusammen, weinte laut, hämmerte verzweifelt mit den Fäusten gegen die verschlossene Tür.

17

Privatdetektiv Frederic Kaiser fuhr zur ihm genannten Kreuzung in Höchst, stellte das Moped auf dem Bürgersteig ab, stoppte mit der Geste eines Schutzmannes den Verkehr, ging zur Mitte der Kreuzung. Er ließ sich trotz des Hupkonzertes der Fahrzeuge, die die Kreuzung überqueren wollten und anhalten mussten, nicht aus der Ruhe bringen.

Bei genauem Hinsehen konnte er Bremsspuren von einem Wagen feststellen, der aus Richtung Ortseingang Höchst gekommen sein musste. Die Bremsspur des Wagens, der aus der Wilhelminenstraße kam, war stärker ausgeprägt. Um vielfaches stärker. Klar! Vollbremsung! Kaiser zog umständlich seine Digitalkamera aus der Umhängetasche, schoss verschiedene Bilder. Er musste sich einiges an Schimpfwörtern anhören, was ihn aber nicht sonderlich störte. Entschuldigend hob er die Hand, stieg auf die Kreidler und war schnell verschwunden. Der Detektiv erinnerte sich daran, dass Merdinger sagte, seine Frau und die Kinder wollten durch die Obrunnschlucht wandern. Er fuhr hin, lehnte das Moped gegen einen Baum, ging zu Fuß durch die etwa drei Kilometer lange Schlucht. Wandergruppen und Spaziergänger begegneten ihm. Seine Vermutung war, dass sich dort oder in der näheren Umgebung vielleicht ein Versteck befinden könne. Oben angekommen, ging er rechts weiter in den Wald hinein, konnte aber nichts dergleichen finden. Enttäuscht lief er die Schlucht wieder hinunter, fuhr nach Hause.

Obrunnschlucht! Vertane Zeit!

Zwanzig Minuten später saß er zu Hause im Büro an seinem zerkratzten Holzschreibtisch und schaute sich die Fotos an, die er vorher ausgedruckt hatte. Er rief nach seiner Tochter.

»Komme sofort, Papa«, kam die melodische Stimme Arianes aus der Küche, aus der sich ein verführerischer Duft ausbreitete. Sie setzte sich auf den Stuhl neben ihn. Er zeigte ihr die Fotos, erwähnte auch die zwei Frauen, deren Wagen von dem Opel Corsa gestreift worden war und dass er sie später zusammen mit ihrer Freundin am Imbissstand kennengelernt hatte. Die auf der Kreuzung fotografierten Reifenspuren und die vom Hof des Schiffsführers schienen nicht identisch zu sein. Oder etwa doch? Frederic war unsicher.

»Man kann es nicht genau erkennen, weil die Spuren auf der Kreuzung nicht so gut ausgeprägt sind. Der hat wahrscheinlich nur ganz wenig gebremst«, war die Theorie seiner Tochter.

»Oder gar nicht und es sind andere Spuren. Ich weiß auch nicht recht.« Er lehnte sich zurück, gähnte hinter vorgehaltener Hand.

»Die Reifenspuren des Fiestas der beiden Frauen sind deutlicher zu erkennen«, stellte Ariane fest.

»Ja.« Er wirkte erschöpft. »Ich glaube, die Sache überfordert mich.«

»Aber Papa! Willst du jetzt schon aufgeben? So kenne ich dich gar nicht. Was ist denn los mit dir? Bist du krank?«

Frederic Kaiser zögerte, schaute seine Tochter mit ernster Miene an: »Vielleicht. Ich habe in letzter Zeit öfters Kopfschmerzen. Und ständig diese Müdigkeit.« Er gähnte erneut. »Ich glaube, ich schaff den nicht, diesen Fall. Ich werde Merdinger absagen.«

Ariane sorgte sich. Sie tröstete ihn: »Lass es für heute gut sein, Papa. Schlaf drüber. Morgen sieht alles ganz anders aus.« Sie küsste ihn auf die Wange.

»Ja, vielleicht hast du Recht.«

Ariane stand auf: »Komm, ich hab was Leckeres gekocht.« Er folgte ihr in die Küche, setzte sich an den Tisch, konnte ein freudiges Lächeln nicht verbergen. Ariane hatte sein Lieblingsgericht zubereitet. Hüftsteaks vom schottischen Hochlandrind, Bratkartoffeln und Eisbergsalat. Als Nachtisch gab es Vanillepudding mit Schokosoße. Ihm lief das Wasser im Mund zusammen. Er vergaß für kurze Zeit die Kopfschmerzen.

»Wieso heute so ein außergewöhnliches Essen? Meistens essen wir doch nicht so, ich will mal sagen, wir essen sonst doch immer preiswerter. Rindfleisch ist teuer. Und überhaupt … vom Galloway! Ist es doch, oder?«

Seine Tochter nickte lächelnd: »Ach, Papa, seit ich als Kellnerin arbeite, können wir uns auch mal so etwas leisten. Oder was meinst du?« Sie gab ihm einen leichten Schubs. »Du isst das doch gerne.«

Ariane Kaiser kellnerte abends an drei Tagen in Groß-Umstadt im *Wirtshaus Zum Odenwald*, auch als *Ourewäldsche* bekannt.

Nach dem Essen erhob sich Frederic: »Wenn du mit dem Abwasch fertig bist, könntest du mir noch ein wenig helfen«, bat er seine Tochter.

»Ich dachte, du wolltest heute Abend nichts mehr tun«, antwortete sie.

»Ach weißt du, wir sollten die Ergebnisse von heute zusammenfassen und einen Ordner anlegen.«

»Ja, gut. Ich lasse das Geschirr bis morgen stehen. Ich will nämlich am Abend mal wieder Chiara besuchen. Sie hat heute früh angerufen und gefragt, ob ich kommen könne.«

Sie setzten sich im Büro zusammen, besprachen die spärlichen Ergebnisse des Tages, fertigten ein Protokoll an, das Ariane sorgfältig ablegte. Die Bilder kopierte sie und steckte sie in eine Folie, legte sie im gleichen Ordner ab, der die schlichte Aufschrift *Merdinger* trug. Die Originalfotos nahm Kaiser wieder an sich. Anschließend setzte er sich an den Fernseher, sah sich den Film *Die Kirche bleibt im Dorf* an, eine schwäbische Komödie allerersten Klasse.

Seine Tochter fuhr nach Lengfeld zu ihrer besten Freundin, der temperamentvollen schwarzhaarigen Chiara Salentino, einer ehemaligen Studienkollegin, die im süditalienischen Brindisi geboren wurde und als Zweijährige mit ihren Eltern nach Mümling-Grumbach in den Odenwald gekommen war. Chiara studierte in Heidelberg Medizin. Derzeit hatte sie Semesterferien.

Sie beschlossen, bei dem herrlichen Wetter nach Ober-Nauses in den Biergarten *Dietlinds Oldtimer* zu fahren. Die Sonne schien vom stahlblauen Himmel. Das Thermometer im Auto zeigte über fünfundzwanzig Grad, obwohl es schon nach neunzehn Uhr war. Chiara stellte den Fiat Punto auf dem Parkplatz ab. Der idyllische Biergarten befand sich von Hering kommend am Ortseingang von Ober-Nauses. Einladender Duft von gegrillten Steaks und Bratwürsten lag in der Luft. Kartoffelbratwurst war die Spezialität des Hauses, aber es gab noch mehr Leckereien vom unter einem Vordach stehenden Holzkohlengrill. Sie setzten sich an einen Tisch, dessen Sonnenschirm wohltuenden Schatten spendete. Am Tisch gegenüber, an dem ältere Herrschaften saßen, fiel ein Bierglas um, der Inhalt breitete sich aus. Die Wirtin schüttelte den Kopf: »Des is jetzt des dritte Mol!« Sie holte ein Vliestuch, nahm die Tischdecke ab, wischte über den Tisch, legte eine neue Decke auf. »Wenn du nur net immer mit de Händ schwätze würdest, Seppl«, knurrte sie verärgert.

»Konn doch emol passiern. Stell disch net so o!«, knurrte der zurück.

»Geh fort! Pass e bissje uff!« Die Wirtin winkte ab. Ariane bestellte zwei alkoholfreie Weizenbiere. Sie freute sich darüber, mit ihrer Freundin mal wieder auszugehen. Während sie sich über Gott und die Welt unterhielten, Bier tranken, erschienen zwei Männer, stellten sich an einen der runden Stehtische, zündeten sich Zigaretten an. Der kleine Dicke mit schwarzen wirren Haaren und strubbeligem Vollbart bestellte zwei Flaschen Pils. Unter seinen buschigen Augenbrauen glitzerten unstet dunkle Augen. Er hob die Flasche, stieß mit dem anderen Mann an.

»Unheimliche Typen, oder?«, flüsterte Ariane hinter vorgehaltener Hand.

»Ja«, antwortete Chiara leise, »die sehen beängstigend aus. Der lange Dürre mit der Narbe auf der Wange ganz besonders. So glatt.

Aalglatt! Und die öligen, zurückgekämmten hellen Haare, die hellgrünen Augen!« Sie zog die Augenbrauen zusammen. »Dämonisch! Wie die Gestalten in alten Mabuse-Filmen. Wir machen uns besser vom Acker.« Sie stand auf, um zu bezahlen. Ariane zupfte sie unauffällig an der Hose, bedeutete ihr, sich wieder zu setzen. Chiara verstand. Sie bestellte zwei weitere alkoholfreie Weizenbiere, die ihnen die Wirtin mit einem freundlichen Lächeln servierte. Während sie tranken und sich leise unterhielten, hörten sie hauptsächlich den beiden Männern zu, konnten allerdings nicht viel verstehen, da heftiger Wind aufgekommen war, der so manches Wort einfach verschluckte. Ariane versuchte angestrengt, so viel wie möglich mitzubekommen. Sie vernahm undeutlich, wie der Dicke sagte: »So … Mist! Dreh am … Preungesheim.«

Der Aalglatte kiekste mit hoher Fistelstimme: »Schon … arbeits … Knast … Prost, Henry!«

»Prost, Vitus!«

Ariane beobachtete aus den Augenwinkeln die Männer. Ihr fiel auf, dass diesem Vitus das linke Ohrläppchen fehlte und er keine Augenbrauen hatte. Die Farbe seines faltigen Gesichts war die eines weißen Lakens. Er kam ihr gespenstisch vor.

Henry schubste Vitus in die Seite, zeigte mit dem Kopf auf die jungen Frauen: »Hast du die Süßen dort am Tisch gesehen?«

»Klar! Die sind mir gleich als wir herkamen aufgefallen. Zwei hübsche Dinger.«

»Oh ja! Wir gehen mal zu ihnen. Vielleicht geht ja was.« Er schaute lüstern die beiden an. In dem Moment erhob sich Ariane, hakte ihre Freundin unter. »Komm! Jetzt wird's Zeit. Wir hauen ab.« Sie bezahlte eilig bei der Wirtin, schnellen Schrittes verließen sie den Biergarten.

»Mist, Henry. Jetzt sind sie weg. Schade. Hätte lustig werden können.«

»Shit!«, grollte Henry.

Chiara und Ariane setzten sich in den Punto, Chiara startete den Motor. Langsam fuhren sie vom Parkplatz auf die Straße in Richtung Hering. Nach wenigen Metern kamen sie an einem schmalen Waldweg vorbei.

»Stopp!«, schrie Ariane.

»Warum?« Chiara bremste erschrocken, schaute Ariane verständnislos an.

»Fahr bitte zurück!« Ariane zeigte mit dem Daumen nach hinten. Chiara zuckte die

Schultern, fuhr zurück, blickte ihre Freundin erstaunt an: »Und jetzt?«

»Das rote Auto!« Sie deutete auf den roten Wagen, der im Waldweg stand. »Hast du den Corsa nicht gesehen?«

»Doch! Aber was soll das? Der Weg führt zum Nausischer Löschteich. Vielleicht hat dort jemand zu tun.«

»Fahr an dem Wagen vorbei bis hinter die Kurve.«

»Ja, ja.« Sie bogen links ab in den Weg bis kurz vor den Löschteich, Chiara schaltete den Motor aus: »Wie geht's weiter?«

»Warte hier.« Ariane stieg aus, schlich vorsichtig am Waldrand in Richtung Corsa. In diesem Moment sah sie, wie die zwei gruselig aussehenden Männer, die soeben noch im *Oldtimer* waren, auf den Wagen zugingen. Sie hatte nicht die Zeit, sich den Wagen genauer anzuschauen, vermutete aber, dass dieser Opel Corsa das Fahrzeug war, von dem ihr Vater erzählt hatte. Der den Frauen auf der Kreuzung in Höchst die Vorfahrt genommen und sie in Gefahr gebracht hatte. Sie eilte das kurze Stück durch den Wald, setzte sich neben Chiara in den Punto: »Warte noch einen Augenblick. Sie können uns hier nicht sehen. Die fahren sicher gleich weg.« Sie blickte ihre Freundin ernst an: »Traust du dir zu, ihnen zu folgen?«

»Klar doch! Abenteuer pur!«, grinste diese.

»Chiara, das ist kein Spaß, es könnten Verbrecher sein.«

»Na und?« Chiara Salentino drehte den Wagen, fuhr langsam den Waldweg hinunter. Der Corsa war schon weg.

»Welche Richtung nehmen wir? Links nach Hering oder rechts nach Höchst? Wir haben die Wahl.«

»Links!«, antwortete Chiara.

»Gut! Dann fahren wir rechts.« Ariane grinste.

»Warum fragst du dann erst?« Chiara schaute Ariane pikiert an.

»Nur so«, entgegnete die. Die hübsche Italienerin hob kopfschüttelnd die Arme. Sie fuhren nach Höchst über die Bismarckstraße, Wilhelminenstraße bis zur Kreuzung. Es war kein Opel Corsa zu sehen. Ariane schlug vor, weiter nach Sandbach zu fahren. Gesagt, getan … aber ohne Erfolg. Das rote Auto blieb verschwunden. Mittlerweile war es nach zehn und dunkel.

»Das hat jetzt keinen Sinn mehr. Lass uns nach Hause fahren. Vielleicht haben die doch die andere Richtung genommen.« Ariane resignierte. »Wer weiß, wo sie hingefahren sind.«

Chiara wendete, sie fuhren übers Rondell, vorbei an Wiebelsbach, über den Weiler Zipfen nach Lengfeld in die Heierngasse, wo Chiara Salentino in einem Altbau ein kleines Appartement bewohnte. Hier konnte sie sich vom Stress des Studierens erholen. Ariane verabschiedete sich von ihrer Freundin, stieg in ihren angerosteten Fiat Panda und fuhr nach Hause. Als sie leise die Haustür öffnete, hörte sie aus dem Wohnzimmer ein ihr altbekanntes Geräusch. Sie lächelte. Ihr Vater war wieder mal vorm Fernseher eingeschlafen. Sie öffnete die Tür, sah ihn laut schnarchend schräg im Sessel hängen. Sie richtete ihn auf, deckte ihn mit einer Wolldecke zu. Er stieß einen tiefen, wohligen Seufzer aus. Ariane ließ ihn weiterschlafen, schaltete den Fernseher aus. Was sie ihm zu sagen hatte, reichte morgen noch. Nachdem sie noch ein Salamibrot gegessen hatte, ging sie ins Bad, duschte, ging in ihr Zimmer, zog ihren Pyjama an und legte sich ins Bett. Nach einigen Minuten des Grübelns schlief sie ein.

18

Am gleichen Abend hatte sich der ungelenke, dicke Franz Wegner mit seiner Frau Monika vor dem Essen dermaßen gestritten, dass er voller Zorn seine Baseballmütze vom Haken der Garderobe riss, sie auf den spärlich behaarten Kopf setzte und aus dem Haus walzte. Schnaufend zwängte er sich in seinen Hyundai Santa Fe, fuhr nach Höchst ins *Ristorante Acquario*, um sich bei Pizza und Wein abzureagieren. Als er das gut besuchte Lokal betrat, sah der schwitzende Mann Veronica de Silva mit einer jungen Frau an einem Tisch in einer Ecke sitzen. Vor ihnen standen eine Flasche Montepulciano und zwei Gläser. Er ging hin, fragte, ob er sich dazu setzen dürfe. Veronica mochte Wegner nicht. Er hatte ihr schon mehrfach nachgestellt, war aber immer wieder bei ihr abgeblitzt. Sie sagte nichts, schaute in eine andere Richtung. Sein aufdringlicher Körpergeruch stieß sie ab, jedoch ihre Freundin Doreen wies auf den Stuhl neben sich: »Bitte.«

Veronica quittierte es mit einem gequälten Lächeln. Doreen ließ vom Kellner ein drittes Glas bringen, Franz Wegner bestellte eine Pizza Mista. Sie unterhielten sich über alles Mögliche, wobei Veronica sich wenig an den Gesprächen beteiligte. Sie gab nur Antwort, wenn sie direkt gefragt wurde, was Franz ärgerte. Zudem streichelte sie auffällig Doreens Oberschenkel. Fünfzehn Minuten später wurden die Spaghetti Bolognese der beiden Damen serviert, kurz darauf Wegners Pizza. Nachdem sie gegessen hatten, bestellte Wegner eine weitere Flasche Rotwein, dazu drei Grappa.

»Zur Verdauung«, meinte er, hob das Schnapsglas, drehte sich mit breitem Grinsen Veronica zu: »Prost!«

Doreen hob ebenfalls ihr Glas: »Zum Wohl.«

Veronica überfiel ein beklemmendes Gefühl. Sie stand auf, ging zur Toilette. Auf dem Weg dorthin drehte sie sich um, sah, dass Wegner ihr nachstierte. Dieser Fettsack! Sie fühlte sich unwohl bei dem Gedanken, er könne sie anfassen.

Als sie zurückkam, standen drei weitere Grappa und eine weitere Flasche Montepulciano auf dem Tisch. Wegner unterhielt sich angeregt und laut mit der ständig kichernden blonden, schlanken Doreen, fasste ihr dabei unter dem Tisch an die Knie.

Ein Nachbar Wegners saß mit zwei Männer am Tresen, winkte ihm kurz zu. Er hob die Hand, winkte zurück.

Veronica setzte sich, trank einen der vor ihr stehenden Grappa. Jetzt überließ Franz Doreen sich selbst, legte einen Arm hinter Veronicas Rücken auf die Stuhllehne, umfasste ihre Schultern. Sie ließ es angeekelt geschehen. Obwohl ihr seit seiner Gegenwart hundeübel war, wollte sie kein Aufsehen erregen. Ihre Freundin, schon etwas beschwipst, trank zuerst den Grappa, anschließend ihr Glas Wein aus. Sie stand zögernd auf, lispelte mit schwerer Zunge: »Ich glaube, ich bin hier im Weg.«

»Aber nein, Doreen, bleib doch. Wir gehen dann zusammen nach Hause.« Sie legte zärtlich ihre Hand auf Doreens. Doreen zog zaghaft ihre Hand zurück. »Nein, nein, Vroni«, gab sie verschnupft zur Antwort, »wir sehen uns am Samstagnachmittag im *Café Göttmann*.«

»Daraus wird nichts, ich muss arbeiten«, antwortete Veronica verstimmt und schaute weg.

»Dann vielleicht morgen Abend?«

»Ich glaube, eher nicht, ich bin morgen bis spät …« Veronica brachte den Satz nicht zu Ende. Doreen hatte ihren Blouson von der Garderobe genommen und stöckelte aus dem Lokal. Der Kellner Luigi Bossini schaute ihr perplex nach.

Ein Mann saß alleine am Nachbartisch, blätterte in der Speisekarte. Er trug eine blaue Sommerjacke und Jeans. Heimlich beobachtete er Wegner und Veronica. Er konnte genau hören, was sie sprachen, ließ sich aber nichts anmerken.

Franz Wegner umfasste Veronica nun fester, wollte sie an sich drücken. Sie wehrte ihn unauffällig ab. Erregt flüsterte er ihr ins Ohr: »Komm, Vroni, wir trinken noch einen, dann ziehen wir uns zurück.« Er schenkte Wein nach. Sie trank das Glas mit einem Zug aus, entgegnete mit gespielter, heiserer Stimme: »Ja, lass uns gehen.« Es war ihr unangenehm, dass die Gäste des *Acquario* zusehen konnten, wie Franz sie anmachte.

Am Tisch daneben schaute eine weißhaarige dünne Frau ihren ebenso dünnen, glatzköpfigen Mann an: »Das ist doch der Wegner, oder, Egon?«

»Klar! Wenn des seu Monika wüsste. Isch glaabs nit.«

»Aber die junge Frau versteh ich auch nicht. Sie ist außergewöhnlich schön. Und dieser fette, ungepflegte Kerl! Und außerdem … der ist doch verheiratet.« Die Frau hob die Augenbrauen, verzog verächtlich den Mund.

»Komisch, gell!« Egon schmunzelte: »Ja, ja, de Franz!«

Seine Frau schaute ihn kopfschüttelnd von der Seite an.

Wegner und Veronica verließen das *Acquario*. Er stieg in seinen Wagen, öffnete die Beifahrertür, wollte sie einsteigen lassen, freute sich auf das sehnlichst erhoffte bevorstehende Schäferstündchen. Sie jedoch lief eilig in die entgegengesetzte Richtung. Wegner wendete den dunkelblauen Hyundai, fuhr direkt neben ihr auf den Bürgersteig, stieg aus, wollte sie fassen. Sie schrie um Hilfe, er ergriff sie, drehte ihr den Arm auf den Rücken, drohte: »Halt die Klappe, oder ich vergesse mich!« Wegner drängte sie auf den Beifahrersitz mit den Worten: »Versuche nicht auszusteigen, sonst passiert was!« Er zog den dicken Bauch ein, quetschte sich wieder hinters Steuer. Veronica de Silva krümmte sich eingeschüchtert zusammen. Wegners schlimmer Körpergeruch machte ihr zu schaffen. Zwiebeln und Knoblauch, gepaart mit Schweiß? Sie konnte es nicht genau definieren. Einfach nur ekelhaft. Ihr war schlecht. Sie hielt die Hand vor den Mund, würgte, glaubte, sie müsse sich übergeben.

Auf der gegenüberliegenden Seite der Straße hatte ein älterer Herr, der mit seinem Fahrrad unterwegs war, die Hilfeschreie gehört. Bis er reagieren konnte, war der Hyundai weg. Trotzdem rief er auf der Polizeistation in Höchst an, meldete den Vorfall.

»Was war es für ein Wagentyp und was für eine Farbe hatte er?«, fragte der Beamte.

»Es war so eine Art Geländewagen, glaube ich. Ich habe nie ein Auto besessen«, gestand der Mann. »Die Farbe war entweder blau oder schwarz. Es ist ja dunkel.«

»Geländewagen! Blau oder schwarz!« Oberkommissar Schlüter verdrehte die Augen: »Nummernschild! Konnten Sie die Kfz-Nummer erkennen?«

»Nein. Ich habe nur die Hilfeschreie gehört. Mehr nicht.«

»Mehr nicht!« Nachdem er die Personalien des Mannes aufgenommen hatte, legte Schlüter auf, stöhnte: »Blauer oder schwarzer Geländewagen! Glaubt er. Keine Kfz-Nummer! Was sollen wir damit anfangen?«

Sein Kollege zuckte die Achseln. »Wir müssen der Sache trotzdem nachgehen.«

Der Oberkommissar rief über Funk einen Streifenwagen an, erklärte den Polizisten die Situation.

Eine viertel Stunde später ging Wegners Nachbar Mario Schiefer aus dem *Acquario*, setzt sich in seinen Jeep, startete den Motor. Franz Wegner war mit der verängstigten Veronica auf den Parkplatz des Höchster Schwimmbades gefahren, wo er neben einer Birke im Schutze von Haselnusssträuchern den Wagen abstellte und den Motor ausschaltete. Er wollte versuchen, sie zu küssen, als er einen Streifenwagen langsam vorbeifahren sah. Er zögerte, Veronica nutzte die Gelegenheit, riss die Tür auf, rannte hektisch in Richtung Straße. Der verblüffte Wegner war gezwungen, zu warten. Sie wollte die Beamten auf sich aufmerksam machen, der Streifenwagen war jedoch weitergefahren. Die Polizisten hatten den versteckt stehenden Hyundai in der Dunkelheit nicht gesehen. Veronica rannte weiter bis zur

Groß-Umstädter Straße, konnte dort ein vorbeifahrendes Taxi anhalten, das sie zum *Acquario* zurückbrachte. Dort stieg sie in ihren Wagen und fuhr nach Hause. Kaum war sie in ihrer Wohnung in Lengfeld, klingelte das Telefon. Sie nahm den Hörer von der Station. Bevor sie etwas sagen konnte, erschallte die bedrohliche Stimme Wegners: »Kein Wort zu irgendjemandem, oder ich bring dich um! Ich melde mich wieder. So einfach kommst du mir nicht aus.«

Die ansonsten couragierte Veronica de Silva begann zu zittern, legte den Hörer auf die Station. Sie setzte sich aufs Bett im Schlafzimmer, schlug weinend beide Hände vors Gesicht. Jetzt hatte sie richtiggehend Angst. »Dieses Scheusal! Dieses verfluchte Schwein!« Sie ließ sich auf den Rücken fallen, starrte mit tränennassen Augen gegen die Holzdecke.

Unterdessen war Mario Schiefer in den Weilertsweg in Höchst gefahren, klingelte bei Doreen Forster, die in einem mit Klinkern versehenen Haus im zweiten Stock wohnte. Die angeschickerte Doreen öffnete ihm in einem durchsichtigen, cremefarbenen Seidenneglige. Darunter trug sie einen winzigen

Stringtanga. Sie hatte den großen Mann mit den gelockten schwarzen Haaren erwartet. Zumindest hatte sie gehofft, dass er zu ihr kommen würde. Der Junggeselle Schiefer verbrachte die Nacht mit ihr. Es war nicht das erste Mal, Doreen genoss es immer wieder. Als sie in der Früh neben Mario erwachte, fragte sie sich, weshalb sie sich von Wegner hatte anfassen lassen. Scheiß Alkohol! Er war gar nicht ihr Typ. Viel zu fett! Und er stank! Plötzlicher Ekel ließ sie erschaudern. Ekel vor Wegner.

19

Samstag, 25. Juli

Bevor Veronica de Silva zur Arbeit fuhr, wollte sie im Bungalow ihres Chefs nachsehen, ob alles in Ordnung war. Auf dem Weg dorthin sah sie Schiefer aus dem Haus gehen, in dem ihre Freundin Doreen wohnte. Er setzte sich in seinen Jeep und fuhr weg. Der Fünfunddreißigjährige gefiel ihr schon lange. Und ihre Freundin liebte sie ebenfalls. Sie verspürte massive Eifersucht. Zerknirscht fuhr sie weiter zum Bungalow der Familie Merdinger.

20

Franz Wegner hatte mitbekommen, dass Veronica am Samstag arbeiten würde. Er lauerte ihr auf, als sie nach Feierabend vom Büro zum Parkplatz ging. Sie hatte lange gearbeitet, es war schon dunkel. Wegner hatte ungeduldig im Hyundai gewartet. Auf der gegenüber liegenden Straßenseite stand ein dunkler Wagen mit ausgeschalteten Scheinwerfern. Der Fahrer fluchte leise: »Scheiß Dickesack! War schneller ein bisschen.«

Wegner ließ das Seitenfenster herunter, fragte Veronica scheinheilig, ob sie mit ihm etwas trinken gehen würde. Sie lehnte brüsk ab: »Nein! Wirklich nicht! Vergiss es!«

»Aber ... ich wollte mich bei dir entschuldigen ... für mein schlechtes Benehmen gestern Abend. Es tut mir leid. Echt!«

»Mit Typen wie dir möchte ich keine Sekunde meines Lebens mehr verschwenden«, entgegnete sie barsch. »Geh mir einfach aus den Augen. Hau ab!« Sie drehte sich um, öffnete die Tür ihres Triumph Spitfire, wollte einsteigen. Wegner schob sich wutschnaubend aus seinem Wagen, griff sie grob am Arm. Sie fauchte ihn wütend an: »Lass mich los, du Mistkerl! Verschwinde!«

Er lockerte seinen Griff nicht, packte sie nur noch fester. Sie schrie laut um Hilfe. Ihr Hilferuf verhallte über dem wie leergefegten Parkplatz. Niemand hörte sie. Er zerrte sie in den Hyundai, fuhr mit ihr über Michelstadt in Richtung Eulbacher Park, bog in einen Waldweg, hielt an. Ohne einen Ton zu sagen, packte er sie, zerfetzte ihre Bluse, riss ihr die Jeans herunter, öffnete seine Hose. Voller Angst wehrte sie sich nicht. Sie ließ tonlos mit zusammengebissenen Zähnen alles über sich ergehen, in der Hoffnung, dass er sie künftig zufriedenlassen würde. Auch drohte er wiederholt, sie umzubringen, wenn sie jemandem etwas darüber erzähle. Die schöne Frau krümmte sich vor Schmerzen, die Wegner ihr auf brutalste Weise zugefügt hatte.

Es war eine wolkenlose, milde Nacht. Den zunehmenden Mond und den herrlich strahlenden Sternenhimmel konnte sie nicht wahrnehmen.

Verdeckt hinter Fichten stand in gebückter Haltung ein hagerer Mann. Er hatte beobachtet, was geschehen war, maulte bösartig: »Das verdammte Dicker! Ich wollen die Frau, er hat gekriggt! Verflucht auch!« Neidisch wartete er noch wenige Minuten. Als beim Hyundai die Scheinwerfer angingen, sah er etwas glitzern. Der Wagen fuhr weg, der Mann kam aus seinem Versteck hervor. Nach kurzer Suche mit dem Lämpchen seines Schlüsselanhängers fand er einen blau glänzenden durchsichtigen Stein, etwa so groß wie ein Fingernagel. Er hob ihn auf, ging zurück zu seinem Wagen, den er am Waldrand abgestellte hatte, legte ihn auf den Rücksitz und fuhr weg. Als er zu Hause war, hatte er den Stein schon vergessen.

Wegner brachte Veronica mit grimmigem Gesicht zurück auf den Parkplatz, wo ihr Sportwagen stand, öffnete die Tür, schubste sie grob vom Sitz und fuhr davon. Veronica konnte sich gerade noch abfangen, torkelte fast besinnungslos zu ihrem Triumph. Sie hielt sich am Wagen fest, musste sich heftig übergeben. Dann stieg sie ein, musste erneut erbrechen. Mit tränennassem Gesicht und zerrissenen Kleidern blieb sie fast eine Stunde lang im Auto sitzen. Nachdem sie von mehreren Weinkrämpfen geschüttelt worden war, zwang sie sich, sich zu beruhigen. Sie startete den Motor und fuhr los. Wie durch einen Schleier sah sie die Straße vor sich, bis sie endlich zu Hause angekommen war.

***

Wegners Frau Monika fiel am Hemd ihres Mannes, das sie mit anderen Kleidungsstükken in die Waschküche brachte, ein fremdartiger Geruch auf. Ein Parfüm, das sie noch nie benutzt hatte. Misstrauisch geworden ging sie in die Garage, durchsuchte den Innenraum des Hyundai. Nach wenigen Minuten fand sie eine Halskette, die ihr auch fremd war. Monika Wegner steckte sie ein, kehrte zurück ins Wohnzimmer, holte eine Tüte Paprikachips aus dem Schrank, legte sich auf die Couch und sah fern, futterte die Chips. Ihr Mann war in seinem Fernsehsessel eingeschlafen. Er brabbelte unverständliches Zeug. Speichel lief aus seinen Mundwinkeln. Angeekelt schüttelte Monika den Kopf. Was trieb er, wenn er weg war? Hatte er ein Verhältnis? Sie nahm sich vor, ihn zu beobachten.

21

Sonntag, 26. Juli

Mario Schiefer spazierte am Abend mit der dreißigjährigen Doreen Forster gemütlich über den Montmélianer Platz in Höchst, in der *Ratsschänke* im Bürgerhaus kehrten sie ein. Ein hübsch anzusehendes Paar. Doreen trug ein kurzes, rotes Sommerkleid, das von Spaghettiträgern gehalten wurde, dazu weiße Stilettos, Mario eine helle Gabardinehose, ein hellblaues Hemd, schwarze elegante Slipper. Die weinrote Strickjacke hatte er um die Schultern gelegt.

Veronica de Silva saß in Gedanken versunken alleine an einem Tisch bei Rotwein. Sie wirkte unruhig, zerfahren. Sie setzten sich zu ihr. Mario bestellte für Doreen Espresso, für sich ein Glas Umstädter Stachelberg, einen süffigen weißen Burgunder.

»Was ist mit dir, Vroni?«, fragte Doreen vorsichtig, schaute ihr ins Gesicht. »Mit dir stimmt doch was nicht.«

»Ach was! Ich habe nur nachgedacht. Über die Firma. Die Merdingers sind ja noch in Urlaub«, gab sie ohne aufzusehen zur Antwort.

»Habt ihr Probleme?«, wollte ihre Freundin wissen.

»Nein, nein, es ist alles in Ordnung. Ich habe halt im Moment viel um die Ohren.«

»Ach so! Na, wenn sonst nichts ist! Das wird wieder. Es gibt immer mal solche Phasen«, versuchte Doreen Veronica zu beruhigen. »Aber wo warst du gestern Abend? Wir wollten uns doch treffen.«

»Stopp, Doreen!« Jetzt hob Veronica den Kopf, ihr Ton wurde bissig, ihre stets wachen blauen Augen, die einem klaren Gebirgsbach glichen, funkelten: »Du hattest etwas von wegen Treffen gesagt. Nicht ich. Ich wollte dir noch erklären, dass ich am Samstag länger arbeiten würde. Aber du … du bist einfach gegangen, ohne mir zuzuhören. Du hast es auf einmal sehr eilig gehabt.« Leise fügte sie hinzu: »Sicher hattest du etwas Besseres vor.«

»Was soll das bitte heißen, Vroni?«, ereiferte sich Doreen, »was?«

»Du weißt schon. Vergiss es.« Veronica senkte den Kopf. Schiefer hörte mit Engelsgeduld zu, meinte dann: »Seid ihr jetzt fertig? Ich bin nämlich auch noch da.«

»Entschuldige, Mario.« Doreen nahm seine Hand. Veronica lächelte gekünstelt. »Ja, entschuldige bitte.«

Nach ungefähr zwanzig Minuten kam Franz Wegner in die *Ratsschänke*. Auch der noch! Veronica wurde nervös. Er setzte sich neben sie, bestellte ein Pils. Sein Atem roch unangenehm nach Tabak und Knoblauch. Veronica wusste nicht, wie sie sich verhalten sollte. Sie rückte etwas von ihm ab. Der dicke Mann widerte sie an, aber sie ließ sich ihre Abneigung nicht anmerken. Zu groß war ihre Angst, er würde sie später zwingen, wieder mit ihm in den Wald zu fahren und erneut über sie herfallen.

Doreen legte Mario eine Hand auf den Oberschenkel, küsste ihn zärtlich auf den Mund. Er schaute ihr in die dunklen, glänzenden Augen, streichelte ihre Hand. Veronicas Eifersucht nahm drastisch zu. Sie glühte. Ihre Bewegungen waren fahrig, als sie den Spätburgunder austrank und neuen bestellte. Sie war überreizt, hatte sich nicht mehr unter Kontrolle. War das so, weil der begehrte ausgezeichnet gekleidete Junggeselle Mario Schiefer zwar freundlich zu ihr war, sie aber ansonsten ignorierte? Auch kam ihr der Gedanke, er wolle sie provozieren, sie hinhalten. Sie war wütend, ballte unter dem Tisch die Fäuste. Und was war mit Doreen? Wollte die von ihr nichts mehr wissen? Sie verstanden sich doch auch im Bett sehr gut.

Wegner blieb nicht verborgen, dass Veronica auf den jungen Mann abfuhr. Und auf Doreen! Er ärgerte sich darüber maßlos, versuchte, sie an sich heranzuziehen. Auch diesmal ließ sie es nicht zu, was ihn umso mehr ärgerte. Er war sich sicher: Die krieg ich wieder. Und wenn es das Letzte ist, was ich tue.

Vor der *Ratsschänke* stand ein blaues Fahrrad. Jemand hatte es dort an der Wand abgestellt, schaute durch die offene Tür hinein. Voller Zorn setzte sich die Person auf ihr Fahrrad, fuhr weg.

22

Montag, 27. Juli

Veronica de Silva hatte nach Feierabend um 18.00 Uhr ihre Freundin Doreen Forster zuhause abgeholt. Sie hatten vor, den Abend in der *Auszeit* in Höchst zu verbringen. Die *Auszeit* war ein Bistro in der Groß-Umstädter Straße. Vorher wollten sie in die Neckarstraße fahren. Veronica hatte die Schlüssel vom Anwesen ihres Chefs, die ihr Stefan gegeben hatte, um, wie mit Jo Merdinger abgesprochen hin und wieder im Haus nachzusehen, ob alles in Ordnung sei. Sie wurden von einem Mann beobachtet, als Doreen vor dem Haus, in dem sie wohnte, in den englischen Roadster Veronicas stieg. Sie umarmten sich, küssten sich innig. Dann fuhren sie los. Der Mann raste vor Eifersucht. Leise sagte er mit zitternder Stimme vor sich hin: »Es stimmt also wirklich. Mal so, mal so. Das ist ja unglaublich!« Zornig fuhr er ihnen mit großem

Abstand nach bis zur Neckarstraße. Vor dem Haus von Jo und Ottilie Merdinger hielt Veronica an, sie stiegen aus und gingen hinein. Der Mann wunderte sich, dass Veronica einen Schlüssel besaß, machte sich aber keine weiteren Gedanken. Sie war schließlich die Assistentin. Und Merdinger war mit seiner Frau im Urlaub.

Als sie den Bungalow betraten, fragte Veronica ihre Freundin, ob sie Lust habe, mit ihr die Sauna zu nutzen und anschließend noch ein paar Runden im Pool zu schwimmen. Vorher wollte sie noch die Blumen im Garten gießen. »In die *Auszeit* können wir später noch gehen.«

Doreen stimmte zu. Sie gingen in den Fitnessraum, Veronica schaltete die Sauna ein. Doreen entkleidete sich, holte ein Handtuch vom Regal, schlang es um sich, setzte sich an den Tisch. Sie nahm eine der Illustrierten, die auf dem Tisch lagen, blätterte darin. Veronica küsste sie kurz auf den Mund, ging die Treppe hoch ins Wohnzimmer, von dort über die Terrasse in den Garten. Der Rasen war braun und ausgetrocknet. Ottilie Merdinger war der Auffassung, das Wasser dafür könne man sparen, da das Gras im Herbst eh wieder wachsen und grün werden würde. Ein Bogen mit roten Rosen bildete den Durchgang zum Blumengarten. An einem Holzspalier im hinteren Teil kletterten in leuchtenden Farben Clematis empor. Rund um den Grillplatz, der mit einer Mauer vom Rasen abgetrennt war, waren verschiedene Arten von Blumen gepflanzt. Aus der Blockhütte holte Veronica den Brauseschlauch, schloss ihn an den Wasserhahn an, begann die Blumen zu wässern. Währenddessen fiel ihr Mario Schiefer ein und sein Verhältnis zu Doreen. Warum macht er *ihr* keine Avancen? Bisher hatte sie die Männer, die sie wollte, immer bekommen. Nur mit Mario ging gar nichts. Sie konnte es nicht begreifen. Eine immense Eifersucht befiel sie wieder. Mario und Doreen! Sie wollte beide für sich haben.

Der Verfolger parkte seinen Wagen um die Ecke, wartete noch eine Weile, bevor er ausstieg, und zum Bungalow ging. Das Hoftürchen stand offen, es war für ihn kein Problem, in den Hof und in den Garten zu gelangen. Vor der Terrasse angekommen, sah er, wie Veronica in die Blockhütte ging. Von Doreen war nichts zu sehen. Er wartete bis Veronica in der Hütte verschwunden war, eilte dann auf die Terrasse, von dort ins Wohnzimmer. Auch hier gab es keine Spur von Doreen.

»Bist du es, Vroni?« Die Stimme Doreens kam aus dem Keller. Er gab keine Antwort, schlich hinunter, versteckte sich in der Waschküche. Als er kurz darauf hörte, wie jemand die Treppe herunterkam und an der Waschküche vorbei ging, öffnete er die Tür ein klein wenig, schaute durch den Spalt. Veronica ging in den Raum nebenan, ließ die Tür offen stehen. Dann hörte er, wie Doreen sagte: »Na endlich! Wo bleibst du denn?«

»Jetzt bin ich ja da«, antwortete Veronica sanft. Der Mann ging leise auf die Tür zu, stellte sich dahinter, lugte vorsichtig in den Fitnessraum. Veronica schmiegte sich verlangend an Doreens attraktiven Körper, drückte sie an sich, küsste sie lange auf den Mund. Ihm fiel wiederholt die Schönheit Veronicas auf. Die hoch stehenden Wangenknochen erinnerten an ihre südamerikanische Abstammung – ihre Mutter war Peruanerin. Volle rote Lippen und makellos weiße Zähne ergänzten das auffallend hübsche Aussehen dieser attraktiven Frau. Die modischen Jeans, die weißen Sneakers, die sie trug, und die Bluse, die ihre schlanke Figur vorteilhaft betonte, erwiesen sich als perfektes Outfit. Er war von beiden Frauen sehr angetan, umso mehr ärgerte ihn, was er jetzt sah.

Doreen legte begehrlich die Arme um Veronicas Nacken, genoss erregt die Liebkosungen ihrer Freundin. Sie war nackt, begann, Veronica auszuziehen. Sie umarmten sich erneut, nahmen Handtücher und gingen in die Sauna. Der Eindringling beobachtete eifersüchtig die zwei Frauen, die sich hingebungsvoll küssten und streichelten. Er schlich wutentbrannt auf leisen Sohlen zur Sauna und riss die Tür auf. Mit vor Zorn verzerrtem, hochrotem Gesicht stand er vor ihnen. Versteinert starrten die Frauen ihn an. Ein schriller Aufschrei entrang sich Doreens Kehle.

23

Die Männer mit dem Corsa waren zur Blockhütte im Wald gefahren, wo sie Thomas und Bettina Merdinger gefangen hielten. Während ihrer Abwesenheit hatten sie die beiden gefesselt und auf dem alten versifften Sofa festgebunden. Bevor sie die Hütte betraten, setzten sie wieder ihre Masken auf. Der eine ging in das dunkle Zimmer zu ihnen, nahm ihnen die Fesseln ab, stellte zwei Teller mit Wurst und Brot auf den Tisch des modrig riechenden kleinen Raumes, ging zurück, holte eine Flasche Mineralwasser. Ängstlich und verstört ergriff Bettina die Hand ihres Bruders. Thomas fragte mutig: »Wo ist Mama? Was ist mit ihr?«

»Es geht ihr gut«, antwortete der Maskierte mit rauer Stimme.

»Aber sie ist nicht hier! Wo ist sie?« Bettina begann zu weinen. Große Tränen liefen ihr über die bleichen Wangen. Sie schmiegte sich schluchzend an Thomas. Er strich ihr tröstend übers Haar, obwohl er selbst große Angst hatte. Der Entführer reagierte nicht, ging hinaus, verriegelte die Tür und setzte sich zu seinem Kumpanen an den Tisch, nahm die Gustav Gans-Maske ab. Der ansonsten gewissenlose Achtundvierzigjährige hatte Mitleid mit den Kindern. Sein Kompagnon spürte das instinktiv: »Was ist los mit dir?«

»Ach, das mit den Kindern! Das ist Mist! Das hätten wir lassen sollen. Die haben doch gar nichts getan.« Er zwirbelte den ungepflegt wirren Bart.

»Nun mach dir mal nicht ins Hemd! Das war notwendig! Je mehr Druck wir ausüben, umso schneller wird Merdinger zahlen.« Er blickte seinem Gegenüber mit eiskalten, furchterregenden Augen ins Gesicht. Der legte sich auf das vergammelte Bett, drehte sich auf die Seite.

24

Dienstag, 28. Juli

Frederic Kaiser saß mit seiner Tochter beim Frühstück. Morgens hatte er keinen großen Hunger. Er schmierte ein wenig Butter auf sein Vollkornbrot, legte eine Scheibe Edamer darauf, begann zu essen. Was er brauchte war Kaffee. Espresso. Ariane wusste das. Espresso der Marke Lavazza. Den mochte er am liebsten.

»Geht es dir heute wieder besser?«, fragte seine Tochter besorgt, während sie zwei Tassen Espresso auf den Tisch stellte.

»Ja, es geht mir wieder gut, danke.«

Sie belegte ihren Toast mit einer Scheibe Schinken. »Du arbeitest an dem Fall Merdinger weiter, oder?«

»Natürlich. Warum nicht? Hatte gestern mal so 'nen kleinen Durchhänger. Ist vergessen.« Kaiser biss ins Brot. Ariane öffnete das Küchenfenster, atmete durch. Es war noch frisch, aber die Sonne, die bereits vom wieder wolkenlosen Himmel schien würde dafür sorgen, dass es erneut ein heißer Tag werden würde. Sie ließ das Fenster offen, setzte sich an den Tisch. »Wenn es auf Dauer mit den Kopfschmerzen und der Müdigkeit nicht besser wird, musst du wohl mal zum Arzt.«

»Das wird schon wieder«, grinste er, »keine Sorge.« Er zog die Stirn kraus. Viele Gedanken gingen ihm durch den Kopf. »Morgens ist die beste Zeit, um nachzudenken«, behauptete er. Ariane schmunzelte kauend: »Jaja, Väterchen, wenn du es sagst.« Sie spülte den Bissen mit Espresso hinunter, dann erzählte sie, was sie am Abend zuvor im Biergarten *Dietlinds Oldtimer* und bevor sie mit Chiara nach Hause fuhr, in Erfahrung gebracht hatte. Kaiser legte das angebissene Brot auf seinen Teller. »Dieser rote Opel Corsa, von dem ich gestern Abend sprach, gibt mir zu denken. Du sprichst auch von einem roten Corsa, mit dem zwei, sagen wir mal, mysteriöse Gestalten weggefahren sind.«

»Ja. Ist nur blöd, dass ich mit dem Wagen nichts anfangen konnte. Ich hatte ja nicht einmal die Möglichkeit, ihn mir näher anzuschauen. Der muss ja zumindest mal eine

Schramme haben. Auch wollte ich das Reifenprofil fotografieren. Aber ... die kamen mir zuvor. Ich musste verschwinden. Der Corsa stand so verdeckt, dass ich noch nicht einmal das Nummernschild erkennen konnte.« Ariane zupfte sich an der Nase.

»Das ist saublöd. Wir wären ein gutes Stück weiter.« Frederic rieb die Handflächen gegeneinander als sei ihm kalt. »Weißt du, mir fiel schon gestern die Uhrzeit auf. Eine der drei Frauen, mit denen ich gesprochen hatte, meinte, das sei ungefähr um fünfzehn Uhr gewesen. Das mit dem Unfall. Sagte ich doch gestern Abend. Fünfzehn Uhr!«

»Ja! Und? Weiter!«

»Na, überleg mal. Nachmittags verschwand Katharina Merdinger mit ihren Kindern.« Er kratzte sich an der Stirn. »Das könnte zeitmäßig passen. Wir müssen unbedingt den roten Corsa finden. So wie es aussieht, ist das der Wagen, den wir suchen. Ich vermute ihn in unmittelbarer Nähe.« Der Detektiv lehnte sich zurück, nahm sein Vollkornbrot, biss hinein.

»Du sprachst von einer Person. In Höchst an der Kreuzung.«

»Ja, klar«, bemerkte er kauend, »es sind zwei Autos im Spiel. Der Audi A3 von Katharina Merdinger und der andere Wagen, der Corsa, den wir vermuten.«

»Okay, Papa. Lass uns diesen doofen roten Wagen suchen. Die Typen, die mit dem Corsa gestern unterwegs waren, sahen irgendwie unheimlich aus. Nur konnte ich mit den Wortfetzen, die ich gehört habe, nichts anfangen.« Sie fasste sich an die Stirn: »Oder doch?«

»Du hast mir davon nichts erzählt.« Er strich sich gespannt über die glänzende Glatze: »Was haben sie gesagt?«

»Viel war's nicht.« Ariane dachte angestrengt nach: »Ich konnte nur wenige Worte wahrnehmen. Wegen des starken Windes. *Knast, Prost, arbeits ...*, könnte *arbeitslos* geheißen haben. Es war eine ungewöhnlich hohe Stimme.« »Mehr?« Sie schüttelte den Kopf.

»Namen! Sind Namen gefallen?«

»Ja!«, erinnerte sie sich jetzt: »Henry ... und Vitus. Und noch ein Wort: *Preungeshaus oder -heim*, oder so ähnlich. Aber ich kann es nicht genau sagen. Der Wind! Henry klang dunkler, rauer.«

»Na, das ist doch schon mal ein Anfang.«, meinte Frederic. Er dachte nach: Knast in Preungesheim? Frankfurt-Preungesheim? Er behielt es erstmal für sich. »Den A3 müssen wir auch suchen. Also«, fasste er zusammen: »Knast, roter Corsa, weißer Audi A3, zwei, ich will mal sagen, schräge Typen, Henry und Vitus, die du mir ja, wie ich hoffe, genau beschrieben hast.«

»Ich habe sie dir genau beschrieben.« Ariane war eine wenig verstimmt. Kaiser streichelte seiner hübschen Tochter über die langen Haare. »Selbstverständlich. Ich freue mich ja, wenn du so aufmerksam bist.« Gedankenverloren schob er die Unterlippe vor, blickte aus dem Fenster. Auf der schmalen Straße knatterte eine dunkelgraue Rauchfahne hinter sich herziehend eine alte DKW 125 vorbei. Der Fahrer trug eine schwarze Lederjacke mit Fransen an den Ärmeln und eine Motorradkappe, wie sie vor langer Zeit von den meisten Motorradfahrern getragen wurde, bevor Helme Pflicht wurden. »Schöner Oldie«, murmelte Frederic leise, wischte eine Träne von der Wange. Sein Vater, der schon seit einigen Jahren tot war, war einst eine solche Maschine gefahren.

»Hast du etwas gesagt, Papa?« Seine Tochter ging zu ihm ans Fenster. Er drehte sich um, lächelte sie mit feuchten Augen an: »Nicht so wichtig, mein Kind. Alles gut.«

Ariane fühlte, dass ihr Vater an die glückliche Vergangenheit dachte. Ja, vor vielen Jahren ging es ihm und seiner kleinen Familie gut. Sie sagte nichts, wollte nicht noch Öl ins Feuer gießen.

Als Frederic Kaiser damals wegen personeller Umstrukturierung der Firma Chambers-Security in Bad-König entlassen wurde, wusste er nicht so recht, wie es weitergehen sollte. Ariane war noch ein kleines Mädchen. Er hatte die Pflicht, seine Familie zu versorgen. Da kam seiner Frau Jeanette die Idee mit der Detektei. Sie half ihm anfangs, kümmerte sich um die gemeinsame Tochter. Er hatte ja wenig Zeit. Es gab zwar nicht allzu viele Aufträge, aber die meisten waren sehr arbeitsintensiv, er verdiente gut. Als Ariane zur Schule ging, übernahm ihre Mutter die Büroarbeiten. Es lief gut, bis Jeanette dieser Musiker über den Weg lief. Er fiel ihr bei einem Konzert der Rockband *On Fire* in einem Festzelt auf dem Erbacher Wiesenmarkt auf, wo sie mit Frederic war. Jeanette gestand ihrem Mann später, dass sie sich in unregelmäßigen Abständen mit dem Bassisten traf. Sie trennten sich, ließen sich ein Jahr später scheiden. Kaiser schaffte die Arbeit nicht mehr zur Zufriedenheit seiner Klienten. Die Aufträge wurden immer weniger.

»Nachdem deine Mutter uns verlassen hatte, ging's steil bergab.« Er faltete die Hände: »Wenigstens hat sie mir dich gelassen. Du bist mir eine große Hilfe.«

Ariane nahm ihren Vater in die Arme, flüsterte: »Wir schaffen das schon. Ich bin ja bei dir.«

»Ja, das ist lieb, Ariane. Nur ... wie lange noch? Eines Tages wirst du eigene Wege gehen.« Er setzte eine ernste Miene auf: »Aber komm, jetzt haben wir einen Job zu erledigen. Ich denke, es wäre gut, wenn du dabei wärst. Können wir deinen Wagen nehmen?«

»Ja, klar, gerne.« Sie freute sich darauf.

»Okay, dann lass uns beginnen.« Kaiser ging zur Tür. Ariane räumte den Tisch ab, stellte das Geschirr zu dem vom vergangenen Abend in die Spüle, folgte ihrem Vater. Sie setzten sich in den Panda, den sie vor dem Haus geparkt hatte: »Wohin?« Ariane schaute den Privatdetektiv fragend an. Kaiser blinzelte: »*Dietlinds Oldtimer*, okay?«

Ariane gab Gas, hustend bewegte sich der alte Fiat behähig nach vorne.

In Ober-Nauses war das Gartenlokal noch geschlossen. Die Inhaberin Dietlind Ackermann goss die Blumen im Garten, ihr Lebensgefährte Tobias Mantz mähte mit großem Radau, den der Motormäher verursachte, den Rasen. Kaiser und seine Tochter gingen durch das geöffnete Türchen hinein. Dietlind drehte das Wasser ab, legte den Schlauch beiseite und ging auf sie zu: »Wir haben noch geschlossen. Die Öffnungszeiten stehen auf dem Schild.« Sie deutete auf das weiße Schild am Türchen, auf dem in schwarzen Buchstaben die Öffnungszeiten eingestanzt waren. Ariane ging zurück, schaute auf das Schild. »Ab halb vier geöffnet.«

Kaiser nickte. Tobias Mantz hatte inzwischen aufgehört zu mähen.

»Entschuldigen Sie bitte«, wandte Kaiser sich an Frau Ackermann, die sich umgedreht hatte, um ihre Arbeit fortzusetzten. »Wir hätten nur ein paar Fragen.«

»Lass nur, Dietlind. Ich mach das schon.« Mantz schaltete den Rasenmäher aus, ging auf die beiden zu: »Kann ich Ihnen helfen?«, fragte er mit angenehmem Bariton.

»Ja. Wir … ähh, meine Tochter war gestern bei Ihnen im Biergarten. Ihr waren zwei Männer aufgefallen, die sich an einen Stehtisch gestellt hatten. Sie sollen irgendwie merkwürdig ausgesehen haben. Ihr kamen die Männer suspekt vor. Ich wollte Sie nur fragen, ob Ihnen bei denen etwas Ungewöhnliches aufgefallen ist.«

»Wie haben die denn ausgesehen?«, wandte Mantz sich an Ariane.

Ariane beschrieb die Männer, bemerkte dann: »Irgendwie unheimlich, dubios sahen sie aus!«

Tobias Mantz legte die Stirn in Falten, überlegte. Er zündete sich eine Zigarette an: »Ach ja, jetzt weiß ich, wen Sie mit dem Bärtigen und dem mit den fast weißen, fettigen Haaren meinen. Die waren ab und an hier. Sie haben ihr Bier getrunken, haben bezahlt und sind wieder gegangen. Ja, sind schon seltsame Typen. Aber Ungewöhnliches? Nein! Nicht wirklich. Eher ungepflegt und ... ja, vielleicht ... zwielichtig? Die waren diesmal nicht lange da.« Er betrachtete Ariane: »Genau! *Sie* waren gestern Abend hier. Eine junge Dame war noch bei Ihnen. Ihre Freundin, richtig?«

»Richtig.«

»Sie ist genau wie Sie eine schöne Frau.« Mantz wiegte den Kopf, geriet ins Schwärmen: »Rassige Südländerin?«

»Chiara ist Italienerin.« Ariane lächelte.

»Ah ja!« Er lächelte zurück.

»Und Sie haben wirklich keine Ahnung, wer die sind oder wo sie herkommen?«, fragte Kaiser weiter.

»Nein. Im Sommer ist hier immer viel Betrieb. Da kann ich mich nicht um jeden einzelnen kümmern. Wir haben dann alle Hände voll zu tun.«

Die Wirtin, nun doch neugierig geworden, kam hinzu. Sie hatte die Gespräche mitgehört. »Moment, Tobias, ich habe die zwei Männer auf dem Parkplatz irgendwann mal in ein rotes Auto einsteigen gesehen.«

»In was für ein rotes Auto?« Tobias nagte an der Unterlippe.

»Du weißt, dass ich Autos nur in Farben unterscheiden kann. Ich habe keine Ahnung.« Dann fiel ihr ein: »Auf dem Nummernschild stand OF.«

»Offenbacher Kennzeichen?« Kaiser horchte auf. »Haben Sie die Nummer erkannt?«

»Nee, hat mich auch nicht interessiert.« Sie schob die Unterlippe vor: »Aber warum wollen Sie das wissen?«

»Ach, nur so«, versuchte Kaiser abzuwiegeln.

»Geht's auch ein bisschen genauer? Sie fragen uns über unsere Gäste aus. Da wollen wir schon ein bisschen besser informiert werden, oder Tobias?« Dietlind Ackermann war aufgebracht. Zurecht, wie Kaiser fand. Aber was sollte er tun? Tobias Mantz hob die Hand: »Ach lass doch, Dietlind.« Das etwas ruppige Verhalten seiner Lebensgefährtin war ihm peinlich, obwohl er ihrer Ansicht war.

»Nein, nein, das ist schon in Ordnung. Ich habe ja keine Geheimnisse. Also«, schwindelte Kaiser erneut, »mein Wagen wurde vermutlich von einem roten Wagen auf einem Parkplatz beschädigt …« Er erzählte die gleiche Geschichte, die er den drei Frauen am Imbissstand in Höchst erzählt hatte.

»Jetzt suche ich natürlich nach diesem Fahrzeug. Klar, oder?«

»Glasklar!«, erwiderte Tobias Mantz. Kaiser bat ihn, anzurufen, wenn die besagten Männer wieder im *Oldtimer* auftauchen würden. Er fügte schnell hinzu: »Sie müssen es ja nicht gewesen sein. Aber ich könnte mir zumindest mal ihren Wagen ansehen.«

Er gab Mantz seine Visitenkarte: »Hier steht alles drauf.«

Dietlind war der Auffassung, solche Leute müssten angezeigt werden, wenn sie es wirklich waren. Tobias Mantz versprach, sich dann zu melden.

»Und überhaupt, Tobias. Was sollte das vorhin mit der Italienerin, der rassigen? Ich dachte, diese Zeiten seien vorbei.« Dietlind schaute ihn mit saurer Miene an.

»Ach, Dietlind, lass doch die alten Geschichten«, versuchte er sich aus der Affäre zu ziehen. »Vergiss es!«

Dietlind zog die Augenbrauen hoch: »Wenn ich dich nicht kennen würde …«

Ariane und Frederic Kaiser verabschiedeten sich. Beim Einsteigen in den Panda äußerte Kaiser: »Roter Corsa! OF!« Er kurbelte die Scheibe herunter, legte den Arm auf den Fensterrahmen. »Schade, dass du das Nummernschild gestern nicht erkennen konntest.«

»Aber Papa, die waren das ganz offensichtlich.«

»Ja, schon. Wenn wir die Nummer hätten, wäre alles ganz einfach. Wir könnten …«

»Ja, wenn!«, unterbrach Ariane ihren Vater, »wir haben sie aber nicht.«

»Sei's drum. Der Wirt wird uns anrufen, wenn die Burschen wieder im *Oldtimer* sind.«

»Wollen wir den ganzen Tag darauf warten? Es ist noch nicht mal zwölf.« Ariane startete.

»Wo könnten die Entführer sich verstekken? Wo, zum Teufel? Der Odenwald ist ein sehr waldreiches Gebiet. Es ist nicht sonderlich schwer, einen gut getarnten Platz zu finden. Ich vermute, dass sie nicht allzu weit weg sind.«

»Meinst du?« Ariane war skeptisch. »Na, ich weiß nicht.«

»Ja, aber …« Er kratzte sich am Kinn: »In der Obrunnschlucht war ich. Das *ist* ein großes Waldgebiet. Ich konnte in der kurzen Zeit nicht alles erkunden. Deshalb fahren wir jetzt hin, laufen durch die Schlucht und gehen oben weiter in den Wald. In der Schlucht selbst wird wahrscheinlich kein Versteck zu finden sein. Sie ist zu sehr frequentiert. Es gibt ständig Wanderer oder Schulklassen, die dort die Miniaturmotive bestaunen.«

»Die sind auch wirklich sehenswert. Vor einiger Zeit wurden viele der schönen Bauwerke mutwillig zerstört. Das ist für mich unfassbar«, ereiferte sich Ariane. »Wie kann man sich an solch liebevoll angefertigten Motiven vergreifen?« Sie war erbittert: »Frust? Zorn auf Gott und die Welt? Oder was?«

»Ja«, antwortete Frederic, »so eine Zerstörungswut kann man nicht verstehen. Es ist schön, dass alle Motive wieder aufgebaut wurden. Wollen wir hoffen, dass sich nicht wieder irgendwelche Chaoten daran vergreifen.« Er rieb sich die Stirn: »Aber zurück, Ariane, zurück zu meinem Plan. Wenn wir durch die Schlucht sind, gehen wir wie ich sagte, oben weiter. Wir streifen einfach mal durch. Vielleicht haben wir Glück und finden, was wir suchen.«

Seine Tochter war gar nicht überzeugt, lehnte es aber nicht ab: »Gut, Väterchen. Irgendwo müssen wir ja anfangen.«

»Du sagst es, Töchterlein.« Er schmunzelte: »Aber zuerst gehen wir eine Kleinigkeit essen. Ich kenne da einen …«

»Imbissstand in Höchst, ich weiß«, setzte Ariane belustigt seinen Satz fort.

»Woher weißt du?« Kaiser schaute sie staunend an.

»Weil du es mir erzählt hast.«

»Ach so. Mit den drei Damen. Ja, stimmt!«

Damen? Ariane wunderte sich. So vornehm heute?

Auf dem Parkplatz am Imbissstand stellten sie den Panda ab. Als sie ausstiegen, sah Kaiser zwei der drei Frauen, die er am Tag zuvor hier getroffen hatte. Sie holten sich Bratwürstchen und Mineralwasser, setzten sich an einen Tisch. Drei junge Männer standen essend am Stand. Jeder hatte eine Flasche Bier vor sich stehen.

Als sie den Privatdetektiv kommen sah, winkte Chantal ihm zu. »Setzen Sie sich zu uns!«, rief sie.

»Gleich. Wir kommen gleich.« Er wandte sich an seine Tochter: »Hacksteak?«

»Ja, warum nicht?«

Frederic ging zum Imbissstand. Die Besitzerin Rieke begrüßte ihn nett wie immer mit einem Lächeln auf den Lippen. Er holte Hacksteaks mit Pommes frites und Cola. Dann setzten sie sich zu Martina und Chantal. Frederic wurde nervös, als Chantal die wohlgeformten braungebrannten Beine übereinanderschlug, wobei ihr eh schon kurzer roter Rock noch kürzer wurde. Auch die knapp geschnittene mintgrüne Bluse gewährte tiefen Einblick.

»Und? Haben Sie den Rüpel gefunden?«, wollte Chantal wissen. Sie schaute Kaiser interessiert an, strich sich mit der flachen Hand über die Oberschenkel. Frederics Mundwinkel zuckten. Sie lächelte verführerisch.

»Sie …«, er schluckte, »Sie meinen den Verkehrsrowdy? Nein, ich habe ihn bisher noch nicht gefunden«, gab er kopfschüttelnd zur Antwort. »Bin immer noch auf der Suche.«

»Aber ich!«, meldete sich Martina zu Wort. »Ich habe einen roten Corsa heute Vormittag auf dem Parkplatz des Rewe-Marktes in Höchst gesehen.«

Chantal sprang auf, zischte erregt: »Warum sagst du das erst jetzt? Wieso hast du mir das nicht gleich gesagt, Martina? Er hat uns schließlich angerempelt. Hast du wenigstens gewartet, bis der Fahrer des Wagens kam. Vermutlich war er einkaufen.« Sie war verärgert.

»Tut mir leid. Ich habe einfach verpasst, es dir zu sagen.« Sie hob den Zeigefinger: »Aber als ich meine Einkäufe in den Kofferraum lud, setzte er sich gerade in seinen Corsa.«

»Und?«

»Was, *und*?«

Chantal blies die Backen auf: »Was, *und*! Mensch, das ist wichtig! Du weißt genau, dass Herr …« Sie blickte Kaiser an: »Wie heißen Sie eigentlich?«

»Nennen sie mich Frederic.«

»Du weißt genau, dass Frederic diesen Typen sucht. Oder hast du das vergessen?«, blitzte sie ihre Freundin an.

»Entschuldigung. Ich war ja nicht dabei, als der euch die Vorfahrt nahm. Vielleich habe ich deswegen nicht daran gedacht. Ich …«

»Jetzt streiten Sie sich mal nicht.« Kaiser glättete die aufkommenden Wogen, drehte sich Martina zu. »Wie sah er denn aus?«, erkundigte er sich geduldig. Martina schilderte das Aussehen des Mannes. Ariane, die still dabei saß und ihr Hacksteak verzehrte, hörte aufmerksam zu. Aha! Der mit dem wirren Bart.

»Das beweist genau meine Vermutung. Die sind in der Nähe.« Frederics Augen wurden zu Schlitzen.

»Wieso *die*? Es war doch nur einer«, bemerkte Chantal.

»Ja, klar. Es war nur einer. Stimmt«, korrigierte sich Kaiser schnell. Als alle aufgegessen hatten, verabschiedeten sich Frederic und Ariane von Chantal und Martina. »Macht's gut.« Er zwinkerte Chantal zu. »Vielleicht sehen wir uns mal wieder.«

»Wahrscheinlich«, meinte Chantal. »Und wahrscheinlich hier am Imbissstand. Wenn wir vom Joggen kommen, gönnen wir uns meistens hier eine kleine Mahlzeit.«

»Na dann!« Kaiser und seine Tochter gingen in Richtung Wagen. Rieke rief ihnen nach: »Kiekt mal wieder in!«

»Machen wir doch glatt«, rief Frederic zurück. Einer der drei Jungs am Stand pfiff leise durch die Zähne, sagte zu den beiden anderen: »Geile Frau, oder?«

»Auf jeden Fall«, gab der eine zur Antwort, »sie ist wirklich attraktiv.«

»Aber wahrscheinlich unerreichbar«, meinte der andere, kratzte sich am Hinterkopf. »Sehr schade! Sie hat bestimmt einen Freund, oder ist gar verheiratet.«

»Logisch! So wie sie aussieht!« Der dritte setzte die Bierflasche an, nahm einen kräftigen Schluck. »So eine Frau ist nicht lange alleine.« Er stieß einen Rülpser aus, die Reaktion seiner Freunde kam wie aus einem Mund: »Prost Mahlzeit!«

Auf dem Weg zu Arianes Panda sagte Kaiser: »Wir wissen jetzt auch nicht viel mehr als zuvor. Aber meine Vermutung stimmt. Sie sind in der Nähe.« Er setzte sich auf den Beifahrersitz, schnallte sich an.

»Schöne Frau, diese Chantal, findest du nicht?« Ariane lächelte vor sich hin. Frederic fuhr sich verlegen über die Glatze: »Ach was! Nun los! Zur Obrunnschlucht.«

»Okay, Boss!« Ariane startete, sie fuhren nahe der Obrunnschlucht auf einen Parkplatz, stellten den Wagen ab. Auf dem Weg durch die Schlucht, vorbei an den wunderschönen Miniaturmotiven, die Schlösser, Burgen, Wasserfälle und einiges mehr darstellten, gab es nur eine Schutzhütte, also nichts Auffälliges. Aber das hatte Kaiser vermutet. Seine Hoffnung war ja, oben im Wald ein Versteck zu finden. Als sie oben angekommen waren, entschieden sie sich, nach links in Richtung Rimhorn zu gehen. Nachdem sie einige Kilometer unterwegs gewesen waren, gaben sie auf: »Hier ist nichts, Ariane. Nur Wald, Wald, Wald.« Kaiser knöpfte sein Hemd auf. »Puhh, heute ist es wieder heiß.« Sie setzten sich unter einen Baum, ruhten sich aus. Nach wenigen Minuten erhob sich Ariane: »Komm, Papa, wir gehen zurück.«

»Ja, das ist wohl das Gescheiteste.«

Mittlerweile war es Nachmittag geworden. Der Privatdetektiv und seine Tochter fuhren auf dem Rückweg an *Dietlinds Oldtimer* in Ober-Nauses vorbei. Ariane hatte gehofft, der rote Corsa würde dort stehen. Dem war nicht so. Sie bogen links in den Waldweg ein, fuhren bis zum Löschteich. Auch da stand kein Fahrzeug. Enttäuscht sagte Kaiser: »Lass uns nach Hause fahren. Wir haben heute einfach kein Glück.«

Oder vielleicht doch? Er dachte an Chantal, verspürte ein mehr als angenehmes Gefühl.

»Jetzt waren wir den ganzen Tag unterwegs und was haben wir erreicht? Null! Nix!« Ariane war frustriert. Ihr Vater reagierte nicht. Er hatte nicht wahrgenommen, was sie sagte.

Sie blickte ihm ins verklärte Gesicht, lächelte verständnisvoll. Also doch!

25

Schiffsführer Hartmut Merdinger hatte zwischenzeitlich auf der *MS Cristan von Hoiste* angerufen und Bootsmann Felden informiert, dass es länger dauern würde als geplant, bis er zurückkäme.

»Ist was passiert?«, fragte der Bootsmann.

»Nein, nein, Karl. Es ist alles in Ordnung.«

»Und der Löschtermin?«

»Darum hat sich das Büro schon gekümmert. Schaut nach, was neu gestrichen werden muss. Überholt das ganze Schiff. Ich melde mich wieder. Tschüss.«

»Alles klar. Tschüss.« Felden legte erstaunt auf, schaute irritiert den Steuermann an: »Das ist schon merkwürdig, oder?«

Der wortkarge Fred Schneider nickte nur.

26

Mittwoch, 29. Juli

Die Putzfrau Karla Ewert betrat den Bungalow in Höchst in der Neckarstraße: »Werde mal durchwischen. Staub setzt sich immer an.« Sie ging hinunter in den Keller, wollte im Abstellraum holen, was sie brauchte. »Du liebe Zeit, die Luft hier ist ja zum Schneiden dick ... und wie komisch es riecht«, stöhnte sie, ging in die Waschküche, öffnete die Kellertür, um frische Luft hereinzulassen. Karla Ewert schüttelte den Kopf, ging in die anderen Räume. In Abstellraum und Vorratskeller war alles normal ... außer dem Geruch, der allmählich intensiver wurde. Als sie in den Fitnessraum kam, wurde der Geruch noch schlimmer. Ein Crosstrainer stand in der einen Ecke, ein Indoor-Rudergerät in der anderen. Das Wasser im sechseckigen Whirlpool roch abgestanden. Auf einer Stuhllehne hingen Kleider. Seltsam! Hier hatte sie noch nie Kleider gesehen. Höchstens Bademäntel oder Sporthosen. Sie öffnete die Saunatür. Der Geruch hatte sich zu regelrechtem Gestank entwickelt. Sofort schloss sie wieder die Tür. Ihr wurde speiübel, sie musste sich am Waschbecken neben der Dusche übergeben. Die Putzfrau fasste sich an die Stirn, ihr Atem war flach geworden. Sie hielt sich ein Taschentuch vor Mund und Nase, wollte ergründen, warum es in der Sauna so fürchterlich stank. Langsam öffnete sie wieder die Tür, schaute in die Sauna. Dunkel! Sie knipste das Licht an … jetzt traf sie fast der Schlag! Mit einem hysterischen Schrei warf sie die Tür zu. Die übergewichtige, weißhaarige Frau war so erschrocken, dass sie sich setzen musste. Ihr Herz raste, sie schnappte nach Luft. Entgeistert und völlig bestürzt saß sie mindestens zehn Minuten lang auf einer Liege, den hochroten Kopf in beide Hände gestützt. Langsam erholte sie sich, stand auf, entschloss sich, Stefan anzurufen. So schnell sie konnte hastete sie nach oben ins Wohnzimmer, rief im Unternehmen an, informierte Stefan Merdinger, dass aus der Sauna ein ganz furchtbarer Gestank dringe. Mehr konnte sie nicht sagen, da ihr plötzlich schwindelig wurde. Das Telefon glitt ihr aus der Hand, knallte auf den Boden. Sie legte sich erschöpft auf die Couch. Stefan rief sofort seinen Bruder an, berichtete ihm, was Karla gesagt hatte. Anschließend setzte er sich in seine Corvette, raste zum Bungalow seiner Eltern nach Höchst. Sie kamen zeitgleich an. Stefan kümmerte sich um Karla, die mit blutleerem Gesicht und gefalteten Händen regungslos auf der Wohnzimmercouch lag. »Im Keller!«, stammelte sie undeutlich. »Im Keller! Sauna!«

Stefan rief seinen Hausarzt Dr. Klemm an. Hartmut eilte in den Fitnessraum, riss die Tür zur Sauna auf. Strenger Verwesungsgeruch strömte ihm entgegen. Er hielt unwillkürlich die Hand vor Mund und Nase. Auf der unteren Liege lag mit weit aufgesperrten Augen eine nackte Frau. Ihm war bewusst, dass sie angesichts des entsetzlichen Geruches nicht mehr lebte. Hartmut konnte auf den ersten Blick nicht erkennen, wer es war, da ein totes Gesicht anders aussieht als ein lebendes. Voller Grauen wandte er sich ab. Zutiefst erschrocken rannte er panisch die Treppe hoch, alarmierte Stefan. Dieser sah, dass das Gesicht seines Bruders eine kalkweiße Farbe angenommen hatte. Noch wusste er nicht, was tatsächlich geschehen war. Karla hatte ja nur etwas von *furchtbarem Gestank* gesagt. Zu einer weiteren Auskunft war sie momentan nicht in der Lage. Sie zitterte am ganzen Körper.

»Bleib hier liegen, Karla, der Arzt kommt gleich«, versuchte Stefan sie zu beruhigen. Karla nickte mit geschlossenen Augen.

»Beeil dich!«, keuchte Hartmut atemlos. Sie rannten die Treppe hinunter, Hartmut vorneweg. Er blieb vor der Sauna stehen, hielt jetzt ein Taschentuch vor Mund und Nase. Stefan nahm sofort den extremen Geruch wahr, stürmte zu der geöffneten Tür. Als er hineinschaute, blieb ihm fast das Herz stehen. Sein Gesicht wurde ebenfalls kalkweiß, total geschockt fasste er sich an die schweißige Stirn. Er nahm sich zusammen, ging hinein, während Hartmut sich am Waschbecken wie zuvor Karla übergeben musste.

»Du mein Gott!«, entfuhr es Stefan: »Doreen!!!«

»Waasss???« Hartmut eilte herbei, schaute noch einmal in die Sauna. »Doreen!!! Das darf doch nicht wahr sein!« Doreen Forster! Er musste gegen den erneuten Würgereiz ankämpfen.

Stefan stand vollkommen neben sich, wusste im Moment nicht, was er tun sollte. Dann ging er mit gesenktem Kopf und Tränen in den Augen hinaus, setzte sich auf eine der Liegen. Er brauchte ein wenig Zeit, um wieder einigermaßen klar denken zu können. Sein Bruder setzte sich neben ihn, legte wortlos den Arm um seine Schultern. Sie kannten Doreen, wussten, dass sie die beste Freundin Veronica de Silvas war, der Assistentin ihres Vaters.

Einige Minuten waren vergangen, Stefan stand auf, wischte sich das Gesicht ab, schnäuzte die Nase. Mit gebrochener Stimme rief er die 110 an. Hartmut erhob sich auch. Sie gingen hoch ins Wohnzimmer, wo die Putzfrau betroffen auf der Couch lag und leise weinte.

Inzwischen war Dr. Anton Klemm eingetroffen, hatte Karla ein Beruhigungsmittel gespritzt. Stefan bot ihr an, sich im Gästezimmer hinzulegen.

Die Brüder Merdinger kannten Karla Ewert schon seit ihrer Kindheit. Karla hatte sich immer um sie gekümmert, als sie noch Buben, später junge Stenze waren. Auch hatte sie damals viele ihrer *Heldentaten* vertuscht. Sie standen ihr beide sehr nahe. Immer noch.

Hartmut berichtete aufgeregt dem Arzt von dem grauenhaften Fund. Klemm ließ sich von ihm in den Fitnessraum im Keller bringen, begutachtete die Leiche in der Sauna.

Stefan rief seinen Vater an, sagte ihm, was geschehen war. Jo Merdinger konnte nicht fassen, was sein Sohn ihm soeben mitteilte. »Wir fahren sofort los.«

27

Wenig später waren zwei Streifenpolizisten von der Polizeistation Höchst und ein Rettungswagenwagen zur Stelle. »Wo ist die Leiche?«, fragte der Oberkommissar.

»Unten. Im Keller«, antwortete Stefan.

»Da is se meistens, gell ...«, flüsterte der Beamte seinem Kollegen zu. Er war für seinen schwarzen Humor bekannt. Die Brüder gingen mit den Polizisten und dem Notarzt, sowie den beiden Sanitätern in den Fitnessraum, Hartmut zeigte auf die Sauna. Der Oberkommissar hielt kurz die Luft an, ging durch die offenstehende Tür, sah das Opfer auf dem Rücken liegen. »Haben Sie die Tote angefasst?«, fragte er ungerührt. Hartmut schüttelte verneinend den Kopf.

»Gehen Sie nach oben. Sie können hier nichts tun. Betreten Sie den Keller nicht mehr.«

Stefan und Hartmut gingen hoch ins Wohnzimmer. Die Polizisten, die das Tötungsdelikt an die Regionale Kriminalinspektion Odenwald in Erbach weitergeleitet hatten, sicherten den Tatort und sperrten das komplette Grundstück ab. Notarzt und Sanitäter konnten hier nichts mehr ausrichten. Sie verließen den Fitnessraum, während Dr. Klemm mit den Beamten auf die Kriminalpolizei wartete.

Der sehr angespannte Hartmut schaute seinen ebenso angespannten Bruder ratlos an. Er setzte sich auf einen Sessel, stützte den Kopf in beide Hände, seufzte: »Auch das noch!«

Stefan legte eine Hand auf seine Schulter: »Ja, Hartmut. Das hat gerade noch gefehlt.«

Hartmut sah ihn traurig an. Es war jetzt schon sechs Tage her, dass seine Familie entführt worden war. Er hatte immer noch keinen Schimmer, was mit ihnen geschehen war. Auch von Kaiser kam keine positive Nachricht. Er war total verzweifelt. Kein Anruf der Entführer. Gar nichts! Sie ließen ihn völlig im Ungewissen. Sie ließen ihn schmoren! Und jetzt noch dieses Dilemma.

Den Menschen aus Höchst und Hetschbach, die die Familie Merdinger kannten, fiel auf, dass Katharina und die Kinder in den letzten Tagen nicht gesehen worden waren, aber sie dachten nicht weiter darüber nach. Sie werden wohl in den Urlaub gefahren sein, es sind ja Ferien, war die Meinung der Leute.

28

Aufmerksam geworden durch Streifen- und Rettungswagen, die mit zuckendem Blaulicht und eingeschaltetem Martinshorn angerast kamen, hatten sich viele Ortsansässige vor dem Bungalow von Jo und Ottilie Merdinger angesammelt. Was war hier passiert?

Die Polizisten hatten Mühe, die Leute zu beruhigen. Sie wiesen alle zurück. Journalisten der regionalen Presse bekamen Wind davon, dass hier etwas geschehen sein musste. Sie beeilten sich, nach Höchst zu kommen, wollten unbedingt Informationen. Manche versuchten, über das abgesperrte Grundstück ins Haus einzudringen. Kameras blitzten, Mikrofone wurden den Beamten hingehalten. Ein heilloser Wirrwarr von Stimmen und Handyklingeln übertönte alle anderen Geräusche. Die Presseleute bekamen vor Ort keinerlei Auskunft. Mürrisch und verärgert warteten sie hinter der Absperrung auf Mitteilungen seitens der Polizei.

Inzwischen hatten sich zwei Kriminalbeamte aus Erbach durch die zahlreichen Menschen gedrängt. Auch sie waren mit Mikrofonen und einem Blitzlichtgewitter konfrontiert worden. Die Hauptkommissare Kersten und Hummel von der Regionalen Kriminalinspektion Odenwald waren den Streifenpolizisten bekannt und konnten schnell die Absperrung passieren. Wortlos gingen sie ins Haus. Sie schauten sich die Leiche an. Hummel rief beim Rechtsmedizinischen Institut in Frankfurt an, erklärte, was geschehen war. Kersten beugte sich über die Tote, stellte Würgemale am Hals, Hautschürfungen, Hautunterblutungen fest. Weitere äußere Verletzungen waren auf den ersten Blick nicht zu erkennen. Er hielt ein Taschentuch vor Nase und Mund: »Gesicht aufgeschwemmt, ungewöhnliche Hautfarbe. Die liegt schon länger hier.« Mit Blick auf seinen Kollegen, der sich nun auch seines Taschentuches bediente, meinte er: »Das überlassen wir der Rechtsmedizin und der SpuSi.«

Felix Hummel nickte, sagte nichts. Er nahm Hauptkommissar Kersten immer noch krumm, dass dieser vor einiger Zeit ein Verhältnis mit seiner damaligen Freundin angefangen hatte. Seitdem hatte er keinen privaten

Kontakt mehr zu ihm. Das war früher mal anders gewesen. Da waren sie hin und wieder nach Feierabend zusammen ein Bier trinken gegangen. Jetzt erledigten sie nur noch notwendigerweise gemeinsam ihre Arbeit.

Die Kommissare gingen hoch in die Wohnung, befragten Hartmut und Stefan, konnten jedoch nicht viel von ihnen erfahren, nur so viel, dass die Tote Doreen Forster hieß und in Höchst im Weilertsweg wohnte.

»Wer hat die Tote gefunden?«, wollte Hummel wissen.

»Die Reinemachefrau meiner Eltern, Karla Ewert«, antwortete Stefan.

»Hatte Doreen Forster einen Freund oder eine Freundin, oder sonst irgendwelche Bekannte?«, erkundigte sich Hummel. Stefan Merdinger dachte nach: »Mir fällt im Moment nur Veronica de Silva ein. Veronica ist die Assistentin meines Vaters.«

»Weiß sie schon Bescheid?«

»Ja, ich habe im Büro angerufen.«

»Wo ist Frau Karla Ewert jetzt?«

»Sie hat sich im Gästezimmer hingelegt. Sie ist völlig fertig. Wir wollten sie nicht noch weiter belasten.« Stefan kratzte sich am Kinn.

»Wir müssen auch sie befragen«, meinte Hauptkommissar Kersten bestimmend.

»Aber ...« Stefan presste die Lippen zusammen.

»Kein Aber! Vielleicht ist ihr irgendetwas aufgefallen, das zur Aufklärung beitragen kann. Mann!« Der Hauptkommissar schüttelte den Kopf. »Sagen Sie ihr Bescheid! Am besten sofort!«

Stefan war verärgert. Dieser Ton behagte ihm überhaupt nicht. Von Karla Ewert konnten die Kommissare auch nicht mehr erfahren als von Hartmut und Stefan Merdinger.

Kurze Zeit später trafen zwei Beamte des Erkennungsdienstes ein. Sie schlüpften in ihre weißen Overalls und in die blauen Überschuhe, setzten den Mundschutz auf, begannen mit ihren Untersuchungen. Auf den ersten Blick waren keine Spuren sichtbar. Der Erste Kriminalhauptkommissar Peter Rothman und Oberkommissar Jockel Gruber fanden weder eine Handtasche noch irgendwelche Papiere. Kein Portemonnaie ... gar nichts. Hummel sah einen Schlüsselbund unter einem Stuhl liegen. Doreens Wohnungsschlüssel? Er hob ihn auf, steckte ihn ein. Später wollte er sich ihre Wohnung ansehen.

»Alles sauber … wie geleckt.« Rothman schürzte die Lippen. Ihm fiel ein bitterer Geruch auf, der aus dem Mund des Opfers trat. Zyankali? Er sagte nichts, wollte auf die Stellungnahme der Rechtsmedizin warten. »Der Täter hat wahrscheinlich alles mitgenommen«, erklärte er. »Aber da sind noch die hellgrünen Fasern, die wir an ihrem Hals entdeckt haben. Das könnte eventuell ein entscheidender Punkt sein.« Er zupfte die Fasern mit einer Pinzette weg, packte sie in eine Plastiktüte. Auch das routinemäßige Abschneiden von Fingernägeln und Kopfhaaren nahm er vor, verpackte alles sorgfältig. Der kurze hellblaue Rock und das gelbe T-Shirt, sowie der schwarze Slip des Opfers hingen über einem Stuhl im Fitnessraum. Auf der Bank lag ein weiterer Slip, in rosa Farbe. Unter dem Tisch standen weiße Flip-Flops. Alles war säuberlich geordnet. Fingerabdrükke wurden festgestellt und mit denen aller Beteiligten verglichen. Die Abdrücke von Hartmut und Stefan Merdinger, auch die von Karla Ewert waren erkennbar. Aber es gab noch andere. Speichelproben wurden mit dem Einverständnis aller entnommen, um DNA-Analysen zu erstellen.

»Irgendetwas werden wir finden«, war sich der Erste Kriminalhauptkommissar sicher. »Das ist mir zu komplett.« Er stutzte: »Wieso zwei Slips?« Er sah Oberkommissar Gruber an: »Die war nicht alleine hier, Jockel.«

»Ja. Sieht ganz so aus, als sei noch eine Frau dabei gewesen.« »Hmmm!« Rothman wiegte den Kopf. Er informierte die inzwischen zurückgekommenen Ermittler. Josef Kersten versicherte ihm, dass sie der Sache gründlich nachgehen würden, um zu einer schnellen Aufklärung zu kommen.

Dr. Klemm drehte den Kopf des Opfers, schaute sich die Tote genauer an. Er bestätigte die Feststellungen des Hauptkommissars Kersten. Auch sah er, dass das Gesicht der Leiche schon etwas aufgedunsen war.

Nach ungefähr einer Stunde kam Dr. Sarah Kant vom Rechtsmedizinischen Institut in Frankfurt hinzu, begutachtete kniend mit hochgezogenen Augenbrauen die Tote. Klemm ging neben ihr in die Hocke: »Sie wurde ganz sicher erwürgt.« Er wies auf die Würgemale hin, schaute die Rechtsmedizinerin überzeugt an.

»Erwürgt, erwürgt! Das ist schnell so dahingesagt, Herr Kollege«, gab Dr. Kant selbstherrlich zur Antwort, »sie könnte auch innere Verletzungen haben, die zum Tode führten. Oder sonst was!« Sie beugte sich über das Gesicht der Ermordeten, erhob sich abrupt, schaute Klemm von oben herab an: »Ich vermute, dass sie vergiftet wurde. Aus ihrem geöffneten Mund tritt ein leichter Geruch nach Bittermandeln hervor. Zyankali!« Sie sah ihm jetzt voller Ironie ins Gesicht: »Nicht gemerkt? Haben Sie Schnupfen?«

»Nein, wieso? Ach so! Aber die Würgemale! Was ist mit denen?«

»Das werden wir feststellen. Aber nicht hier.«

Dr. Anton Klemm ärgerte sich über ihre Arroganz. Er erhob sich, drehte sich um und ging.

»Vergewaltigung?«, war Hauptkommissar Kerstens erste Frage.

»Glaube ich nicht. Es gibt zumindest keine äußeren Anzeichen.« Sie streifte die Kapuze des Overalls vom Kopf, nahm die Gesichtsmaske ab.

»Aber es könnte doch möglich sein, oder?«

»Wir lassen sie nach Frankfurt bringen. Ich werde anschließend mit der Obduktion beginnen.« Kant lächelte Kersten herablassend an: »Ist das genehm, Herr Hauptkommissar?«, sagte sie mit spitzer Zunge.

»Jaja. Wann könnte der Mord passiert sein? Ungefähr!«

»Am Leichnam sind Spuren der Verwesung sichtbar. Ich habe es mir gleich gedacht, als ich ihr Gesicht sah. Die Haut sieht marmoriert aus, der Körper ist schon sichtbar aufgebläht. Ich schätze mal, die Tote liegt seit vielleicht zwei Tagen in dieser Sauna. Der Rest folgt.«

»Danke«, brachte Kersten mühsam hervor. Er mochte die Rechtsmedizinerin nicht sonderlich. Trotzdem ... sie hatte eine Aura, die ihn in den Bann zog. Dr. Kant verzog den Mund zu einem schiefen Grinsen: »Glücklicherweise war die Sauna nicht beheizt. Das wäre dann noch schlechter zu ertragen gewesen.« Hauptkommissar Felix Hummel schaute sie fragend an.

»Der Gestank!« Die große Rothaarige drehte sich überheblich um, stolzierte ohne ein weiteres Wort zu verlieren durch die Kellertür zu ihrem Mercedes SLK, stieg ein und fuhr weg. Hummel starrte ihr nach. »So ein arrogantes A...«, rutschte es ihm heraus. Er konnte den Satz gerade noch abbrechen. Gleichwohl machte sie einen ungeheuer erotischen Eindruck auf ihn. Rothaarige Frauen machten in kirre. Und wenn sie dann noch lange Beine hatten, geriet er völlig außer Fassung. Kersten wandte sich an seinen Kollegen: »Hummel, wir brauchen sie. Bestell den Bestatter.« Er murmelte in den Bart: »Hat der Helm schon wieder Urlaub?«

Professor Dr. Hans Günter Helm, mit dem er schon öfters zusammengearbeitet hatte, wäre ihm trotz der Attraktivität Sarah Kants lieber gewesen. Was die forensischen Untersuchungen betraf … Felix Hummel rief im Bestattungsinstitut in Höchst an, der Leichnam Doreen Forsters wurde ins Rechtmedizinische Institut der Goethe-Universität in die Kennedy-Allee nach Frankfurt-Sachsenhausen gebracht, wo die inzwischen eingetroffene Rechtsmedizinerin Dr. Kant mit der Obduktion begann.

Eine Durchsuchung der Wohnung der Toten durch Felix Hummel und Josef Kersten ergab keinen Treffer.

29

Hartmut Merdinger saß am Abend zu Hause auf der Couch und grübelte. Er nippte am Scotch, stand auf, ging in die Küche, wollte sich ein Schinkenbrot zubereiten. Er hatte keinen Appetit, ließ es sein, ging wieder zurück ins Wohnzimmer, zündete sich eine Roth-Händle an, die neunzehnte an diesem Tag, trank den Chivas Regal aus, schloss erschöpft die Augen. Plötzlich klingelte das Telefon. Er schreckte auf, nahm den Hörer: »Merdinger.«

»Wir haben doch ganz klar abgesprochen: Keine Polizei! Heute sah ich Polizisten, die das Haus ihrer Eltern betraten. Vor dem Haus war die Hölle los. Warum gehen Sie ein so hohes Risiko ein?«

Die Automatenstimme!

Hartmut raufte sich niedergeschlagen die Haare: »Ich habe nicht die Polizei gerufen. Das war …«

»Sie haben denen doch nichts von Ihrer Familie gesagt, oder?«, unterbrach ihn die

Stimme. »Und wenn, dann wird es Ihrer Frau und den Kindern schlecht ergehen. Merken Sie sich das gefälligst! Ich werde herausfinden, ob die Bullen informiert sind. Verlassen Sie sich drauf!«

»Ich habe nichts … was macht meine Frau? Die Kinder? Geht es ihnen …?«, schrie Hartmut verzweifelt in den Hörer.

»Später!«, unterbrach ihn die monotone Stimme. Es knackte in der Leitung.

»Aber so sagen Sie mir doch wenigstens, ob …« Dann registrierte er, dass der Teilnehmer am anderen Ende aufgelegt hatte.

30

Donnerstag, 30. Juli

Frühmorgens um 7.00 Uhr saßen der Erste Kriminalhauptkommissar Josef Kersten und Hauptkommissar Felix Hummel vom K10, dem Kommissariat für Gewaltverbrechen ihrem Vorgesetzen, Kriminalrat Walter Schlett in dessen Büro in der Regionalen Kriminalinspektion Odenwald in Erbach gegenüber.

»Wir müssen schnellstens das Tötungsdelikt aufklären. Direktorin Ehresmann, die neue Chefin in Darmstadt, will Fakten sehen. Die macht ordentlich Druck. Sie gab mir am Telefon zu verstehen, dass jetzt ein frischer Wind wehen würde. Und dieser frische Wind würde uns hin und wieder direkt ins Gesicht blasen, uns Provinzlern.« Er schaute auf: »Sie wissen, was ich meine. Hummel, rufen Sie mal den Rothman noch dazu.«

»Provinzler? Was bildet die sich überhaupt ein. Provinzler? Hä?

Wir haben noch immer unseren Job gemacht. Immer!« Kersten war wütend … und laut: »Die soll sich erst einmal bewähren. Die hat doch überhaupt keine Ahnung, was sich im Odenwald abspielt. Kommt aus Frankfurt und meint, sie könne uns verarschen. Die kommt mir gerade recht.« Der Hauptkommissar haute mit der flachen Linken auf den Schreibtisch des Kriminalrats. »Entschuldigung«, sagte er, nun leiser. Der Kriminalrat schmunzelte: »Beruhigen Sie sich, Kersten.«

»Ich habe noch gar nicht angefangen, mich aufzuregen!«, wurde Kersten erneut laut. »Das ist eine bodenlose …«

Weiter kam er nicht. Der Kriminalrat unterbrach ihn, hob beschwichtigend die Hände: »Sie wird Sie noch zu schätzen wissen. Geben Sie ihr eine Chance.« Mit ruhiger Stimme sprach er weiter: »Und nun lasst uns anfangen. Erstens: Alles muss schnell gehen! Zweitens: Alles muss noch schneller gehen!« Er setzte hinzu: »Es ist ja nicht nur die neue Chefin, die schnellen Erfolg sehen will.«

»Ich weiß. Die Staatsanwältin!« Josef Kersten kannte die rothaarige Dr. Ramona Augustin – neuerdings zierte eine hellblaue Strähne ihren immer akkuraten Pagenschnitt. Er wusste, sie war knallhart. Für sie zählte nur der Erfolg. Und noch etwas war für sie wichtig: Ihre neue Freundin, eine heißblütige Argentinierin, mit der sie inzwischen in Darmstadt in der Bessunger Straße wohnte.

Kriminalrat Schlett blickte auf: »Hummel!«

Felix Hummel ging ins Büro, das er mit Kersten teilte, rief beim Chef des Erkennungsdienstes an: »Komm mal hoch, Peter. Es weht ein frischer Wind.«

»Wie, es weht ein frischer Wind? Was meinst du?«, fragte Rothman.

»So hat Schlett es eben gesagt. Und dieser Wind würde uns ins Gesicht blasen, hat er gesagt. Und es muss alles schnell gehen … und noch schneller, oder so ähnlich. Hat er gesagt.«

Rothman hatte das jetzt nicht verstanden, legte den Kopf schief: »Ich komme sofort.« Er kratzte sich an der Wange: »Der spinnt, der Felix. Wind ins Gesicht blasen! Schnell und noch schneller! Mannomann!«

Im Büro des Kriminalrats setzte sich Peter Rothman zu den Ermittlern.

»Was haben wir bisher für Erkenntnisse bezüglich des Tötungsdeliktes, Herr Rothman.« Schlett legte die Ellbogen auf den

Schreibtisch, beugte sich nach vorne, nahm eine abwartende Haltung ein. Seine Assistentin, eine dunkelhaarige Mittvierzigerin mit kräftigen Waden und kantigem Gesicht brachte Kaffee, schenkte jedem ein.

»Tja, Herr Schlett, viel haben wir noch nicht.« Rothman informierte über die bisher bekannten Dinge. »Die Kleider der Toten und den auf der Bank liegenden rosa Slip, sowie die weißen Flip-Flops haben wir in die Asservatenkammer gebracht. Wir beginnen dann mit den Untersuchungen.«

»Was gibt's noch?« Schlett schaute den Ersten Kriminalhauptkommissar Kersten interessiert an.

»Definitiv noch nichts. Wir müssen den Bericht der Rechtsmedizin und der SpuSi abwarten.« Kersten blickte Peter Rothman an. Rothman nickte leicht mit dem Kopf.

»Na, dann werde ich mal Dampf machen.« Kriminalrat Schlett nahm das Telefon von der Gabel.

31

Die Ermittler und Rothman gingen zurück in ihre Büros. Als Hummel sich setzen wollte, blieb er mit dem linken Fuß am Schreibtisch hängen, wobei der Absatz seines Schuhes abbrach. Glücklicherweise fiel Hummel nicht zu Boden, sondern in seinen Bürosessel. »So ein verdammter Mist.« Er hob den abgebrochenen Absatz auf und warf ihn wütend in eine Ecke des Büros. Kersten schüttelte den Kopf, sagte nichts.

»Was mach ich jetzt?«, maulte Felix Hummel.

»Reiß den anderen Absatz auch ab, dann kannst du wenigstens normal gehen.« Kersten verbarg sein schadenfrohes Grinsen, indem er einfach den Kopf zur Seite drehte.

»Eins muss ich dir lassen, Josef. Du hast immer wieder gute Ideen, wirklich!«, knurrte Hummel missmutig. Leise grummelte er: »Blödmann!«

Eine halbe Stunde später war der Obduktionsbericht der Rechtsmedizinerin auf den

Computern der Ermittler und des Erkennungsdienstes, auch Spurensicherung, kurz SpuSi genannt. Kersten zuckte zusammen, als die Mail von Dr. Sarah Kant auf seinem PC erschien. Irgendwie fesselte ihn die Frau, obwohl er eine gewisse Abneigung – diese war allerdings nur beruflicher Art – gegen sie hegte.

Der Bericht deckte sich weitgehend mit ihren Aussagen im Bungalow Merdingers. Der Tod Doreen Forsters war am vergangenen Montag zwischen neunzehn und einundzwanzig Uhr eingetreten. Kratzspuren, Prellungen und Hautabschürfungen an Armen und Händen. Keine Vergewaltigung. Und, auch hier hatte sie Recht behalten, die Würgemale am Hals waren nicht die Todesursache. Der Tod war durch Zyankali eingetreten. Dies bewies der toxikologische Befund. Hauptkommissar Peter Rothman vom Erkennungsdienst schmunzelte zufrieden. Seine Einschätzung hatte gestimmt.

»Also, Hummel«, ergriff Kersten das Wort: »Zyankali! Das Opfer ist möglicherweise vorher gewürgt worden.«

»Genau. Lass mich mal überlegen.«

»Oh je!« Kersten schaute gegen die Decke.

»Oh je? Was heißt denn das nun wieder? Oh je!« Hauptkommissar Hummel schob die auf die Nasenspitze gerutschte Nickelbrille mit dem Mittelfinger zurück. Sie rutschte wieder vor. »Vergiss nicht, den letzten Mordfall habe ich ganz alleine gelöst, nicht wahr? Ganz alleine! Zugegeben, mit ein wenig Hilfe des Lkw-Fahrers von *Eurotrans*.« Er blickte Kersten stolz von der Seite an.

»Ja, Hummel, ich weiß. Es war einer der Gründe, weshalb du befördert worden bist.« Hauptkommissar Kersten verzog das Gesicht: »Ist dir inzwischen etwas Brauchbares eingefallen?« Ironisch setzte er hinzu: »Oder wollen wir in Erinnerungen schwelgen?«

»Quatsch!«, ärgerte sich Hummel. »Pass auf, Josef. Wir fassen zusammen: Dorthe Frostig wurde gewürgt. Sie hat sich gewehrt und zwar heftig, was die Kratzspuren, Prellungen und Hautabschürfungen beweisen. Der Täter schaffte es nicht, ihr den Kehlkopf durchzudrücken. Sie wurde bewusstlos und der Täter steckte ihr die Kapseln mit dem Zyankali in den Mund. Wenig später war Dorthe Frostig tot.« Er hob den Kopf, schob Beifall heischend die Unterlippe vor.

»Im Prinzip könnte es so gewesen sein.« Mit zynischem Blick auf seinen Kollegen meinte Hauptkommissar Kersten: »Aber sie heißt Doreen Forster und nicht ...« Er winkte ab: »Siehste Hummel, der Wind bläst uns schon ins Gesicht.«

Felix Hummel guckte ihn irritiert an. Kersten fuhr fort: »Aber *Täter*? Vielleicht war es eine *Täterin*. Frauen morden oft mit Gift. Meistens sogar. Außerdem hat eine Frau in der Regel weniger Kraft als ein Mann. Schon deshalb müssen wir auch eine Frau vermuten. Ansonsten bin ich deiner Meinung.«

Hummel zog die Stirn kraus, fasste sich an die spitze Nase. Der pummelige Hauptkommissar mit dem schütteren Haar stand auf, nahm seine Tasse, humpelte zur Kaffeemaschine und holte sich Kaffee. Er stellte sich mit dem Rücken an einen der grauen Büroschränke, tippte mit dem Fuß dreimal auf den Boden. Wie immer, wenn er entweder am Überlegen war, oder wenn er jemandem überlegen war. Dieses Mal war er nicht überlegen. Er dachte laut: »Wir suchen zuerst mal die Freundin der Toten auf. Vielleicht weiß sie mehr und kann uns helfen. Möglicherweise gehört ihr der rosa Slip, oder der schwarze. Was weiß ich.«

»Der schwarze wahrscheinlich nicht. Der lag ja bei den Kleidern Doreens. Eher der rosa«, folgerte Kersten. »Aber das wird die SpuSi uns bald mitteilen.«

»Ja. Also los, Josef, wir fahren zu der … der … Silver.«

»De Silva, Hummel.« Er schüttelte den Kopf: »Du und dein Gedächtnis. Ich glaube, die Lücken werden ständig größer.«

»Welche Lücken, Josef?«

»Ach Hummel, vergiss es.« Sein Vorgesetzter winkte erneut ab: »Sie heißt de Silva!«

»Sagte ich doch. Silver.«

Hauptkommissar Kersten faltete die Hände, schloss die Augen: »Mein Gott!«

32

Privatdetektiv Frederic Kaiser hatte von dem jüngsten Ereignis gehört. Er war fassungslos: »Denen bleibt aber auch gar nichts erspart.« Dann gab er sich einen Ruck: »So, Ariane, los geht's. Wir müssen auf jeden Fall die Wagen finden, den Corsa und den A3. Dann sind wir der Sache ein ganzes Stück näher. Vielleicht bestehen ja Zusammenhänge mit dem Mord. Wer weiß! Wir müssen los. Komm mit!« Er hängte seine Ledertasche um, in der sich immer Digitalkamera und Fernglas befanden, ging zur Tür hinaus. Ohne diese Tasche verließ Kaiser niemals das Haus. Sie war wie mit ihm verwachsen. Ariane erhob sich vom Stuhl, wollte ihm folgen, da klingelte das Telefon. Sie nahm den Hörer. »Hier spricht Tobias Mantz«, meldete sich eine aufgeregte, schnellsprechende Stimme. »Die sind wieder da. Die die ... sie wissen schon ... die ... die ...!«

Ariane hatte es verstanden. »Versuchen Sie, sie aufzuhalten. Fangen Sie ein Gespräch mit ihnen an. Wir sind in einer Viertelstunde bei Ihnen. Danke. Tschüss.«

Sie hielt den Hörer noch in der Hand, als sie ihrem Vater hektisch nachrief: »Warte, Papa! Warte doch!«

Kaiser blieb stehen: »Was ist denn los? Du bist so nervös!«

»Ei ja, der Mantz von *Dietlinds Oldtimer* hat angerufen. Die unheimlichen Gestalten, von denen ich dir erzählte, sind dort.« Ariane war außer Atem. »Wir nehmen den Fiat.« Sie holte den Schlüssel aus ihrer Tasche und rannte zum Auto. Der Fiat Panda jedoch machte keine Anstalten, anzuspringen. Kaiser eilte in die Garage, holte die Kreidler, Ariane setzte sich hinter ihm auf die Sitzbank. In der Eile vergaßen sie, Helme aufzusetzen. So schnell sie konnten, fuhren sie nach Ober-Nauses. Kurz vor dem Biergarten *Dietlinds Oldtimer* bogen sie rechts in den Waldweg zum Löschteich ein. Der Corsa stand am Wegesrand. Sie fuhren ein Stück weiter, an dem Wagen vorbei. Der Privatdetektiv rief Tobias Mantz vom Handy an, sagte ihm Bescheid, dass sie da seien und im Dickicht am Löschteich auf die Männer warten würden. Vorsichtig ging er zu dem roten

Opel, schaute sich die Reifen an, fotografierte sie, obwohl sie voller Schmutz waren. Er wurde stutzig. Das Kennzeichen begann nicht mit OF, sondern mit F. Er fotografierte auch das Nummernschild und ging zurück.

»Das Nummernschild ist hundertprozentig gefälscht«, berichtete er seiner Tochter. Er zeigte ihr das Foto auf der Kamera. »F steht für Frankfurt. Nix mit Offenbach.«

Ariane hob die Schultern. »Blöd sind die nicht.«

Kaiser nickte bestätigend. Sie warteten und warteten. Nach ungefähr einer Stunde kamen die zwei Männer, setzten sich in den Opel Corsa, wendeten am Löschteich und fuhren davon. Kaiser war darauf vorbereitet. Er folgte ihnen, konnte sogar dranbleiben. Die Kreidler Florett war ein flottes Moped. Hundert Stundenkilometer waren für sie kein Problem. Die schaffte sie locker. Eine Granate der sechziger Jahre. Der Privatdetektiv und seine Tochter fuhren in großem Abstand hinter ihnen her. An der Kreuzung bei Michelstadt-Stockheim bog der Corsa links ab in Richtung Amorbach. Vorbei am Eulbacher Park immer der Bundestraße 47 nach. Wenige Kilometer vor Amorbach bog er erneut links ab. Der schmale Feldweg führte in den Wald. Kaiser fuhr rechts ran, blieb stehen. Er wartete bis der Corsa außer Sichtweite war. Als der Wagen im Wald verschwunden war, fuhr er langsam weiter. Die Männer in dem roten Corsa hatten offenbar nicht bemerkt, dass sie verfolgt wurden. Vor der Blockhütte hielten sie an und stiegen aus. Kaiser stellte die Kreidler vorsichtig hinter eine Baumgruppe, er und Ariane stiegen ab. Sie liefen geduckt unter den Fichten hindurch, bis sie ungefähr fünfzig Meter vor der Hütte waren. Kaiser suchte die Gegend mit dem Fernglas ab, gab es weiter an Ariane. Von den Männern war nichts zu sehen.

»Sie sind sicher reingegangen«, raunte er seiner Tochter zu. »Warte hier, ich gehe an die Rückseite der Hütte. Vielleicht kann ich hören, was sie sagen.«

»Sei vorsichtig, Papa«, flüsterte Ariane ängstlich. Er nickte, ging geduckt weiter, nutzte jeden Baum als Sichtschutz. Langsam schlich er um einen Holzstoß herum. Hinter dem Holzstoß stand ein weißer Audi A3. »Aha!« Frederics Nerven waren angespannt. Er fotografierte die Reifen. Dann lief er leise weiter zur Hütte. An der Rückseite war ein Fenster geöffnet, was ihm sehr entgegen kam. So konnte er ungestört mithören, worüber die Männer sprachen.

»Was machen wir mit den Kindern?«, hörte er einen sagen.

»Du nervst, Mann!«, schnauzte ihn der andere mit hoher Fistelstimme an. »Ich habe es dir schon einmal gesagt. Wir machen das wie abgesprochen. Für alles andere ist es jetzt zu spät. Verdammt noch mal!«

Stille.

Für Frederic war klar: Sie hatten die Kinder. Aber wo war deren Mutter?

»Immer, wenn du besoffen bist, plärrst du herum. Deine Scheißstimme geht mir auf den Senkel. Weißt du was? Du kannst mich mal!«, war nun die andere Stimme zu hören. Sie klang ziemlich rau.

»Du bist echt die Stradivari unter den Arschgeigen«, erwiderte die Fistelstimme, noch eine Oktave höher. Frederic blieb noch zehn Minuten, hörte aber keinen Ton mehr, bis ein lautes Schnarchen ertönte. Er schlich behutsam zurück zu Ariane, die ungeduldig auf ihn wartete. Durch die jetzt ein klein wenig geöffnete Tür beobachteten zwei dunkle Augen mit schwarzen, buschigen Brauen, wie Kaiser sich von der Hütte entfernte.

»Wir müssen das der Polizei melden. Alleine kommen wir nicht weiter.« Der Privatdetektiv blickte seine Tochter entschlossen an.

»Ja, schon, aber was passiert, wenn diese Halunken das erfahren? Das mit der Polizei.«

»Die Kripobeamten sind für solche Dinge ausgebildet. Da habe ich keine Bedenken.«

»Okay, das weißt du besser als ich.« Ariane nickte zustimmend.

»Ich muss schnellstens mit Merdinger reden. Ich muss ihm klarmachen, dass wir ohne Polizeieinsatz keine Chance haben.«

Während Kaiser die Kreidler auf die Straße schob, sagte er zu Ariane: »Du hattest Recht. Die beiden sehen wirklich zum Fürchten aus.«

»Nicht wahr?« Ariane schaute ihn mit ernster Miene an. Sie stiegen auf und fuhren nach Hetschbach zu Schiffsführer Hartmut Merdinger. Neugierige Nachbarn blickten hinter Vorhängen aus den Fenstern. Offenbar ließen sie das Haus Merdingers trotz der Entfernung von mindesten fünfzig Metern oder gar mehr nicht aus den Augen. Kaiser stellte das Moped wieder unter den Bäumen des angrenzenden Waldes ab. Sie gingen durch den Garten, in dem viele der Blumen den Kopf hängen ließen, weil ihnen bei der anhaltenden Trokkenheit das Wasser fehlte, mit dem sie jeden Tag morgens und abends von Katharina am Leben gehalten worden waren. Hartmut sah den Detektiv und seine Tochter kommen, ging ihnen entgegen. Auf der Sitzgarnitur auf dem verbrannten Rasen nahmen sie Platz. »Möchten Sie etwas trinken?«, bot er an.

»Ja, Wasser wäre gut. Wir sind schon eine Weile unterwegs«, entgegnete Kaiser. Der Schiffsführer ging in den Keller, holte eine Flasche Finkenbach-Quelle und Gläser, setzte sich wieder und schenkte jedem ein. Mit einem Zug tranken sie ihre Gläser leer. Ariane wischte sich über den Mund: »Das tut gut!«

»Ja, es ist wieder sehr heiß heute.« Merdinger spannte den Ampelschirm auf, um sich und seine Gäste gegen die gleißende Sonne etwas zu schützen. Frederic berichtete ihm, was sie bisher herausgefunden hatten, wollte ihn überzeugen, die Polizei mit einzubeziehen, was Merdinger erstmal grundsätzlich ablehnte: »Auf gar keinen Fall, Herr Kaiser. Dieses Risiko gehe ich nicht ein.« Er schüttelte verzweifelt den Kopf. »Es muss einen anderen Weg geben.«

»Es ist die einzige Chance, ihre Familie zu befreien. Ich kenne den Kriminalrat gut. Wir treffen uns hin und wieder an der Mümling zum Angeln. Vertrauen Sie mir. Er wird das regeln.«

Nach zähem hin und her stimmte Hartmut zu: »Aber nur mit hundertprozentiger Garantie, dass nichts schiefgeht.«

Kaiser verzog das Gesicht: »Diese Garantie, Herr Merdinger, wird Ihnen niemand geben können. Ein minimales Risiko bleibt. Aber ich kann Ihnen versichern, dass das Risiko wirklich sehr gering ist.«

»Okay.« Hartmut schaute Kaiser hilflos an: »Was muss ich tun?«

»Zunächst gar nichts. Ich rede mit Kriminalrat Schlett. Er wird Sie dann informieren, wie er vorgehen wird. Bitte sagen Sie davon niemandem etwas. Auch nicht Ihrem Bruder.«

Der Schiffsführer nickte schwermütig. »Ja.« Er war sehr beunruhigt, kratzte sich mit der Linken an der Schläfe.

33

In der Hütte im Wald wurde der Schnarchende von seinem Kumpanen geweckt. Aufgeregt erzählte dieser ihm, dass er einen schmalen, langen Glatzkopf gesehen habe, der in Richtung Westen gelaufen sei. »Was tun wir jetzt?«

Der Blasse mit der Narbe im Gesicht richtete sich auf, zündete sich eine Reval an, blieb ganz cool. »Polizei?«

»Nein, glaube ich nicht. Der Merdinger hat doch viel zu große Angst. Vielleicht war es nur Zufall.«

»Zufall! War der Mann in der Nähe der Hütte?«

»Nein. Ich sagte doch, er ging in westliche Richtung. Wahrscheinlich ein Pilzsammler oder ein Spaziergänger. Er hatte eine schwarze Tasche umgehängt.« Beklommen fügte er hinzu: »Wir können doch den Kindern jetzt nichts antun, nur weil ich diesen Mann gesehen habe.«

»Wir müssen verschwinden. Vielleicht hat er uns ja wirklich beobachtet.« Der Blasse blies den Rauch gegen die Decke. »Am besten sind wir auf dem Frachter von Röhm aufgehoben.«

»Auf der *MS Odenwald*, so heißt der doch, oder?«

»Genau. Ich rufe Röhm an.« Er stand auf, holte sein Handy aus der Jackentasche, setzte sich auf die Bettkante.

»Warte, mal, Vitus.« Henry setzte sich neben ihn. Vitus schaute ihn gereizt an: »Was?«

Henry legte die Hand auf dessen Schulter: »Wir sollten die Kinder freilassen.«

»Bist du noch ganz bei Trost? Die Kinder freilassen? Du spinnst wohl!« Vitus schüttelte den Kopf: »Vergiss es ganz schnell wieder!« Er drückte die Kippe in einem schmutzigen Teller aus.

34

Die Hauptkommissare Josef Kersten und Felix Hummel fuhren zuerst zu Hummels Wohnung in die Illigstraße in Erbach, wo Felix die Schuhe tauschte, dann nach Höchst zum Büro von *Merdingers Binnenschifffahrt*, um mit Veronica de Silva zu sprechen. Ihnen wurde mitgeteilt, dass sie krank sei.

»Sie hat einen Schwächeanfall bekommen. Stefan hat sie nach Hause gefahren«, sagte Irma Kronauer emotionslos und drehte sich um. Sie verstand sich mit Veronica nicht, beneidete sie um ihre Position als Assistentin des Chefs. Ihr Hass auf die schöne Schwarzhaarige steigerte sich von Tag zu Tag. Ihr passte auch nicht, dass Stefan ständig um Veronica herumschwänzelte, seit der alte Merdinger in Urlaub war.

»Sei bitte etwas freundlicher zu den Herren, Irma«, rügte Stefan Merdinger seine Assistentin.

»Freundlicher!«, erwiderte sie erbost, »die de Silva bekommt doch alles, was sie will. Und was ist mit mir?« Sie nahm eine Gitane ohne Filter aus der Packung: »Hat jemand Feuer?«

Kersten riss ein Streichholz aus einem flachen Reklamepäckchen, das er mal bei einer Autoausstellung mitgenommen hatte, rieb es an. Sie nahm ihm mit der Linken das brennende Streichholz aus der Hand, zündete ihre Zigarette an: »Danke!« Den Rauch blies sie provozierend in Richtung ihres Vorgesetzten. Stefan hustete, rieb sich die Augen, warf ihr einen wütenden Blick zu.

»Komm, Hummel, wir gehen.« Kersten holte Luft. »Was die jetzt ausfechten, geht uns nichts an.«

Die Beamten ließen sich die Adresse Veronica de Silvas geben. Beim Weggehen hörte Hummel im Hintergrund, wie Irma Kronauer verärgert zischte. »Ich habe von euch noch nie irgendwelche Klunkern geschenkt bekommen.«

Was Stefan Merdinger darauf antwortete, hörte er nicht mehr. Sie waren bereits zur Glastür draußen, stiegen in den Wagen und fuhren nach Lengfeld. In der Borngasse klingelte Kersten an der massiven Holztür des ehemaligen Bauernhauses, in dem Veronica de Silva im Erdgeschoss wohnte. Im weißen

Bademantel öffnete sie die Haustür. Ihr hübsches Gesicht wirkte eingefallen, die sonst glänzenden blauen Augen schauten traurig die Männer an. Ihr langes schwarzes Haar hing straff herunter. Mit hohler Stimme fragte sie: »Was wünschen Sie?«

Die Kommissare stellten sich vor, zeigten ihre Dienstausweise.

»Kommen Sie herein.« Veronica ging schleppend voraus, zeigte auf die hellblaue Couch im modern eingerichteten Wohnzimmer, nahm auf einem Sessel Platz. Kersten und Hummel setzten sich.

»Bitte kommen Sie zur Sache. Ich muss unbedingt wieder ins Bett. Sie sehen ja selbst, es geht mir gar nicht gut.« Sie fasste sich an die gerötete, verschwitzte Stirn.

»Okay, Frau de Silva. Wir werden Sie nicht lange stören«, ergriff Kersten das Wort. »Was können Sie uns zu dem Mord an Doreen Forster sagen? Sie war doch ihre Freundin, oder?«

Veronica fing an zu weinen. Mit tränenerstickter Stimme sagte sie: »Ja, das war sie. Ich kann Ihnen aber nur wenig sagen. Ich war an diesem Tag mit ihr in der Sauna meines Chefs, Herrn Merdinger. Nach ungefähr zwanzig Minuten bekamen wir einen fürchterlichen Streit.« Sie trocknete die Tränen mit einem weißen Seidentaschentuch. »Ich verließ die Sauna, sagte zu ihr, sie solle einfach die Haustür hinter sich zu ziehen, wenn sie gehen würde. Ich sagte ihr auch, dass ich sie in der nächsten Zeit nicht sehen wolle.«

»Worum ging es bei dem Streit?«

»Es ging um Männer … und um sie«, entgegnete Veronica.

»Wie?«, fragte nun Hummel.

»Nun ja, Doreen und ich hatten eine sehr intime Beziehung. Wenn sie mit einem Mann flirtete, sah ich das nicht gerade gerne.« Sie strich sich eine Haarsträhne aus dem Gesicht.

»Eine intime …? Aha! Flirtete sie oft?« fragte Hummel weiter.

»Was? Ach so. Ja, zu oft«, antwortete sie erschöpft.

»Ergab sich da auch mehr als nur ein Flirt?«

»Mit Sicherheit.« Veronica gab zu, dass das Verhalten ihrer Freundin sie wütend und eifersüchtig gemacht hatte.

»Wer waren die Männer?«

»Ich kannte keinen persönlich«, log sie. Nach kurzer Pause fuhr sie schwer atmend fort: »Wenn ich sie zufällig auf einem Fest oder in einem Lokal traf, war sie immer mit irgendeinem Mann zusammen … und immer war sie bestens aufgelegt. Ich hatte dann den Eindruck, sie wolle mich provozieren.« Sie beugte sich leicht nach vorne, sagte leise: »Es machte mich rasend.«

Die Kommissare schauten sich vielsagend an. Veronica de Silva senkte verunsichert den Kopf.

»Im Fitnessraum des Hauses Merdinger wurde unter anderem ein rosa Slip gefunden. Gehört der Ihnen?«, fragte Kersten unverblümt.

Veronica zögerte: »Ja … der gehört mir. Ich hatte in meinem Zorn vergessen ihn anzuziehen.« Sie errötete.

»Ah ja! Bitte halten Sie sich zu unserer Verfügung.« Die Kommissare wünschten ihr gute Besserung und verabschiedeten sich.

Vom Verhältnis Doreens mit Mario Schiefer erzählte Veronica de Silva nichts. Auch die tatsächliche Begebenheit in der Sauna, bei der sie ja hautnah dabei war, verschwieg sie. Dass Stefan Merdinger sie umarmen und küssen wollte, als er sie heute nach Hause brachte, verschwieg sie ebenfalls.

Wen wollte sie decken?

Im Büro in Erbach schaute Felix Hummel Kersten mit zusammengekniffenen Lippen an: »Die hätte ein Motiv, die Silver, meinst du nicht, Josef?«

»De Silva! Schon, Hummel, schon. Ihre Eifersucht. Aber ob sie zu so etwas fähig ist?«

Hummel wackelte mit dem Kopf. »Du weißt, es hat schon die tollsten Dinge gegeben. Zum Beispiel ...«

»Lass gut sein, Hummel. Aber du hast Recht. Wir müssen alles in Erwägung ziehen.«

35

Die *MS Odenwald* hatte die Schleuse in Wallstadt passiert und befand sich auf dem Weg nach Aschaffenburg, als der Blasse Schiffsführer Röhm anrief und ihm mitteilte, was geschehen war.

»Bringt die Kinder an der Schleuse in Obernau an Bord. Wir machen dort fest.« Dieter Röhm war verärgert. Warum konnten diese Dilettanten nicht aufpassen? »Sie versicherten mir, dass niemand das Versteck finden würde«, knurrte er böse in den Bart. Als die *Odenwald* in Obernau durch die Schleuse war, sah Röhm vor sich die *MS Cristan von Hoiste*. »Verflucht! Auch das noch! Der Merdinger! Ausgerechnet hier!« Jetzt hatte er ein doppeltes Risiko. Er rief die Entführer an: »Ein Schiff von Merdinger liegt hinter der Schleuse. Wartet bis es dunkel ist. Dann muss es schnell gehen.«

»Warum fahrt ihr nicht weiter?«

»Weil dann schon der Hafen in Aschaffenburg kommt. Das Risiko wäre noch größer als es ohnehin schon ist. Außerdem haben wir ein kleines Problem. Nichts Schlimmes.«

»Okay.«

An seinen Bootsmann gewandt sagte Röhm: »Überprüfe mal die Motoren. Da läuft etwas unrund.«

»Ich schau nach.« Pieter van Doorn stieg sogleich in den Maschinenraum hinunter.

36

Auf der *MS Cristan von Hoiste* saßen die Matrosen Karl Felden und Fred Schneider an Deck an einem kleinen runden Tisch, auf dem eine Flasche Rotwein und zwei Gläser standen. Sie unterhielten sich mit zwei Holländern, die mit Bierflaschen in der Hand auf einem Balkon des deutschen Fahrgastschiffes *Pfalzgraf* standen. Die *Pfalzgraf* musste an der Schleuse warten, bis sie an der Reihe war.

Als der ankommende Frachter durch war, machte er hinter ihnen fest. Steuermann Felden stand auf, schaute nach, wer das war. Er kannte die *MS Odenwald*, auch die Besatzung, so wie die meisten Binnenschiffer sich kennen. Man begegnete sich ja öfters. Er grüßte Steuermann Roland Braun, der gerade das Schiff mit Tauen festgemacht hatte und an Deck eine Zigarette rauchte: »Guten Abend. Na, Schluss für heute?«

»Ja, morgen früh um fünf geht's weiter. Und ihr?«

»Keine Ahnung. Wir liegen nun schon ein paar Tage hier. Seltsam, oder?«

»Seltsam, ja.« Braun hob die Hand, wandte sich zum Gehen: »Gute Nacht.«

»Gute Nacht.« Felden ging wieder zurück, setzte sich auf seinen Klappstuhl, trank einen Schluck Trollinger.

37

Die Entführer brachten nach Einbruch der Dunkelheit Thomas und Bettina Merdinger an Bord des Frachters *MS Odenwald*. Den Audi A3 Katharinas hatte Vitus tief im dichtbewachsenen Wald hoch über Miltenberg versteckt und mit Ästen abgedeckt. Danach hatten sie ihre Fahrt mit dem Opel Corsa Winnens fortgesetzt, den Röhm bei Obernau mit dem Kran an Bord der *MS Odenwald* hob. Die Kinder wurden am Bug des Schiffes im Appartement der Matrosen untergebracht. So waren die Entführer sicher, dass sie ihre Mutter nicht entdeckten, da sie gute achtzig Meter von ihr entfernt waren. Zwischen ihnen und Katharina befand sich der Frachtraum. Bootsmann Pieter van Doorn und Steuermann Roland Braun bezogen Zimmer im Appartement der Familie Röhm. Das Gästeappartement musste freigehalten werden, ein Paar hatte sich angemeldet und wollte in Kürze mitfahren.

Vor lauter Angst sprachen die Kinder die ganze Zeit über kein Wort. Der Mann mit der Gustav Gans-Maske ging später zu ihnen, brachte ihnen Brot, Wurst, Käse und Apfelsaft. Er sprach beruhigend auf sie ein: »Keine Angst, es geschieht euch nichts. Ihr seid bald frei.«

»Wo ist unsere Mama?«, schluchzte Bettina wieder und hängte sich wie eine Klette an ihren vor Angst weinenden Bruder.

»Es geht ihr gut«, flüsterte der Mann. »Und nun esst erst mal und legt euch dann schlafen.« Wie zufällig streichelte er ihnen übers Haar.

»Aber wir haben solche Angst!« Thomas schaute ihn aus verweinten Augen an. »Was ist mit Mama passiert?«

»Nichts. Macht euch keine Sorgen.« Der Maskierte ging schnell hinaus, verschloss die Tür und nahm die Maske ab. Eine Träne lief ihm übers Gesicht in seinen schwarzen strubbeligen Bart. Als er ins Appartement der Familie Röhm kam, saß der Schiffsführer mit dem blassen Mann am Esstisch. Er setzte sich wortlos dazu.

»Was ist los?«, fuhr der Blasse ihn an: »Haste wieder Mitleid?« Er schaute seinem Kumpanen durchdringend in die Augen: »Vergiss es!« An

Röhm gewandt, sagte er in bestimmendem Ton: »Wir bleiben vorerst auf dem Schiff. Du hast doch sicher Platz für uns.«

»Ihr könnt auf den beiden Couches im Wohnraum schlafen.« Launisch knurrte Röhm: »Aber seht zu, dass ihr endlich das Lösegeld bekommt. Das hier ist kein Hotel.«

Sein Schwiegervater Pieter van Doorn kam hinzu: »Eine der Kühlwasserpumpen ist ausgefallen. Die andere arbeitet nur noch unregelmäßig.«

»Unregelmäßig, ja? Verdammt!«, fluchte Röhm. Es schien, als wolle er seinem Schwiegervater dieses Missgeschick anlasten. »Wir müssen hier weg. Unbedingt!«

»Das ist ein großes Risiko. Wir können es bis Aschaffenburg versuchen. Spätestens dort müssen die Pumpen ersetzt werden. Wenn die zweite Pumpe während der Fahrt komplett ausfällt, haben wir ein Riesenproblem. Das kann dann zu einer Havarie führen.«

»Glaubst du, ich wüsste das nicht?« Röhm schaute van Doorn höhnisch an. »Wir riskieren es«, entschied er. Van Doorn hob die Schultern. Im Weggehen murmelte er: »Arschloch, blödes!«

Noch in der Nacht setzte die *MS Odenwald* ihre Fahrt fort. Am nächsten Tag sollte die Fracht in Aschaffenburg im Hafen gelöscht werden. Sie schafften es. Die Beschaffung der Ersatzteile, die benötigt wurden, dauerte drei Tage. Sie lagen vier Tage fest. Vier Tage! Ein Alptraum für jeden Schiffer. Und dazu noch in einer solch prekären Situation. Anschließend stand die neue Ladung in Hanau an.

38

Inzwischen hatte Kriminalrat Walter Schlett eine Sonderkommission unter der Leitung des Ersten Kriminalhauptkommissars Josef Kersten zusammengestellt. Die SoKo Forster bestand aus jeweils vier Beamten der Polizeistationen Höchst und Erbach, die sofort ihre Tätigkeit aufnahmen und mit Befragungen aller möglichen Bürger begannen.

Eine einheimische Schreinerei machte es möglich, noch am gleichen Tag einen Teil des Konferenzraumes mit einer Holzwand abzutrennen. Ein provisorisches Büro wurde eingerichtet. Es war eng geworden in der Kriminalinspektion. Am Abend wurden die PCs und alles was dazugehörte installiert. Acht Beamte konnten dort ihrer Arbeit nachgehen. Ein immenser Aufwand an Recherchen und eine Menge Schreibarbeit waren angesagt. Keiner der Betroffenen war glücklich darüber, aber alle waren sich bewusst, dass der Mord an Doreen Forster allerhöchste

Priorität hatte und schnellstens aufgeklärt werden musste.

Die Presse wurde informiert. Am nächsten Tag stand in vielen Zeitungen, was geschehen war. Auch im Radio, sogar im Fernsehen wurden Berichte über den Mordfall Doreen Forster gesendet.

39

Mitten in diese Geschehnisse platzte die Nachricht von der Entführung Katharina Merdingers und ihren Kindern Thomas und Bettina. Privatdetektiv Kaiser hatte Kriminalrat Schlett direkt angerufen und um einen dringenden Termin gebeten.

»Worum geht's, Frederic?«, hatte Schlett gefragt. Sie siezten sich zwar, sprachen sich aber mit Vornamen an.

»Es geht um Entführung, wahrscheinlich um Erpressung.«

»Kommen Sie so schnell wie möglich.« Schlett legte auf. Kaiser fuhr nach Erbach, schilderte dem Kriminalrat, wie und wo er das Versteck der Entführer ausfindig gemacht hatte. Eine genaue Beschreibung der beiden Männer gab er ihm ebenfalls. »Herr Merdinger bat mich ausdrücklich, nicht die Polizei zu informieren. Dies sei eine Bedingung der Entführer. Das Leben seiner Familie stehe auf dem Spiel. Aber ich habe mit ihm gesprochen und ihn überzeugt, dass es ohne Polizei nicht geht.«

Walter Schlett notierte alles: »Weiß noch jemand darüber Bescheid?«

»Sein Bruder, vielleicht seine Eltern. Die sind im Urlaub. Aber alle wissen noch nichts von einem möglichen Polizeieinsatz.«

Der Kriminalrat kratzte sich an der Nase. »Die Merdingers! Bei denen ist ja was los. Mein lieber Mann!« Er atmete tief durch, blies die Luft langsam aus.

»Ach, hätte ich beinahe vergessen.« Kaiser holte das Foto von Katharina und den Kindern und die Bilder mit den Reifenspuren aus seiner Tasche, ließ alles kopieren. Die Originale überließ er Schlett, die Kopien steckte er zurück. »Und noch etwas.« Er nahm den verschlossenen Papierbeutel heraus, übergab ihn dem Kriminalrat. »Hier drinnen befindet sich getrocknetes Blut. Ich habe es an der Haustür Hartmut Merdingers abgekratzt. Vielleicht ist es ja hilfreich.«

»Das nenne ich gute Zusammenarbeit, Frederic. Ich werde mich um alles kümmern.« Schlett nickte ihm zu. Kaiser gab ihm die Hand, verabschiedete sich: »Tschüss, Walter. Und viel Erfolg. Wenn ich etwas dazu beitragen kann, rufen Sie mich einfach an. Wir sehen uns beim Angeln.«

»Na klar. Bei nächster Gelegenheit. Tschüss.« Kriminalrat Walter Schlett rief sofort die Hauptkommissare Josef Kersten und Felix Hummel sowie den Chef der SpuSi, Peter Rothman in sein Büro, eröffnete ihnen, was geschehen war. Den Papierbeutel und die Bilder übergab er Rothman mit den Worten: »Sie kümmern sich darum?«

Rothman öffnete vorsichtig den Beutel. »Getrocknetes Blut! Ich werde eine DNA-Analyse erstellen lassen. Vielleicht ergibt sich etwas«, gab er zurück, »auf jeden Fall werden wir die Daten speichern.« Er legte den Beutel und die Bilder vor sich auf den Schreibtisch Schletts.

»Okay. Wir brauchen eine zweite Sonderkommission. Jetzt wird's kritisch. Wo krieg ich die Leute her?« Er schloss für einen Moment die Augen. »Aber gut, ich versuche, weitere Beamte zu bekommen. Von uns müssen alle mitarbeiten, die verfügbar sind. Soviel schon mal: Sie, Herr Kersten leiten weiterhin die SoKo Forster. Sie, Herr Hummel übernehmen die neue Sonderkommission.« Er überlegte kurz: »Übrigens … ich möchte unbedingt Simon Holzner dabei haben. Er ist intelligent, kennt sich sehr gut mit Excel und den restlichen Computerprogrammen aus. Der ideale Mann, der auch die Spurenliste ausgezeichnet führen kann.«

Oberkommissar Simon Holzner war ein aufstrebender, wissbegieriger junger Mann, der ganz besonders stolz auf seine Uniform war. Sein Vater hatte als Berufssoldat eine getragen. Das hatte ihm während seiner Kindheit und Jugend sehr imponiert. Er war mit Leib und Seele Polizist.

»Ein Problem ist auch ganz sicher die Unterbringung der Kollegen. Bei uns hier platzt ja alles aus den Nähten.« Der Kriminalrat fasste sich an die Stirn, dachte angestrengt nach.

»Wir müssen halt zusammenrücken«, bemerkte Hummel. »In unser Büro können wir noch zwei Tische stellen. Es wird zwar sehr eng, aber Josef und ich werden schon damit klarkommen. Die Kollegen müssen sich eben einen Tisch teilen. Da hätten wir schon vier Plätze.«

Nach einigen Telefonaten mit den Polizeistationen in Michelstadt, Höchst und Bad-König konnte Schlett die Zusage für vier

Beamte bekommen, zwei Frauen und zwei Männern, die er sofort nach Erbach ins Kommissariat bestellte. Schlett erklärte, worum es ging und wie man vorgehen wollte. Die SoKo Merdinger – so wurde sie genannt – hatte die Aufgabe, Katharina Merdinger und ihre Kinder Thomas und Bettina unversehrt aus den Händen der Entführer zu befreien und in Sicherheit zu bringen.

***

Am Abend rief der Revierförster des Waldgebietes, in dem Katharinas Audi A3 versteckt worden war, im Kommissariat an. Er hatte zufällig den Wagen vom Hochsitz aus entdeckt. Aufgrund des Erbacher Kennzeichens wählte er nicht die 110, sondern nahm den direkten Weg. Hartmut Merdinger wurde mitgeteilt, dass der Wagen seiner Frau gefunden worden sei. »Aber zuerst muss er zu uns«, bestimmte Kriminalrat Schlett. Sofort holten zwei Beamten des K10 den Audi ab, um ihn auf Spuren zu untersuchen. Die wichtigste Spur war ein kleiner Blutfleck, der angetrocknet war.

»Der Fleck ist identisch mit dem getrockneten Blut, das wir vom Privatdetektiv erhalten haben«, folgerte Peter Rothman nach eingehender Untersuchung. Von Katharina Merdingers beiger Sommerhose wurden Faserspuren sichergestellt.

40

Johannes Merdinger und seine Frau Ottilie waren mittlerweile zu Hause eingetroffen. Sie trafen sich mit ihren Söhnen im Bungalow in Höchst. Die inzwischen informierte Freundin Stefans, Silke Sommer kam etwas später hinzu. Sie war aus Rottach-Egern abgereist, um ihm und seinem Bruder zur Seite zu stehen. Betroffen erkundigten sie sich nach dem Mord. Stefan erklärte ihnen alles, während er sich zittrig mit der Linken eine Stuyvesant anzündete. Als Ottilie Merdinger nach Katharina und den Enkelkindern Thomas und Bettina fragte, schauten die Brüder betreten ihre Eltern an. Hartmut brachte keinen Ton heraus. Stefan sagte leise: »Sie … sie sind entführt worden.« Er klopfte mit dem Zeigefinger die Asche der Zigarette in den Aschenbecher. Ottilie schlug mit lautem Aufschrei die Hände vors Gesicht. »Was? Was sagst du da?«

»Um Gottes willen, Hartmut!« Jo Merdinger schaute seinen Ältesten entsetzt an:

»Wie konnte das passieren? Warum habt ihr uns nichts gesagt?« Er war erbittert und enttäuscht.

»Ach Vater«, gab Hartmut niedergeschlagen zurück: »Wir wollten euch nicht beunruhigen. Ihr habt doch ewig keinen Urlaub gehabt.«

»So ein Blödsinn! Uns nicht beunruhigen! Wir sind eine Familie. Wir müssen doch zusammenhalten, was auch immer passiert. Ihr hättet uns informieren müssen. Vielleicht hätten wir helfen können.« Er ballte die Fäuste: »Herrgott nochmal!«

»Wie hättet ihr denn helfen können, Vater?«

»Ja, vielleicht ...« Jo Merdinger winkte traurig ab: »Ach, ich weiß auch nicht!«

Ottilie hatte sich weinend auf einen Sessel gesetzt, den Kopf in die Hände gestützt. Silke setzte sich neben sie, legte den Arm um sie, versuchte sie zu beruhigen.

41

Freitag, 31. Juli

Hauptkommissar Hummel und Oberkommissar Holzner fuhren zur vom Privatdetektiv beschriebenen Blockhütte im Wald vor Amorbach. Hummel parkte seinen Oldtimer, den Cadillac Fleetwood in einer Einbuchtung am Straßenrand. Sie gingen vorsichtig in den Waldweg, der zur Hütte führte. Dort angekommen mussten sie zur Kenntnis nehmen, dass die Hütte unbewohnt war. Die verwitterte Holztür war zugesperrt, die Fensterläden waren geschlossen. Sie schauten sich verständnislos an: »Die Vögel sind ausgeflogen«, knurrte Felix Hummel. Holzner nickte. »Wir brechen jetzt ganz einfach die Tür auf«, sagte er entschlossen.

»Es wird uns nichts anderes übrig bleiben.« Hummel hob die Schultern. »Wir müssen schließlich wissen, wie es da drinnen aussieht. Es muss ja irgendwelche Spuren geben.«

»Das denke ich auch, Felix.«

Hummel gab Holzner den Autoschlüssel: »Im Kofferraum im Werkzeugkasten liegt ein Brecheisen. Hol das mal. Damit müssten wir die Tür öffnen können.«

Simon tat, wie ihm geheißen, kam wenig später zurück. Nach anfänglichen Schwierigkeiten – die Tür wollte einfach nicht aufspringen – gelang es ihnen dann doch, sie aufzuzwängen. Sie gingen hinein, Hummel voran. Muffiger Geruch schlug ihnen entgegen. Die Luft war stickig und verbraucht. Der Hauptkommissar öffnete eines der drei Fenster, ließ Licht und frische Luft hinein. Vor ihm in einer Ecke stand ein altes Bett mit einem verschmutzten Laken und einer Dekke. Die Decke war fleckig und voller Mäusekot. In der Mitte des Raumes stand ein wackeliger Holztisch mit drei ebenso wakkeligen Stühlen, von denen die hellbraune Farbe teilweise abgeplatzt war. Daneben lag eine zusammengeklappte, schmuddelige gelbe Liege. Der rissige Holzfußboden war teilweise mit einem befleckten grünen Teppich belegt, der angerostete Kühlschrank war leer und angeschaltet. Er öffnete die Tür zum Nebenzimmer. Dort lagen Wurst- und Brotreste auf einem Teller auf dem schmutzigen Holztisch. Fliegen tummelten sich auf den Essensresten. Das alte rote Sofa dahinter war auch voller Flecken. Eine leere Mineralwasserflasche lag darauf. Hier gab es kein Laken und keine Decke. In den Ecken waberten unzählige Spinnweben. Eine Maus huschte an der Wand entlang, drückte sich durch ein kleines Loch ins Freie. Alles machte einen total vergammelten Eindruck, ungepflegt und schmutzig. Kopfschüttelnd blickte Hummel den Oberkommissar an: »Unglaublich, Simon, oder?«

»Ja, unglaublich! Wie kann man eine Hütte so verkommen lassen! Aber, Felix«, Holzner schaute auf, »die sind noch nicht lange weg.«

»Wieso?« Der Hauptkommissar blickte ihn verwundert an.

»Die Essensreste sind noch nicht allzu alt.« Holzner bückte sich, schaute sich den verschmutzten Teppich genauer an. »Und hier! Hier ist ein feuchter Fleck.« Er rieb mit dem Zeigefinger drüber, roch daran. »Riecht nach Bier.«

Hummel sah auf den Teller, worauf die Reste lagen, kniete sich dann neben Holzner, tat es ihm gleich. »Du hast Recht, Simon. Die können dementsprechend noch nicht sehr weit sein.« Felix Hummel nahm das Smartphone aus der Jackentasche, rief den Chef des Erkennungsdienstes an, erklärte ihm, wo sie sich befanden: »Kommt schnellstens hierher, Peter. Es gibt Arbeit für euch.« Er beschrieb kurz den Weg. Zwanzig Minuten später trafen Peter Rothman und Jockel Gruber ein. Die Beamten von der Spurensicherung fotografierten alles. Sie begannen, Fingerabdrücke und Schuhspuren aufzunehmen. Die Brot-und Wurstreste verpackten sie in unterschiedlichen Beuteln. Weitere Spuren wurden festgestellt und gesichert. Danach inspizierten sie den Platz rund um die Hütte. Hinter dem Holzstapel und wenige Meter vor der Hütte konnten sie Reifenspuren sowie mehrere Schuhspuren ausmachen. Rothman fertigte Gipsabdrücke an. Er versiegelte die Hütte, die Beamten verließen den unwirtlichen Ort. Im Kommissariat verglichen sie die Gipsabdrücke der Reifen mit den Bildern, die Kaiser zur Verfügung gestellt hatte.

»Es könnten die Reifenprofile des Audi und des Corsa sein.« Er kratzte sich am Hinterkopf. »Kommt auf den Bildern nicht so gut. Aber«, er nickte, »es könnte sein.«

Weitere mühsame Ermittlungen ergaben in den nächsten Tagen nicht einen einzigen Treffer. Katharina Merdinger und die Kinder blieben verschwunden. Die Entführer meldeten sich nicht. Die Angst, seiner Familie könnte etwas zugestoßen sein, versetzte den Schiffsführer der *MS Cristan von Hoiste* in hilflose Angst und Panik.

42

Samstag, 1. August

Bei Hartmut Merdinger klingelte das Telefon. Katharinas Handy! Aufgeregt nahm er den Hörer von der Station. Eine eintönige Stimme sagte, bevor er sich melden konnte: »Halten Sie zwei Millionen Euro in kleinen, gebrauchten, nicht registrierten Scheinen bereit. Sie haben achtundvierzig Stunden.«

»Zwei Millionen? In der kurzen Zeit? Wie soll ich das schaffen?« Hartmuts Mund wurde trocken, der Schweiß brach ihm aus.

»Ihr Problem«, erwiderte der Anrufer eisig.

Mit vor Angst zitternder Stimme brachte Hartmut lethargisch über die Lippen: »Wie … wie geht es meiner …« Er brach ab. Die Automatenstimme hatte aufgelegt. Er lehnte sich zurück, bedeckte mit beiden Händen sein gerötetes Gesicht. Jetzt konnte er die Tränen nicht mehr zurückhalten. Der große, grundsätzlich robuste Hartmut Merdinger war in sich zusammengebrochen. Zehn Minuten später informierte er Kriminalrat Schlett heiser über dessen Hotline. Auch darüber, dass der Anruf vom Handy seiner Frau kam.

»Können Sie die Summe in der Zeit aufbringen?«

Mit dünner Stimme sagte er leise: »Ich muss mit Vater reden.«

»Tun Sie das, Herr Merdinger.«

Walter Schlett ließ sich die Handynummer von Katharina Merdinger geben. Er bat das K10, das Handy zu orten. Der Kriminalrat setzte Hauptkommissar Hummel davon in Kenntnis, was Merdinger ihm telefonisch mitgeteilt hatte.

»Achtundvierzig Stunden!« Hummel strich sich übers Kinn. Er informierte Schlett über die Ermittlungen. »Es ist ärgerlich, dass die Entführer abgehauen sind.«

»Tja!« Walter Schlett schaute ihn von unten herauf an: »Wär ja auch zu schön gewesen. Wir müssen weitersuchen. Unauffällig.«

»Ich weiß. Das wird schwierig. Die dürfen nichts merken. Sonst passiert womöglich das Allerschlimmste. Es sollte daher das Telefon Hartmut Merdingers überwacht werden.«

»Okay!« Der Kriminalrat wies auf einen Stuhl vor seinem Schreibtisch, Hummel setzte sich. Oberkommissar Klaus Oppenheimer vom K10 rief Schlett an: »Eine Ortung ist nicht möglich. Vermutlich ist das Handy ausgeschaltet.«

»Verdammt«, schimpfte Schlett. »Wahrscheinlich wurde es längst entsorgt. Da kommen wir nicht mehr ran. Überwacht schnellstmöglich das Telefon Merdingers. Nach jedem Gespräch möchte ich benachrichtigt werden.« Der Kriminalrat rief bei Merdinger an, informierte ihn über die bisher erfolglosen Ermittlungen und erklärte ihm das Vorhaben. Hartmut sah ein, dass es womöglich die einzige Chance war, seine Familie gesund zurück zu bekommen. Sein Handy vibrierte. Eine SMS. Auf dem Display stand: *Kommst du heute noch?* Er löschte sie, ohne zu antworten. Dann rief er seinen Vater an und fragte ihn, ob er die zwei Millionen besorgen könne.

»Ich werde das schon hinkriegen. Mach dir keine Sorgen, Montag früh bekomme ich das Geld. Bestimmt.«

Am Abend gab es zwei Anrufe. Der erste war von Stefan. Er sorgte sich um seinen

Bruder und dessen Familie. »Gibt's was Neues, Hartmut?«

»Nein, bis jetzt nicht.«

»Soll ich vorbeikommen?«

»Nein, Stefan, lass mal.« Er war sehr aufgewühlt, nicht zuletzt durch die am Nachmittag hereingekommene SMS. »Du kannst jetzt nichts tun.«

»Na dann!« Stefan legte auf. Er wunderte sich, dass Hartmut so kurz angebunden war. Der zweite Anruf kam von Monika Wegner.

»Moni, sobald ich mehr weiß, sage ich es dir, okay?«, gab er genervt zur Antwort. Monika Wegner schüttelte verwundert den Kopf, legte auf. Merdinger blieb bis spät in die Nacht am Telefon. Nachdem alles ruhig geblieben war, ging er zu Bett, konnte jedoch kaum Schlaf finden. Er hatte furchtbare Angst.

Mit dem Einverständnis des Kriminalrats hatte er seine Eltern und seinen Bruder über die Telefonüberwachung in Kenntnis gesetzt und sie deswegen gebeten, ihn nur auf dem Handy anzurufen. Er bat sie mit Nachdruck, niemandem etwas darüber zu erzählen. Seine neue Handynummer kannten die Entführer nicht.

43

Sonntag, 2. August

Morgens kam ein Anruf. Auf dem Display erschien keine Nummer, nur der Text *Unbekannt*. Zitternd und aufgeregt nahm Hartmut das Mobilteil von der Station. Dumpf tönte es durch den Hörer: »Morgen Abend, zwanzig Uhr! In einem Metallkoffer haben Sie die zwei Millionen Euro dabei. Sie fahren nach Erbach zum Sportpark, biegen an der Ampel links ab in die Obere Marktstraße. Dann parken Sie auf der rechten Straßenseite. Dort finden Sie im Papierkorb am Kino ein Handy.« Die monotone Stimme betonte: »Und denken Sie daran: Keine Polizei!« Die Stimme wurde bedrohlich: »Oder Sie sehen Ihre Frau und die Kinder nie wieder. Wir beobachten Sie auf jedem Meter. Sobald ein einziges Fahrzeug in Ihrer Nähe ist, fahren Sie weiter. Sie bekommen in diesem Falle neue Anweisungen. Nehmen Sie die Sache äußerst ernst. Wir machen kurzen Prozess, wenn die Geldübergabe nicht klappt. Haben Sie verstanden?« Es war erneut die Automatenstimme.

»Ja! Aber so sagen Sie mir doch …« Weiter kam Hartmut nicht. Ein Knacken in der Leitung, das Gespräch war weg. Hartmut schüttelte deprimiert den Kopf, lehnte sich mit geschlossenen Augen zurück.

Der Anruf kam aus Miltenberg von der Telefonzelle in der Brückenstraße, wie Oppenheimer vom K10 feststellte. Er hob ratlos die Schultern, knurrte ärgerlich: »Keine Chance. Der Anrufer ist dort längst weg.« Der Oberkommissar informierte Schlett. Der Kriminalrat fuhr sich durchs Haar: »Dachte ich mir.« Er telefonierte mit Hartmut: »Haben Sie das Geld?«

»Wir bekommen es morgen früh.«

Im Kommissariat in Erbach setzten sich die Beamten am späten Abend im Büro des Kriminalrats zusammen, besprachen die Details. »Wir müssen vorsichtig sein. Wir dürfen auf keinen Fall ein Risiko eingehen. Wir müssen abwarten.« Schlett rieb sich das markante Kinn.

44

Montag, 3. August

Nach unruhiger Nacht – er hatte kein Auge zugetan – stand Hartmut Merdinger auf, ging missmutig, aber doch voller Hoffnung, seine Familie endlich wieder zu sehen, ins Bad. Nach der Morgentoilette zog er sich an, ließ Espresso aus der Maschine laufen, setzte sich an den Tisch im Esszimmer. Hunger hatte er keinen.

Sein Vater rief an, informierte ihn, dass er das Lösegeld in Kürze bei seiner Bank abholen werde.

Nachdem er den Espresso getrunken hatte, fuhr Hartmut in einen Baumarkt, besorgte einen Metallkoffer. Wieder zu Hause versuchte er, sich mit Lesen abzulenken, konnte jedoch keinen klaren Gedanken fassen. Er las manche Seite des in Spanien spielenden historischen Romans *Der Katalane* von Noah Gordon doppelt, bis er es aufgab und das

Buch zur Seite legte, obwohl er ein großer Fan des charismatischen Autors war. Dessen Bücher gehörten zu seiner Lieblingslektüre. Aber heute …?

Unruhig schritt er im Wohnzimmer auf und ab. Um 10.30 Uhr schrillte das Telefon. Hartmut nahm den Hörer mit der linken Hand, rieb sich mit der Rechten unruhig den Drei-Tage-Bart. Die Automatenstimme am anderen Ende der Leitung sagte nur: »Denken Sie daran: Zwanzig Uhr! Pünktlich! Kommen Sie alleine.«

Bevor er etwas sagen konnte, war das Gespräch weg.

»Drecksack!«, platzte es zornig aus ihm heraus. Er holte den Metallkoffer, setzte sich in seinen Wagen und fuhr zum Bungalow seiner Eltern, um das dort deponierte Geld einzupakken. Jo Merdinger erwartete ihn bereits. Sie verstauten das Geld in den Koffer. Hartmuts Mutter war außer sich vor Angst, nun könne auch ihm noch etwas zustoßen. Jo versuchte, sie zu beruhigen, was ihm trotz aller Mühe nicht gelang. Sie war verzweifelt, genau wie er auch. Er konnte es nur besser verbergen.

Der Vormittag zog sich endlos hin. Um die Mittagszeit bot Silke, die mit Stefan im Haus seiner Eltern genächtigt hatte, an, etwas zu kochen. Alle lehnten ab, niemand hatte Appetit. Ruhelos ging Jo Merdinger hinaus in den Garten, setzte sich auf die Bank, zündete sich eine Montecristo an. Er hielt es nicht lange aus, ging wieder ins Wohnzimmer, wo der Rest der Familie auf der wuchtigen Sitzgruppe saß. Gesprochen wurde nur wenig. Jeder hatte mit sich selbst zu tun. Stefan warf einen Blick ins *Odenwälder Echo*, legte es wenig später wieder weg. Auch ihm fehlte wie zuvor seinem Bruder die Geduld zum Lesen. Jo klappte die Weltkugel auf, die als Bar diente, nahm eine Flasche Cognac heraus, holte einen Schwenker, schenkte ein. »Noch jemand?« Allgemeines Kopfschütteln. Er stellte die Flasche wieder zurück, trank den Courvoisier mit einem Zug aus, stellte das Glas auf den Tisch. Hartmut rauchte ununterbrochen, schaute ständig auf die Uhr.

Es schien, als wolle auch der Nachmittag nie zu Ende gehen.

Doch dann war es endlich soweit. 19.30 Uhr. Hartmut rief nervös Kriminalrat Schlett vom Handy an.

»Tun Sie, wie Ihnen angewiesen wurde«, sagte Schlett ruhig.

»Aber Sie greifen noch nicht ein, oder? Weil …« Merdinger schluckte, brachte den Satz nicht zu Ende.

»Keine Angst, Herr Merdinger. Tun Sie, was Ihnen am Telefon gesagt wurde. Es geht alles gut.«

»Okay, ich fahr dann los.« Hartmut war aufgeregt wie nie zuvor in seinem Leben. Kalter Schweiß stand ihm auf der Stirn. Angstschweiß! Er wischte ihn mit einem Taschentuch ab.

»Pass gut auf.« Stefan klopfte seinem Bruder auf die Schulter. Hartmut nahm mit zitternder Hand den Geldkoffer und fuhr nach Erbach. Er bog an der Ampel am Sportpark links ab. Es befand sich kein weiteres Fahrzeug in seiner unmittelbaren Nähe. In besagtem Abfalleimer fand er das Handy. Er setzte sich wieder in den BMW, wartete. Nach zwei Minuten klingelte das Handy. Abermals stand auf dem Display *Unbekannt*. Die monotone Stimme wies ihn an, nach Schönnen zu fahren. Hinter dem Ortsschild erhalte er neue Instruktionen. Dort angekommen, fuhr er rechts ran. Es dauerte drei Minuten, bis er wieder von der Automatenstimme angerufen wurde. »Ich hoffe in Ihrem Interesse, dass die Polizei keine Info von Ihnen bekommen hat.«

»Nein … nein! Gewiss nicht«, stammelte Hartmut. Er hatte eine Höllenangst. Ihm wurde speiübel. Mühsam unterdrückte er den Brechreiz. »Ich … was … was soll ich denn …«

»In fünf Minuten fahren Sie zum Marbach-Stausee. Auf dem Parkplatz links in Richtung Hüttenthal warten Sie. Ich melde mich wieder.«

»Ja, ist gut.« Hartmut war nass vor Schweiß. Die Haare klebten ihm am Kopf. Seine Augen tränten. Er war kurz vorm Durchdrehen, flüsterte: »Diesen Terror halte ich nicht mehr lange aus.« Er sank zurück, legte den Kopf an die Nackenstütze. Fünf Minuten später fuhr er auf den Parkplatz oberhalb des Stausees. Hinter ihm fahrende Autos und Motorräder fuhren achtlos vorbei. Wenige Minuten später kam der nächste Anruf. »Kurz vor dem Ende des Sees führt ein Weg links über eine Brücke. Fahren Sie dort hin, klettern Sie die Böschung links vor der Brücke hinunter, legen Sie den Koffer ungefähr einen halben Meter über dem Wasser unter einen Strauch und verteilen Sie Erde über den Koffer. Der Strauch ist auf der Rückseite ganz unten mit einem kurzen grünen Plastikband gekennzeichnet. Sie fahren dann wieder weg. Sobald wir das Geld haben, bekommen Sie neue Instruktionen.«

Nach kurzer Suche fand er an der Brükke den ihm beschriebenen Strauch mit dem Plastikbändchen, das in Richtung See zeigte. Dort grub er den Koffer knapp über dem Wasserspiegel ein. Er kratzte Erde darüber, schaute sich unsicher um. Das Handy klingelte. »Werfen Sie jetzt das Handy in den See«, befahl die Automatenstimme, »dann verschwinden Sie.«

Hartmut warf das Handy in hohem Bogen in den Stausee. Schweißgebadet setzte er sich in seinen Wagen, nahm sein Smartphone aus dem Handschuhfach und informierte Kriminalrat Schlett. Dann wählte er eine Handynummer: »Bist du zu Hause?«

»Ja. Komm!«

Hartmut Merdinger fuhr nach Erbach auf den Parkplatz in der Werner-von-Siemensstraße, stieg aus, ging in die Hauptstraße. An einem weißverputzten dreistöckigen Haus drückte er an der Eingangstür eine Klingel. Wenig später verschwand er im Haus. Zur gleichen Zeit stieg ein Mann von seinem Motorrad, das er vor der Garage des Hauses abgestellt hatte. Er hatte gesehen, wie Merdinger ins Haus hinein gegangen war. Nachdem er dreimal bei *M. Fiedler* geklingelt hatte, knurrte er sauer: »Der ist garantiert bei Michaela«, setzte sich auf seine Kawasaki und wartete.

***

Um einiges später kam Merdinger heim, ging ins Bad. Sein Bruder rief an, fragte ihn, ob alles in Ordnung sei.

»Jaja«, entgegnete Hartmut abwesend. In Gedanken war er bei der großgewachsenen schlanken Frau mit den langen schwarzen Haaren. Erst später regte sich sein schlechtes Gewissen, er dachte mit großer Beklemmung an seine Familie. Wann würden sich die Entführer wieder bei ihm melden? Ihm wurde schlecht vor Angst. Tatenlos abwarten zu müssen, was geschah, brachte Hartmut Merdinger fast den Rand des Wahnsinns. Er setzte sich schwermütig im Wohnzimmer auf einen Sessel, goss sich einen Chivas Regal ein. Dieser Zwiespalt! Die schöne Frau, mit der er gerade noch zusammen gewesen war, ging ihm nicht aus dem Sinn. Sie hatte ihn trotz der grauenhaften Situation total in Besitz genommen. Sie saugte ihn aus.

Sein Vater rief an: »Und? Ist alles klar? Geht es dir gut?«

»Ja, es geht mir gut, ich habe alles erledigt.« Hartmut schluckte. »Wir müssen abwarten.«

»Ja, das müssen wir wohl«, nickte Jo Merdinger, »wird schon alles klappen.« Seine Zuversicht hielt sich in Grenzen, was er nicht zeigte.

45

Die SoKo Merdinger unter der Leitung des Hauptkommissars Felix Hummel wurde jetzt aktiv. Sie durften nichts riskieren, was das Leben Katharina Merdingers und das der Kinder gefährden konnte.

Fünfzehn Minuten später waren Hummel und Oberkommissar Holzner, der aus gegebenem Grund diesmal Zivilkleidung trug, am Marbach-Stausee auf dem Parkplatz an der B460 in Richtung des Mossautaler Ortsteils Hüttenthal. Weitere sechs Beamte fuhren mit zwei Privatwagen über den Staudamm, parkten am Wasserkraftwerk.

Hummel ging über die Bundesstraße auf den Wanderweg, der am See entlang führte. An der Brücke bog er ab, schaute übers Wasser. Es roch faulig, abgestanden. Brackwasser. Eine Entenschar tummelte sich laut schnatternd auf der anderen Seite der Brükke. Hummel lehnte sich übers Geländer, schaute, scheinbar gelangweilt, den Enten zu, wie sie langsam weiterzogen. Mit einem Blick unter den Strauch, von dem Merdinger sprach, sah er etwas blinken. Der Koffer? Er lief weiter, vorbei an der Schranke, die den Weg nur für Fußgänger freigab. Nach wenigen Minuten ging er gelassenen Schrittes zurück. Über Funk informierte er die Kollegen und Kolleginnen, wo sich vermutlich der Koffer befand. Hummel und Simon Holzner blieben auf der Straßenseite, die restlichen sechs Polizisten verteilten sich auf der anderen Seite des Sees. Hinter den Sträuchern und Büschen, die das Ufer säumten, konnten sie sich gut verstecken. Mit Ferngläsern beobachteten sie den Strauch, unter dem der Koffer liegen sollte.

»Den kriegen wir«, war Hauptkommissar Felix Hummel überzeugt, wischte sich den Schweiß von der Stirn. Sie warteten fast anderthalb Stunden. Es war nichts zu sehen. Weder ein Auto, noch irgendjemand.

»Da stimmt doch was nicht. Das Geld muss doch irgendwann abgeholt werden. Solange warten die doch nicht.« Hummel zuckte die Achseln. Dann ging er vorsichtig in gebückter Haltung zum See, stieg die Böschung hinunter, schaute unter den Strauch. Kein

Blinken! Sollte ihn vorhin ein Sonnenstrahl getäuscht haben? Er grub mit den Händen die lockere Erde auf … der Koffer war weg. »Verflucht!«, zischte er, eilte zurück. Holzner schaute ihn gespannt an: »Was ist los, Felix?«

»Frag mich lieber nicht, Simon«, gab er schnaufend zur Antwort. »Der Geldkoffer ist nicht mehr da. Er wurde abgeholt und wir haben es nicht gemerkt.«

Holzner erblasste: »Was sagst du da? Der Koffer ist weg?« Hummel nahm die Brille ab, rieb sich die spitze Nase. »So ist es, Simon. Wir haben kläglich versagt. Nun geht alles wieder von vorne los.«

»Das gibt es doch nicht!« Holzner blies die Backen auf. »Schlett wird sich freuen.«

»Und die Neue erst, diese Ehresmann im Präsidium in Darmstadt.« Hummel setzte die Brille wieder auf. »Und die Staatsanwältin!« Er informierte Kriminalrat Schlett. Schlett tobte: »Morgen früh, acht Uhr im Kommissariat! Punkt acht! Alle!« Dann nahm er den Telefonhörer von der Gabel, rief bei Hartmut Merdinger an. »Guten Abend, Herr Merdinger.« Schlett räusperte sich.

»Hatten Sie Erfolg?«, wollte Hartmut sogleich wissen.

»Leider nicht, aber wir kriegen das schon hin«, versuchte Schlett zuversichtlich zu sein. Er hörte, wie Hartmut nach Luft rang.

»Wir dürfen Ihre Familie nicht gefährden. Wir warten, bis die sich wieder melden.«

»Und wenn nicht?«, fragte Hartmut mit zitternder Stimme.

»Sollte das bis morgen Abend nicht geschehen sein, werden wir eingreifen.« Schlett klang entschlossen. Hartmut hatte das Gefühl, er habe einen dicken Kloß im Hals. »Okay«, brachte er mit kehliger Stimme hervor. Kriminalrat Schlett entschuldigte sich für den Fehlschlag. Der tiefenttäuschte Hartmut Merdinger legte resigniert auf.

46

Gegen 18.00 Uhr ging an der Schleuse Mühlheim am Main ein Pärchen um die vierzig an Bord der *MS Odenwald*. Yvonne und Robert hatten eine Woche Urlaub auf dem Frachter gebucht. Die Reise sollte in Trier enden, wo die *Odenwald* ihre in Hanau geladene Fracht löschen wollte. Der Honda Civic Roberts wurde mit dem schiffseigenen Kran an Bord gehievt. Schiffsführer Röhm begrüßte seine Gäste nicht unfreundlich, aber doch sehr reserviert. Er brachte es nicht fertig, ausnahmsweise mal zu lächeln. Seine Frau Femke zeigte Yvonne mit dem ihr eigenen mürrischen Gesicht das Appartement, dass für die bevorstehenden Tage ihr Zuhause sein sollte. Mit einem etwas unwohlen Gefühl in der Magengegend holte Robert das Gepäck aus dem Kofferraum des Civic, wobei ihm auffiel, dass es ungewöhnlich ruhig auf dem Schiff war. Niemand sprach ein Wort. Stumm und ausdruckslos verrichteten die beiden Matrosen ihre Arbeit. Vom Schiffsführer war nichts zu sehen, eben so wenig von seiner Frau. Yvonne hatte sich inzwischen das Appartement angeschaut. Wohn-/Schlafraum, eine kleine Küchenzeile mit Kühlschrank war integriert. Auf dem Tisch stand ein alter Fernseher. Gegenüber dem kleinen Flur befanden sich Toilette und Dusche. Als Robert mit dem Gepäck kam, meinte sie: »Sieh es dir an, Robert. Net so doll, gell?«

»Na ja, geht so. Alles ziemlich abgewohnt, aber das macht nichts. Für die paar Tage wird es reichen«, entgegnete ihr Freund. »Nur die Leute!«, er kratzte sich am Kinn, stellte Koffer und Reisetasche ab. »Ich weiß net. Die gucken alle so feindselig.«

»Meinst du, die wollen uns net?« Yvonne schaute ihn skeptisch an.

»Auf jeden Fall wollen die unser Geld.« Er wiegte den Kopf: »Schaun mer mal.«

Nachdem sie sich eingerichtet hatten, gingen sie an Deck, um auf Klappstühlen die Abendsonne zu genießen. Es war fast windstill, wenige Wolken hingen wie weiße Baumwollflocken am Himmel. Die Temperatur betrug immer noch fünfundzwanzig

Grad. Libellen tanzten über dem träge dahinfließenden Fluss. Fischreiher standen am Ufer, kreisten über dem Wasser. Sie warteten auf die Gelegenheit, einen Fisch zu ergattern. Auf dem Main waren Ruderboote unterwegs, darunter ein Achter. Offensichtlich trainierte ein Ruderclub für den nächsten Wettkampf. Yvonne und Robert schauten noch eine Zeit lang zu, später erlebten sie einen faszinierenden Sonnenuntergang, danach gingen sie hinunter in ihr Appartement.

47

Dienstag, 4. August

Nach der missglückten Aktion mit dem Geldkoffer trafen sich die Beamten der Soko Merdinger mit Kriminalrat Walter Schlett morgens um 8.00 Uhr im Kommissariat. Schlett war wütend. Er war richtig sauer, sagte, noch in gemäßigtem Ton: »Es kann doch nicht sein, dass der Geldkoffer abgeholt wurde und Sie, meine Damen und Herren, haben nichts bemerkt. Wie kamen die Erpresser an den Koffer, ohne dass sie entdeckt wurden? Das ist schon sehr kurios. Wer von Ihnen hat da gepennt? Oder haben Sie gar alle gepennt? Das ist fatal und absolut durch nichts zu entschuldigen.« Der Kriminalrat wurde laut: »Durch gar nichts ist das zu entschuldigen! Haben Sie mich gut verstanden?« Er polterte noch lauter: »Was soll ich denen in Darmstadt erzählen? Direktorin Ehresmann? … und noch schlimmer,

Staatsanwältin Augustin? Die wird sich überschlagen. Wenn die das weiß, steht sie eine Stunde später vor mir. Das kann ich Ihnen versprechen.« Er haute mit der flachen Hand auf den Schreibtisch: »So eine Panne! Verdammt nochmal! Jetzt stehen wir wirklich da wie drittklassige Provinzler.« Er trommelte, nun wieder ruhiger, mit den Fingern auf seinen Schreibtisch: »Junge, Junge! Jetzt müssen wir aufpassen, dass die Presse nichts erfährt.«

Alle sahen stumm und betreten vor sich auf den Fußboden. Felix Hummel, der Mühe hatte, ein Gähnen zu unterdrücken, reagierte als Erster: »Herr Kriminalrat, ich denke, dass jeder von uns eine unruhige oder gar eine schlaflose Nacht hinter sich hat. Keiner wird diesen Patzer entschuldigen wollen. Aber es ist nun mal passiert und wir müssen jetzt endlich zu Potte kommen. Wir müssen die Erpresser finden. Ich habe ganz schön die Schnauze voll. Die verarschen uns und lachen sich über uns kaputt. Das kann nicht sein.« Er hob warnend den Zeigefinger. »Aber wir müssen trotz allem als Erstes an die Familie Mellinger denken. Der Erpresser hat versprochen, Katharina Mellinger und die Kinder freizulassen, sobald er das Geld hat. Wir müssten eigentlich nur so lange warten, bis sie frei sind. Aber können wir ihm trauen? Wenn er sie nicht umgehend freilässt, müssen wir reagieren und dann wird's kritisch.« Er konnte es sich nicht verkneifen hinzuzufügen: »Und Provinzler, dazu noch drittklassige, sind wir ganz sicher nicht. Trotz der Panne.«

»Jaja, Hummel.« Schlett grinste. »Ist schon gut. Außerdem heißen sie Merdinger.«

»Jaaa!« Hummel sprach weiter: »Ich habe heute Nacht gegrübelt, was geschehen sein könnte. Warum wir nichts bemerkt haben. Normalerweise passiert so etwas nicht. Einer merkt immer was.« Er spitzte den Mund: »Es könnte doch sein, dass der Erpresser durch den See gekommen ist.«

»Hummel, Hummel, du und deine Fantasie.« Eine Kollegin der SoKo winkte kopfschüttelnd ab. Schlett sah auf: »Hummel und seine Fantasie! Diesmal könnte sie uns von Nutzen sein. Warum sollte der Erpresser nicht durch den See gekommen sein? Ein guter Schwimmer kann das.«

»Genau! Der See! Felix hat wahrscheinlich Recht.« Holzner fuhr sich übers stoppelige

Kinn. »Oder warum sollte der Koffer unmittelbar über dem Wasserspiegel vergraben werden? Das war doch eine der Bedingungen.«

»Richtig«, warf Schlett ein, »aber wir warten noch ab. Wir dürfen jetzt nichts überstürzen. Noch so eine Panne und wir …« Er zögerte: »Ich will erst gar nicht daran denken.«

Die Beamten begaben sich in ihre Büros, erledigten liegengebliebene Schreibarbeiten. Alle warteten fieberhaft auf ihren Einsatz, um die Entführer und Erpresser dingfest zu machen.

48

Eine Stunde später kam Privatdetektiv Kaiser in die Kriminalinspektion, wollte den Kriminalrat sprechen. Schlett holte ihn am Empfang ab, begleitete ihn in sein Büro. Nachdem sie Platz genommen hatten, fragte er: »Was führt Sie zu mir, Frederic?«

»Mir fiel da noch etwas ein, Walter«, begann Kaiser, kratzte sich hinterm Ohr. »Meiner Tochter sind die mutmaßlichen Entführer in *Dietlinds Oldtimer* aufgefallen, sagte ich doch.«

Schlett schaute ihn verwundert an: »Ja, aber …«

»Was ich vergaß«, unterbrach Kaiser, »Ariane konnte damals ein paar Wortfetzen verstehen, als die sich unterhielten.« Er nahm sein Notizbuch aus der Umhängetasche, schlug es auf. »*Knast, Prost, arbeits, Preungesheim. Eine hohe Stimme.* Mehr war es leider nicht. Halt! Noch zwei Namen, *Henry und Vitus*.« Er zuckte die Schultern: »Vielleicht hilft euch das weiter.« Er steckte das Notizbuch wieder zurück in die Tasche.

»Knast, Prost, arbeits, Preungesheim, Henry, Vitus«, wiederholte Schlett versonnen. »Preungesheim? Knast in Preungesheim?« Er sah auf: »Die Justizvollzugsanstalt in Preungesheim!«

»Habe ich auch gedacht. Zumindest hat einer von ihnen in der JVA in Frankfurt-Preungesheim eingesessen. Seit er wieder frei ist, ist er arbeitslos. Er heißt entweder Vitus oder Henry.«

»Genau, Frederic. So könnte es sein. Hier haken wir nach.«

»Soll ich das für euch tun?«

»Das wäre super! Wir stoßen eh schon an unsere Grenzen. Sie könnten in Preungesheim in der JVA nachfragen, was es mit den Gesuchten auf sich hat. Ich rufe dort an. Dann wird es für Sie einfacher.«

»Gut.« Kaiser verabschiedete sich, fuhr nach Hause.

49

Die Entführer hatten sich an diesem Tag nicht gemeldet. Die Familie Merdinger war verzweifelt. Sie bangten jetzt noch mehr um das Leben Katharinas und der Kinder.

Kriminalrat Walter Schlett hatte sich längst entschlossen, trotz der sehr schwierigen Situation einzugreifen.

Hartmut Merdinger saß zu Hause auf einem Sessel im Wohnzimmern, das Smartphone in der Hand. Nachdem er eine Nummer gewählt hatte, flüsterte er: »Ich brauche dich!«

Eine rauchige Stimme antwortete leise: »Jetzt geht es gerade nicht. Ich habe Besuch. Das kann länger dauern.«

Merdinger drückte die Austaste, fluchte: »Verdammt!«

50

Frederic Kaiser lieh sich den Fiat seiner Tochter aus, fuhr nach Frankfurt-Preungesheim zur Justizvollzugsanstalt, ließ sich zum Direktor begleiten. Da er angemeldet war, ging das problemlos. Er erklärte, warum er hier sei, schilderte das Aussehen der Verdächtigen.

»Ich bin informiert, Herr Kaiser.« Vom Direktor erfuhr er, wie die Männer hießen, dass sie in Rödermark wohnten und dass sie bis vor vier Monaten wegen Rauschgifthandels einsaßen. Der Privatdetektiv bedankte sich für die Informationen und verabschiedete sich. Er rief Kriminalrat Schlett an, teilte ihm mit, was er erfahren hatte, auch die Namen der mutmaßlichen Entführer, Heinrich Winnen, genannt Henry und Vitus Ommersberg. Schlett bat beim Polizeipräsidium Frankfurt in der Adickesallee um Amtshilfe. Der Leiter der Kriminaldirektion K60, zuständig unter anderem für Rauschgiftdelikte, signalisierte sofort Bereitschaft, weiterzuhelfen.

51

Hauptkommissar Felix Hummel saß am Schreibtisch und versuchte, seine Gedanken zu ordnen. Wie kam der Erpresser an den Koffer am Marbach-Stausee ohne gesehen zu werden? So lange unter Wasser zu bleiben kam ihm sehr unwahrscheinlich vor.

»Aber«, sinnierte er, »er könnte am Rand des Sees entlang geschwommen sein. Darauf hat keiner geachtet. Ganz bestimmt nicht.« Er fasste sich an die Stirn: »Ich ja auch nicht! Soweit habe ich auch nicht gedacht.« Hummel ärgerte sich über alle Maßen, hieb zornig mit der Faust auf den Tisch. »Sowas von blöd! Mein Gott!« Er stützte den Kopf in die Hände, grübelte vor sich hin.

»Hummel, kommen Sie mal in mein Büro«, riss ihn die laute Stimme seines Vorgesetzten Schlott aus seinen Gedanken. Mürrisch erhob sich der Hauptkommissar, ging über den Flur zu Walter Schlett.

»Setzen Sie sich.« Der Kriminalrat deutete auf den Stuhl gegenüber seines Schreibtischs. Hummel lehnte sich an einen Büroschrank. Schlett klärte ihn über die Informationen des Privatdetektivs auf. »Sie machen sich jetzt gleich auf nach Frankfurt ins Polizeipräsidium in die Adickesallee. Ich habe bereits mit dem Direktor vom K60 gesprochen. Dort werden Sie erfahren, wie unsere Freunde an das Kokain kamen, das sie an einen Marokkaner verhökern wollten. Vielleicht erfahren Sie noch mehr über die beiden Männer.« Er hielt die Hand vor den Mund, hüstelte: »Nehmen Sie Holzner mit.«

»Okay.« Felix Hummel rief Oberkommissar Holzner an: »Komm, Simon, wir müssen nach Frankfurt.«

»Nach Frankfurt?« Holzner war erstaunt: »Was sollen wir dort?«

»Komm einfach.«

Simon Holzner zuckte die Schultern, ging ins Büro, das Kersten und Hummel sich teilten. »Frankfurt?« Er schaute Hummel ungläubig an.

»Frankfurt!«, bestätigte Hummel nickend, stand auf, nahm seine Jacke von der Garderobe. »Wir fahren zum Polizeipräsidium. Dort werden wir Neuigkeiten erfahren.«

»Neuigkeiten!« Der Oberkommissar war immer noch erstaunt. »Aha!«

»Komm jetzt!« Hummel eilte voraus zum Parkplatz, wollte den schweren Fleetwood starten. Der Oldtimer sprang mal wieder nicht an. »Ist nichts Neues«, knurrte Hummel grimmig. »Ein altes Gebrechen. Leider unheilbar.«

Holzner grinste. Hummel wollte den Wagen, den er vor einiger Zeit von einem Amerikaner gekauft hatte, schon öfters verkaufen, jedoch wollte niemand den Preis zahlen, den er forderte. »Dann behalte ich ihn lieber«, meckerte er vor zwei Tagen einen Interessenten an.

Beim dritten Versuch sprang der amerikanische Straßenkreuzer endlich an. Unterwegs erklärte er dem immer noch unwissenden Oberkommissar Simon Holzner, weswegen sie nach Frankfurt fuhren. Auch dass ihm der Gedanke gekommen war, der Erpresser sei wahrscheinlich am Rande des Sees entlanggeschwommen, teilte er dem Oberkommissar mit.

»Aber Felix! Überleg doch mal. Am Rande des Sees ist das Wasser doch viel zu flach.« Holzner schüttelte den Kopf. »Da ist nichts mit Schwimmen.«

»Nein?« Nichtschwimmer Hummel kniff die Augen zusammen: »Dann ist er vielleicht durchgewatet.«

»Da wäre er gesehen worden. Vielleicht hat er sich ganz klein gemacht«, meinte Holzner.

»Die kleinste Gangart. Klar! Der ist auf allen Vieren gekrochen. Knapp am Ufer entlang. Nur so konnte er nicht gesehen werden.« Er schob die Brille, die auf die Nasenspitze gerutscht war, zurück. »Das ist es, Simon! Das ist es! Das halten wir fest!«

Im Polizeipräsidium in der Adickesallee wurden sie von Hauptkommissar Elmar Schröder vom K60 empfangen. »Bitte meine Herren, setzen Sie sich.« Er faltete die Hände über dem Schreibtisch, hustete rau. »Mein Chef hat mich gebeten, Sie über die Drogengeschichte von Ommersberg und Winnen zu informieren.« Er griff einen Kugelschreiber, drehte ihn in der Hand. »Nun, die Jungs waren seit längerer Zeit von uns observiert worden, da sie hin und wieder durch Diebstahl und kleinere Einbrüche aufgefallen waren. Sie trieben sich auch in der Frankfurter Rauschgiftszene im Bahnhofsviertel herum, konnten aber nie beim Handeln mit Rauschgift erwischt werden, obwohl wir stark vermuteten, dass sie das taten. Wir warteten auf einen Deal. Der lag ganz einfach in der Luft.« Er nickte: »Und er vollzog sich.« Schröder räusperte sich: »Eines Tages trafen sich Ommersberg und Winnen in Urberach auf dem Parkplatz am Friedhof. Wir hatten sie auch diesmal observiert. Sie setzten sich in Winnens Opel Corsa, fuhren los. In sicherem Abstand folgten wir ihnen mit einem unscheinbaren VW-Bus. Vier Kripoleute. Eine halbe Stunde später bogen sie zwischen Neu-Isenburg und Frankfurt in der Isenburger Schneise rechts ab in einen Waldweg. Dort wartete ein Mercedes der Oberklasse. Ommersberg stieg aus, übergab einem kräftigen schwarzhaarigen Mann mit dunklem Teint eine Tasche. Im Gegenzug erhielt er einen Umschlag, den er sogleich in die Innentasche seiner Jacke steckte. Plötzlich bauten wir uns mit gezogenen Pistolen vor den Wagen auf. Wir hatten den Bus auf dem nächstfolgenden Waldweg abgestellt und waren durch das Dickicht zurückgeeilt. Ommersberg und Winnen ließen sich anstandslos festnehmen, wobei wir den Umschlag mit dem Geld sicherstellten. Der Schwarzhaarige versuchte zu fliehen, kam jedoch nicht weit. Ich konnte ihn nach kurzem Wettlauf stellen und ebenfalls festnehmen. In seiner Aktentasche fanden wir vier Beutel mit Kokain.« Der drahtige Hauptkommissar blinzelte, nieste laut hinter vorgehaltener Hand. »`Tschuldigung. Nun ja, als wir sie festgenommen hatten, wurden sie nach einigen Verhören in Untersuchungshaft genommen. Auch der Marokkaner. Aber ich glaube, der ist für Sie nicht wichtig. Er sitzt noch hinter Schloss und Riegel in Preungesheim. In seinem Mercedes fanden wir noch mehrere Päckchen Haschisch. Roten Libanesen und Schwarzen Afghanen.« Er putzte sich die Nase. »Scheiß Erkältung! Tja«, setzte er seine Ausführungen fort, »Ommersberg und Winnen! Nach einer Anzahl von Verhören in der JVA in Preungesheim, wir wollten ja wissen, wo sie sich das Kokain beschafft hatten, sagte Winnen plötzlich aus. Sein Anwalt hatte es ihm geraten, mit dem Hinweis, dass er aus dieser Sache nicht mehr heraus käme. Auf diese Weise könne er auf Strafmilderung hoffen.«

»Okay«, warf Felix Hummel ein, »und Ommberg?«

»Ommersberg! Das gleiche. Er gab zu, dass er dabei war.« Der Hauptkommissar fuhr sich mit dem Handrücken über die gerötete Nase. »Winnen erklärte uns, dass er das Zeugs von einem abgerissenen Albaner in der B-Ebene an der Hauptwache hier in Frankfurt gekauft habe.«

Hummel schaute Holzner befremdet an. Der zuckte die Schultern. »Ja, B-Ebene«, nickte Schröder. »U-Bahn-Station.«

»Aha! Was ist mit dem Albaner geschehen?« wollte Oberkommissar Holzner wissen.

»Das ist uns nicht bekannt. Winnen erklärte, dass er den Albaner nicht mit Namen kenne. Er habe ihn seit der Übergabe des Rauschgiftes auch nicht mehr in Frankfurt gesehen. Der sei ganz sicher abgetaucht.«

»Also«, stellte Felix Hummel klar, »Ommberg und Winnmann. Okay.«

Elmar Schröder korrigierte: »Ommersberg und Winnen.«

Hummel blickte ihn verstört an: »Wie? Ach so.«

Sie bedankten sich und verließen das Präsidium. Als sie im Wagen saßen meinte Simon Holzner schmunzelnd: »Felix, Felix! Du und Namen. Eine Katastrophe!« Er kannte die Schwäche des Hauptkommissars. Der verzog das Gesicht, schob die wieder mal auf die Nasenspitze gerutschte Nickelbrille mit dem Mittelfinger zurück. Schroff entgegnete er: »Du kannst dich auch mal irren, Simon, oder?«

Auf dem Weg zurück in den Odenwald überholte Hummel auf der B45 nahe Groß-Umstadt bei durchgezogener Linie einen LKW. Wie der Zufall es wollte, kamen zwei uniformierte Polizisten auf Motorrädern entgegen. Sie stoppten ihn, ließen sich die Papiere zeigen. Jetzt nützte ihm auch sein Dienstausweis nichts. Die Streifenpolizisten waren unerbittlich. »Der Bußgeldbescheid wird Ihnen in den nächsten Tagen zugestellt, Herr Kommissar Huppel.«

»Hummel!«, erwiderte Felix säuerlich, »und wenn schon, dann Hauptkommissar.«

Die Uniformierten tippten an ihre Helme, fuhren davon. Verärgert sah Hummel ihnen nach. Dann drehte er den Kopf seinem Beifahrer zu, fuhr ihn völlig unangebracht an: »Und du? Hast du dir in Frankfurt Notizen gemacht? Nein, hast du nicht! Da werden wir bestimmt wieder die Hälfte vergessen zu berichten.«

»Du hast doch auch nichts notiert.« Jetzt war Holzner sauer. Er strich über die glatt gebügelte Uniformhose, als wolle er Staub abwischen, der natürlich nicht vorhanden war. »Aber ich weiß, du kannst dir ja alles merken.«

Felix Hummel spürte die Ironie. Er winkte ab.

Zurück in Erbach erstatteten die Kommissare Bericht. Kriminalrat Schlett hörte aufmerksam zu. Er rieb sich das Kinn: »Ich hatte eigentlich mehr Informationen erwartet, aber wir wissen zumindest mal, was die schon so alles getrieben haben. Die Befragungen werden noch mehr intensiviert. Die müssen ja mal irgendwo gesehen worden sein, nachdem sie die Hütte im Wald verlassen hatten.« Der Kriminalrat nagte an der Unterlippe, schaute Hummel schräg an. Hummel reagierte: »Okay, okay, ich weiß schon.« Er stand auf, fasste Holzner am Oberarm: »Komm schon, Simon. Wir müssen los.«

»Wohin?« Holzner kniff die Augen zusammen.

»Wohin, wohin! Glaubst du, die kämen von selbst bei uns vorbei um ein Geständnis abzulegen?« Er schüttelte den Kopf: »Mach los! Wir müssen sie finden, den Ommelberg und den Winnmann, basta! Komm jetzt endlich.«

»Moment, Hummel«, bremste Schlett dessen momentanen Elan, »vorher hattet ihr mir noch mitgeteilt, dass die Männer Ommersberg und Winnen heißen würden. Und jetzt sagen Sie …« Er schüttelte den Kopf ebenso wie Holzner. Der erklärte grinsend: »Stimmt, Herr Kriminalrat. Ommersberg und Winnen.«

Hummel ging hinaus auf den Flur. Simon Holzner folgte ihm. Der Hauptkommissar zupfte ihn grimmig am Ärmel der tadellos sitzenden Uniform: »Du Klugscheißer, du. Machst dir einen Spaß draus, wenn ich mich mal verspreche. Lass das in Zukunft sein, ja?«

»Aber es passiert dir doch ständig, Felix. Ich will …«, versuchte Holzner sich zu entschuldigen.

»Lass das sein, sage ich dir!« Hummel funkelte ihn böse an. Holzner zog den Kopf ein, murmelte: »Schon gut.«

»So! Schwamm drüber. Wir setzen uns mit der SoKo zusammen. Und zwar schnell. Du rufst alle an. In einer Stunde Lagebesprechung in meinem Büro. Alles klar?«

»Alles klar!« Holzner griff zum Samsung.

Nach einer knappen Stunde waren alle Beamten der SoKo Merdinger vor Ort. Hauptkommissar Hummel erklärte den Sachverhalt, sagte dann: »Wir haben keine Ahnung, wo die Erpresser sich aufhalten, wir müssen weitersuchen.« Er erläuterte die Situation, nannte nun auch die Namen der Gesuchten. Die Beamten besprachen noch alle wichtigen Dinge, dann machten sie Feierabend.

52

Die Mitarbeiter der Sonderkommission Forster waren nicht untätig gewesen. Unermüdlich und zäh verfolgten sie auch an diesem Tag jeden Hinweis, der von der Bevölkerung kam. Der Mord an Doreen Forster gab allen zu denken. In Höchst fühlte sich niemand mehr sicher. Viele hatten Angst, weil der Mörder immer noch irgendwo da draußen frei herumlief. Junge Männer bildeten Gruppen, überwachten nachts die Straßen. Ohne Erfolg. Es war nun schon fast eine Woche vergangen und die Beamten hatten noch nicht eine einzige echte Spur. Alles Halbheiten, mit denen sie nichts anfangen konnten. Wie meistens bei solchen Aktionen wollten die einen mehr wissen als die anderen und keiner wusste wirklich etwas. Es war zum verrückt werden. Auch der Erste Kriminalhauptkommissar Josef Kersten war fast am Verzweifeln.

Aber das sollte sich ändern.

Abends im Kommissariat saß Kersten vor einer Flut von Hinweisen, die die SoKo zusammengetragen hatte. Alle Beamten waren mit Auswertungen beschäftigt. Dem Hauptkommissar fiel eine Notiz mit folgendem Wortlaut in die Hände: Nach Vorzeigen eines Bildes von Doreen Forster die Aussage des Kellners Luigi Bossini vom *Ristorante Acquario* in Höchst: »Vor wenigen Tagen saß diese Blondine mit einer dunkelhaarigen Frau an einem Tisch in einer Ecke des Lokals. Später kam ein dicker Mann hinzu, der auch schon ab und an hier war. Er bestellte wie immer Pizza Mista. Ich maß dem keine Bedeutung bei, weil viele Gäste stets das Gleiche bestellen. Auffälliger bei ihm war, dass er zuerst mit der Blonden flirtete, später mit der Dunkelhaarigen. Mit der ging er dann auch weg. Mehr kann ich nicht sagen. Scusa. Entschuldigung.«

53

Um 6.15 Uhr hatte die *MS Odenwald* in Mühlheim abgelegt, langsam hatte sich der schwerbeladene Frachter zur Fahrrinne bewegt und Kurs in Richtung Westen genommen. Die aufgehende Sonne versprach einen schönen Tag. Das monotone Geräusch der Motoren weckte die Gäste Yvonne und Robert. Yvonne schaute aus dem Fenster. Das Wasser glitzerte silbern. Enten und andere Wasservögel schaukelten auf den sanften Wellen. Die ersten Ruderer waren unterwegs. Sie murmelte: »Mein lieber Mann, die sind aber früh.«

Robert reckte sich, brummelte müde: »Wer?«

»Die Ruderer.« Yvonne drehte sich um. »Die hauen ganz schön rein. Und das um diese Uhrzeit.« Sie schaute auf ihre Armbanduhr: »Kurz nach sieben.«

»Von mir aus«, meinte Robert, rollte sich auf die Seite »Ich schlaf noch ’ne Runde.«

»Faulpelz!« Yvonne knuffte ihn leicht: »Ich geh mal an Deck.« Sie reckte sich, zog ihren Jogginganzug an und ging hinaus. Tief sog sie die noch frische Luft in die Lungen. Es war ruhig über dem an dieser Stelle ziemlich breiten Fluss. Sie stieg die schmale Treppe hoch, die zum Deck führte. Mit leisen Motoren glitt die *MS Odenwald* über den Main. Yvonne setzte sich auf einen der Klappstühle, genoss die Ruhe. Vorbei unter anderem an Frankfurt und Rüsselsheim war der Frachter an der Schleuse in Kostheim angekommen. Schiffsführer Röhm musste Geduld bewahren, weil ein riesiger holländischer Schubverband ziemlich lange brauchte, bis er durch war und ein weiterer Frachter bereits vor ihnen wartete. Das behagte ihm überhaupt nicht. Er wollte so schnell wie möglich weiter.

Dann waren sie endlich dran. Bootsmann Pieter van Doorn und Steuermann Roland Braun, ein unfreundlicher Zeitgenosse, machten das Schiff fest. Als sie durch waren, lösten die Männer die Taue. Sie sahen zwar die junge Frau an Deck, brachten es aber nicht fertig, *Guten Morgen* zu sagen, bevor sie im Maschinenraum verschwanden.

An der Mainspitze nahm der Frachter auf dem Rhein Kurs in Richtung Koblenz. Die

Frau des Schiffsführers war auf dem Weg ins Steuerhaus, um dort ihren Mann am Joystick abzulösen. Dieter Röhm wollte sich via Internet um neue Fracht ab Trier kümmern. Femke schaute kurz zu Yvonne hinüber: »Na, gut geschlafen?« Ihr holländischer Akzent war nicht zu überhören.

»Danke, ja. Wir waren ja auch müde genug. Robert schläft noch«, gab sie zur Antwort.

»Aha«, brummte Femke und ging in Steuerhaus. Yvonne hob die Schultern: »Wenigstens hat sie was gesagt.« Sie fröstelte leicht, stand auf, verschränkte die Arme und ging ein paar Schritte nach vorn, dann vorbei am Frachtraum bis zum Bug des Schiffes. Während sie in Gedanken versunken ihren Blick über den frühmorgendlichen Rhein schweifen ließ, glaubte sie leise Stimmen zu hören, die jedoch vom Kreischen und Gaggern der Wasservögel übertönt wurden. Sie dachte sich nichts dabei, nach einigen Minuten ging sie zurück ins Appartement, wo Robert schnarchend mit offenem Mund auf dem Rücken lag. Sie weckte ihn: »Frühstück!«

Er knurrte schlaftrunken: »Jaja.«

Nachdem sie gefrühstückt hatten, spülte Yvonne das Geschirr, während Robert auf dem Tablet nachschaute, was es Neues in der Welt gab. Später gingen sie an Deck, setzten sich auf die Klappstühle. Yvonne hatte ihr E-Book mitgenommen, begann zu lesen. Robert fotografierte die wunderschöne Umgebung. Lesen war nicht sein Ding, er widmete sich lieber der Kamera und dem Tablet. Das Mittagessen ließen sie ausfallen. Robert holte seine Staffelei, begann das Steuerhaus der *MS Odenwald* zu zeichnen. Er verwendete dafür ausnahmslos Kohle. Malen und zeichnen mit Kohle waren sein Hobby.

Sie verbrachten einen erholsamen, sonnigen Tag auf dem Rhein. Gegen Abend erhob sich Robert: »Genug Sonne, Yvonne. Bleibst du noch?«

»Ja, ich geh noch ein wenig spazieren.«

Robert lachte: »Weit wirst du nicht kommen. Ich meine, soo groß ist das Schiff nun auch wieder nicht. Aber pass trotzdem auf … verlauf dich nicht.«

»Hör auf, mich zu ärgern. Koch uns lieber was.«

»Mach ich.« Robert packte zusammen, ging schmunzelnd hinunter ins Appartement. Wenig später hörte Yvonne, wie es laut schepperte. Bevor sie nachschauen konnte, ertönte die

Stimme Roberts aus dem Appartement: »Nix passiert. Es is nur en leere Dibbe vom Herd gefalle.« Obwohl er sich viel Mühe gab, hochdeutsch zu sprechen, verfiel er immer wieder mal in seinen odenwälder Dialekt.

Yvonne grinste, sagte nichts. Jetzt fielen ihr wieder die Stimmen ein. Sie ging nach vorne zum Bug. Alles ruhig. Sie verharrte eine Weile, versuchte angestrengt irgendetwas zu hören. Nichts! Von der Besatzung waren nur Schiffsführer Röhm und seine Frau zu sehen. Femke saß am Steuerpult, Röhm am Tisch im Steuerhaus, hatte das Handy am Ohr. Yvonne ging mit gemischten Gefühlen zurück ins Appartement.

»Was ist los?«, fragte Robert, wendete die brutzelnden Schnitzel in der Pfanne. »Du machst so einen seltsamen …«

»Ich glaube, ich habe Stimmen gehört«, unterbrach sie ihn mit belegter Stimme. »Heute früh schon.«

»Wieso sagst du das erst jetzt?« Robert schaute sie vorwurfsvoll an.

»Ich hatte es nicht richtig wahrgenommen. Vorhin ist es mir wieder eingefallen.«

»Wo hast du die Stimmen gehört?« Er setzte sich auf den Rand des Bettes.

»Ganz vorne.«

»Am Bug?«

»Ja, am Bug. Ich war eben nochmal dort, habe aber nichts dergleichen gehört.«

Er winkte ab. »Da ist bestimmt das Appartement der Matrosen.« Robert öffnete das Fenster, ließ frische Luft hinein.

»Mir kam das eher vor wie Kinderstimmen«, sagte sie unsicher in leisem Ton. Jetzt schaute Robert auf: »Kinder?« Er blickte Yvonne ernst an: »Kinderstimmen sagtest du?«

Yvonne nickte bestätigend: »Ja.«

Robert sah sie nun mit großen Augen an: »Die Entführung! Da war doch die Entführung in Hetschbach. Merdinger, die Reederei in Höchst.«

»Du hast Recht! Frau Merdinger und die Kinder.« Yvonne wurde blass. Robert hielt aufgeregt die Hand vor den Mund. »Oh je, wo sind wir gelandet?«

»Egal«, meinte Yvonne mutig, »wir müssen uns darum kümmern. Da ist was faul.«

»Bist du sicher, dass du wirklich Stimmen gehört hast? Kinderstimmen?«

»So ganz sicher bin ich nicht.« Yvonne zweifelte jetzt. »Vorhin war ja auch alles ruhig.« Sie stellte sich an den Herd, rührte die Bratkartoffeln um. »Ich weiß nicht so recht. Vielleicht habe ich mich auch getäuscht. Ich hatte heute früh ja noch mehr Geräusche gehört.«

»Gut. Ich warte noch ein bisschen, dann schau ich nach, okay? Nicht, dass wir auffallen, wenn wir ständig zum Bug laufen. Außerdem ist das Essen fertig.« Robert nahm die Schnitzel und die Bratkartoffeln vom Herd, Yvonne deckte den Tisch.

Inzwischen hatte die Dämmerung eingesetzt, die *MS Odenwald* ging vor Anker. Nach dem Essen spazierte Robert in Richtung Bug. Yvonne schaltete den Fernseher ein, fand aber keine Ruhe. Sie machte sich Sorgen. Was war hier los?

Dieter Röhm, der Telefonate im Steuerhaus führte, sah Robert, als dieser am Frachtraum entlang ging. Er legte das Handy weg, verließ das Steuerhaus, ging ihm langsam nach. Nach ungefähr zwanzig Metern hatte er ihn eingeholt, tippte ihm auf die Schulter. Robert erschrak fürchterlich, drehte sich um … und schaute genau in das bärtige Gesicht des Schiffsführers. Der fragte ihn barsch, was er hier wolle. Robert hatte sich schnell wieder gefasst: »Ich geh nur ein bisschen spazieren.« Er grinste spitzbübisch: »Essen verdauen, gell!«

»Mhm.« Röhm zündete sich eine seiner übelriechenden Stumpen an. »Essen verdauen also.« Dann senkte er die Stimme: »Aber nicht hier, mein Freund. Was glaubst du, wenn du über Bord fällst. Das merkt in der Dunkelheit kein Mensch. Und wer trägt dann die Verantwortung?« Er wurde lauter: »Das kannst du dir doch denken, oder?«

Robert wurde es mulmig. »Ja, klar. Ich geh ja schon zurück.« Der beißende Rauch der Zigarre ließ seine Augen tränen.

»Das will ich doch hoffen. In deinem eigenen Interesse.« Röhm fügte etwas leiser hinzu: »Und in meinem.«

»Gute Nacht.« Robert nahm die Brille ab, wischte sich über die Augen, drehte sich um und ging zurück. Der Schiffsführer rief ihm nach: »Tu das nicht wieder, verstanden?«

»Jaja«, knotterte Robert vor sich hin. »Doofkopp!«

Eines war ihm klar: Hier stimmte etwas nicht. Was auch immer es sein mochte. Zurück im Appartement erzählte er Yvonne, die den Fernseher wieder ausgeschaltet hatte und bereits im Bett lag, was ihm soeben widerfahren war. »Der Röhm war ganz schön geladen, mein lieber Mann. Es ist sowieso alles ein bisschen seltsam hier. Wir sollten die Polizei rufen.« Vor lauter Aufregung hatte er vergessen, die Brille wieder aufzusetzen. Er legte sie auf den Tisch, setzte sich.

»Aber Robert, was willst du denen sagen. Wir wissen doch nicht, ob hier etwas nicht in Ordnung ist. Vielleicht bilden wir uns das nur ein«, gab Yvonne zu bedenken. »Was glaubst du, was los wäre, wenn wir die Polizei alarmieren würden und hier wäre alles okay? Das gäbe einen Riesenzirkus.« Sie nickte: »Und weißt du, wer die Dummen wären? Dreimal darfst du raten.«

»Da hast du auch wieder Recht. Wir warten bis morgen früh«, entschied er. »Vielleicht ergibt sich etwas. Wir müssen halt ein bisschen aufpassen.« Er zog seine Kleider aus, schlüpfte in den Pyjama, legte sich aufs Bett. Dann stand er noch einmal auf, schloss die Tür des Appartements ab. Es ließ ihm keine Ruhe: »Meinst du nicht, Yvonne, wir sollten doch …«

»Nein! Schlaf jetzt.« Auch sie brauchte, wie Robert, lange, bis sie eingeschlafen war.

54

Mittwoch, 5. August

Der Frachter war bereits unterwegs, als Yvonne nach dem Frühstück aus dem geöffneten Fenster des Appartements schaute. Sie sah einen Mann, den sie vorher noch nicht gesehen hatte.

»Hey, Robert«, sagte sie leise, »kann es sein, dass noch mehr Gäste an Bord sind?«

»Eigentlich nicht. Bei Buchung der Reise war nur von *einem* Gästeappartement die Rede. Aber warum fragst du?«

»Ich habe eben einen Mann gesehen. So einen kleinen, dicken. Er ging am Fenster vorbei. Sah ein bisschen gruselig aus mit seinem strubbeligen schwarzen Bart.«

Robert stand auf, schaute aus dem Fenster. Er konnte gerade noch sehen, wie der Mann an Deck verschwand. Wenige Augenblicke später folgte ein zweiter Mann. Robert ging einen Schritt zurück, um nicht gesehen zu werden. Ihm fiel auf, dass dem hageren Mann ein Ohrläppchen fehlte. Das blasse, fast weiße, faltige Gesicht mit der Narbe und die hellgrünen, stechenden Augen ließen ihn kurz erschauern. Eiskalt lief es ihm über den Rücken, er bekam Gänsehaut, schaute Yvonne unsicher an. Sie fragte ängstlich: »Was ist?«

»Da … da ist noch einer«, stammelte er.

»Was?« Yvonne schaute wieder hinaus. Tatsächlich! Auch diesen Mann hatte sie bisher noch nicht gesehen. Er ging an Deck. Robert öffnete die Tür, wollte ebenfalls hoch an Deck gehen.

»Bist du verrückt geworden? Bleib bloß hier.« Yvonne hielt ihn am Ärmel fest. »Wer weiß, was das für Typen sind. Die sehen nicht gerade vertrauenserweckend aus, oder?«

»Stimmt.« Er ließ die Tür offen. Wenige Minuten später vernahmen sie eine dunkle, raue Stimme: »So, jetzt haben wir das Geld. Nun müssen wir auch unser Versprechen halten und die Merdingers freilassen.«

»Klar lassen wir die frei«, gab eine Fistelstimme missmutig zur Antwort. »Ich weiß nur noch nicht, wo.«

Eine dritte Stimme kam hinzu: »Ich habe euch schon einmal gesagt, dass das hier kein

Hotel ist. Außerdem habe ich euch gesagt, dass ihr euch nicht sehen lassen sollt. Wir gehen jetzt ins Steuerhaus und teilen die Kohle auf, dann lasst ihr die Geiseln frei und verschwindet schleunigst. Habt ihr mich verstanden?«

»Das ist der Röhm!« Robert nickte Yvonne mit gerunzelter Stirn zu. Yvonne nickte ängstlich mehrmals zurück. Robert legte den Zeigefinger auf die Lippen. Er lauschte. Die Fistelstimme wurde nun lauter: »Sei froh, wenn wir mit dir teilen. Was hast du schon zu der ganzen Geschichte beigetragen?«

»Mach mal langsam, Vitus. Was hätten wir ohne die *Odenwald* gemacht?«, versuchte der kleine Dicke zu beschwichtigen. »Die Entführung wäre ohne Röhm gar nicht zustande gekommen. Wir kannten doch die Reederei Merdinger überhaupt nicht.«

»Misch dich nicht ein, Henry. Ich warne dich!«

Schiffsführer Röhm war fuchsteufelswild: »Du willst nicht mit mir teilen, du Saukerl? Dir werde ich's zeigen!« Er ballte die Fäuste. Die Fistelstimme lachte schrill auf: »Und außerdem ist das Geld nicht auf dem Schiff.«

»Was? Das Geld ist nicht hier?«, dröhnte der Schiffsführer: »Du spinnst wohl! Du hattest doch einen Metallkoffer mitgebracht.« Er ging drohend mit erhobenen Fäusten auf Ommersberg zu.

Der Mann mit der Fistelstimme lachte erneut auf: »Der ist leer. Er liegt unter der Couch im Wohnzimmer.«

Die raue Stimme brüllte: »Wo ist die Kohle? Wo? Sag schon, oder ich schlag dich tot!«

Robert und Yvonne schauten sich entsetzt an. Er nahm sie am Arm, sie zogen sich voller Angst zurück in ihr Appartement, verschlossen die Tür.

Turbulente Szenen spielten sich nun auf dem Schiff ab. Henry Winnen stürmte auf Vitus ein, versetzte ihm mit der Faust einen Schlag gegen die Brust. Ommersberg schlug zurück, ein Handgemenge entstand. Henry bekam von Ommersberg einen Schlag ab, taumelte, wollte sich noch abstützen, mit einem lauten Aufschrei stürzte er in den Rhein. Die starke Strömung zog ihn in die Tiefe. Da er ein guter Schwimmer war, tauchte er wenig später auf, konnte sich über Wasser halten. Ein junger Mann fuhr mit seinem Sportboot in dem Moment an der *MS Odenwald* vorbei, als Winnen abstürzte. Er erkannte die Situation und fischte ihn aus dem Wasser, brachte ihn ans Ufer. Winnen hustet mehrmals. Wasser, das sich in seinen Lungen gesammelt hatte, erbrach er in hohem Bogen. Er krümmte sich zusammen, rang nach Luft.

»Was ist passiert?«, wollte der hilfsbereite Mann wissen. Er half ihm, sich auf eine Bank zu setzen. Der stoßweise schwer atmende Winnen stützte den Kopf in beide Hände. Ein neuer Schwall Wasser schoss aus seinem Mund. Jetzt ging es ihm besser. Er sog tief die Luft ein, hustete, wischte sich mit nassen Händen übers Gesicht. »Ich … ich bin ausgerutscht.« Er schüttelte den Kopf. »Ich konnte mich einfach nicht mehr festhalten.«

Der Mann bot an, ihm Hemd und Hose sowie Unterwäsche zu besorgen, was Winnen, immer noch hustend, ablehnte. »Vielen Dank! Sie haben mir schon genug geholfen. Ich krieg das schon hin.«

»Na gut.« Sein Retter verabschiedete sich und fuhr davon. Der Streit auf dem Schiff setzte sich fort. Ommersberg lieferte sich mit Röhm einen heftigen Kampf, schlug den Schiffsführer brutal zusammen. Er schleifte den aus Nase und Mund blutenden Mann unter Deck in dessen Schlafzimmer, rannte hinunter in den Maschinenraum, zwang

Pieter van Doorn, der nach der Funktion der Pumpen schaute, mit gezogener Pistole, sofort zu ankern. Dem Bootsmann blieb keine Wahl. Sie gingen hoch, van Doorn gab Femke ein Zeichen, das Schiff zu stoppen. Röhms Frau hatte vom Steuerhaus aus gesehen, wie Ommersberg ihren Mann von Deck geschleppt hatte. Sie verhielt sich vor lauter Angst ganz still, stoppte die Maschinen. Van Doorn ließ den Anker herunter. Ommersberg befahl ihm, das Beiboot klarzumachen und zu Wasser zu lassen. Steuermann Roland Braun hatte von alldem nichts mitbekommen. Er lag auf dem Bett im Schlafzimmer und schlief. Wegen starker Kopfschmerzen hatte er eine Tablette genommen.

Katharina Merdinger hatte schon vorher gehört, dass sich Gäste an Bord befinden mussten, konnte jedoch nicht auf sich aufmerksam machen, weil Femke ihr den Mund mit Klebeband zugeklebt und sie gefesselt hatte. Die Kinder hörten nichts. Sie waren zu weit weg. Robert und Yvonne hatten nicht mitbekommen, dass Winnen über Bord gestürzt war, aber sie hörten, dass das Beiboot wegfuhr, konnten es aber nicht mehr sehen. Es ging alles viel zu schnell.

Wenig später war Ommersberg unterwegs auf dem Rhein in Richtung Mainz. Die Geiseln interessierten ihn nicht mehr. Die Besatzung der *MS Odenwald* konnte die Polizei nicht verständigen, weil ja alle in die Entführung involviert waren. Schiffsführer Röhm, der mittlerweile zu sich gekommen war, hatte den Anker lichten lassen und Kurs auf Koblenz genommen.

Robert wählte die 110. Er berichtete, was er und Yvonne gesehen und gehört hatten, gab auch den Standort der *MS Odenwald* an. Die Leitstelle des Polizeipräsidiums Südhessen in Darmstadt informierte sofort die Regionale Kriminalinspektion in Erbach.

55

Hauptkommissar Hummel und Oberkommissar Holzner waren, wie die gesamte SoKo Merdinger unterwegs. Sie mussten unter allen Umständen herausfinden, wo die Entführer und Erpresser sich aufhielten. Bisher hatten sie nicht einen einzigen Treffer. Es war ein Rätsel, das sie im Moment nicht zu lösen vermochten.

Das Handy des Hauptkommissars klingelte. Kriminalrat Walter Schlett war dran: »Herr Hummel, soeben kam ein Anruf von einem Mann, der mit seiner Freundin auf einem Frachtschiff, der *MS Odenwald*, unterwegs ist.« Er erklärte Hummel, was Robert ihm mitgeteilt hatte.

»Wo ist das Schiff?«

»Es befindet sich auf dem Rhein zwischen Mainz und Koblenz.«

Hummel und Holzner, die gerade einen Tankstellenbesitzer in Höchst befragten, riefen die SoKo Merdinger zusammen. Eine

Stunde später trafen sie sich in Hummels Büro.

»So, Leute. Wir müssen sofort an den Rhein. Wir ...«

»An den Rhein?«, unterbrach ein Kollege. »Was sollen wir am Rhein?«

»Wenn du die Güte hättest, mich ausreden zu lassen, könntest du es eventuell erfahren«, gab Hummel scharf zur Antwort.

»Entschuldigung.« Der junge Kommissar hob die Hände.

»Schon gut.« Hummel erklärte, warum sie an den Rhein mussten. Mit zwei Wagen fuhren sie sofort los. Sie waren unterwegs auf der A67 bei Büttelborn, als Hummels Handy klingelte.

»Die *Odenwald* hat soeben in Boppard abgelegt. In ungefähr zwei Stunden müsste sie vor Koblenz sein. Ich gebe dir dann wieder Bescheid«, meldete sich Oberkommissar Oppenheimer vom K10, der die Sache übernommen hatte. Er hatte inzwischen, nachdem er mit Robert telefoniert und dieser sich einverstanden erklärt hatte, über dessen Handy den Frachter geortet, konnte ihn weiter verfolgen.

»Okay, bis dahin sind wir am Deutschen Eck.« Hummel steckte das Handy zurück in die Hosentasche.

Am Deutschen Eck in Koblenz, wo die Mosel in den Rhein mündet, warteten sie. Nach ungefähr eindreiviertel Stunden kam der nächste Anruf vom K10: »Die *Odenwald* müsste jetzt vom Deutschen Eck zu sehen sein. Fahrt am besten weiter zur Staustufe. Dort könnt ihr an Bord gehen.«

»Danke, Klaus, gute Arbeit.« Hummel blickte über den Rhein, ein Frachter kam langsam näher, im Hintergrund war die Festung Ehrenbreitstein zu sehen. Er bemerkte: »Der fährt aber sehr langsam.«

»Er liegt tief im Wasser, weil er schwer geladen hat. Die Geschwindigkeit beträgt höchstens zwölf Stundenkilometer, schätze ich. Außerdem wird mit jedem Stundenkilometer der Spritverbrauch deutlich höher, obwohl er zu Tal fährt und der Rhein hier eine ordentliche Strömung hat«, tat Simon Holzner seine Kenntnisse über die Binnenschifffahrt kund. Hummel schaute ihn verblüfft an: »Woher weißt du das?«

»Da biste platt, was?« Holzner grinste. »Bin schon mal mitgefahren.«

»Wie, du bist schon mal mitgefahren?«

»Ich bin im letzten Sommer, im Juli, mit einem ähnlichen Frachtschiff unterwegs gewesen.« Er zog seine Uniformjacke straff.

»So richtig auf hoher See?«

»Nein. Auf Main, Rhein und Mosel mit der *MS Rudolf-Thea*. An der Schleuse Limbach am Main bin ich an Bord gegangen und in Enkirch bei Traben-Trarbach bin ich wieder runter. Der Eigentümer und Schiffsführer Rolf und seine Familie waren sehr nette Leute. Rolf hatte mir alles erklärt, was ich wissen wollte. Es war wirklich ein schöner Trip. Kann ich dir empfehlen.«

»Mensch, Simon. Ich hatte ja keine Ahnung, dass dich die Schifffahrt interessiert.«

»Ja, doch! Hat mich schon immer interessiert«, entgegnete Holzner, »ganz besonders die Binnenschifffahrt.«

Hummel nickte mehrfach: »Respekt! Das ist toll.«

Dann wurde er wieder dienstlich: »So, Leute, wir fahren zur Schleuse.«

Der Frachter *MS Odenwald* war inzwischen an der Moselmündung angekommen, nahm Kurs in Richtung Schleuse. Er legte an, um Trinkwasser zu bunkern. Das nahm einige Zeit in Anspruch, da vor ihm ein Fahrgastschiff ebenfalls Trinkwasser aufnahm. Der Hauptkommissar telefonierte mit der Schleusenaufsicht, erklärte, aus welchen Gründen er auf die *MS Odenwald* müsse.

»Vielleicht ist es in ihrem Falle günstiger, wenn Sie an der Staustufe Lehmen an Bord gehen. Dort ist weniger Betrieb«, schlug der Mann vor. »Ich informiere den dortigen Kollegen.«

Hummel schaute Holzner fragend an: »Lehmen?«

»Okay, das ist die nächste Moselschleuse.« Simon Holzner nickte.

»Gut.« Hummel bedankte sich bei dem freundlichen, hilfsbereiten Mann. »Wir fahren weiter nach Lehmen.«

Jetzt informierte er das Polizeipräsidium und die Wasserschutzpolizei in Koblenz. Die Beamten der SoKo Merdinger waren nach ungefähr zwanzig Minuten an der Schleuse in Lehmen. Ihre Autos stellten sie auf einem schmalen Weg ab. Die Schleusenaufsicht ließ sie nach kurzem Telefonat mit Hummel auf das abgesperrte Gelände. Genau in diesem Moment kam ein Anruf. Felix Hummel zog das pulsierende Handy aus der Hosentasche. Kriminalrat Walter Schlett wollte wissen, wo sie sich befänden. Hummel gab den Standort durch. »Wir erwarten hier die *MS Odenwald*, die Wasserschutzpolizei und die Kollegen aus Koblenz.« Er fragte Holzner: »Wie lange wird die *Odenwald* noch brauchen, bis sie hier ist?«

»Schätze mal, höchstens zwei Stunden.«, antwortete der Oberkommissar. Hummel gab die Antwort an Schlett weiter. »Hoffentlich sind die Entführer noch an Bord. Wenn nicht, können wir lediglich die Besatzung festnehmen, wenn die, wie ich vermute, Dreck am Stecken hat.«

»Genau. Was noch wichtiger ist, ihr könnt die Entführten in Sicherheit bringen.« Schlett zögerte. »Wenn sie auf dem Schiff sind.«

»Wenn sie auf dem Schiff sind«, wiederholte der Hauptkommissar und presste die Lippen zusammen. Hoffnungsvoll sagte er: »Sicher ist, dass die Entführer an Bord sind oder es waren. Ergo müssen wir davon ausgehen, dass Frau Merdinger und die Kinder ebenfalls an Bord sind, zumal die junge Frau, Nicole heißt sie, glaube ich, möglicherweise Kinderstimmen gehört hat.«

»Sie heißt Yvonne, Herr Hummel. Und die Kinderstimmen ... sie war sich nicht ganz sicher«, bemerkte der Kriminalrat.

»Wir werden sehen. Ich melde mich.« Hummel beendete das Gespräch.

»Schlechte Nachrichten?«, erkundigte sich eine Oberkommissarin von der SoKo.

»Teils, teils.« Hummel schob die Unterlippe vor, erstattete den Beamten Bericht.

»Also, wenn ich das jetzt richtig verstanden habe, dann sind die Erpresser möglicherweise nicht auf dem Schiff.« Die Kollegin kräuselte die Stirn. »Die sind abgehauen?«

»Wir müssen abwarten.« Hummel legte den Kopf in den Nacken. »Wenn der Frachter hier ist, gehen wir an Bord. Dann werden wir erfahren, was wirklich passiert ist.«

Zwei Streifenwagen der Koblenzer Polizei und die Wasserschutzpolizei waren inzwischen eingetroffen. Knapp zwei Stunden später kam die *MS Odenwald* an die Staustufe in Lehmen. Vor ihnen passierte die *MS Esperanza*, ein belgischer Frachter die Schleuse. Schiffsführer Röhm wartete darauf, dass die Ampel auf Grün schaltete, um in die Schleuse einzufahren. Es dauerte noch an, obwohl die *Esperanza* schon längst die Schleuse verlassen hatte. Er wunderte sich, dass die Ampel immer noch Rot anzeigte.

Plötzlich standen zwei Männer im Steuerhaus. Einer trug eine blaue Uniform. Sie zeigten ihre Dienstausweise, Röhm fuhr zusammen. Neben dem Steuerhaus standen auf beiden Seiten je zwei Beamte, auch in blauen Uniformen. Wasserschutzpolizei! fuhr es ihm durch den Kopf. Ein unangenehm heißer Schauer durchzuckte seinen Körper. Dicke

Schweißperlen bildeten sich auf seiner Stirn, tropften ihm in die Augen. Fassungslos, zu keiner Bewegung fähig, saß er am Steuerpult.

»Guten Tag«, sagte Hauptkommissar Hummel, blieb im Türrahmen stehen, um ihm den Fluchtweg zu versperren. Holzner ging zur gegenüberliegenden Tür. Blitzschnell sprang jetzt der Schiffsführer vom Sitz auf, drehte sich, wollte über die schmale Wendeltreppe unter Deck in sein Appartement flüchten. Jedoch vertrat ihm Simon Holzner den Weg, Röhm hatte keine Chance, aus dem Steuerhaus zu entkommen. Er schaute entsetzt durch die große Scheibe nach hinten zum Deck. Hier befanden sich zwischen Radaranlage und dem Honda Roberts weitere Beamte, die bereits den Bootsmann Pieter van Doorn und den Steuermann festhielten. Seine Frau Femke war in der Obhut der Oberkommissarin. Er ließ sich schwerfällig in den Sitz sinken, hob hoffnungslos die Arme. Innerlich glühte er vor Zorn.

Die Gäste Yvonne und Robert wurden von zwei Kollegen der SoKo von Bord gebracht und in deren Wagen befragt. Sie erläuterten das Erlebte bis ins Detail. Roberts Wagen wurde mit dem Schiffskran vom Schiff gehievt. Anschließend waren sie auf dem Weg nach

Hause. Bei Simmern legten sie eine Pause ein und gingen in einen Biergarten, um etwas Kaltes zu trinken. Eine halbe Stunde später fuhren sie weiter. Sie wollten es sich nicht eingestehen, doch die Geschichte hatte sie schon ganz schön mitgenommen. »Ich glaube, jetzt brauchen wir erst mal Urlaub«, meinte Robert mit einem Anflug von Galgenhumor.

»Ja, das glaube ich auch.« Yvonne grinste, obwohl sie dieses Abenteuer ganz sicher nicht gebraucht hätte. Sie ließ das Seitenfenster herunter, atmete die frische Fahrtluft ein.

Die Besatzung der *MS Odenwald* wurde unter Deck ins Wohnzimmer gebracht und dann im Gästeappartement einzeln verhört, nachdem alle über ihre Rechte aufgeklärt worden waren. Hauptkommissar Hummel und Oberkommissar Holzner nahmen sich Schiffsführer Dieter Röhm zuerst vor. Sie setzten sich an den Esstisch. Röhm begann, stark zu schwitzen, wischte sich mit dem Hemdsärmel übers Gesicht. Er glaubte zu wissen, was jetzt auf ihn zukam und fuhr die Kommissare wütend an: »Was wollt ihr? Wir haben nichts getan.« Er haute mit beiden Fäusten auf den Tisch. Holzner hob beschwichtigend die Hände: »Beruhigen Sie sich, Herr Röhm.«

»Ich will mich aber nicht beruhigen! Was wollen Sie von uns?«, schrie dieser unbeherrscht.

»Nun, wir haben so einiges gehört und möchten natürlich von Ihnen wissen, ob das alles stimmt«, sagte Hummel in ruhigem Ton.

»Was wollen Sie gehört haben? Was?« Röhm sprang auf, fasste wutschnaubend den Stuhl an der Rückenlehne, hob ihn an, als wolle er ihn in eine Ecke schleudern. Jetzt wurde Felix Hummel lauter: »Stellen Sie den Stuhl wieder hin und setzen Sie sich. Wir sind hier nicht im Zirkus.« Noch lauter fügte er hinzu: »Und beantworten Sie korrekt unsere Fragen.«

Der Schiffsführer knurrte bissig: »Wenn's sein muss!« Er setzte sich wieder, die kräftigen Hände zu Fäusten geballt.

»Na also«, lächelte der Hauptkommissar, »geht doch.«

Auf die Streitigkeiten an Bord und auf die Entführer Winnen und Ommersberg ging Hummel erstmal nicht ein. Katharina Merdinger und die Kinder waren wichtiger. Er ging in die Offensive. »Was ist mit den Entführten? Sind sie auf dem Schiff? Und wenn, wo sind sie?«

Röhms Gesicht nahm einen bitterbösen Ausdruck an. Obwohl er mit dieser Frage gerechnet hatte, stellte er sich die Frage: Wer hat der Polizei verraten, dass die Entführten auf der *Odenwald* sind? Ihm war jetzt klar, dass er keine Chance hatte, hier rauszukommen. Er gestand, vor ohnmächtigem Zorn am ganzen Körper bebend, dass sich Frau Merdinger und die Kinder auf dem Schiff befanden, presste durch die gelblichen Zähne: »Meine Frau wird Sie zu ihnen führen.« Er wischte sich das Blut, das dünn aus seiner Nase floss, mit dem Ärmel ab. Röhm wusste, dass er verloren hatte … und nicht nur er, sondern auch seine Mannschaft. Trotzdem erhoffte er sich immer noch seinen Teil des Lösegeldes, auch wenn Ommersberg abgehauen war. Wenn er hier heil herauskäme, würde er ihn schon irgendwann aufspüren.

Hummel ging ins Wohnzimmer, sprach kurz mit der Oberkommissarin von der SoKo. Sie nahm Femke am Arm, sagte deutlich: »So, Frau Röhm, wir holen jetzt die Geiseln.«

»Welche Geiseln? Was soll das? Lassen Sie mich los!« Femke Röhm war wütend, tat so, als wüsste sie von nichts. Sie wollte sich losreißen, doch die Beamtin hielt sie fest im Griff, schaute ihr durchdringend ins Gesicht: »Frau Röhm, es ist vorbei! Führen Sie mich zu Frau Merdinger und ihren Kindern.«

»Dieser Hasenfuß!« Femke ärgerte sich über ihren Mann, spuckte auf den Boden. Missmutig und unwirsch leistete sie der Beamtin Folge, das Gesicht zu einer bösartigen Fratze verzerrt.

***

Wenig später lagen sich Katharina Merdinger und ihre Kinder Thomas und Bettina überglücklich und tränenüberströmt in den Armen. Sie hatten eine schwere Zeit hinter sich und waren völlig erschöpft. Katharina bedankte sich herzlich bei den Polizisten und drückte erneut die Kinder an sich. Auf Hummels Frage, ob sie anständig behandelt worden seien, antwortete Katharina: »Die waren manchmal richtig grob«, was die Kinder weitgehend bestätigten. »Nur der Kleinere war einmal ein bisschen freundlicher«, ergänzte Thomas zögernd. Felix Hummel nickte mitleidig, drehte sich weg. »Das sind doch Mistkerle«, brummelte er leise voller Zorn, »der Ommberg und der Winker!« Er rief Kriminalrat Walter Schlett an: »Die Familie Mellinger ist in Sicherheit. Es geht ihnen den Umständen entsprechend gut. Die Besatzung der *MS Odenwald* haben wir festgenommen und schon auf dem Schiff mit den Verhören begonnen. Was mit den Entführern geschehen ist, weiß ich noch nicht. Offensichtlich sind sie nicht an Bord.«

»Gut, Herr Hummel.« Auf Korrekturen der Namen verzichtete Schlett. »Lassen Sie die Merdingers gleich nach Hause bringen. Ich sage der Familie Bescheid. Ich informiere auch Direktorin Ehresmann in Darmstadt und die Staatsanwältin. Halten Sie mich auf dem Laufenden.«

»Okay.« Hummel drückte die Austaste des Smartphones, ging zu einem Kollegen: »Kümmere dich darum, dass die Familie Mellinger auf dem schnellsten Weg nach Hause gebracht wird.«

»Merdinger!« Der Kommissar nickte. »In Ordnung.« Der Polizist gab Katharina sein Handy: »Rufen Sie zu Hause an, Frau Merdinger. Das wird Ihrer Familie gut tun. Die hat ja auch allerhand mitgemacht.«

Katharina rief ihren Mann an, sagte ihm unter Tränen, dass es ihnen soweit gut gehe und sie gleich nach Hause gefahren würden.

Hartmut Merdinger fiel ein Stein vom Herzen. Sichtbar gelöst setzte er alle Familienmitgliedern in Kenntnis, dass alles gut gegangen sei und sie bald alle wieder beisammen sein würden. Er hatte kaum das Mobilteil auf die Station gelegt, da klingelte das Telefon erneut. Kriminalrat Schlett teilte ihm das gleiche mit, das Hartmut soeben erfahren hatte. Dieser bedankte sich. »Meine Frau hat mich schon angerufen.«

Wenig später wurden Katharina und die Kinder mit einem Streifenwagen der Koblenzer Polizei nach Hause gebracht.

Jetzt wollte Hauptkommissar Hummel von Röhm wissen, was noch an Bord geschah und ob die Entführer geflüchtet waren.

»Sind die Entführer Winkel und Ommelmann auch hier?«, Hummel schaute Röhm scharf ins Gesicht, nahm die auf die Nasenspitze gerutschte Brille ab. Er rieb sich die Augen, setzte die Brille wieder auf. Sie rutschte erneut nach vorne. Röhm schaute ihn aggressiv an: »Wer?«

»Winnen und Ommersberg«, korrigierte Simon Holzner, wofür er einen bitterbösen Blick Hummels erntete.

»Ach so, die!« Im Innern des Schiffsführers brodelte es immer noch vor Zorn. Sein Gesicht war feuerrot angelaufen, aber er hatte aufgegeben. Sein Wille war gebrochen.

»Nein! Die *waren* hier«, antwortet er tonlos.

»Na super! Die *waren* hier!« Die Augen des Hauptkommissars wurden zu kleinen Schlitzen, seine Stimme wurde messerscharf: »Und wo sind sie jetzt?«

Zähneknirschend erzählte Dieter Röhm, wie sich alles zugetragen hatte. »Winnen ist bestimmt ersoffen. Es ist mir egal«, krächzte er gleichgültig.

»Wo ist das erpresste Geld? Hier an Bord?«

Röhm lachte rau auf: »Hier an Bord? Es war nie an Bord! Ommersberg hat es irgendwo versteckt. Keine Ahnung, wo.«

»Wem sind die Wagen, die noch an Bord sind?«

»Der grüne Skoda gehört mir, der rote Corsa gehört Winnen.«

»Winnen ist also in den Rhein gestürzt und Ommersberg ist alleine mit dem Beiboot geflohen«, hakte Holzner nach.

»Sagte ich doch! Was wollen Sie denn noch von mir hören?« Er legte den Kopf zurück, stierte aus dem Fenster, schnaubte wütend.

»Zum Beispiel, wie Frau Merdinger und die Kinder auf ihr Schiff kamen.« Holzner ließ nicht locker. Röhm senkte den Kopf. »Das sage ich Ihnen auch noch«, knurrte er gereizt. Nachdem er es ihnen erzählt hatte, wurde er zurück ins Wohnzimmer gebracht. Seine Frau Femke gestand nach einigen Versuchen, verbal den Kopf doch noch aus der Schlinge zu ziehen, ebenfalls alles in vollem Umfang. Sie habe von alldem anfangs nichts gewusst, habe dann jedoch alles so hinnehmen müssen, wie ihr Mann es wollte. Hummel spürte ihren Hass. Er war sich sicher, dass sie sogar bereit gewesen wäre, ihren Mann zu verraten. Aber der hatte ja bereits alles zugegeben.

Am wenigsten konnten Bootsmann und Steuermann zu den Ereignissen sagen. Sie wussten zwar auch über die Entführungen Bescheid, hatten aber zu Einzelheiten keinen Zugang.

***

Die männliche Besatzung der *MS Odenwald* wurde von einem Kleinbus der Koblenzer Polizei nach Weiterstadt in die Justizvollzugsanstalt gebracht und auf Antrag der Staatsanwaltschaft nach richterlicher Anordnung in Untersuchungshaft genommen. Femke Röhm wurde ins Frauengefängnis nach Frankfurt-Preungesheim überstellt und ebenfalls in Untersuchungshaft genommen.

Der Opel Corsa wurde nach Erbach gebracht und von der Ermittlergruppe, dem K10, untersucht.

Zu einem späteren Zeitpunkt beantragte Hummel bei der Staatsanwaltschaft Besuchserlaubnisse für die Justizvollzugsanstalten Preungesheim und Weiterstadt. Dann verhörte er mit Holzner erneut Dieter Röhm, sowie die beiden Matrosen in der JVA Weiterstadt, diesmal im Beisein ihrer Verteidiger. Desgleichen Femke Röhm in Preungesheim.

Nach einigen Gerichtverhandlungen wurde die Mannschaft der *MS Odenwald* wegen Mitwisserschaft und Mithilfe der Entführung dreier Menschen zu Haftstrafen verurteilt.

***

Um das Schiff kümmerte sich die Wasserschutzpolizei. Die Beamten organisierten eine Ersatzcrew, die den Frachter nach Trier beförderte. Die Ladung von zweitausendeinhundert Tonnen Weizen konnte mit Verspätung gelöscht werden. Die *MS Odenwald* blieb vorerst im Hafen von Trier liegen. Eine

Fahndung nach Winnen und Ommersberg war sofort eingeleitet worden.

Die Beamten der SoKo Merdinger verabschiedeten sich von den Koblenzer Kollegen und fuhren zurück nach Erbach. Es war 21.50 Uhr, als sie ankamen. Ein langer Arbeitstag war zu Ende gegangen. Am nächsten Tag um 8.00 Uhr sollte dann besprochen werden, wie die Entführer und Erpresser Henry Winnen und Vitus Ommersberg dingfest gemacht werden konnten.

Noch am gleichen Abend hatte die Wasserschutzpolizei am Rheinufer zwischen Lahnstein und Rhens das Beiboot der *MS Odenwald* gefunden. Der Schriftzug war zwar verwischt, aber man konnte ihn noch erkennen.

Die Beamten, die gerade Feierabend machen wollten, sowie die Bereitschaftspolizei in Koblenz wurden umgehend informiert.

»Okay, Leute«, entschied Kriminalrat Schlett »Sie gehen jetzt nach Hause. Morgen früh treffen wir uns wie besprochen.«

Donnerstag, 6. August

Die Ermittler der SoKo Merdinger trafen sich um 8.00 Uhr in Hummels Büro. Kriminalrat Walter Schlett erwartete sie. Sie berieten, wie sie Winnen und Ommersberg ausfindig machen konnten. Nach nahezu zwei Stunden waren sie immer noch zu keinem vernünftigen Ergebnis gekommen, obwohl seit gestern eine Fahndung lief. Auch die Medien waren informiert worden. Bilder und Beschreibungen der Entführer wurden veröffentlicht.

56

Privatdetektiv Frederic Kaiser hatte den Bericht im *Odenwälder Echo* gelesen.

Kaiser hatte einen neuen Auftrag. Er sollte die Ehefrau eines Geschäftsmannes aus Höchst observieren. Dieser vermutete, sie habe ein Verhältnis mit einem seiner Angestellten.

Da ihn wieder mal ein kleiner Hunger überfiel, fuhr er mit der Kreidler zum Imbissstand *Zur Hamburger Deern.* Hier bei Rieke schmeckte es ihm am besten. Er bestellte eine Bratwurst mit Pommes und eine Cola, stellte sich an einen der Stehtische, begann zu essen. Als er sich umdrehte, um den leeren Pappteller im Papierkorb zu entsorgen, sah er zwei der drei jungen Frauen, mit denen er vor einiger Zeit hier zusammengesessen hatte, auf sich zukommen. Chantal und Martina hatten ihn entdeckt, winkten ihm zu. Sein Gesicht rötete sich. Nachdem die Frauen sich Bockwürste mit Brötchen und Mineralwasser geholt hatten, stellten sie sich zu Frederic. »Na, Frederic, sind Sie fündig geworden? Haben Sie den Verkehrsrowdy gefunden?«, fragte Chantal.

»Nein, nein, leider noch nicht. Aber ich gebe nicht auf.«

»Hoffentlich findest du ihn, diesen Drecksack«, sagte sie grimmig. Chantal war zum *Du* übergegangen, was ihn nicht störte, ganz im Gegenteil, er fühlte sich geschmeichelt. Sein Herz begann wild zu klopfen. Mit ihrer sportlichen, schlanken Figur und den kurzen, dunkelbraunen Haaren gefiel sie ihm außerordentlich.

»Na, na, na, Chantal«, lachte Frederic. »Du wirst ja richtig böse!«

»Wen wundert's? Das ist doch ein richtiges …«

Martina unterbrach sie: »Halt mal! Ich glaube …« Sie legte eine kurze Pause ein, strich sich unsicher über die langen Haare.

»Was? Was glaubst du, Martina?« Chantal schaute ihre Freundin erwartungsvoll an. Martina flüsterte aufgeregt mit zitternder Stimme: »Da vorne am Tisch, der Mann, der mit dem Rücken gegen uns sitzt. Er hatte sich eben umgedreht, so dass ich genau sein Gesicht sehen konnte. Das ist der Mann, den ich damals auf dem Rewe-Parkplatz gesehen habe als ich meine Einkäufe in den Kofferraum lud.«

»Was? Sind Sie … ähh … bist du sicher?« Frederic war nun auch aufgeregt, flüsterte zurück: »Ich werde sofort die Polizei anrufen, wenn du wirklich sicher bist.« Er sagte noch schnell: »Solchen Typen, die sich so rücksichtslos im Verkehr verhalten, muss Einhalt geboten werden.« Er kratzte sich nervös am Hinterkopf. Im letzten Moment war ihm eingefallen, dass er nichts von der Entführung sagen durfte.

»Ruf an! Ich bin mir zu hundert Prozent sicher. Der war das. Der kleine Dicke mit dem schwarzen Bart.«

Chantal blickte ihre Freundin ungläubig an. Kaiser ging zur Toilette, nahm das Handy aus der Umhängetasche.

Das Telefon Schletts klingelte. »Walter, ich habe ihn gesehen! In Höchst!«, vernahm er die hektische Stimme Kaisers. »Ich, ich …«

Schlett besprach sich gerade mit der SoKo Forster. Er drückte die Lautsprechertaste, damit alle mithören konnten. »Moment«, unterbrach der Kriminalrat den nervösen Kaiser. »Eins nach dem andern. Wen haben Sie wo gesehen?«

»Den Winnen! Er sitzt an einem Tisch am Imbissstand *Zur Hamburger Deern* in Höchst und trinkt Bier.«

»Was? Der Heinrich Winnen? Das ist ja …! Ist er alleine?«

»Ja. Wenn ihr euch beeilt, könnt ihr ihn schnappen. Ihr müsst schnell …«

Der Kriminalrat legte auf, informierte sogleich die Polizeidienststelle in Höchst. »Lassen Sie Winnen festnehmen und gleich nach Erbach ins Kommissariat bringen.«

Oberkommissar Rainer Schlüter reagierte sofort, schickte zwei Polizisten zum Imbissstand. Winnen sah den Streifenwagen, wollte fliehen. Doch die Beamten waren schneller. Er leistete keinen Widerstand. Martina, Chantal und Frederic ließen sich die Chance nicht nehmen, bei der Festnahme zuzuschauen. Anschließend bestellte der Privatdetektiv bei Rieke eine Flasche Sekt, die sie gemeinsam tranken. Sie waren stolz darauf, der Polizei diesen wertvollen Tipp gegeben zu haben.

57

Nach intensiver und schonungsloser Vernehmung durch die Kommissare Hummel und Holzner im Beisein des Kriminalrats gab Winnen schließlich zu, an der Entführung aktiv beteiligt gewesen zu sein. Er erzählte, was geschehen war. »Ich war halt zu gutgläubig und hatte Ommersberg vertraut, als er sagte, er habe den Koffer mit dem Geld im Wohnzimmer der *MS Odenwald* verborgen. Ich vermute, dass er irgendwo im Odenwald das Geld versteckt hat. Deshalb bin ich hierher zurückgekommen. Eben weil ich hoffte, Ommersberg hier zu finden.« Bitter enttäuscht über seinen ehemaligen Partner lehnte er einen ihm angebotenen Verteidiger ab. »Wozu? Ich gehe sowieso in den Knast.«

»Sie bekommen trotzdem einen Pflichtverteidiger«, entgegnete Hummel.

»Von mir aus.« Winnen winkte gleichgültig ab. Erzürnt schaute er den Hauptkommissar an: »Hoffentlich erwischen Sie diesen verräterischen Sauhund. Er hat uns alle nur benutzt und betrogen.« Er biss fest auf die Zähne, seine Wangenknochen mahlten.

»Wo könnte er sich aufhalten?« Felix Hummel lehnte sich nach vorne, stützte die Hände auf den Tisch.

»Möglicherweise in der Hütte bei Amorbach oder in der Nähe. Aber sicher bin ich nicht. Er könnte auch anderswo sein.« Winnen beschrieb in groben Zügen den Weg zur Hütte. Die Beamten hörten geduldig zu, obwohl sie den Weg kannten.

Heinrich Winnen wurde nach Antrag bei der Staatsanwaltschaft zum Haftrichter gebracht, anschließend in der Justizvollzugsanstalt in Weiterstadt in Untersuchungshaft genommen und später zu einer Haftstrafe verurteilt.

58

Am Nachmittag fuhren die Beamten der SoKo Merdinger zur Blockhütte. Hummel postierte die Ermittler großräumig rund um die Hütte. Er selbst ging mit Holzner vorsichtig auf direktem Weg hin. Hummel schlich tief gebückt zum Holzstoß vor der Hütte, wo er ein Fahrzeug vermutete. Und er hatte Recht. Hinter dem Holzstoß stand ein schwarzer VW Bora mit Erbacher Kennzeichen. Er stutzte, murmelte leise: »ERB? Könnte von Ommberg gestohlen worden sein, der Bora.« Er lief einige Meter zurück, reckte den Daumen hoch. Simon Holzner verstand. Über Funk verständigte Hauptkommissar Hummel die Leute von der SoKo: »Vermutlich ist er in der Blockhütte. Wir schauen nach. Melde mich wieder.«

Die Kommissare schlichen zur Hütte. Die Tür stand offen. Vorsichtig gingen sie darauf zu. Es war kein Laut zu hören. Langsam, mit gezogenen Pistolen gingen sie hinein … Niemand da! Enttäuscht schauten sie sich an: »Der muss in der Nähe sein, verdammt nochmal«, flüsterte Hauptkommissar Hummel. »Sein Wagen steht doch hier.«

»Wenn es denn sein Wagen ist«, zweifelte Holzner. »Der kann auch jemand anderem gehören. Andererseits ist es naheliegend, dass er zur Hütte zurückgekehrt ist. Vielleicht ist er unterwegs, um den versteckten Geldkoffer zu holen.« Als er auf das Kennzeichen schaute, wurde er skeptisch. »Ommersberg kommt doch aus dem Offenbacher Raum. Wieso hat er, wenn der Bora ihm gehört, ERB auf dem Nummernschild?«

Hummel zuckte mit den Schultern.

»Es ist doch sehr unwahrscheinlich, dass er den Wagen in Erbach zugelassen hat«, folgerte Holzner. »Dazu müsste er schon in den Odenwaldkreis oder direkt nach Erbach gezogen sein.« Oberkommissar Holzner nahm sein Smartphone, rief auf dem Einwohnermeldeamt in Erbach an. Ein Vitus Ommersberg war nicht gemeldet.

»Wenn er mit diesem Wagen unterwegs ist, dann hat er ihn geklaut«, stellte er trocken fest.

»Denke ich auch. Frag mal nach, ob in den letzten Tagen ein VW Bora als gestohlen gemeldet wurde.«

Holzner rief im Kommissariat an. Vom leitenden Hauptkommissar der Dezentralen Ermittlungsgruppe, die unter anderem für Diebstahl zuständig war, erfuhr er, dass dies nicht der Fall sei. »Aber ich lass feststellen, wem der Wagen gehört.«

Kurz darauf kam die Nachricht vom K10. Der Wagen war auf einen Letten namens Valdis Tursas, wohnhaft in Höchst, Spessartstraße zugelassen.

»Vielleicht ist er trotzdem gestohlen worden und der Besitzer hat es noch nicht gemerkt.« Hummel war davon überzeugt, Ommersberg habe den Wagen gestohlen und halte sich in der Nähe auf.

»Na ja …« Holzner zweifelte.

Felix Hummel schaute in den Bora hinein. Da die sich spiegelnden Scheiben ihm keinen genauen Einblick gewährten, legte er wie ein Schild die Hand über die Augen, um ein wenig Schatten zu erzeugen. Auf dem Rücksitz lag ein bunter Prospekt, der ein Frachtschiff auf hellblauem Untergrund zeigte und den Titel *Merdingers Binnenschifffahrt* trug. Darunter stand in gelben Buchstaben *Lernen Sie die Flüsse Deutschlands auf einem unserer Frachtschiffe kennen.*

»Ein Prospekt der Reederei Merdinger«, stellte Hummel fest. Holzner schaute nun auch in den Wagen. »Sieh an.«

»Das erhärtet meinen Verdacht«, grinste Hummel selbstsicher.

Simon Holzner war nicht überzeugt. »Du glaubst doch nicht im Ernst, dass der Entführer auch noch Reklame mit der Firma der Entführten macht.«

Hauptkommissar Hummel wiegte den Kopf.

Durch einen Sonnenstrahl, der durch die Wipfel der hohen Fichten fiel, sah er zwischen Lehne und Sitz eingeklemmt einen kleinen, hell leuchtenden, blauen Stein, den er nicht weiter beachtete.

Wenig später lief ein Mann mit einem Rucksack auf dem Rücken an der Hütte vorbei und ging auf den Holzstoß zu. Die Polizisten versteckten sich auf der anderen Seite des Holzstoßes. Der Mann ging zum Auto, öffnete die Tür des Bora, als die Kommissare überraschend hinter ihm standen und Hummel ihn ansprach: »Was machen Sie hier?«

Der etwa eins siebzig große Mann fasste sich ans Herz, drehte sich zutiefst erschrokken um: »Ak dievs! Oh Gott! Sie mich erschreckt!«, flüsterte er mit osteuropäischem

Akzent. Er schloss für einen Moment die eng beieinander stehenden Augen: »Aber was Sie geht an?«

Felix zeigte seinen Dienstausweis: »Kriminalpolizei! Ich frage Sie noch einmal: Was machen Sie hier?«

Der grauhaarige Mann mit dem Raubvogelgesicht hatte sich ein wenig gefasst: »Ich gewandert nach Amorbach, jetzt zurück nach Hause. Das nicht verboten, oder?«

»Nein, ist es nicht. Gehört der Wagen Ihnen?«

»Ja, sonst wem?«

Hummel kniff die Lippen zusammen, Holzner grinste.

»Ist Ihnen auf Ihrem Weg jemand begegnet? Ein Mann?«, fragte Hummel weiter.

»Nein«, entgegnete der Wanderer, »drei Frauen mir begegnet. Auf Hinweg vor Amorbach.«

»Haben Sie mit den Frauen gesprochen?«,

»Ich gegrüßt, mehr nicht.«

»Okay. Waren Sie schon einmal in dieser Hütte?« Felix zeigte auf die Blockhütte. »Die Tür stand offen.«

Der Mann zuckte die Schultern: »Nein! Warum auch? Was ich soll da drinnen?«

Hummel hegte Zweifel, musterte den Mann. »In Ihrem Wagen liegt ein Prospekt von *Merdingers Binnenschifffahrt.* Kennen Sie das Unternehmen?«

»Ach so, ja. Die Papier lange schon wolle wegwerfen. Aber Firma ich kenn, ja. Wohne in Höchst. War doch Entführung. Gut ausgegangen. Mit Glück.«

Hummel ging nicht darauf ein. »Von wem haben Sie den Prospekt bekommen.« Er lächelte freundlich.

»Ich bekommen von viel schöne Frau. In Café. Hat ausgeteilt an alle, die da.«

»In welchem Café?« Der Hauptkommissar blieb freundlich.

»In Höchst.« Der Mann blickte über den Rand seiner Brille. Er überlegte.

»*Göttmann*? Meinen Sie das *Café Göttmann*?«, schaltete sich nun Holzner ein.

»Ja! So heißen«, bestätigte der Mann.

»Kennen Sie auch andere Angestellte der Firma Merdinger?«, wollte der Oberkommissar wissen.

Der Mann zögerte: »Kennen? Nix kennen.«

»Wenn Sie in Höchst wohnen, haben Sie sicher auch von dem Mord an der jungen Frau gehört. Doreen Forster hieß sie.«

»Schon«, gab er leise zurück. »Schlimm!«

»Ja. Vielleicht ist Ihnen auch Doreens beste Freundin bekannt. Sie arbeitet bei Merdinger und heißt Veronica de Silva.« Er schilderte Veronicas Aussehen. Der Mann bekam einen hochroten Kopf. Seine Stimme veränderte sich: »Name nix kenne. Aber wisse, wen meinen. Wirklich schönes Frau, das. Hat ausgeteilt Papier.« Er zögerte. »Oder wie Sie sage, Prospett! Aber nix gut kenne das Frau.« Schweiß trat ihm auf die Stirn. Er wandte sich ab, zog ein Taschentuch aus der Hosentasche, schnäuzte kräftig hinein. »Jetzt ich kann fort?«, fragte er verlegen.

»Ja, gleich.« Hummel gab Simon einen Wink mit dem Kopf. Nachdem Holzner seine Personalien aufgenommen hatte und sich Führerschein und Kfz-Schein hatte zeigen lassen, legte der Mann seinen Rucksack in den Kofferraum. Dabei rutschte ein Messer aus einem Fach des Rucksacks und fiel auf den Waldboden. Er hob es schnell auf, schlug den Kofferraum zu, setzte sich in den Bora und fuhr hastig weg.

»Komischer Typ, oder Felix?«, bemerkte Holzner.

»Ja, schon!«

»Hast du das Messer gesehen?«

»Welches Messer?«

»Das auf den Boden gefallen ist. Es hatte einen Hirschhorngriff oder so ähnlich. Ich hab's nur ganz kurz gesehen.« Holzner wurde nachdenklich.

»Ich hab's nicht gesehen.« Hummel winkte ab. »Vielleicht ein Trachtenmesser. Viele haben so ein Messer. Das will nichts heißen.«

»Wenn du meinst, Felix.«

Hummel machte sich darüber keine weiteren Gedanken. Ihn interessierte der Erpresser. Auf den war er fixiert. Den wollte er. Unbedingt!

»Der Ommberg, der muss hier sein, Simon. Warum sonst stand die Tür offen? Ich fress einen Besen, wenn er nicht in der Gegend ist. Wir müssen ihn finden.«

»Du hast dich vorhin schon einmal geirrt, Felix«, erwähnte Holzner.

»Ich? Wo?«

»Na, bei dem Bora. Der ist nicht gestohlen.«

»Jaja, das stimmt.« Hummel gab seinen Irrtum nur ungern zu. Er informierte die Kollegen und Kolleginnen der SoKo Merdinger. Sie trafen sich auf einer Lichtung. Bis zur Dunkelheit durchkämmten sie den Wald. Ohne Erfolg. Es gab keine Spur von Ommersberg.

59

Freitag, 7. August

Am frühen Morgen klingelte es an der Haustür bei der noch krankgeschriebenen Veronica de Silva. Wer mochte das sein? Besuch hatte sich nicht angekündigt. Sie fragte durch die Sprechanlage: »Ja bitte, wer ist da?«

»Paketdienst«, war die kurze Antwort. Paketdienst? Sie erwartete kein Paket. Gleichwohl ging sie an die Tür und öffnete. Ein großer Mann, das Gesicht vermummt, stand vor ihr, die Kapuze seiner dünnen Jacke hatte er über den Kopf gezogen. Bevor sie um Hilfe schreien konnte, hielt er ihr mit derbem Griff den Mund zu, zog sie in den Flur, schleifte sie von dort durch die offenstehende Tür ins Wohnzimmer und stieß sie brutal auf die Couch. Dann zog er ein Messer aus der Tasche: »Still!« Er nahm die Hand von ihrem Mund, zischte: »Ausziehen!« Mehr sprach er nicht. Mit vor Angst geweiteten Augen tat Veronica, was er von ihr verlangte. Als sie nackt vor ihm stand, wollte er seine Hose öffnen … in dem Moment trat sie ihn mit voller Wucht zwischen die Beine. Mit einem Aufschrei krümmte er sich zusammen. Sie hatte punktgenau getroffen. Verzweifelt riss sie ihm die Kapuze zurück und den Schal vom Kopf, den er so umgewickelt hatte, dass nur die Augen frei geblieben waren. Wo hatte sie ihn schon gesehen? Ihr blieb keine Zeit mehr, darüber nachzudenken. Plötzliche Dunkelheit umgab sie. Der Fremde hatte sich von der Couch ein Kissen geschnappt und es ihr voller Wut solange ins Gesicht gedrückt, bis sie ohnmächtig wurde.

60

Die *MS Cristan von Hoiste* hatte am Abend zuvor an der Schleuse in Großheubach angelegt. Hartmut Merdinger war nach Hause gefahren. Nachdem er mit seiner Familie zu Abend gegessen hatte, fragte er seine Frau: »Wie geht es Vroni?«

»Es geht ihr besser«, gab Katharina zur Antwort. »Besuch sie doch mal. Sie wird sich sicher freuen.«

»Gute Idee«, entgegnete Hartmut. »Mach ich morgen.« Am nächsten Tag besorgte er einen bunten Blumenstrauß in der Gärtnerei, fuhr nach Lengfeld, um Veronica de Silva zu besuchen. Aber es sollte nicht nur ein Krankenbesuch sein. Er wollte mehr von ihr. Sie hatte sich ihm immer verweigert, was stetigen Zorn in ihm hervorrief. Dieses Mal musste es klappen. Egal wie und unter welchen Umständen. Als er in die Borngasse kam, stand das große Hoftor des Bauernhauses, in dem Veronica wohnte, offen. Er fuhr in den Hof, klingelte an der Eingangstür des zweistöckigen Hauses. Zunächst öffnete niemand. Er wartete. Es dauerte und dauerte. Er klopfte gegen die Tür. Jetzt kam die Stimme Veronicas aus dem Lautsprecher: »Ja, bitte!«

»Hallo Vroni, hier ist Hartmut Merdinger.«

Der Türsummer ertönte, er drückte die Tür auf, ging über den langen, mit altem Steingut belegten, hohen Flur zu Veronicas Wohnung. Veronica öffnete im weißen Bademantel die Tür. Nach dem Überfall, der ihr widerfahren war, hatte sie geduscht und sich zurechtgemacht. Die Polizei hatte sie nicht eingeschaltet. Sie wollte kein weiteres Aufsehen erregen. In letzter Zeit war genug passiert. Aber sie hatte sich vorgenommen, den Täter zu stellen, wenn sie wieder gesund war.

Merdinger begrüßte sie mit Küsschen auf beiden Wangen. Sie zog sich etwas zurück. Er spürte, dass ihr sein unerwartetes Erscheinen nicht recht war. Seit sie sich damals verkracht hatten, wollte sie mit ihm nichts mehr zu tun haben. Er hatte unbedingt mit ihr schlafen wollen. Sie jedoch wollte es nicht, worauf Hartmut sie ins Gesicht geschlagen und aufs Übelste beschimpfte hatte.

Veronica nahm wortlos den Blumenstrauß, den er ihr entgegen hielt, bot ihm Platz auf einem Sessel im Wohnzimmer an. Sie ließ in der Küche Wasser in eine Vase laufen, stellte sie mit den Blumen auf den Wohnzimmertisch. Dann setzte sie sich Hartmut gegenüber. Etwas verlegen schaute er sie an: »Wie geht es dir, Vroni? Bist du bald wieder gesund?«

»Es geht schon wieder besser. Das mit Doreen war natürlich ein wahnsinniger Schock, mit dem ich noch lange kämpfen werde. Dann kam noch eine Grippe hinzu. Ich muss mich halt noch erholen.«

»Es tut mir auch wahnsinnig leid um Doreen. Das kann man gar nicht beschreiben. Hoffentlich wird der Mörder bald gefasst.« Hartmut schaute sie ernst, trotzdem, wie sie glaubte, irgendwie seltsam an.

»Ja, hoffentlich! Es ist ein beunruhigendes Gefühl, daran zu denken, dass ein Mörder unter uns ist.« Sie wechselte das Thema: »Und bei euch ist alles wieder in Ordnung? Das mit der Entführung war ja eine Katastrophe. Wie geht es deiner Familie?«

»Der Schock sitzt noch sehr tief. Aber nach und nach wird es besser werden. Das hoffen wir zumindest.« Hartmut rieb die Handflächen gegeneinander: »Es braucht wohl alles seine Zeit.«

»Wem sagst du das.« Veronica nickte mit bleichem Gesicht, legte die langen Beine übereinander. Der Saum des Bademantels rutschte von ihren Knien, die sie sogleich wieder bedeckte. Hartmut konnte für einen Moment ihre schlanken Oberschenkel sehen. Wie Glut durchfuhr es seinen Körper. Sein Gesicht lief rot an.

»Darf ich rauchen?«, fragte er heiser.

»Wenn es sein muss«, antwortete sie, jetzt einen Ton kühler. Er zündete sich mit der vor Erregung zitternden linken Hand eine filterlose Roth-Händle an. Die Rechte hatte er fest auf den Oberschenkel gelegt, um das Zittern zu vermeiden. Es fiel ihr auf. Was war los mit ihm? Veronica stand unsicher auf: »Magst du Kaffee?«

»Gerne.« Seine Stimme klang belegt. Er räusperte sich. Sie ging in die Küche. Hartmut konnte die heftige Erregung, die seinen Körper durchströmte nicht mehr unterdrükken. Unvermittelt erhob er sich, ging ihr nach. Als sie Tassen aus dem Schrank nehmen wollte, stand er plötzlich hinter ihr, fasste sie mit festem Griff um die Hüften, drehte sie um. Sie wollte seine Hände wegstoßen, da riss er ihr den Bademantel vom Körper. Sie trug nur noch einen schmalen Slip, spürte seinen heißen Atem im Gesicht. Er versuchte, sie zu küssen, wobei sie ihm fest auf die Lippen biss, die zu bluten begannen. Mit wildem Blick fuhr er sie an: »Bist du verrückt geworden? Was soll das?« Er wischte das Blut mit dem Handrücken ab.

»Was fällt dir ein?«, fauchte sie, versuchte ihn wegzustoßen. »Lass mich los!«

Er presste seine Hand auf ihren Mund. »Keinen Ton mehr, oder ich drücke dir die Kehle zu«, keuchte er rau. »Du hast dich mir immer verweigert. Das hat jetzt ein Ende.«

Lähmende Angst hinderte sie, sich zu wehren. Sie wusste, wie jähzornig Hartmut werden konnte. Sie hatte es schon erlebt. Mit brutaler Gewalt zerrte er sie ins Schlafzimmer, ohrfeigte sie und warf sie aufs Bett. Er riss ihr den Slip herunter, öffnete den Reißverschluss seiner Hose, warf sich auf sie. Veronica widersetzte sich ihm, was ihn nur noch mehr anstachelte. Er ließ sie nicht los. Hartmut Merdinger war wie durchgedreht. Seine Augen blitzten gefährlich. Er war nicht mehr Herr seiner Sinne.

***

Eine Stunde später kehrte der Kapuzenmann zurück zu Veronica de Silva. Er hatte vor, erneut zu klingeln, musste sich aber gedulden. Noch jemand wollte zu ihr. Die Person, die von hinten über den Hof kam, war schneller.

61

Nachmittags fand Gerolf Tiefenbach, der mit seiner Frau Maria auf dem Nibelungensteig unterwegs war, unter einer Bank in der Nähe des Himbächel-Viaduktes bei Hetzbach einen abgetrennten Finger mit einem goldenen Ring. Den Ring zierte ein blauer Saphir. Das ältere Ehepaar hatte eine Pause eingelegt, um sich auf der Bank auszuruhen. Tiefenbach nahm schockiert sein Handy aus dem Rucksack, wählte die 110 und meldete aufgeregt den mysteriösen Fund.

Es war 15.20 Uhr, als die Information die Regionale Kriminalinspektion Odenwald in Erbach erreichte. Ein Streifenwagen raste sofort zum Viadukt, die Beamten sicherten mit einem rotweißen Flatterband den Ort des Fundes weiträumig ab. Einer der beiden Polizisten nahm die Personalien des bestürzten Ehepaares auf, fragte, ob ihnen irgendetwas aufgefallen sei.

»Nein«, entgegnete Tiefenbach mit zitternder Stimme.

»Doch, Gerolf«, widersprach seine Frau, fasste sich an die Stirn: »Ein dunkles Motorrad stand am Straßenrand. Ein Mann in schwarzer Lederkleidung stand daneben und rauchte eine Zigarette. Er ist nach kurzer Zeit weggefahren.«

»Ja, du hast Recht. Aber der hat ja nur eine geraucht.«

»Was war das für ein Motorrad? Konnten Sie das erkennen?«, fragte der Streifenpolizist.

»Davon verstehe ich nichts«, gab sie zur Antwort.

»Ich auch nicht.« Ihr Mann schüttelte den Kopf. »Aber es war eine schwere Maschine. Vielleicht so 'ne 500er.«

»Hat jemand von Ihnen das Kennzeichen gesehen?«

»Nein. Ich habe mir ja nichts dabei gedacht, als ich das Motorrad sah. Du, Gerolf?«

»Nein, du weißt, dass mich Motorräder nicht interessieren.« Maria Tiefenbach erhob sich von der Bank: »Können wir jetzt gehen?«

»Ja. Wenn wir noch Fragen haben, melden wir uns bei Ihnen.«

Gerolf und Maria Tiefenbach gingen in Richtung Bahnhof. Das Wandern war ihnen für heute vergangen.

62

Da die Regionale Kriminalinspektion in Erbach mit der Suche nach dem Entführer und Erpresser Vitus Ommersberg, sowie dem Mord an Doreen Forster mehr als ausgelastet war, bat Kriminalrat Walter Schlett beim Polizeipräsidium Südhessen in Darmstadt um Amtshilfe. Er bekam die Zusage von Ilse Ehresmann, der neuen Direktorin. Sie meldete den Vorfall Staatsanwältin Dr. Ramona Augustin und rief den Ersten Kriminalhauptkommissar Heiner Dröger, der dienstfrei hatte, zu Hause in Groß-Umstadt an.

»Klar! Ich kümmere mich drum.« Dröger, der es sich im Wohnzimmer auf seinem bequemen Fernsehsessel gemütlich gemacht hatte, legte das *Umstädter Käsblättche*, so wurde der *Odenwälder Bote* von den Einheimischen genannt, zurück in den Zeitungsständer, schob die Brille auf die weißen, vollen Haare und erhob sich ächzend. Die

Bandscheibe bereitete ihm in letzter Zeit wieder mal starke Schmerzen. Er drückte beide Hände in den Rücken. Seine Frau Karin deckte den Kaffeetisch, schaute ihn fragend an: »Was ist denn schon wieder?«

»Ich muss weg.« Er ging zur Garderobe, nahm seine Jacke.

»Wir wollten doch in Ruhe Kaffee trinken und heute Abend zum Essen gehen«, murrte sie. »Und jetzt?«

»Und jetzt, und jetzt! Mensch, Karin! Was soll ich denn tun? Die Odenwälder Kollegen brauchen mich. Das ist mein Job. Zum Essen können wir ein andermal gehen.«

»Jaja. Wenn überhaupt!« Sie war verärgert. »Du hast doch nie Zeit.«

Dröger hob entschuldigend die Arme, unterrichtete sofort Hauptkommissar Urs Fränkli, der beim Einkaufen auf dem Dreispitz in Lengfeld war. Er hatte ebenfalls dienstfrei, war jedoch solche Schnellschüsse gewohnt. »Holst du mich ab?«, fragte er knapp und ging umgehend nach Hause. Fränkli wohnte gleich um die Ecke in der Sebastian-Schwarz-Straße. Er versah nur noch bis Donnerstag seinen Dienst bei der Darmstädter Kripo. Urs hatte sich von seiner attraktiven Freundin

Michelle Boudier getrennt, die zurück in ihre Heimat, die Camargue, nach Südfrankreich gegangen war. Er hatte sie in flagranti mit einem Franzosen erwischt, als er eines Tages wegen Zahnschmerzen früher als gewohnt nach Hause gekommen war. Nach der für ihn bitteren Trennung hatte er sich entschlossen, nach Zürich zurück zu kehren, wo er herstammte. Ein mit ihm befreundeter Exkollege aus der Schweiz, mit dem er mindestens einmal wöchentlich telefonierte, hatte ihm mitgeteilt, dass eine Stelle als Hauptmann bei der Kantonspolizei in Zürich frei geworden sei. Urs hatte sich beworben, war nach Zürich gefahren. Nach einem ausführlichen Gespräch mit dem zuständigen Chef der Kriminalpolizei war er eingestellt worden.

Dröger bedauerte dies außerordentlich, denn Urs war nicht nur ein verlässlicher Kollege, sondern auch sein bester Freund. Der neue Kollege an Drögers Seite hieß Benedikt Semmelweiß. Er kam als Hauptkommissar vom Polizeipräsidium in Kassel und erweckte den Eindruck, als habe er ständig Probleme mit der Galle. Auch ihn rief Dröger an. Den Chef des Erkennungsdienstes Hennes Lehmann informierte er ebenfalls.

Der neue Wohnsitz des überzeugten Junggesellen Semmelweiß war in Reinheim im Tannenweg.

Die Beamten fuhren sofort los. Sie rasten mit Sirenengeheul und eingeschaltetem Blaulicht in den Odenwald. Notarzt Dr. Anton Klemm war bereits zur Stelle. Die Männer vom Darmstädter Erkennungsdienst, der Erste Kriminalhauptkommissar Hennes Lehmann und Oberkommissar Schorsch Hartmann, die inzwischen eingetroffen waren, schlüpften in ihre weißen Overalls und in die blauen Überschuhe, nahmen ihre Arbeit auf. Um keine unnötigen Spuren in den Fundbereich hineinzutragen, legte Lehmann von der Straße bis zum Fundort einen Trampelpfad mit Pappkartons. Alle Details, auch die unscheinbarsten Dinge, wurden mit Nummerntafeln versehen und wie das komplette Umfeld fotografiert. Videos und Skizzen wurden angefertigt. Später wurde alles in die Asservatenkammer gebracht und eine Spurenliste, in der jeder noch so kleine gefundene Artikel aufgeführt war, angelegt. Alles wurde genau dokumentiert. Es war die übliche Handlungsweise des Erkennungsdienstes, die zu hundert Prozent eingehalten werden musste.

Lehmann sah sich den abgetrennten Finger genau an: »Ziemlich schmal, zierlich. Ein Frauenfinger.«

»Klar, das ist ein Frauenfinger«, bestätigte Dr. Klemm, zog den Reißverschluss seines Overalls zu. Lehmann wollte den Ring abziehen. Der Ring saß fest. »Wie angeklebt.« Der Chef der SpuSi legte die Stirn in Falten, verpackte den Finger in eine Neschenfolie und legte ihn in die mitgebrachte Thermobox.

»Wo ist der Rest, der zu dem Finger gehört?« Lehmann schaute den Oberkommissar an. »Wir müssen suchen, Schorschi. Ich vermute, dass wir noch mehr finden werden.«

Schorsch Hartmann nickte: »Wahrscheinlich.«

Dröger nickte ebenfalls: »Das ist ganz sicher nicht alles.« Ihn schauderte: »Hoffentlich sind es nicht lauter Einzelteile.« Dann rief er Oberkommissar Lars Södermann an, teilte ihm das Geschehene mit: »Komm sofort nach Hetzbach zum Himbächel-Viadukt. Bring Prinz mit.«

»Himbächel … was?« Lars zog die Stirn in Falten.

»Himbächel-Viadukt bei Hetzbach. Zwischen Erbach und Beerfelden. Mann, hast du in der Schule nicht aufgepasst?«

»Ich mach mich schlau.«

»Ja! Aber ein bisschen plötzlich!«

Bei der Suche nach weiteren Leichenteilen fanden die Beamten mit Hilfe von Leichenspürhund Prinz, einem altdeutschen Schäferhund, abseits des Weges hinter einem der riesigen Pfeiler des Viaduktes einen blutigen, nackten, weiblichen Körper, der in eine Plastikfolie eingewickelt vergraben war. An der linken Hand fehlte der Ringfinger. Die schönen Augen starrten geradeaus, der Mund war ein klein wenig geöffnet. Blütenweiße, gleichmäßige Zähne waren sichtbar. Einzig die Haare hingen wirr herunter.

»Wie schön sie war«, entfuhr es Hauptkommissar Benedikt Semmelweiß. Dabei machte er ein Gesicht, als hätte er eine Prise Salz geschluckt.

»Fürwahr.« Urs Fränkli nickte. Nüchtern stellte er fest: »Sie ist noch nicht sehr lange tot.«

Die Beamten vom Erkennungsdienst wikkelten vorsichtig den Leichnam aus der Folie. Die Frau war erstochen worden. Vier Messerstiche in der Brust. Hartmann fotografierte den Leichnam in verschiedenen Positionen. Sie begannen mit Temperaturmessungen, schnitten Fingernägel und Kopfhaare ab, verpackten alles sorgfältig in Plastikbeutel. Zwei Zigarettenkippen mit dunklem Tabak, die unter der Leiche lagen, verpackten sie ebenfalls. Schuhspuren wurden festgestellt und mit Gips ausgegossen.

»Der Täter wurde bei seiner Aktion gestört«, war sich Hennes Lehmann sicher, »sonst hätte er sie tiefer eingegraben.«

»Wir sprechen von einem Täter. Es könnte doch auch eine Frau gewesen sein«, bemerkte Dröger.

»Das glaube ich eher nicht. Es gibt ja noch nicht mal Schleifspuren. Die Leiche muss also getragen worden sein. Ich würde auf einen Mann tippen«, mutmaßte Lehmann. »Es sind auch keine Reifenspuren sichtbar. Demzufolge wird der Wagen auf der Straße gestanden haben. Und dann die Tote bis zu diesem Pfeiler zu schleppen, erfordert schon einiges an Kraft.« Er strich sich übers Kinn. Dröger wiegte unsicher den Kopf: »Weiß nicht so recht.«

»Wieso ist der Finger abgetrennt worden?« Lehmann wurde nachdenklich, schaute Dröger an: »Der Ring könnte der Schlüssel sein, oder Heiner?«

»Vielleicht«, brummte Dröger.

Hauptkommissar Fränkli informierte sofort die Rechtsmedizinerin Dr. Sarah Kant in Frankfurt.

»Ich werde Schlett anrufen. Vielleicht kennt er die Tote.« Lehmann griff zum Smartphone. Zwanzig Minuten später war Kriminalrat Walter Schlett vor Ort.

Hauptkommissar Lehmann und Schlett waren alte Bekannte. Sie hatten zusammen die Polizeischule in Wiesbaden absolviert. Danach versahen beide ihren Dienst in Darmstadt. Später wurde Walter Schlett nach Erbach versetzt, wo er zum Kriminalrat befördert wurde.

Schlett sah sich den Leichnam an. Er zog die Augenbrauen zusammen, grübelte. Langsam sagte er, sich an der Wange kratzend: »Ich habe sie schon gesehen, weiß aber im Moment nicht, wo.«

Lehmann zeigte ihm den verpackten Finger mit dem Ring. »Sagt dir dieser Ring etwas, Walter?«

»Nein, Hennes, ich habe keine Ahnung.«

»Vielleicht ist es ein Geschenk vom Täter. Vielleicht wollte sie nach einer Affäre nichts mehr von ihm wissen. Solche Morde passieren oft aus Eifersucht«, bemerkte Urs Fränkli.

»Möglich. Aber wie gesagt … keine Ahnung. Ich hak mal nach, ob sie jemand von den Erbachern oder Höchstern kennt.«

Schlett rief Hauptkommissar Kersten an. Josef Kersten, mit dem Fall Forster beschäftigt, setzte sich sofort in seinen Dienstwagen und fuhr zum Himbächel-Viadukt.

»Du liebe Zeit!«, stieß er hervor, als er den Leichnam sah. Dröger blickte ihn gespannt an: »Kennen Sie die Frau?«

»Ja. Sie heißt Veronica de Silva und war bei *Merdingers Binnenschifffahrt* angestellt. Hummel und ich haben sie vor kurzem noch wegen des Mordes an Doreen Forster befragt. Die Frauen waren eng befreundet. Sehr eng, sehr intim.«

»Heißt das, sie waren …?« Dröger kräuselte die Nase.

»Lesbisch meinen Sie?« Kersten wiegte den Kopf: »Könnte bei de Silva der Fall sein. Doreen Forster war eher bi. Die Damen hatten Streit. Eben weil Doreen offensichtlich auch Männer liebte.«

Rechtsmedizinerin Dr. Sarah Kant war eingetroffen, schlüpfte in den weißen Anzug und in die Füßlinge. Als er sie sah, arbeiteten bei Kersten die Hormone auf Hochtouren.

Kant bemerkte leise: »Der Odenwald wird mir langsam unheimlich.« Sie kniete vor dem Leichnam nieder, bestätigte den Tod der Frau, begann, in ein Diktiergerät murmelnd mit der Leichenschau. »Die Stiche kamen vom Opfer aus gesehen von der linken Seite. Die Einstichwinkel sind alle in etwa gleich«, erkannte sie. »Folglich ist der Täter vermutlich Linkshänder.«

»Oder die Täterin«, gab Semmelweiß mit saurer Miene zu bedenken. Er holte einen Beutel mit Pfefferminzbonbons hervor, bot ihr ein Bonbon an. Dr. Kant lehnte dankend ab, sagte mit leichtem Nicken: »Oder die Täterin, richtig.« Sie schaute auf: »Aber ich würde eher einen Mann vermuten.«

Semmelweiß holte Luft, blies sie schnaubend aus, so dass seine bauschigen Lippen bebten. »Warum?«

»Kann eine Frau so schwer tragen?« Damit war sie der gleichen Meinung wie der SpuSi-Chef aus Darmstadt. »Aber«, räumte sie ein: »Möglich ist fast alles.«

Hennes Lehmann grinste.

»Noch etwas, bevor Sie fragen.« Die Rechtsmedizinerin lächelte selbstgefällig. »Die Tatwaffe war ein Messer mit zweischneidiger

Klinge. Es könnte ein Dolch oder ein Bajonett gewesen sein.« Sie sah sich die Temperaturmessungen an, die dazu beitrugen, den Zeitpunkt des Todes festzustellen. Dann schaute sie sich den Finger an. »Sauber abgetrennt. Wahrscheinlich mit einer Zange.«

»Mhm.« Klemm kniete sich neben sie, nickte bestätigend. Kant sah ihn überheblich an: »Was meinen Sie, Herr Kollege? Ihr *Mhm* sagt absolut gar nichts aus.« Sie schüttelte blasiert den Kopf. Dr. Klemm winkte ab, sagte nichts mehr und überließ ihr die Sache. Er mochte sie nicht.

»Wann ist der Tod eingetreten?«, wollte Dröger wissen.

»Genau kann es ich noch nicht sagen, aber es dürfte vor ungefähr fünf bis sechs Stunden passiert sein. Ein detaillierter Bericht folgt.« Ungefähr fünf bis sechs Stunden. »Er schaute auf seine Armbanduhr.« Das war dann zwischen zehn und elf Uhr heute früh.«

»Ungefähr!« Dr. Kant erhob sich, schaute Dröger an: »Sie können den Leichnam nach Frankfurt bringen lassen. Sobald ich Zeit habe, werde ich ihn obduzieren, okay?«

»Sobald Sie Zeit haben?« Dröger blickte sie misstrauisch an: »Sobald sie Zeit ...?«

»War ein Scherz, Herr Dröger.« Sie lächelte, gar nicht unsympathisch, wie er fand. Dann drehte sie sich um, winkte beim Weggehen zu ihrem Wagen mit der Hand. Dröger sah ihr nach. Er lächelte gefällig. Semmelweiß zog die Lippen durch sein ungewöhnlich großes Gebiss, wollte schmunzeln, es reichte nur zu einem säuerlichen Grinsen. Er lutschte auf einem Pfefferminzbonbon herum, das er sich in den nicht gerade kleinen Mund geschoben hatte. Hauptkommissar Josef Kersten ging zu seinem Wagen, der hinter dem SLK der Rechtsmedizinerin parkte. Sie faszinierte ihn erneut. Der wiegende Schritt ihrer langen Beine, der elegante schmale Körper, nicht zuletzt die feuerroten langen Haare und ihr feingeschnittenes Gesicht. Er schloss für wenige Sekunden die Augen, stöhnte leise, während er sich hinters Steuer seines Wagens setzte: »Was für eine Frau!«

Dr. Kant zog Overall und Überschuhe aus, setzte sich in ihren Sportwagen, fuhr weg.

Das Opfer wurde, nachdem es in eine Neschenfolie verpackt worden war, vom herbeigerufenen Bestattungsunternehmen Höppfner nach Frankfurt ins Rechtsmedizinische Institut in die Kennedyallee gebracht.

»Urs, ich besorge einen Durchsuchungsbeschluss, du fährst mit Semmelweiß nach Lengfeld in die Wohnung der Ermordeten«, ordnete Dröger an. »Ich schicke euch zwei Leute von der SpuSi.«

»Aber wir brauchen doch den Beschluss gleich. Wir können doch nicht einfach ohne …«, warf Semmelweiß ein.

»Tut, was ich euch gesagt habe.« Dröger wurde lauter. »Oder muss ich deutlicher werden?«

»Nein, schon gut.« Semmelweiß blickte erstaunt zu Urs hinüber. Urs zuckte die Schultern: »So ist er eben.« Er grinste: »Er geht manchmal Wege, die nicht immer im Rahmen sind. Sie werden sich daran gewöhnen müssen. Wenn er von etwas überzeugt ist, setzt er das auch durch.«

Semmelweiß biss sich mit seinen großen Zähnen auf die Unterlippe, schnaubte laut: »Aha!«

Urs schmunzelte. Der neue Kollege hatte seiner Meinung nach etwas von einem Pferd. Irgendetwas.

63

Dröger und Lehmann fuhren mit Kriminalrat Schlett, Fränkli und Semmelweiß in die Polizeidirektion nach Erbach, die anderen Kollegen fuhren zurück nach Darmstadt ins Präsidium. Alles was sie am Viadukt gefunden hatten, nahmen sie mit. Dröger telefonierte mit seiner Vorgesetzten, Direktorin Ilse Ehresmann berichtete ihr die Details.

»Okay, Herr Dröger, wir stellen eine SoKo zusammen. Ich kümmere mich darum. Auch um den Durchsuchungsbeschluss. Zwei Leute von der SpuSi kommen mit dem Beschluss nach Lengfeld.«

»Schön, Frau …«

Sie hatte aufgelegt.

»Kommen Sie«, Urs nahm Semmelweiß am Oberarm, »wir fahren nach Lengfeld.«

»Okay.« Benedikt schnaubte erneut, holte aus seiner Hosentasche zwei in Papier gewickelte Pfefferminzbonbons hervor, hielt Urs eines hin. Urs nahm es an. Er hatte es kaum im Mund, da spuckte er es auch schon aus.

»Schmeckts nicht?«, fragte Semmelweiß erstaunt.

»Mann, das ist uralt. Das bröckelte ja schon«, moserte Urs.

»Kann ich nicht sagen. Wollen Sie ein anderes?«

Urs schüttelte den Kopf: »Um Gottes willen. Nein!«

»Na dann halt nicht.« Sein Kollege schob die wulstige Unterlippe vor.

Sie stiegen in Semmelweiß Kombi und fuhren los. Gemächlich zuckelte der alte Opel über die B45.

»Geht's auch ein bisschen schneller?« Urs wurde ungeduldig.

»Ich kann nicht so schnell fahren, sonst fällt womöglich der Auspuff ab. Die Halterung ist fast durchgerostet«, gab Semmelweiß zur Antwort und grinste breit. »Er hängt sozusagen am seidenen Faden.« Er lachte laut über die abgedroschene Phrase, als hätte er einen guten Witz erzählt. »Muss demnächst in die Werkstatt, aber ich hatte ja bisher …«

»Keine Zeit! Ist klar!« Urs rollte die Augen.

Bevor er die Eingangstür öffnete, klingelte Urs. Niemand meldete sich. Sie warteten einen Moment. Vom Nachbarhaus gegenüber kam eine Frau auf die Beamten zu: »Zu wem möchten Sie denn? Die Ellingers sind im Urlaub. Ich habe den Schlüssel.«

»Im Erdgeschoss wohnt eine junge Dame. Haben Sie auch von ihr einen Schlüssel?«, fragte Hauptkommissar Fränkli.

»Nein, nur von den Ellingers«, antwortete die blondierte, rundliche Frau. »Die junge Frau habe ich auch schon gesehen. Sie ist sehr hübsch. Aber ich habe noch nicht mit ihr gesprochen. Sie wohnt ja noch nicht lange hier.« Sie sprach schneller: »Meistens fährt sie früh los und kommt spät nach Hause. Ich höre immer, wenn sie das Hoftor öffnet. Sie fährt so einen englischen Sportwagen. So einen … ach, keine Ahnung, wie der heißt.« Die Nachbarin zog die Mundwinkel nach unten, nickte respektvoll. »Elegant, sage ich Ihnen.« Dann hob sie den Kopf. »Aber wer sind Sie? Was wollen Sie?«

Urs legte einen Zeigefinger auf die Lippen: »Wir sind von der Polizei.«

»Polizei?« Sie senkte die ohnehin schon dunkle Stimme. »Ist etwas passiert?«

»War es heute laut auf der Straße oder in dem Haus? Oder ist Ihnen sonst etwas aufgefallen?«, fragte er leise.

»Nein.« erwiderte sie noch leiser, sich unsicher umschauend. »Es war wie immer. Viele arbeiten freitags nur bis Mittag. Dann wird Rasen gemäht, Autos werden mit diesen lauten Hochdruckreinigern gewaschen. Zwei Häuser weiter sind die Dachdecker zugange. Es gab nichts Außergewöhnliches.«

»Und vormittags?«

»Auch nichts Besonderes.« Sie fragte neugierig: »Was ist denn geschehen?«

»Darf ich nicht sagen«, flüsterte Urs geheimnisvoll.

»Ahh«, flüsterte sie zurück. »Das ist jetzt doch schon ...« Sie zog es vor zu gehen.

»Typisch!« knurrte Fränkli. »Die Nachbarn sehen alles, wissen alles! Aber wenn du sie mal etwas Konkretes fragst, wissen sie gar nichts. Und gesehen haben sie auch nichts!« Er deutete auf Semmelweiß: »Sie fragen mal bei den restlichen Nachbarn nach. Einer muss doch etwas gesehen oder gehört haben.«

»Okay.« Benedikt schob ein neues Bonbon in den Mund. Zwei weiße Katzen streunten über den Hof. Irgendwo bellte ununterbrochen ein Hund. Er nervte die ermittelnden Polizisten mächtig. Benedikt schimpfte laut: »Wird der denn nie heiser? Der ist ja nur am Kläffen. Furchtbar! Das macht es uns nicht unbedingt leichter.«

»Bleiben Sie ruhig.« Fränkli klopfte ihm auf die Schulter. »Dinge, die Sie nicht ändern können, müssen Sie lassen, wie sie sind.«

»Sie haben ja Recht. Es fällt mir nur manchmal schwer.«

Hauptkommissar Fränkli grinste: »Mir auch.«

Die Katzen verschwanden flink in den Ligusterhecken. Der Hund bellte weiter.

Nachdem Urs Fränkli zuerst die Haustür, dann die Wohnungstür von Veronica de Silva geöffnet hatte, konnte er die Wohnung betreten. Ein bunter Blumenstrauß stand auf dem Wohnzimmertisch. In einem Marmoraschenbecher lag eine Zigarettenkippe. Der Hauptkommissar zog Einmalhandschuhe an, nahm eine Sicherheitsnadel aus der Tasche – er hatte immer welche einstecken, ebenso wie eine Pinzette – piekte die Kippe auf, verschloss sie in einem Plastikbeutel. Im Schlafzimmer war das himmelblaue Seidenlaken verrutscht, die Bettdecke war zurückgeschlagen, das Kopfkissen eingedrückt. Ein hellrotes Negligé sowie ein weißer Bademantel lagen auf dem Bett.

Irgendwann an diesem Tag war das Bad benutzt worden, an der Duschwand waren Wasserspritzer zu sehen. Urs suchte sorgfältig die Zimmer durch. Alle Schränke, alle Schubladen. Er fand sonst nichts, das ihm von Nutzen hätte sein können … bis er im Flur unter der Garderobe nachschaute und den Schieber eines Reißverschlusses entdeckte, den er ebenfalls verpackte. Urs Fränkli murmelte unzufrieden: »Keine weitere Spur.« Er schüttelte enttäuscht den Kopf: »Das ist nicht viel, aber vielleicht hilft uns das Wenige auch weiter.«

Mittlerweile waren drei Beamte des Erkennungsdienstes eingetroffen, begannen mit ihrer Arbeit.

Benedikt Semmelweiß kam herein. Urs blickte ihn fragend an. Semmelweiß stülpte die wulstige Unterlippe vor: »Nichts!«, schnaubte er. »Nada! Null!«

»Haben Sie Probleme mit der Nase?«, erkundigte sich Fränkli. »Ich meine, weil Sie so schnaufen.«

»Jaja. Muss mal zum HNO. Hatte bisher …«

»Keine Zeit. Ich weiß«, unterbrach Urs.

»Was in der Wohnung gefunden?«, wollte Benedikt wissen. Urs zeigte ihm seine Ausbeute.

»Nicht gerade viel.« Semmelweiß große Nase wackelte.

»Nein, ist es nicht. Fahren wir zurück. Vielleicht finden die Jungs von der SpuSi noch mehr.«

In Erbach schauten sich Lehmann und Dröger bei Schlett in dessen Büro am PC verschiedene DNA-Analysen an, als die Hauptkommissare eintrafen.

»Und?« Dröger schaute auf.

Wortlos griff Urs in die Jackentasche, legte das Mitgenommene auf den Tisch.

»Das ist alles?« Dröger traute seinen Augen nicht. »Sonstige Spuren?«

»Bisher noch keine«, gab Urs tonlos zur Antwort. »Die SpuSi ist noch dran. Die Hausbesitzer, die im ersten Stock wohnen, sind im Urlaub. Die Nachbarschaft hat nichts Besonderes mitbekommen.«

»Hm! Das wird schwierig. Fahrt nach Hause. Herr Semmelweiß, können Sie Herrn Fränkli mitnehmen? Ich habe noch zu tun.«

»Selbstverständlich, Chef.« Benedikt schnaubte wieder.

Am späten Abend kam der Bericht von der SpuSi. Außer Fingerabdrücken hatten sie Spermaspuren feststellen können.

»Da haben wir doch schon mal was«, freute sich Dröger, gab die Information weiter an Kriminalrat Schlett und an Hauptkommissar Hummel, sowie an Oberkommissar Holzner, die ebenfalls noch im Büro waren. Die anderen zu den Ermittlerteams gehörenden Beamten wollte er am nächsten Tag informieren.

64

Inzwischen war die neue Sonderkommission gegründet worden. Sie wurde SoKo Silva genannt, bestand aus sechs Beamten und sollte vom Ersten Kriminalhauptkommissar Heiner Dröger geleitet werden. Der Sitz war in Darmstadt im Polizeipräsidium Südhessen in der Klappacher Straße.

Im Kommissariat in Erbach schlug Hennes Lehmann die Beine übereinander, strich sich übers Kinn. Schlett lehnte sich in seinen Bürosessel, legte die Hände auf den Schreibtisch: »Wir werden eine Pressekonferenz geben und über die Medien versuchen, mehr zu erfahren.« Er schaute Lehmann und Dröger an: »Ihr kennt doch diesen bekannten Journalisten vom *Echo*. Diesen … wie heißt er noch mal?«

»Werner von Rheinfels«, antwortete Dröger.

»Hat der nicht einen Spitznamen?«

»Spürli«, sagte Lehmann trocken.

»Spürli! Genau den meine ich.« Der Kriminalrat zog die Brauen zusammen.

»Sie haben Recht. Wenn uns einer helfen kann, dann ist es Spürli. Ich ruf ihn gleich an.« Dröger nahm das Smartphone aus der Tasche, drückte die gespeicherte Nummer des Journalisten.

65

Samstag, 8. August, und

Sonntag, 9. August

Die Ermittler der Sonderkommissionen Merdinger, Forster und Silva tauschten samstags bei der Frühbesprechung um 7.00 Uhr in Erbach in Anwesenheit des Kriminalrats Schlett alle ihre bisherigen Erkenntnisse aus. Jeder Einzelne sollte über alles informiert sein, auch wenn die Beamten in drei unterschiedlichen SoKos ermittelten.

»Möglicherweise hängen die Fälle in irgendeiner Weise zusammen«, tat Stefanie Steinmann ihre Meinung kund.

»Genau das habe ich auch schon gedacht«, vermutete nun auch Hauptkommissar Heiner Dröger. Der Kriminalrat legte zwei Finger auf die Lippen. »Hm! Vielleicht aber auch nicht«, gab er zu bedenken. »Wie auch immer! Wir müssen dranbleiben und bis ins kleinste Detail ermitteln.« Er betonte nachhaltig: »Aber wirklich bis ins kleinste Detail.« Dann klatschte er in die Hände: »Los, los, Leute, an die Arbeit.«

Gut vorbereitet verließen die Beamten der Sonderkommissionen den Konferenztraum in Kommissariat in Erbach.

Alle arbeiteten fieberhaft, hatten aber an diesen beiden Tagen wiederholt keinen Erfolg. Ein großer Stapel handgeschriebener Zettel, die sie zusammengetragen hatten, lag am Sonntagabend vor ihnen. Was sie bisher an verwertbaren Informationen gefunden hatten, war nicht der Rede wert. Keine brauchbaren Hinweise von der Bevölkerung. Gar nichts! Nicht einen einzigen Treffer. Unsicherheit und Frust machten sich breit.

66

Montag, 10. August

Für morgens um 9.00 Uhr war eine Pressekonferenz angesetzt worden, an der Journalisten und Fotografen verschiedener Zeitungen teilnahmen. Auch Reporter von Funk und Fernsehen waren anwesend. Spürli war, wie immer, als erster zugegen. Kriminalrat Walter Schlett, sowie die Hauptkommissare vom Polizeipräsidium in Darmstadt standen Rede und Antwort, stellten Fotos der Ermordeten zwecks Veröffentlichung zur Verfügung. Nach gut einer Stunde war die Konferenz beendet, kurze Zeit später waren Journalisten und Fotografen gegangen ... außer Werner von Rheinfels, Spürli genannt. Er versprach den Beamten: »Glaubt mir, Freunde, ich komme dahinter, was mit der de Silva passiert ist. Aber echt!« Er schaute sich das Bild der Toten an. Sein dünnes Oberlippenbärtchen wackelte über den schmalen Lippen. Mit beiden Händen schob er die neue Hornbrille, die nach vorne gerutscht war und die irgendwie gar nicht zu ihm passte, an den Bügeln auf die kleine Knollennase zurück.

»Spürli, du sollst uns nur helfen, den Mord aufzuklären und nicht alleine ermitteln, hörst du?« Dröger hob warnend den Zeigefinger. »Keine Alleingänge! Haben wir uns verstanden?«

Spürli tippte an die – auch neue – schwarze Stetsonmütze, grinste breit: »Logisch, Herr Hauptkommissar«, und verschwand. Erst jetzt fiel Dröger auf, dass der Journalist sein Outfit ein klein wenig verändert hatte.

»So, nun wollen wir hoffen, dass endlich brauchbare Hinweise von der Bevölkerung kommen. Und von Spürli … und von den anderen Journalisten.« Dröger schob die Brille auf die Haare, rieb sich die Augen.

Inzwischen war der Obduktionsbericht von Rechtsmedizinerin Dr. Sarah Kant auf den Rechnern der Kommissare. Sie lag wieder richtig. Der Bericht deckte sich mit ihren Feststellungen am Fundort der Leiche. Ergänzend stand darin, dass die vier Messerstiche zwischen 11,2 und 11,6 cm tief und 2,5 cm breit waren.

Schlett war nur bedingt zufrieden. »Zumindest wissen wir nun wieder ein wenig mehr. Aber was ist mit den Spermaspuren? Wo kommen die her? Die muss vor ihrem Tod Geschlechtsverkehr gehabt haben. Herr Dröger, Sie kümmern sich?«

»Ja, klar.« Der Hautkommissar rief sofort Dr. Kant an. Die Rechtsmedizinerin bestätigte, dass kein Geschlechtsverkehr stattgefunden hatte.

»Seltsam.« Der Kriminalrat stand auf, wollte aus dem Konferenzraum gehen. Lehmann und Dröger erhoben sich ebenfalls von ihren Stühlen. Nach wenigen Schritten blieb Schlett stehen, fasste sich an die Stirn: »Ich glaube, ich weiß, wo ich die de Silva schon gesehen habe.«

»Was?« Hennes Lehmann drehte sich ihm zu.

»Ich bin mir nicht sicher, aber ich glaube, es war im *Café Göttmann* in Höchst in der Erbacher Straße.«

»Wir fahren sofort hin«, gab Dröger zurück.

Kriminalrat Walter Schlett fuhr sich mit der Linken über die gelockten blonden Haare. »Gut.«

Die Hauptkommissare verließen das Kommissariat, setzten sich in ihren Wagen und fuhren nach Höchst, betraten das *Café Göttmann*, nahmen an einem Tisch Platz. Bei der Kellnerin bestellten sie Kaffee. Sie zeigten ihre Dienstausweise, baten sie um ein kurzes Gespräch. Nachdem sie sich das Bild angeschaut hatte, bestätigte die Kellnerin, die Frau hin und wieder, meistens an der Seite einer schlanken Blonden, gesehen zu haben. »Die Blonde ist umgebracht worden. Das haben ja alle mitbekommen. Schrecklich! Und sowas in Höchst! Grauenhaft! Haben Sie denn schon Erkenntnisse?«, erkundigte sie sich.

»Nein.« Dröger wollte nicht darüber reden. Die Kellnerin spürte das. »Aber, Herr Kommissar, mir fällt da noch etwas ein.« Sie berichtete, dass vor noch nicht langer Zeit sich ein dicker Mann neben die Frau gesetzt hatte, als sie mit ihrer Freundin und, vermutlich, deren Freund an einem Tisch beisammensaß. »Es kam mir vor, als hätte sie sich dabei gar nicht wohl gefühlt. Neben dem Dicken, meine ich.«

»Kennen Sie den Mann?«, fragte Dröger.

»Er ist ab und an hier, aber ich kenne ihn nicht mit Namen«, erwiderte sie. Sie rief den Inhaber des Cafés: »Richard, kannst du dich an den Dicken erinnern, der letzthin mit einer Blonden und einer Dunkelhaarigen hier war? Es war noch ein Mann dabei.«

Der überlegte: »Leider nicht.« Entschuldigend hob er die Schultern.

»Wie sah er aus? Können Sie ihn beschreiben?«, richtete Dröger seine Frage an die mollige Kellnerin.

»Nun ja, er war wie gesagt ziemlich dick, vielleicht eins siebzig groß, hatte dünne braune Haare, fast schon eine Glatze. Er trug eine blaue Jeans und ein rotkariertes Hemd. Hat der mit dem Mord etwas zu tun, oder warum fragen Sie?«

Dröger notierte alles in sein Notizbuch. »Die dunkelhaarige Frau heißt Veronica de Silva. Sie ist auch ermordet worden.«

»Um Gottes willen!« Die junge Frau setzte sich erschüttert auf einen Stuhl, stützte den Kopf in beide Hände: »Davon habe ich noch gar nichts gehört. Wann ist das passiert? Und wo?«

Dröger gab keine Antwort. Er bedankte sich, die Kommissare verabschiedeten sich, gingen aus dem Café.

Schon in den 13.00 Uhr-Nachrichten, dann stündlich, wurden Berichte über den erneuten Mord im Odenwald gesendet. Abends folgte eine Reportage in der Hessenschau, wobei auch Bilder des Opfers präsentiert wurden.

Nach der Sendung hagelte es ununterbrochen Hinweise und Tipps von der Bevölkerung, die alle von den Mitarbeitern der SoKo notiert wurden.

67

Dienstag, 11. August

Die Ermordung Veronica de Silvas stellte die Beamten vom Polizeipräsidium Südhessen in Darmstadt vor eine anspruchsvolle, sehr schwere Aufgabe. Sie waren trotz der vielen Hinweise von der Bevölkerung noch keinen Schritt weitergekommen.

Bis Spürli, dem findigen Journalisten vom *Darmstädter Echo* etwas auffiel. Er war auf einem seiner Streifzüge, wie er es nannte, unterwegs im Odenwald.

Spürli beobachtete, wie ein Mann mit einer Frau in einem Lebensmittelmarkt in Höchst, in dem er sich Fleischwurst und Brötchen holte, in Streit geriet. Er hörte, wie die Frau zischte: »Und du? Du mit deinen Weibergeschichten? Was willst du eigentlich? Jetzt hast du's!«

Der Mann motzte: »Wenn du dich nicht so anstellen würdest, dann wäre alles anders.

Aber du ... du bist halt einfach eine Niete. Ach, was sag ich! Nützt ja eh nichts!« Er winkte grimmig ab, drehte sich weg und ging hinaus. Werner von Rheinfels alias Spürli bezahlte an der Kasse und verließ den Markt. Der dicke Mann saß zigarettenrauchend in einem Hyundai. Als die Frau kam, setzte sie sich auf den Beifahrersitz, stellte ihren Einkaufskorb vor sich in den Fußraum. Mit mürrischem Gesicht fuhr der Dicke los. Spürli kombinierte. Weibergeschichten? Jetzt hast du's? »Hm!« Er fuhr mit sicherem Abstand hinterher, notierte sich das Kennzeichen des Wagens. Der Mann fuhr nach Hetschbach in den Hof eines Hauses am Waldrand, stellte den Hyundai ab und ging ins Haus. Die Frau stieg aus, nahm den Korb mit den Einkäufen, ging ebenfalls hinein. Spürli stellte seinen Wagen etwas entfernt an den Straßenrand, hängte ein Fernglas um, das immer im Kofferraum seines in die Jahre gekommenen Citroën DS 19 lag, spazierte gemütlich in Richtung Haus, fotografierte mehrere Male mit dem Smartphone nach Hetschbach hinunter, schaute sich die Bilder gleich auf dem Display an. Er erweckte den Eindruck eines Touristen. So gelangte er unauffällig an die

Rückseite des Hauses, wo das Wohnzimmerfenster offenstand und er auf einem Stein stehend hineinschauen konnte. Der Streit von vorhin hatte sich zu einem handfesten Krach entwickelt. Die Frau schrie: »Und was ist mit der Halskette, die ich in deinem Auto gefunden habe?«

»Ich kenne keine Halskette!«, brüllte der Dicke. »Das hast du dir ausgedacht.«

»Jaja! Streite nur alles ab, du Feigling!«, brüllte sie zurück »Auch der Geruch deines Hemdes irgendwann mal war äußerst interessant. Ein Parfüm!«, kreischte sie lautstark.

»Na und?«, der Mann schrie noch lauter, »du trägst doch hin und wieder Parfüm auf, oder irre ich mich? Du würdest besser regelmäßig ein Deo benutzen.«

»Du bist ein gemeiner Hund! Der Duft des Parfüms war mir fremd. Es war nicht meins, verstehst du?« Sie schluchzte: »Es war von einer anderen Frau. Vielleicht von Veronica de Silva? Hinter der warst du doch her wie der Teufel hinter der armen Seele.« Sie schrie ihn wieder laut an: »Du alter Bock, du!«

»Woher willst du das wissen, du doofe Gans?«, schrie er mit hochrotem Kopf zurück.

»Gibs doch zu! Ist natürlich blöd, dass die jetzt tot ist.« Sie fuhr ihn an: »Dein Pech, du Armleuchter!«

»Woher willst du wissen, ob ich hinter der her war?« Er schob das Kinn vor: »Woher, hä?« Er holte aus, als wolle er sie ohrfeigen.

»Weil ich euch beobachtet habe«, geiferte sie, hielt ihm stichelnd die Wange hin. »Schlag zu! Los! Schlag zu!«

Der Mann packte sie mit beiden Händen am Hals: »Wo willst du mich mit ihr beobachtet haben, du dumme Kuh?« Er drückte fest zu. Sie röchelte, fiel rücklings zu Boden. Vor Wut Schaum kauend lehnte er sich an die Wand, sein Atem rasselte. Kurze Zeit später kam sie wieder zu Bewusstsein. »Willst du mich auch umbringen wie die de Silva?«, keuchte sie nach Luft japsend, stellte sich provozierend vor ihn: »Nur zu, du Arschloch, nur zu!« Sie schrie hysterisch: »Tu es endlich! Tu es! Sonst kannst du eh nichts.«

Er stierte sie aggressiv an: »Ich soll sie umgebracht haben? Ich?« Zornig stieß er hervor: »Das traust du mir wirklich zu?«

»Dir traue ich alles zu, nur nichts Gutes. So, jetzt weißt du, wie ich zu dir stehe«, schrie sie erneut. Sie drehte sich um, ging in die Küche. Er setzte sich betröppelt auf einen Sessel, ließ den Kopf hängen. Seine Wut hatte sich umgewandelt in grenzenloses Selbstmitleid. Die Worte seiner Frau hatten ihn jetzt doch sehr hart getroffen.

»Aha!« Spürli hatte genug gehört. Er ging zurück zu seinem Wagen, nahm das Tablet aus dem Handschuhfach. Schnell hatte er herausgefunden, wem das Haus gehörte, wo er soeben gelauscht hatte. Franz und Monika Wegner. Er informierte sofort Hauptkommissar Heiner Dröger in Darmstadt, der ihn bat, vorerst nichts zu veröffentlichen. Spürli versprach es. Dröger benachrichtigte Kriminalrat Walter Schlett.

68

Die Hinweise des Kellners Luigi Bossini vom *Ristorante Acquario* trugen Früchte.

Kommissarin Stefanie Steinmann von der SoKo Forster saß an einem Tisch im *Café Göttmann* in der Erbacher Straße in Höchst, vor sich eine Tasse Milchkaffee, in der Hand ein knuspriges Croissant. Vom Kriminalrat hatte sie erfahren, dass Dröger und Lehmann mit der Kellnerin bezüglich des Mordes an Veronica de Silva gesprochen hatten. Sie wollte sich dort mal umsehen. Womöglich konnte sie etwas über den Mord an Doreen Forster erfahren. Beide Morde konnten ja auch irgendwie zusammenhängen. Außerdem hatte sie noch nicht gefrühstückt.

Zu dieser Zeit, es war gegen 8.30 Uhr, war noch nicht viel Betrieb. Etwas später kamen zwei Männer, setzten sich an einen Tisch. Sie bestellten Espresso, unterhielten sich fast unhörbar. Kommissarin Steinmann kam dies seltsam vor. Wieso sprachen die Männer so extrem leise? Sie beschloss, genauer aufzupassen. Sie hörte, wie der Dicke mit der Baseballmütze dem großen, gutaussehenden Schwarzhaarigen zuflüsterte: »Das mit Doreen ist ja unglaublich, oder? Egal, wie es ist, aber muss man sie gleich umbringen? Sie war doch bildhübsch.«

»Ja, das ist schon schlimm. Sie war nicht nur schön, sie war auch gut. Richtig super war sie«, erwiderte der Schwarzhaarige ebenso leise.

»Wie meinst du das? Super im Bett?«

»Wie sonst? Klar! Super im Bett! Mensch Franz, sei nicht so weltfremd.«

»Ist ja schon gut.« Franz hob verlegen die Tasse, trank sie leer.

»Was mir auch arg zusetzt, ist der Tod Veronicas. Sie mochte ich auch, kam aber leider nicht mehr dazu, mit ihr zusammen zu sein. Was glaubst du, ist da genau passiert? Wer hat sie ermordet?« Der Schwarzhaarige schüttelte den Kopf.

Sein Gegenüber errötete: »Tja, wer hat sie ermordet! Das ist eine gute Frage.« Er kratzte sich verlegen am Arm, worauf es an einer Stelle leicht zu bluten begann. Er wischte die dünne Blutspur mit einem Papiertaschentuch weg. Dann meinte er plötzlich: »Es kam mir vor, als seien beide lesbisch gewesen. Kann das stimmen?«

»Na ja, lesbisch nicht direkt. Aber vielleicht bi. Ich denke mal, sie hatten sexuellen Kontakt miteinander.«

»Aber … aber Mario …«

»Lass es so, wie es ist, Franz. Sie leben nicht mehr. Es ist nicht zu ändern. Vergessen wir alles.«

»Das ist nicht so einfach, weil …«

»Lass es, Franz«, unterbrach Mario erneut, »lass es!«

Franz wischte erneut das Blut vom Arm, verzog den Mund: »So ein Mist!«

Sie bestellten jeder noch einen Espresso. Als sie schweigend vor sich hinstarrend ausgetrunken hatten, bezahlten sie und gingen. Kurz darauf verließ die Kommissarin das Café. Sie stieg in ihren Wagen, machte sich Notizen in ihrem Taschenkalender. Zwanzig Minuten später teilte sie Hauptkommissar Kersten mit, was sie soeben erfahren hatte, schilderte ihm das Aussehen der Männer.

»Ah ja!« Kersten schob das Kinn vor: »Sehr gut, Frau Steinmann. Nehmen Sie doch Platz. Ich glaube, wir kommen der Sache näher.

Der Dicke heißt also Franz und der Große heißt Mario, nicht wahr?« Lächelnd schaute er ihr in die Augen. »Einen der Männer hatte der Kellner vom *Acquario* genannt. Den Dikken! Ganz sicher.«

Steinmann setzte sich vor seinen Schreibtisch, nickte bestätigend: »So isses!« Sie bekam feuchte Hände, verspürte ein unsicheres, aber nicht unangenehmes Gefühl.

»Wir müssen uns sofort besprechen«, vernahm sie die Stimme Kerstens wie aus weiter Ferne. »Tun Sie mir einen Gefallen und rufen Sie die Mannschaft zusammen. In zwei Stunden treffen wir uns zwecks Lagebesprechung im Konferenzraum.« Er wartete einige Sekunden, sagte etwas lauter: »Frau Steinmann!«

»Bitte? Ach so, ja. Mach ich.« Stefanie war etwas durcheinander. Kersten schmunzelte.

Nachdem bei der Besprechung, an der auch Kriminalrat Walter Schlett teilnahm, die Ermittler der SoKo Forster über die Sachlage informiert worden waren, begannen sie sofort mit der Arbeit. Es gab viel zu tun. Zahlreiche Befragungen standen erneut an. Sie hatten ja nun Punkte, die gezielt angesprochen werden konnten. Der Erste Kriminalhauptkommissar Kersten wollte mit Stefanie Steinmann zusammen ermitteln. Zum einen sah sie sehr gut aus, zum anderen war sie ein heller Kopf. Genau beides brauchte Kersten.

Seit seiner Affäre mit Hummels ehemaliger Freundin Manuela Willert wollte seine Frau Paula, die dann doch irgendwann hinter die ganze Geschichte gekommen war, von ihm nichts mehr wissen. Sie entzog sich ihm immer wieder, wenn er zärtlich zu ihr sein wollte. Manuela war nach Berlin gezogen. Kerstens Liebesleben litt heftig an Entzug.

69

Schlett rief die Leiter der Sonderkommissionen Forster und Silva zusammen. Eine Stunde später trafen sich die Kommissare Kersten und Steinmann von der SoKo Forster, Dröger und Semmelweiß von der SoKo Silva mit dem Kriminalrat in dessen Büro. Heiner Dröger informierte die Anwesenden darüber, was Spürli ihm mitgeteilt hatte. »Die Frau beschuldigte ihren Mann, Veronica de Silva ermordet zu haben. Dann ist das ja wohl unsere Sache«, stellte der Hautkommissar aus Darmstadt fest.

»Moment!«, warf Josef Kersten ein, »Moment!« Er schaute Stefanie Steinmann an: »Sie sprachen doch auch von einem Dicken. So wie Sie ihn mir beschrieben haben, könnte es der gleiche Mann sein, oder?«

Stefanie stellte ihn sich nochmal gedanklich vor: »Durchaus! Es … es ist der Gleiche.«

»Na, worauf warten wir dann noch?« Kersten sprang auf.

»Nicht so hitzig, Kersten, nicht so hitzig«, beruhigte Schlett die Situation. »Sie fahren mit Frau Steinmann nach Hetschbach und bringen diesen Wegner hierher. Bringen Sie seine Frau gleich mit. Mit denen stimmt offensichtlich etwas nicht. Wir werden sie getrennt verhören.«

»Es könnte doch sein, dass der Mord an Doreen Forster da reinspielt.« Kersten hatte sich wieder hingesetzt.

»Könnte sein, ja. Ich bin gespannt, was wir von den beiden erfahren.« Der Kriminalrat wandte sich an den Darmstädter Hauptkommissar: »Sie, Herr Dröger, werden Wegner verhören, Herr Kersten wird seine Frau befragen.« Er drehte sich um: »Nun los, Kersten.«

Josef Kersten stand auf, winkte Stefanie zu: »Kommen Sie, Frau Steinmann.«

Zwanzig Minuten später standen sie vor der Haustür Wegners. Der Hauptkommissar drückte die Klingel. Zunächst antwortete ein Hund mit lautem Gebell. Dann ging die Tür auf, eine korpulente Frau schaute vorsichtig heraus. »Was wünschen Sie?«

»Wir möchten Sie sprechen«, antwortete Kersten. Sie zeigten ihre Dienstausweise.

»Polizei? Bei uns?«

»Ja, Frau Wegner, bei Ihnen«, gab Kersten zur Antwort. Die Frau blickte die Beamten ungläubig an. Sie trug einen kurzen Jeansrock, der absolut nicht zu ihr passte – dafür waren ihre Oberschenkel zu kräftig – und eine weitgeöffnete, superenge Bluse, ebenfalls im Jeans-Look. Es hatte den Anschein, als wäre sie da hineingezwängt worden.

»Kommen Sie herein.« Sie brachte den immer noch kläffenden Cockerspaniel in die Küche, führte die Kommissare ins Wohnzimmer, bot ihnen jedoch keinen Platz an.

»Was wollen Sie von mir?«, fragte sie unwirsch. »Ich habe nichts verbrochen.« Vergeblich versuchte sie, ihren Rock etwas herunterzuziehen.

»Reine Routineangelegenheit, Frau Wegner.« Kersten blieb ruhig. Stefanie Steinmann hielt sich im Hintergrund.

»Also?« Monika Wegner stemmte die Hände in die fülligen Hüften. »Was gibt's?«

»Ist ihr Mann zu sprechen?«

»Er hat zwar Urlaub, ist aber im Moment nicht zu Hause.« Sie blieb unfreundlich, rieb sich die feuchtgewordene Stirn.

»Können Sie ihn erreichen? Es ist dringend!«

»Weiß nicht.« Sie zuckte teilnahmslos die Achseln.

»Bitte versuchen Sie, ihn anzurufen. Er hat sicher ein Handy.«

»Ja, hat er«, brummelte sie. Kersten musste sich zusammennehmen, um sachlich zu bleiben. »Rufen Sie ihn bitte sofort an. Sagen Sie ihm, dass die Kripo auf ihn wartet. Oder Sie sagen uns, wo er sich aufhält.«

»Weiß nicht, wo er ist.«

Der Hauptkommissar sah sie mit strengem Blick an. Mürrisch ging sie zum Telefon, wählte die Handynummer ihres Mannes. Laut rief sie in den Hörer: »Franz, komm sofort heim. Die Polizei ist hier.« Sie wartete einen Moment, offenbar sagte ihr Mann etwas, das ihr nicht passte. Ärgerlich fluchte sie »Verdammt nochmal! Und wenn du hundertmal bei Mario bist. Komm sofort heim!« Sie legte auf, maulte: »Idiot!«

Kersten schüttelte den Kopf, schaute seine Kollegin an. Kommissarin Steinmann registrierte es nicht. Sie hatte sich auf das Telefongespräch konzentriert. Mario? Ihr fiel der schwarzhaarige, gutaussehende Mann ein, der mit dem Dicken im *Café Göttmann* gesessen hatte.

Nach ungefähr fünfzehn Minuten war Franz Wegner zu Hause.

Kersten und Steinmann machten kurzen Prozess, nahmen die lautstark Protestierenden mit nach Erbach ins Kommissariat. Nach den üblichen erkennungsdienstlichen Maßnahmen wie Speichelprobe und Fingerabdrücke, die jeder Verdächtige normalerweise über sich ergehen lässt, um nicht noch verdächtiger zu erscheinen und der Aufklärung ihrer Rechte, vernahm Heiner Dröger Franz Wegner. Er hatte Benedikt Semmelweiß hinzugenommen. Sie hatten sich in den Vernehmungsraum zurückgezogen. Am Monitor, der mit einer Kamera im Vernehmungsraum verbunden war, schaute Kriminalrat Schlett zu.

»Nehmen Sie Platz, Herr Wegner«, begann Hauptkommissar Dröger höflich, setzte sich ihm gegenüber, rückte das Mikrofon vor ihn. Semmelweiß stellte sich neben Dröger, musterte mit seiner griesgrämigen Art den grobschlächtigen, nach Schweiß riechenden Wegner. Dieser setzte sich widerwillig. »Ich will sofort meinen Anwalt sprechen«, war sein erster Satz.

»Selbstverständlich. Aber wir wollen uns erst mal ohne ihren Anwalt unterhalten.« Dröger blieb höflich.

»Aber mir steht ein Anwalt …«

»Natürlich.« Der Hauptkommissar wurde nun deutlicher. »Sie können anschließend mit ihrem Anwalt telefonieren. Aber vorher reden *wir* miteinander. Sagte ich doch schon, oder?«

Wegner nickte mit saurer Miene: »Worum geht's?«

Dröger schaute ihm zwei Minute lang in die Augen. Wegner war verunsichert, fuhr sich mit der flachen Hand über die Stirn.

»Sie haben doch von dem Mord an Doreen Forster gehört. Und ganz sicher auch von dem Mord an Veronica de Silva. Oder irre ich mich?« Drögers Blick war immer noch starr in die Augen seines Gegenübers gerichtet.

»Ich habe davon gehört«, antwortete Wegner, senkte den Kopf, versuchte, ruhig zu bleiben.

»Und?«

»Was wollen Sie von mir?«

»Was ich von Ihnen will? Sie kannten doch die Frauen, oder?«

»Ja, schon«, gab Wegner lapidar zu.

Jetzt wurde der Hauptkommissar ungemütlich: »Herr Wegner! So kommen wir nicht weiter. Lassen Sie sich doch nicht jedes

Wort einzeln aus der Nase ziehen. Ich erwarte klare Antworten in klaren Sätzen.« Heiner Dröger klopfte leicht mit der flachen Hand auf den Tisch. »Also?«

Wegner schaute stur an ihm vorbei an die weiße Wand. Er knurrte: »Ihr wollt mir nur was anhängen.«

»Was glauben Sie, wollen wir Ihnen anhängen?« Dröger hob den Kopf. Franz Wegner gab keine Antwort, glotzte weiter an die Wand.

Hauptkommissar Semmelweiß versuchte, ihn mit kräftiger Stimme aus der Reserve zu locken: »Kommen Sie, Herr Wegner, niemand will Ihnen etwas anhängen. Sie haben soeben gesagt, dass Sie die ermordeten Frauen kannten. Wie gut kannten Sie sie?« Seine lange Nase wackelte bedrohlich. Wegner sagte keinen Ton. Dröger platzte plötzlich dazwischen: »Hatten Sie intime Beziehungen zu einer der Frauen oder gar zu beiden?«

Augenblicklich geriet Franz Wegner aus der Fassung. Seine Gesichtsfarbe wechselte auf rot, der Schweiß brach ihm aus, seine Handflächen wurden klatschnass. Er legte die Hände auf die Oberschenkel, wo sich sofort dunkle Flecken auf seiner Jeans bildeten. »Ich … ich habe mal was mit Vroni gehabt, ja.« Er beteuerte mit stockender Stimme: »Aber ... das ... das hat nichts mit ihrem Tod zu tun. Ehrlich!« Mit Grauen dachte er an seine Frau Monika. Wenn die das erfährt!

»Aha! Und mit Doreen Forster? Hatten Sie mit ihr auch Sex?«

»Nein, Doreen war ja mit Mario ...« Er zuckte zusammen, war sich sofort bewusst, jetzt zu viel gesagt zu haben. Er schwieg. »Mario?«, schaltete sich nun Benedikt Semmelweiß wieder ein. »Wer ist Mario?« Sein ausdrucksvoller Adamsapfel hüpfte rauf und runter. Franz Wegner druckste herum: »Das ... das ist ein Nachbar. Er wohnt ungefähr hundert Meter von uns entfernt.« »Was ist mit diesem Mario? Wie ist sein Nachname?« Benedikt blieb dran, setzte sich. Dröger hörte interessiert zu.

»Ach, das ist nicht wichtig«, wollte Wegner abwiegeln.

»Beantworten Sie meine Frage!«, herrschte ihn Semmelweiß an. Dröger beschwichtigte seinen Kollegen mit einer Handbewegung.

»Er heißt Schiefer.« antwortete Wegner eingeschüchtert.

»Was lief mit Schiefer und Doreen Forster?« Semmelweiß wurde leiser, blickte ihm aber furchterregend direkt ins Gesicht.

»Ich war nicht dabei«, Wegner zögerte ängstlich, »aber die hatten sehr wahrscheinlich was miteinander.« Er bekräftigte: »Aber genau weiß ich das nicht. Ich sagte ja, ich war nicht dabei.« Franz Wegner stierte vor sich auf den Tisch.

»Gut.« Dröger übernahm wieder. »Kommen wir zurück zu Veronica de Silva. Inwiefern hatten sie etwas mit Frau de Silva. War es nur sexueller Art oder war es ein festes Verhältnis?«

»Es war sonst nichts«, wich Wegner aus.

»Also nur Sex!« Dröger hob die Brauen. Wegner gab keine Antwort, wischte sich übers schweißnass gewordene, feuerrote Gesicht.

»War es gegen den Willen Frau de Silvas?« Benedikt Semmelweiß zog die Lippen zurück, sein Pferdegebiss kam zum Vorschein. Der am ganzen Körper schwitzende Wegner hielt die Arme vors Gesicht, als wolle er sich vor dem Gebiss des Hauptkommissars schützen. Er versuchte, sich herauszureden, indem er schnell antwortete: »Natürlich nicht. Sie wollte es genauso wie ich.« Er nahm die Arme wieder herunter. Semmelweiß hatte die Lippen wieder über die Zähne gestülpt.

Sein Gesichtsausdruck wurde dadurch nicht freundlicher.

»Sie lügen, Herr Wegner.« Heiner Dröger hob die Hand: »Bleiben Sie bei der Wahrheit.« Er stützte die Ellbogen auf den Tisch, legte die Handflächen gegeneinander: »Ich frage Sie noch mal: War der Sex gegen den Willen Frau de Silvas?«

Wegner wischte sich mit einem Taschentuch den Schweiß von der Stirn: »Nein! Nein! Auf gar keinen Fall.«

***

Hauptkommissar Josef Kersten befragte zur gleichen Zeit Wegners Frau Monika in seinem Büro im Beisein seiner Kollegin, Kommissarin Stefanie Steinmann. Er legte das Aufnahmegerät auf den Tisch, schaltete es ein. Von Frau Wegner konnten sie vorerst nicht viel erfahren. Den Streit, den sie mit ihrem Mann hatte, gab sie zu: »Er macht einfach was er will. Mich beachtet er überhaupt nicht mehr. Ich vermute Frauengeschichten.« Sie erzählte, dass sie ihn mal in der *Ratsschänke* mit ihrem Nachbarn Mario Schiefer und noch einer Blonden gesehen habe. »Und eine dunkelhaarige, sehr schöne Frau ist auch dabei gewesen. Er hatte den Arm um ihre Schultern gelegt.« Sie gestand, rasend vor Eifersucht gewesen zu sein.

»Sie kannten die Frauen nicht?«, fragte Kersten.

»Nein«, gab sie zurück, wischte sich eine Träne aus den Augen. Kersten zweifelte an ihrer Aussage, sie kenne die Frauen nicht. »Na, dann will ich Sie mal aufklären, liebe Frau Wegner.« Sein Ton wurde harscher: »Die dunkelhaarige Frau war die ermordete Veronica de Silva.« Er ließ seine Worte ein wenig wirken, beobachtete Monika Wegner. Sie schaute ihn nervös an, zupfte mühevoll ein Taschentuch aus ihrem engen Jeansrock, zwirbelte es verlegen in der Hand. Dröger setzte hinzu: »Und die Blonde war Doreen Forster.«

Monika erschrak. Was weiß der?

»Sie kannten sie wirklich nicht?« Kersten stand auf, stellte sich neben sie.

»Vielleicht ... vielleicht ein bisschen«, lenkte sie ein. Kleine Pusteln übersäten ihr gerötetes Gesicht.

»Ein bisschen?« Der Hauptkommissar sah sie mit hochgezogenen Augenbrauen an. Sein Blick verfinsterte sich zunehmend. »Sie können gerne ihren Anwalt anrufen.« Er reichte ihr den Telefonhörer. »Sie werden ihn brauchen.«

Monika Wegner lehnte ab: »Ich brauche keinen Anwalt. Ich habe nichts getan.«

»Das sehe ich anders.« Kersten setzte ich wieder auf seinen Stuhl, lehnte sich zurück, verschränkte die Arme hinter dem Kopf, wartete ab. Frau Wegner schloss die Augen, blieb stumm. Hauptkommissar Kersten hatte im Moment keine Handhabe gegen sie. Er musste sie gehen lassen. Anschließend meinte er zu Stefanie Steinmann: »Wir können jetzt zwar nichts tun, aber ich werde einen Durchsuchungsbeschluss beantragen. Wir stellen das Haus der Wegners in Hetschbach auf den Kopf. Aber gründlich!« Er sah auf seine Armbanduhr, strich sich über den gepflegten Oberlippenbart. »So, liebe Kollegin, haben Sie heute noch etwas vor?«

Sie schaute ihn an, schüttelte den Kopf: »Nein.«

Er lächelte: »Wir könnten noch etwas trinken gehen. Haben Sie Lust?«

»Ja.« Stefanie errötete leicht. Sie bekam wieder feuchte Hände.

»Gut. Sie wohnen in Höchst. Wie wär's mit der *Auszeit*?«

»Gerne. Warum nicht?«

***

Franz Wegner war verzweifelt.

»Sie haben sie vergewaltigt.« Hauptkommissar Dröger verschärfte den Ton. Wegner protestierte: »Nein! Und nochmals nein! Vielleicht war ich ein bisschen ungestüm. Sie hat mich später schroff abgewiesen, als ich mich entschuldigen wollte. Deshalb bringe ich doch niemanden um. Was glauben Sie denn?«

Dröger und Semmelweiß verließen wortlos den Raum. Im Flur sagte der Hauptkommissar zu Benedikt und dem hinzugekommenen Kriminalrat: »Der hat sie vergewaltigt, auch wenn er es nicht zugibt. Dass sie ihn später abgewiesen hat, wer weiß auf welch unschöne Art, das passte ihm natürlich überhaupt nicht. Klar!«

»So ein Saubär!«, entfuhr es Semmelweiß. »Der hat sie ganz sicher umgebracht.« Er bleckte wieder das Gebiss, holte ein Pfefferminzbonbon aus der Hosentasche, schob es langsam in den schon kauenden Mund.

»Moment! Nicht so schnell, Herr Kollege. Keine voreiligen Schlüsse«, entgegnete

Kriminalrat Schlett ruhig. »Ich schlage vor, wir behalten ihn diese Nacht hier. Womöglich fällt ihm morgen mehr ein. Wenn nicht, müssen wir ihn freilassen. Er ist zwar sehr aufgeregt, aber es gibt keine Beweise gegen ihn.« Im Weggehen fügte er hinzu: »Nicht wegen Vergewaltigung und auch nicht wegen Mord.«

Franz Wegner wurde von einem uniformierten Polizisten in eine Gewahrsamszelle gebracht.

»Aber da sind noch die Spermaspuren von de Silvas Bett.« Heiner Dröger ließ die Daten von Wegners DNA nach Darmstadt übermitteln, rief Hauptkommissar Lehmann an. Hennes Lehmann verglich die Daten mit den Spermaspuren. Sie waren nicht identisch.

70

Am späten Nachmittag geriet ein roter Lancia Thesis mit Mainzer Kennzeichen auf der B45 am Rondell zwischen Höchst und Wiebelsbach in eine der seit einigen Tagen verstärkten Polizeikontrollen und wurde von den Beamten auf einen Parkplatz gewinkt. Die Polizisten ließen sich die Fahrzeugpapiere und den Führerschein des Fahrers zeigen. Es stellte sich heraus, dass der Wagen gestohlen war. Der Fahrer hieß Vitus Ommersberg, nach dem seit Bekanntwerden seiner Flucht von der *MS Odenwald* gefahndet wurde.

Die Falle war zugeschnappt.

Ommersberg ließ sich widerstandslos festnehmen. Er wurde, nach Rücksprache eines der Uniformierten mit Kriminalrat Walter Schlett, nach Erbach in die Regionale Kriminalinspektion Odenwald gebracht. Der Geldkoffer, der sich im Kofferraum des Wagens befand, wurde sichergestellt und später Hartmut Merdinger übergeben. Schlett rief Hauptkommissar Felix Hummel auf dem Handy an: »Wir haben den Ommersberg.«

»Waaas?« Hummel atmete hörbar durch.

»Ja!«, bekräftigte der Kriminalrat. »Benachrichtigen Sie Ihre Leute. Alles Weitere nachher.«

»Okay.« Felix drückte die Austaste. An Holzner gewandt sagte er: »Der Ommers … berg ist gefasst.«

»Wann? Wo?« Holzner schaute ihn verblüfft an.

»Weiß ich noch nicht, Simon. Ruf unsere Mitstreiter an. Wir treffen uns alle im Kommissariat. Dort erfahren wir alles.«

Eine Stunde später waren die Beamten der SoKo Merdinger in Erbach. Walter Schlett setzte sie in Kenntnis. Holzner ging in den Abstellraum, holte einen Besen, überreichte ihn Felix Hummel. Der schaute ihn verdutzt an: »Was soll ich damit?«

»Fressen! Das wolltest du doch, wenn Ommersberg sich nicht im Wald bei Amorbach nahe der Hütte aufhalten würde.« Simon beobachtete ihn mit bierernster Miene. Schlett grinste. Hummel brachte wortlos den Besen zurück in die Abstellkammer. Lachend kam er zurück, drohte scherzhaft mit dem Zeigefinger: »Simon, sei ab jetzt vorsichtig. Irgendwann krieg ich dich dran.«

»Alles klar, Felix, mach's gnädig.«

71

Der DNA-Abgleich mit dem getrockneten Blut, das damals Privatdetektiv Kaiser ins Kommissariat gebracht hatte und die Analyse des Blutfleckes auf dem Fahrersitz des Audis von Katharina Merdinger ergaben, dass Vitus Ommersberg eindeutig der gesuchte Entführer und Erpresser war. Hummel und Holzner nahmen sich den Festgenommenen vor. Schlett schaute, wie meistens, am Monitor zu. Nach hartnäckigem Verhör wollte Ommersberg seine Taten nicht eingestehen. Er verlangte einen Verteidiger. Holzner reichte ihm den Telefonhörer.

Eine Stunde später war Dr. Sigmund Keller, ein ungepflegter, kleiner, dicker Mann mit rotem Gesicht und fettigen Haarsträhnen, die er zu einem Knoten zusammengebunden hatte, im Kommissariat. Aber so viel der Anwalt auch argumentierte, er hatte keine Chance. Die Beweise waren eindeutig. Ommersberg wurde noch am gleichen Nachmittag auf dem üblichen Weg auf Antrag der Staatsanwältin dem Haftrichter vorgeführt und nach Weiterstadt in der Justizvollzugsanstalt in Untersuchungshaft gebracht. Weitere zähe Verhöre folgten in der JVA, bei denen außer Hauptkommissar Hummel und Oberkommissar Holzner auch Anwalt Keller anwesend war. Laut seiner Aussage war Ommersberg, wie Hummel und Holzner richtig vermuteten, am nördlichen Ufer des Marbach-Stausees durch das Wasser entlanggekrochen und hatte den Geldkoffer geholt. Auf dem Weg nach Obernau zur *MS Odenwald* hatte er ihn in der Obrunnschlucht hinter dem Motiv des Wasserfalls vergraben und einen leeren Metallkoffer mit aufs Schiff genommen. Er wollte die zwei Millionen nicht mit Winnen und Röhm teilen. Sein Plan war, den Geldkoffer später in der Schlucht abzuholen, was ihm gelang. Auch die Geschehnisse auf dem Schiff während der Fahrt auf dem Rhein und die Flucht mit dem Beiboot gestand er.

Nach späteren Gerichtsverhandlungen wurde er zu einer Haftstrafe verurteilt, die er in Weiterstadt absitzen musste.

***

Für die Ermittler der Erbacher Kriminalpolizei war der Fall Merdinger erledigt. Hummel und Holzner konnten sich nun bei den Mordfällen Forster und de Silva voll einbringen. Die Sonderkommission Merdinger wurde aufgelöst. Die restlichen Beamten kehrten zu ihren Dienststellen zurück, wo eine Menge Arbeit für sie liegengeblieben war.

72

Josef Kersten und Stefanie Steinmann waren auf den Parkplatz an der *Auszeit* gefahren. Es war 18.20 Uhr. Sie setzten sich auf der Terrasse an einen Tisch, bestellten alkoholfreies Pils. Stefanie zog ihre leichte Jacke aus, hängte sie über die Lehne des Stuhls, ebenso ihre Handtasche.

»Warm heute, nicht?« Kersten lächelte.

»Ja, schwül.« Die schlanke, brünette Kommissarin fuhr sich mit der Rechten durch die seidigen Haare.

»Ich finde es wichtig, dass man die Leute, mit denen man zusammenarbeitet, auch ein wenig kennen lernt«, bemerkte Kersten.

»Das finde ich auch«, gab sie etwas verlegen zur Antwort. Der Hauptkommissar wurde ihr immer sympathischer. Kersten zwinkerte mit den Augen. Er wollte mehr als nur trinken und reden. Sie spürte das. Aber es kam etwas dazwischen …

Vor der Terrasse, auf der sie saßen, fuhr auf der Groß-Umstädter Straße eine Frau mit einem blauen Fahrrad. Stefanie Steinmann stieß den Hauptkommissar aufgeregt in die Seite: »Das, das ist doch die Wegner!«

»Wo?« Kersten schaute sich um.

Stefanie deutete nach vorne: »Sie ist eben hier vorbeigefahren. Das ist sie. Hundert pro!«

»Warten Sie hier.« Kersten stand auf, eilte vor zur Straße. Er konnte gerade noch sehen, wie die Ampel auf Grün umschaltete und sie links in die Aschaffenburger Straße einbog. Vorm *Treff 3000* traf sie einen großen Schwarzhaarigen, der eine zusammengerollte Illustrierte in der Hand hielt. Josef Kersten ging in den Markt, holte das *Odenwälder Echo*, setzte sich auf eine Bank. Er schlug die Zeitung auf, versuchte zu hören, was die beiden sprachen. Sie tuschelten leise, so dass der Hauptkommissar kein Wort verstehen konnte. Monika Wegner lehnte das Fahrrad an eine Hauswand, sie setzten sich in einen grünen Jeep und fuhren weg. Kersten notierte auf der Zeitung *Grüner Jeep*, dazu das Kfz-Kennzeichen, eine Erbacher Nummer. Er ging zurück zu der wartenden Stefanie Steinmann und berichtete ihr.

»Ein großer Schwarzhaariger? Gutaussehend? Das ist der, der heute früh mit Wegner im *Café Göttmann* gesessen hat«, konstatierte sie. »Ein gewisser Mario.«

Der Hauptkommissar schaute auf, nickte bedächtig: »Dachte ich mir.« Böiger Wind war aufgekommen, dunkle Wolken türmten sich plötzlich über Höchst. Stefanie fröstelte, sie schlang die Arme um den Oberkörper. Kersten nahm ihre Jacke von der Stuhllehne, legte sie ihr in charmanter Weise um die Schultern. Dabei streichelte er sanft, wie ungewollt, über die Oberarme seiner attraktiven Kollegin, die einen hochroten Kopf bekam. Ein heißer Schauer lief ihr über den Rücken.

»Also, wir haben einen grünen Jeep mit Erbacher Nummer.«

»Und Frau Wegner«, komplettierte sie. Sie legte die Beine übereinander, zupfte einen Fussel von ihrer Bluse. Unruhig faltete sie die Hände im Schoß. Kersten schaute ihr ins Gesicht, schmunzelte. Er nahm sein Smartphone aus der Jackentasche, rief im Kommissariat an, gab die Kfz-Nummer durch, die er notiert hatte: »Stellt doch mal fest, wer das ist.«

Es hatte zu regnen begonnen, Kersten und Steinmann flüchteten ins Innere des Bistros. Der Hauptkommissar beglich die Rechnung, sie verließen trotz des Regens die *Auszeit*.

»Wir könnten bei Ihnen noch einen Kaffee oder einen Tee trinken«, wagte Kersten einen Vorstoß. »Bei der Nässe!«

»Heute nicht. Vielleicht ein andermal«, wich Stefanie aus. Kersten hob die Schultern, sagte leise: »Schade.«

Warum sie ihn nicht eingeladen hatte, konnte sie eine Stunde später selbst nicht verstehen.

Als der Hauptkommissar nach Hause kam, lag seine Frau auf der Couch im Wohnzimmer und schlief. *Seenot*, ein Bodenseekrimi aus der Reihe *Tatort* flimmerte über den Bildschirm. Im Unterbewusstsein glaubte Kersten, Alkohol zu riechen.

73

Mittwoch, 12. August

Der Erste Kriminalhauptkommissar Heiner Dröger und Hauptkommissar Benedikt Semmelweiß trafen sich um 7.30 Uhr in Groß-Umstadt in Drögers Haus in der Unteren Marktstraße.

Es war der vorletzte Arbeitstag des Hauptkommissars Urs Fränkli bei der Kripo in Darmstadt. Urs blieb im Präsidium, um sein Büro aufzuräumen und seine persönlichen Sachen zu packen. Morgen würde für ihn nicht mehr viel passieren. Ein Glas Sekt zum Abschied, das war's dann. Er war kein Freund von langen Verabschiedungen mit großen Reden und Lobeshymnen, jedoch eines hatte er unbedingt gewollt: Er hatte seinen Chef und ihm liebgewordenen Freund und dessen Frau Karin, die er ebenso ins Herz geschlossen hatte, am Abend zum Essen ins *Ourewäldsche* in Groß-Umstadt eingeladen. Dort hatten sie öfters beisammengesessen und schöne Stunden miteinander verbracht. Damals war Michelle noch dabei. Michelle! Jetzt kam ein bisschen Wehmut bei ihm auf, war es doch eine tolle Zeit mit ihr. Die gemeinsamen Stunden mit Heiner Dröger und seiner Frau Helga. Die schöne Wohnung in Lengfeld am Fuße des Otzbergs. Vorbei!

Nach einer Tasse Kaffee, ohne die Drögers Frau Karin die Männer nicht gehen ließ, fuhren Dröger und Semmelweiß zur Regionalen Kriminalinspektion nach Erbach in die Lustgartenstraße. Sie wollten sich nochmal Franz Wegner vornehmen. »Bin mal gespannt, was er heute zu sagen hat.« Dröger schaute kurz zu Semmelweiß. Dieser blies die Luft aus, seine wulstigen Lippen vibrierten. »Ich auch.«

Kommissarin Stefanie Steinmann saß am Schreibtisch und schaute sich das Protokoll von der Vernehmung mit Monika Wegner an. Nach freundlicher Begrüßung gingen Dröger und Semmelweiß in den Vernehmungsraum, ließen Franz Wegner bringen. Aber auch dieses Verhör brachte sie keinen Schritt weiter. Ihm konnte weder eine Vergewaltigung Veronica de Silvas nachgewiesen werden, noch irgendeine andere Straftat. Letztendlich mussten sie ihn gehen lassen.

»Diesen Saubär schnappen wir uns.« Semmelweiß war verärgert. Er schnaubte vor Wut, zog die Lippen zurück, zeigte wieder sein riesiges Gebiss.

»Ich fordere einen Durchsuchungsbeschluss bei der Augustin an«, knurrte Dröger entschlossen.

»Ob wir den kriegen?« Semmelweiß war skeptisch. »Wir haben nicht viel in der Hand.«

»Das ist richtig. Wir probieren es trotzdem.« Dröger fasste sich ans linke Ohrläppchen. Ein Zeichen dafür, dass er gar nicht überzeugt war.

Der Erste Kriminalhauptkommissar Josef Kersten hatte zwar einen Arzttermin, kam aber an diesem Vormittag ins Kommissariat. Dass Stefanie Steinmann hier war, wusste er. Aber nicht nur das trieb ihn an, sondern er wollte auch wissen, was mit Franz Wegner geschehen sollte.

»Guten Morgen, Frau Steinmann«, begrüßte er die Kollegin. Die Kommissarin errötete leicht, grüßte zurück. Sie bekam feuchte Hände, die sie unter dem Schreibtisch zu verbergen suchte. »Was machen Sie denn hier? Sie haben doch einen Termin beim Orthopäden.«

»Den habe ich abgesagt. Die Geschehnisse lassen mir keine Ruhe.«

»Kaffee?«, fragte Stefanie.

»Später gerne. Ich will mal zu den Darmstädtern gehen. Bin gespannt, wie weit sie mit diesem Wegner sind.«

»Wegner wurde freigelassen. Ihm ist nichts nachzuweisen.« Sie presste die Lippen zusammen, strich sich eine Haarsträhne aus der Stirn.

»Aha!« Kersten nickte. »Ich geh mal rüber.«

Er betrat das Behelfsbüro: »Moin, Kollegen. Ich hörte, Wegner sei frei?«

»Genau! Keine Beweise.« Dröger verzog das Gesicht. »Ich dachte an eine Hausdurchsuchung. Möglicherweise finden wir etwas.«

Kersten spürte, dass der Darmstädter Hauptkommissar stocksauer war. Er erwähnte: »Daran habe ich nach der Vernehmung von Wegners Frau auch schon gedacht. Kümmern Sie sich darum, oder soll ich?«

Hauptkommissar Dröger nickte mehrmals. »Ich mach das.«

Semmelweiß lutschte schnaubend eines seiner Pfefferminzbonbons.

Beim Weggehen strich sich Kersten übers Haar, machte sich Gedanken. An wen oder was erinnerte ihn dieser Semmelweiß?

74

Dröger rief Staatsanwältin Dr. Ramona Augustin an, erstattete ihr Bericht. Er betonte: »Franz und Monika Wegner ist einfach nichts zu beweisen. Ich sehe nur eine Chance: Wir brauchen einen Durchsuchungsbeschluss. Möglicherweise finden wir bei denen zu Hause etwas, das uns von Nutzen sein könnte.«

»Wie stehen Sie dazu, dass Franz Wegner oder seine Frau den Mord an Veronica de Silva begangen haben könnten?«, erkundigte sich die Staatsanwältin.

»Ich persönlich denke, dass entweder er oder sie oder beide zumindest etwas damit zu tun haben.« Der Hauptkommissar fügte hinzu: »Deshalb wäre die Hausdurchsuchung sehr wichtig.«

»Gut, ich werde mich darum kümmern und den zuständigen Richter anrufen.« Dr. Augustin kannte Hauptkommissar Dröger. Sie wusste, dass er niemals wegen einer Lappalie einen Durchsuchungsbeschluss beantragen würde.

Eine Stunde später lag der Beschluss vor. Dröger beorderte zwei Beamten der SoKo Silva ins Kommissariat. Zusammen mit ihnen und Hauptkommissar Benedikt Semmelweiß fuhr er nach Hetschbach. Nach mehrmaligem Klingeln, das von ständigem Gebell des Cockerspaniels begleitet wurde, öffnete Franz Wegner endlich die Haustür. Barsch fuhr er die Beamten an: »Was wollt ihr denn schon wieder? Ihr habt uns schon genug genervt. Wir sagen nichts mehr.«

Der Cocker kläffte ununterbrochen weiter. Monika Wegner kam hinzu: »Was ist denn los, Franz?« Dann sah sie die Beamten vor der Tür stehen. »Du liebe Zeit! Sie schon wieder!« Sie stöhnte: »Was gibt's diesmal?« Ihr Outfit war nicht besser als beim letzten Besuch der Beamten. Sie stak in den Kleidern wie in einer Wursthaut. Heiner Dröger hielt ihnen den Durchsuchungsbeschluss unter die Nase. »So, und jetzt bringen Sie mal den Hund weg, damit wir beginnen können.«

Missmutig schubste Monika Wegner den Cocker zur Tür hinaus in den Hof, wo er anfing, jämmerlich zu jaulen. Sogar die Wildtauben, die wie immer rundum auf den Bäumen saßen und gurrten, nahmen mit eifrigen Flügelschlägen Reißaus.

Die Polizisten durchsuchten sorgfältig jedes Zimmer. Sie schauten in alle Schränke, zogen sämtliche Schubladen auf, fanden alles Mögliche, aber nichts, was ihnen weiterhelfen konnte. Auch in Keller und Garage war nichts zu finden. Nennenswerte Spuren konnten nicht festgestellt werden. Sie wollten die Aktion schon beenden, da fiel Dröger der Ring am abgetrennten Finger der Ermordeten ein. Schmuck!

»Hat jemand ein Schmuckkästchen oder eine Schatulle oder etwas Ähnliches gefunden?«

»Ja, ich, im Schlafzimmer.« Ein Schmuckkästchen hatte ein Kollege zwar gesehen und hineingeschaut. Er maß dem Inhalt aber keine Bedeutung bei. »Da war nichts Außergewöhnliches dabei. Schmuck, wie ihn Frauen eben tragen. Soll ich das Kästchen holen?«

»Nein, nein.« Heiner Dröger schüttelte den Kopf. Er ging zu Monika Wegner, die auf der Couch saß und ihn unverschämt und selbstsicher angrinste. »Zeigen Sie mir mal Ihren Schmuck, Frau Wegner.«

»Was wollen Sie denn damit?«, empörte sie sich. Der Hauptkommissar schaute sie ernst an: »Bitte!«

Franz Wegner tippte sich an die Stirn: »Ihr habt sie ja wohl nicht alle. Was soll das mit Monikas Schmuck?«

Dröger ignorierte großzügig seine Geste, gab keine Antwort. Monika Wegner stand provozierend langsam auf, ging ins Schlafzimmer, wo sie in ihrem Nachtschrank das Schmuckkästchen deponiert hatte. Sie wollte die Halskette, die sie bei Franz im Wagen gefunden hatte, schnell unter ihr Kopfkissen legen. Plötzlich stand Dröger hinter ihr. »Nun, Frau Wegner, was ist denn an der Kette so besonders, weil Sie sie verstecken wollen?« Er hielt ihr die geöffnete Hand hin: »Geben Sie doch mal her.«

Mit zitternden Händen überreichte Monika Wegner dem Hauptkommissar die Halskette und das Schmuckkästchen. Dröger legte die Kette wieder hinein. »Wir nehmen den gesamten Schmuck mit. Sie und Ihr Mann werden uns begleiten.«

Franz und Monika Wegner wurden trotz lautstarker Proteste erneut ins Kommissariat nach Erbach gebracht. Dröger besprach sich kurz mit Kersten. Hummel kam hinzu: »Wie ist es gelaufen? Habt ihr was erreicht?«

»Ja, schon. Wir vernehmen die Wegners noch mal«, erwiderte Kersten. Sie schauten sich gemeinsam die Halskette an. »Die Anhänger sind Blausaphire – genau wie der Ring am Finger der Toten. Die Kette und der Ring gehören vermutlich zusammen.« Kersten stockte: »Es sind zwar drei Fassungen, aber nur zwei Edelsteine«, stellte er fest. »Wo ist der dritte Stein?«

Dröger schaute ihn erstaunt an. Er nahm die Goldkette nochmal in die Hand: »Genau! Ein Stein fehlt. Das ist mir vorhin gar nicht aufgefallen. Merkwürdig! Aber wo hat die Wegner die Kette her?« Dröger zupfte sich wiederholt am Ohrläppchen.

»Wir sind ganz nah dran. Wir finden es heraus«, war sich Kersten sicher.

»Na dann wünsche ich viel Glück.« Hummel ging zurück in sein Büro.

Franz Wegner wurde erneut von den Hauptkommissaren Dröger und Semmelweiß verhört. Kriminalrat Schlett war ebenfalls anwesend. Er blieb passiv, hörte nur zu.

Sie konnten von Wegner nichts Anderes als beim ersten Verhör erfahren. Allerdings hielten sie ihn vorerst noch fest, ließen ihn in eine Gewahrsamszelle bringen, obwohl er heftig aufbegehrte.

***

Das Verhör mit Monika Wegner führten erneut Kersten und Steinmann. Sie stritt abermals ab, mit dem Tod von Veronica de Silva etwas zu tun zu haben. Als Kersten die Frage nach der goldenen Halskette mit den Blausaphiren stellte, zuckte sie zusammen. »Die … die Kette habe ich gefunden«, sagte sie hastig.

»Wo haben Sie die Kette gefunden?«, fragte der Hauptkommissar ruhig weiter.

»Auf der Straße habe ich die gefunden.« Monika Wegner wurde knallrot im Gesicht. Sie bekam Schweißausbrüche.

»Auf welcher Straße?« Kersten blieb immer noch ruhig. Ihm und Stefanie Steinmann war klar: Die lügt wie gedruckt!

Monika Wegner bekam nun feuchte Augen: »Das … ich weiß es nicht mehr so genau.«

»Soso, Sie wissen es nicht mehr so genau.« Kersten erhob sich. »Hören Sie auf, uns ständig Lügen aufzutischen.« Er wurde laut: »Sagen Sie uns endlich die Wahrheit! Haben Sie die Kette der Toten entwendet? Und wieso fehlt ein Stein an der Kette? Gab es ein Gerangel zwischen Frau de Silva und Ihnen und der Stein hat sich gelöst?« Dann wurde er direkt, sein Ton verschärfte sich: »Haben Sie Veronica de Silva ermordet?«

Monika Wegner brach zusammen, konnte sich gerade noch auf dem Tisch abstützen. Dicke Tränen kullerten über ihre feisten Wangen. Stefanie reichte ihr ein Papiertaschentuch.

»Also?« Kersten ließ nicht locker. »Ich frage sie noch einmal. Haben Sie Frau de Silva ermordet?«

»Nein, nein, nein!«, beteuerte sie. »Ich schwöre bei Gott! Ich war's nicht!« Sie atmete schwer, legte die Ellbogen auf den Tisch, vergrub den Kopf verzweifelt in beide Hände. Kersten bemerkte kalt: »Hier müssen Sie nicht schwören. Das müssen Sie gegebenenfalls vor Gericht.«

Nachdem Monika Wegner sich ein wenig erholt hatte, offenbarte sie den Ermittlern, dass sie die Kette im Wagen ihres Mannes gefunden habe. »Und zwar nach einem seiner nächtlichen Ausflüge«, bekräftigte sie hasserfüllt. »Der Stein fehlte damals schon.« Sie lehnte sich zurück, verschränkte die Arme vor der üppigen Brust. Den Beamten kam es vor, als fiel ihr eine große Last von den Schultern.

»Jetzt muss uns Franz Wegner helfen. Bleiben Sie hier, Frau Steinmann.« Hauptkommissar Kersten nickte ihr zu. Er ging zu Dröger, Semmelweiß und Schlett, die mit Tassen vor der Kaffeemaschine standen und über Wegner diskutierten. »Wir brauchen den Wegner, Herr Dröger.«

»Gibt es neue Erkenntnisse?«, fragte Heiner Dröger.

»Und ob es die gibt.« Josef Kersten schilderte die Situation. Kriminalrat Schlett ließ Wegner bringen. Wenige Minuten später saß Franz Wegner gleich vier Beamten gegenüber: Dröger, Semmelweiß, Kersten und Schlett. Jetzt wurde ihm richtig mulmig.

Kersten zeigte Wegner das Goldkettchen, an dem der dritte Saphir fehlte. »Was ist das für eine Kette?«, fragte er den dicken Mann.

»Ich kenne diese Halskette nicht«, antwortete Wegner erbost. »Meine Frau hat mich auch schon danach gefragt.«

»Sie befand sich im Schmuckkästchen ihrer Frau.« Dröger schaute ihn scharf an: »Na, klingelts?«

»Ich kenne die Kette nicht!«, beteuerte Wegner. »Was soll das alles?«

»Aber Herr Wegner! Erzählen Sie uns doch nicht solche Geschichten.« Hauptkommissar Semmelweiß bleckte wieder die Zähne. »Haben Sie schon mal einen Ring mit dem gleichen Stein gesehen?«

Wegner schaute ihn gereizt an: »Nein! Habe ich nicht!« Er sprang vom Stuhl auf. »Was wird hier eigentlich gespielt?«

75

Hauptkommissar Hummel stand mit Oberkommissar Holzner vor seinem Schreibtisch. »Weißt du, Simon, mir geht der Grauhaarige vor der Hütte nicht aus dem Kopf. Der ist mir sehr suspekt. Der war froh, als er wegfahren konnte.« Er setzte sich, bedeutete Holzner, sich auch zu setzen.

»Ja, den Eindruck hatte ich auch«, antwortete Holzner.

»Was sollten wir machen? Er hat ja nichts Falsches getan. Er kam vom Wandern. Na und?« Hummel reckte sich, gähnte.

»Womöglich hat die Entführung irgendetwas mit dem Mord an Veronica de Silva zu tun. Sein Wagen stand an dieser Hütte, wo damals der Privatdetektiv die Entführer entdeckt hatte. Die Tür der Hütte stand offen. Er war schnell verschwunden. Der Prospekt von *Merdingers Binnenschifffahrt*. Wo er den bekommen hatte, konnte er zwar erklären, aber …« Oberkommissar Holzner drehte nachdenklich einen

Bleistift in der Hand. »Und dann ist auch noch das Messer aus seinem Rucksack gerutscht. Ein Messer, Felix! Die de Silva wurde erstochen.«

»Ich, weiß, Simon, ich weiß«, antwortete Hummel, im Moment etwas abwesend. Der VW Bora! Der Stein! Den hatte er nicht beachtet. Jetzt schwirrte ihm der blaue, durchsichtige Stein im Kopf herum. Was war mit dem Stein? Plötzlich hatte er eine Idee.

Das Messer war für ihn wieder zur Nebensache geworden. Er hatte es wiederholt abgehakt und aus seinem Gedächtnis gestrichen.

Abrupt sprang er auf, eilte ohne ein Wort zu sagen zur Tür hinaus. Oberkommissar Simon Holzner schaute ihm verdutzt hinterher. Hummel stürzte ins Büro des Kriminalrats, wo Franz Wegner vernommen wurde. »Stopp, mir ist etwas eingefallen!«

Verärgert sah Kersten ihn an: »Dir ist etwas eingefallen!« Er stand auf, nahm Hummel am Arm und ging mit ihm auf den Flur. »Was ist dir denn eingefallen, Hummel?« Kersten zog die Stirn in Falten.

»Komm, wir gehen wieder hinein. Ich will nicht alles zweimal erzählen müssen«, meinte Hummel. »Und lass Wegner in die Zelle bringen.«

Sie gingen zurück ins Büro, Kersten winkte dem Kollegen in Uniform: »Bringen Sie Herrn Wegner in die Zelle.«

Felix nahm das Telefon, rief Holzner an. »Simon, komm mal rüber.«

Die Beamten blickten sich wortlos an. Kriminalrat Schlett zuckte die Achseln. Benedikt Semmelweiß kratzte sich an der riesigen Nase, holte ein Pfefferminzbonbon aus der Hosentasche, steckte es in den Mund, nuschelte: »Ist ja 'n Ding!« Er schnaubte wieder.

»Gell!« Kersten nickte. Innerlich musste er grinsen. Jetzt fiel es ihm ein: Der hat weiß Gott Ähnlichkeit mit einem Pferd!

Kurz darauf erschien Simon Holzner, setzte sich zu den Kollegen.

»So!«, begann Hummel mit Blick auf Holzner: »Erinnere dich noch mal an den Mann im Wald. An der Hütte, als wir auf der Suche nach Ommersberg waren. Wir sprachen vorhin darüber.«

»Ja! Und? Was willst du damit sagen, Felix?«, fragte Holzner und zuckte die Schultern.

Kersten schüttelte verständnislos den Kopf. Schlett gab ihm ein Zeichen, jetzt still zu sein.

»Im schwarzen Bora des Mannes lag ein Prospekt von *Merdingers Binnenschifffahrt*, richtig?«, fragte Hummel

»Richtig!«, bestätigte Holzner. »Aber …«

»Was mir soeben ganz heiß eingefallen ist: Ein durchsichtiger, kleiner, blauer Stein lag ebenfalls auf dem Rücksitz. Er war zwischen Rückenlehne und Sitz eingeklemmt und nur zur Hälfte zu sehen.« Hummel schaute in die Runde: »Das war garantiert der Saphir, der an dem Goldkettchen fehlt.«

Schlett blickte ihn erstaunt an: »Was? Wieso haben Sie mich nicht informiert?«

»Es ist mir wie gesagt eben erst eingefallen. Außerdem hatte zu der Zeit die Festnahme von Ommersberg Priorität. Da ist das untergegangen. Auch weil ich es nicht für wichtig hielt.«

»Von einem Stein weiß ich nichts«, erklärte jetzt Holzner, »aber es gibt dieses Messer.«

»Was für ein Messer? Das habt ihr mir auch verschwiegen? Das wird ja immer schöner! Kommt noch etwas hinzu, oder war das jetzt wirklich alles?«, donnerte der Kriminalrat.

Hummel verzog das Gesicht: »Das Messer, eine Art Trachtenmesser, hielt ich für belanglos.« Er kratzte sich hinterm Ohr, meinte verlegen: »War wohl ein Fehler.«

»Nein! Es waren zwei Fehler … bis jetzt!«, dröhnte der Kriminalrat, schaute Hummel und Holzner vorwurfsvoll an: »Ihr habt hoffentlich Namen und Adresse des Mannes.« Er hob den Kopf, legte die Stirn in Falten.

»Wir haben die Personalien«, meldete sich Holzner zu Wort, zog sein Notizbuch.

»Wenigstens etwas«, knurrte Kersten.

»Der Mann heißt Valdis Tursas und stammt aus Riga in Lettland. Er wohnt in Höchst in der Spessartstraße.«

»Na dann, Hummel!« Schlett stand auf, polterte mit erhobener Stimme: »Worauf warten Sie? Nichts wie hin! Nehmen Sie Holzner mit.«

Die Kommissare machten sich sogleich auf den Weg nach Höchst. Vor dem Mehrfamilienhaus in der Spessartstraße parkten sie auf der rechten Straßenseite und stiegen aus. Hummel drückte neben der zweiflügeligen Haustür die Klingel des Letten. Eine heisere Stimme meldete sich aus dem Lautsprecher: »Wer da?«

Hummel räusperte sich: »Kripo Erbach. Öffnen Sie bitte.«

»Policija? Ich nix gemacht.« Dann war die Stimme weg. Felix Hummel drückte erneut die Klingel.

»Ich nix gemacht! Was Sie wolle?« Tursas wartete einen Moment.

»Wir möchten mit Ihnen sprechen.« Hummels Ton wurde fordernder. »Öffnen Sie die Tür, oder wir müssen sie aufbrechen lassen.«

»Erster Stock.«

Der Summer ertönte, die Polizisten betraten den mit allerlei Graffiti besprühten schmuddeligen Flur, gingen die verschmutzten Treppenstufen hoch in den ersten Stock. Valdis Tursas stand im schlabbrigen Jogginganzug vor der offenen Tür seiner Wohnung. »Kommen rein.«

Im Wohnzimmer lief der Fernseher. Kleidungsstücke lagen auf der Couch, die er wegräumte und durch die offenstehende Tür auf einen Stuhl in der Küche warf, wo es auch nicht besser aussah. Überhaupt herrschte ein ziemliches Durcheinander. Er bot den Beamten Platz an, lehnte sich an den Schrank, drehte sich eine Zigarette.

»Danke, wir bleiben lieber stehen«, meinte Hummel, obwohl Holzner sich schon gesetzt hatte. Hummel mochte es nicht, wenn er bei einer Befragung nach oben schauen musste. Simon rollte die Augen, stand wieder auf, stellte sich neben den Hauptkommissar.

»Herr Tursas«, sagte Felix Hummel, »Sie können sich sicher an uns erinnern.«

Der Lette nickte behäbig, befeuchtete mit der Zunge den Rand des Zigarettenpapiers um es zu verkleben, zündete die Zigarette an.

»Was wollen?«

»Sie … Sie kennen das Unternehmen Merdinger.« Hummel suchte nach passenden Worten. Simon Holzner half ihm aus der momentanen Klemme. »In Ihrem Wagen lag eine Broschüre von *Merdingers Binnenschifffahrt*.«

»Die Prospett, oder wie heißt?«, fragte der Mann mit dem Raubvogelgesicht gelangweilt, zog an der Selbstgedrehten, blies den Rauch in Kringeln aus.

»Prospekt!«, korrigierte Holzner, »aber wir hätten noch …«

»Nix sagen!«, unterbrach Tursas, plötzlich aggressiv geworden. »Gar nix! Verstehn?« Er wirkte sehr entschlossen. Hauptkommissar Felix Hummel spürte, dass mit diesem Mann wirklich etwas nicht stimmte. Er spürte auch, dass aus ihm im Moment nichts herauszukriegen war. »Na gut«, entschied er spontan, »dann kommen Sie eben mit ins Kommissariat. Wenn Sie jetzt nicht mitkommen, werden wir Sie schriftlich vorladen. Haben Sie mich gut verstanden?«

»Nix gemacht, was falsch«, betonte der Lette.

»Dann ist es ja gut.« Hummel sah ihn mit durchbohrendem Blick an. »Dann haben Sie auch nichts zu befürchten. Also?«

»Ich andere Kleider.« Tursas drehte sich um, wollte aus dem Wohnzimmer gehen.

»Nein!« Hummel vertrat ihm den Weg. »Das geht auch so.«

Als sie aus dem Haus gingen, starrte ihnen hinter dem Vorhang des Schlafzimmers entsetzt eine Frau nach.

In Erbach angekommen, führten sie den Letten zuerst zum Erkennungsdienst, dann in den Vernehmungsraum der Kriminalinspektion.

Monika Wegner war inzwischen in eine Zelle gebracht worden.

Hummel bat Holzner, schon mal einen Durchsuchungsbeschluss für die Wohnung des Valdis Tursas zu beantragen, was der Oberkommissar umgehend erledigte.

In Anwesenheit von Holzner und Dröger begann Hummel mit dem Verhör, nachdem auch Tursas Speichelprobe und Fingerabdrücke entnommen waren. Der Kriminalrat und Kersten verfolgten alles am Monitor in Schletts Büro.

»Also noch mal. Den Prospekt haben wir bereits bei Ihnen zu Hause angesprochen.«

»Und? Was schlimm?« Tursas rollte die eng beieinander stehenden Augen.

»Im Grunde ist das nicht schlimm. Aber es lag noch ein kleiner blauer Stein auf dem Rücksitz. Ein Edelstein. Woher haben Sie den?«

Jetzt wurde Tursas nervös. Er hatte vergessen, den Stein aus dem Auto zu nehmen. Er fragte, ob er rauchen dürfe.

»Nein, hier wird nicht geraucht. Ich kann Ihnen ein Glas Wasser anbieten. Dann sagen Sie mir, woher Sie den Stein haben.« Hummel holte eine Flasche Mineralwasser und ein Glas. Er schenkte ein, stellte das Glas vor den Letten. Mit zitternden Fingern führte der Mann das Glas zum Mund, trank einen großen Schluck. Er verschluckte sich, brachte laut hustend mühsam hervor: »Ich … ich gefunden. Gefunden in … in … Wald.« Er hustete wieder, hielt die Hand vor den Mund. Dünner, gelblicher Schleim bildete sich auf seinen Lippen. Mit dem Handballen wischt er ihn ab. Oberkommissar Holzner drehte sich angeekelt weg.

»Wo im Wald?«, fragte Hummel ungeachtet dessen weiter. Tursas schaute gegen die Decke. »In Wald. Irgendwo.«

»Herr Tursas, so geht das nicht. Wir haben Gründe, weshalb wir danach fragen. Wo genau haben Sie den Stein gefunden? Das ist sehr wichtig.«

»Nix sagen. Ohne Anwalt nix sagen.«

Holzner übernahm: »Sie besitzen doch ein Messer!«

Der Lette schrak zusammen. Er wurde blass, faltete verkrampft die Hände unter dem Tisch.

»Wo ist das Messer?« fragte Holzner mit schneidender Stimme. Tursas gab keine Antwort. Schweißperlen bedeckten seine hohe Stirn.

»Ich frage Sie noch einmal: Wo ist das Messer?«

»Ohne Anwalt nix mehr sagen.« Er schüttelte heftig den roten Kopf, nahm die Brille ab, legte sie auf den Tisch. Hummel legte seine Hand auf Holzners Arm: »Lass gut sein, Simon. Der sagt heute nichts mehr.« Er winkte dem Beamten, der an der Tür des Vernehmungsraumes stand: »Bringen Sie ihn weg.«

»Warum weg?« Der grauhaarige Mann war verärgert.

»Sie können sich über Nacht Gedanken machen, was Sie uns morgen erzählen wollen«, gab Hummel stocksauer zur Antwort. »Vergessen Sie ihre Brille nicht.« Er verließ den Vernehmungsraum, Holzner folgte ihm.

»So«, stellte Kersten sarkastisch fest, »nun haben wir drei Leute eingebuchtet. Jetzt darf keiner mehr kommen. Sonst muss er bei einem von uns übernachten.« Er spielte auf die Ermittlungen Hummels an, als dieser einen vor einiger Zeit mordverdächtigen Trucker damals bei sich zu Hause hatte übernachten lassen.

76

Am Abend, pünktlich um 20.00 Uhr, trafen sich, wie verabredet Urs Fränkli, Heiner Dröger und dessen Frau Karin im *Ourewäldsche* in Groß-Umstadt zum Essen. Nachdem jeder bestellte hatte, hob Urs das Sektglas: »So, Chef, es ist an der Zeit, dass ich mich endlich mal bei dir bedanke.«

»Sag jetzt bloß nicht mehr *Chef*. Ich habe das geduldet, weil du es so wolltest. Ab jetzt ist das Wort *Chef* für dich Vergangenheit, klar?«

»Okay. Also Heiner, vielen Dank für alles. Es war eine Superzeit, die wir gemeinsam verbracht haben. Wir haben so manchen kniffeligen Fall gelöst. Diese Zeit ist jetzt leider vorbei.« Er legte eine kurze Pause ein. »Aber ich habe es ja so gewollt. Ich will auch nicht mehr Worte machen, einfach nur so viel: Ich wünsche euch für die Zukunft alles Gute. Und besucht mich mal in Zürich. Ich würde gerne den Kontakt mit euch beibehalten. Prosit! Auf euer Wohl.«

Nachdem sie angestoßen hatten, erwiderte Dröger: »Auch ich möchte mich für die tolle Zeit mit dir bedanken, Urs. Wir sind echt gute Freunde geworden. Karin und ich werden dich auf jeden Fall in Zürich besuchen. Und das nicht nur einmal. Dessen kannst du sicher sein.« Dröger griff in die Tasche seines dunkelblauen Blazers, holte ein Päckchen hervor, übergab es Urs mit den Worten: »Mein Freund, wir wünschen dir viel Erfolg bei der Kantonspolizei in Zürich. Wir haben uns erlaubt, dir eine Kleinigkeit zu schenken.«

»Aber Heiner, das wäre doch nicht nötig gewesen.« Urs öffnete verlegen das Päckchen. Es war ein goldener Schlüsselanhänger mit dem Polizeistern der hessischen Polizei. Er bedankte sich gerührt.

Das Essen wurde serviert. Sie hatten wie selbstverständlich Schweizer Schnitzel mit Bratkartoffeln und Salat bestellt. Es schmeckte wieder mal vortrefflich.

Sie unterhielten sich über alle möglichen Dinge, die nichts mit der Polizeiarbeit zu tun hatten. Aber wie es immer unter Kollegen ist, kam das Thema Arbeit doch irgendwann mal auf den Tisch, wenn auch nur kurz. Urs wollte wissen, ob sie mit den Morden im

Odenwald vorangekommen waren. Dröger vertröstete ihn: »Erzähl ich dir morgen, einverstanden?«

»Einverstanden. Nur noch eine Kleinigkeit, Heiner. Dann sprechen wir nicht mehr von der Arbeit.«

»Die wäre?«

»Wie macht sich der neue Kollege, der Semmelweiß?«

»Mal abwarten. Er ist ja noch nicht lange bei uns. Aber ich denke schon, dass er seine Arbeit gut machen wird.«

»Kann er wiehern?«, grinste Urs.

»Wieso? Ach so!« Dröger lachte. Er hatte verstanden. Karin hob zum Spaß drohend den Zeigefinger. Sie hatte es auch verstanden.

»War nur ein Scherz, Heiner. Ich möchte ihn nicht veräppeln.«

»Schon klar.«

Sie verbrachten noch einen schönen Abend im *Ourewäldsche.*

77

Donnerstag, 13. August

Um 8.00 Uhr saßen die Beamten wieder bei Kriminalrat Schlett in dessen Büro. »Fassen wir zusammen.« Schlett schob eine Locke, die ihm ins Gesicht hing, zurück. »Wir haben immer noch die zwei Morde aufzuklären. Sie, Herr Kersten verhören mit Frau Steinmann wieder Monika Wegner. Herr Dröger wird sich mit Herrn Semmelweiß noch einmal Franz Wegner vornehmen. Herr Hummel und Herr Holzner vernehmen den Letten, den Herrn Tursas. Ich glaube, das ist ein ganz dicker Fisch. Aber«, grübelte er, »auch seine DNA war laut SpuSi nicht identisch mit den Spermaspuren auf Veronica de Silvas Bettlaken.

Dröger zupfte sich am Ohrläppchen: »Wer war das? Die Sache wird immer rätselhafter.«

Kersten stieß Stefanie leicht mit dem Ellbogen in die Seite. »Kommen Sie.« Sie gingen in sein Büro, ließen Monika Wegner bringen. Frau Wegner war sichtlich verstimmt darüber, dass sie die Nacht in einer Gewahrsamszelle verbringen musste. Mürrisch setzte sie sich den Beamten gegenüber auf den angebotenen Stuhl, senkte den Kopf.

»Das mit der Halskette ist noch immer ein Thema.« Kersten schaute auf. »Aber da wäre noch etwas.«

»Was? Was wäre da noch?« Sie sah den Hauptkommissar unfreundlich von unten herauf an.

»Sie haben sich vorgestern mit einem jungen Mann getroffen. Wir wissen, dass er Mario Schiefer heißt und wir wissen sogar, wo er wohnt. Also! Was war der Grund Ihres Treffens mit Schiefer?«

»Ich kann mich treffen wann, wo und mit wem ich will. Und einen Grund muss ich schon gar nicht anführen«, knurrte sie verbissen.

»Normalerweise haben Sie Recht, aber ich möchte es trotzdem wissen. Denken Sie daran, es geht hier um Ihre Schuld oder Unschuld.«

Sie legte den Kopf in den Nacken, verharrte kurze Zeit, lehnte sich dann nach vorne:

»Ich traf mich mit Schiefer, weil ich wissen wollte, ob mein Mann etwas mit Veronica de Silva hatte.«

»Und? Hatte er?«

»Ja, er hatte Sex mit ihr.« Sie kämpfte mit den Tränen. »Mario hat es mir bestätigt.«

»Und Doreen Forster? Hatte er mit ihr auch Sex?«

»Doreen gehörte zu Mario. Ich glaube nicht, dass er bei ihr landen konnte.«

»Und Sie glauben, dass er bei Frau de Silva, wie Sie sagen, landen konnte? Oder glauben Sie eher, dass er ihr Gewalt angetan hat?«

Sie überlegte, sagte dann: »Ich weiß es nicht«, fummelte mit Mühe ein Taschentuch aus der Hosentasche ihrer zu engen Jeans, schnäuzte heftig hinein.

»Hatten Sie etwas mit Mario Schiefer?«, fragte Stefanie Steinmann unverhofft. »Vielleicht vorgestern?«

Monika Wegner errötete. Kommissarin Steinmann hakte gleich nach: »Wo waren Sie mit Schiefer an diesem Tag?«

»Wir sind am frühen Abend in ein Hotel nach Bad-König gefahren. Dort haben wir Kaffee getrunken. Mario wollte reden. Die Morde hatten ihn auch sehr erschüttert.«

»Sie sind in ein Hotel gefahren, nur um Kaffee zu trinken und zu reden?« Die Kommissarin legte den Kopf schief: »Frau Wegner!«

»Ich gebe es ja zu. Die Idee, in ein Hotel zu fahren kam von mir, weil ich mit ...« Sie schwieg betreten.

»Verstehe.« Stefanie schaute Monika Wegner streng an: »Sie haben ein Motiv, zumindest an dem Mord de Silva beteiligt gewesen zu sein.«

»Ich habe nichts damit zu tun! Glauben Sie mir doch!« Jetzt brach es aus ihr heraus: »Eher Mario! Der hat herausgefunden, dass die Ermordeten nicht nur ein freundschaftliches Verhältnis hatten, sondern ein sehr intimes. Er sagte mir, dass er deswegen einen ungeheuren Hass auf die beiden Frauen habe.«

»Wo arbeitet Schiefer?«, fragte die Kommissarin.

»Er ist Abteilungsleiter in einem Bekleidungshaus in Michelstadt. Aber soviel ich weiß, ist er krankgeschrieben. Ich glaube, es geht ihm gesundheitlich nicht besonders gut. Deshalb ...«, sie hob die Schultern.

»Deshalb was?«

»Ich ...« Sie zögerte, »ich wollte ein Zimmer nehmen, er lehnte es ab.« Sie schlug verschämt die Augen nieder. »Verstehen Sie?«

Stefanie Steinmann nickte: »Ja.«

»Okay«, schaltete sich nun wieder Kersten ein. »Frau Steinmann, lassen Sie Frau Wegner zurück in die Zelle bringen.«

Kersten reagierte sofort: »Wir brauchen den Schiefer. Unbedingt! Und ganz schnell!« Er informierte den Kriminalrat.

»Fahren Sie hin.« Schlett hob den Kopf leicht an.

Sie eilten auf den Parkplatz, setzten sich in Kerstens Dienstwagen und fuhren nach Hetschbach. Auf der Terrasse seines Hauses lag Mario Schiefer in einem Liegestuhl und genoss die Sonne, die wieder reichlich vom azurblauen Himmel schien. In der einen Hand hielt er eine Bierflasche, in der anderen das *Odenwälder Journal*. Als er den Wagen anfahren hörte, erhob er sich langsam, stellte die Flasche auf den Knüppelholztisch, um den vier Gartenstühle aus dem gleichen Holz standen. Er faltete die Zeitung zusammen, legte sie auf die Liege und ging auf die Polizisten zu. »Wollen Sie zu mir?«

»Ja, Herr Schiefer, wir möchten zu Ihnen.« Kersten und Steinmann wiesen sich aus. Schiefer öffnete das niedrige Türchen, bot den Beamten Platz auf den Gartenstühlen an.

Er setzte sich an die Stirnseite des Tisches. »Wie kann ich Ihnen helfen?«, fragte er jovial.

»Tja, Herr Schiefer. Es geht um eine ganz ernste Angelegenheit.« Kersten nahm eine Moods aus der Schachtel, die er aus der Jakke zog. »Darf ich rauchen?«

»Bitte nicht. Mir geht es gesundheitlich nicht so gut. Rauch vertrage ich selbst im Freien nicht.«

»Okay. Ich möchte nicht, dass Sie Schaden nehmen.« Kersten steckte die Schachtel zurück. »Nun zur Sache. Wir haben mit Monika Wegner gesprochen. Sie hat uns mitgeteilt, dass Sie vor zwei Tagen mit ihr zusammen waren«, sagte er ohne Umschweife. »Sie hat uns auch das Hotel in Bad-König genannt, in dem sie mit Ihnen Kaffee getrunken hat und anschließend ein Zimmer mieten wollte.«

Mario Schiefers Augen flackerten kurz auf. Dieses Flittchen!

»Ja, es stimmt«, gab er zu, »wir haben dort zusammen Kaffee getrunken, aber ich wollte nicht mit ihr auf ein Zimmer gehen.«

»Herr Schiefer, wie war Ihr Verhältnis zu den ermordeten Frauen Doreen Forster und Veronica de Silva? Sagen Sie uns die Wahrheit. Einiges wissen wir bereits.« Die Kommissarin legte die Hände auf die Oberschenkel, beugte sich nach vorne, schaute ihm ins Gesicht. Schiefer errötete. »Ich sage gar nichts mehr.« Der gutaussehende Mann fühlte sich in die Enge getrieben.

»Okay.« Kersten stand auf: »Frau Steinmann, rufen Sie bitte die Kollegen an. Herr Schiefer wird ins Kommissariat gebracht.« Er wandte sich an Mario Schiefer: »Dort können Sie auch mit Ihrem Anwalt telefonieren.«

Stefanie holte ihr Smartphone aus der Umhängetasche, rief im Kommissariat an. Als sie später an Schiefer vorbeiging, zupfte sie, von ihm unbemerkt, Fasern von seinem hellgrünen dünnen Sommerpulli, steckte sie schnell weg. Kersten beantragte einen Durchsuchungsbeschluss wegen Mordverdachts. Den Beschluss hatte er wenig später auf dem Rechner.

Nach einer Stunde traf Anwalt Heinz-Werner Klein im Kommissariat ein, wollte seinen Mandanten sprechen, der schweigend vor Kersten und Steinmann saß. Die Beamten gingen aus dem Raum. Nachdem sich Klein mit Schiefer besprochen hatte, öffnete er die Tür. Kersten und Steinmann gingen zurück in den Vernehmungsraum, setzten sich an den Tisch, der Anwalt verkündete: »Herr Schiefer wird keinen Ton mehr sagen. Ab sofort bin ich Ihr Gesprächspartner.«

»Na dann!« Stefanie Steinmann klärte Mario Schiefer über seine Rechte auf. Es war dann doch nicht ganz so, wie Klein sich das vorgestellt hatte. Was Doreen Forster betraf, gab Schiefer zu, dass er mit ihr ein lockeres Verhältnis hatte. »Nichts Ernstes.«

»Wann haben Sie sie zuletzt gesehen?«, erkundigte sich Kersten.

»Sprechen Sie mit mir«, reagierte der schmale Anwalt mit der Halbglatze. »Zu Ihrer Frage: Herr Schiefer weiß das nicht mehr. Ist schon zu lange her.«

»Wir wissen, dass Herr Schiefer einen großen Hass gegenüber den Ermordeten hegte«, legte Kersten nach.

»Geschwätz! Wer sagt denn sowas?« Der Anwalt lehnte sich entspannt zurück, kreuzte die langen Beine.

»Frau Wegner sagt sowas«, konterte der Hauptkommissar. »Der Hass begründete sich dadurch, dass die Frauen ein Verhältnis miteinander hatten. Ein intimes Verhältnis! Das hatte den Stolz Herrn Schiefers arg verletzt. Wie konnte das sein? Er wurde von einer

Frau betrogen! Er, der smarte Mario Schiefer! Und ausgerechnet mit einer anderen Frau!« Er schaute Schiefer mit stechendem Blick ins Gesicht. »Ist es nicht so, Herr Schiefer?«

Mario Schiefer blieb die Antwort schuldig, wandte sich ab. Kersten drehte sich wieder dem Anwalt zu: »Und ich verrate Ihnen noch etwas: Ich glaube, was Frau Wegner gesagt hat.«

Kommissarin Steinmann nickte bestätigend.

»Das sind doch Hirngespinste«, tobte Heinz-Werner Klein. »Das ist ja unerhört! Wie können Sie meinem Mandanten so etwas unterstellen?«

»Mäßigen Sie sich, Herr Klein. Fragen Sie ihn selbst.«

Der Anwalt sprang auf: »Sonst haben Sie nichts? Das ist wenig und wird wohl kaum für einen Haftbefehl ausreichen.«

»Wenn Sie sich beruhigt haben, werde ich Ihnen noch etwas mitteilen«, bot Kersten an.

»Da bin ich aber gespannt.« Klein setzte sich wieder, nahm die Brille ab, reinigte sie mit seiner Krawatte. Er setzte die Brille wieder auf.

»Was würden Sie sagen, wenn wir einen eklatanten Beweis hätten?«

»Den haben Sie nicht«, war sich der Anwalt sicher. Schiefers Stirn war feucht geworden. Er wischte sie mit dem Handrükken ab.

»Oh doch! Wir haben damals bei der Toten grüne Fasern gefunden, kleine hellgrüne Fasern. Genauso hellgrün wie der Pulli, den Herr Schiefer heute trägt.«

»Das können trotz der gleichen Farbe andere Fasern sein«, wetterte Heinz-Werner Klein.

»Das ist richtig. Aber wir haben auch Fasern von dem Pulli, den Herr Schiefer heute trägt. Ganz neu! Es sind exakt die gleichen Fasern wie die, die bei der toten Doreen Forster sichergestellt wurden.«

Schiefers Körper versteifte sich. Der Anwalt knurrte: »Das müssen Sie erst mal beweisen.«

»Herr Klein! Wir wissen beide, dass es bewiesen ist.« Kersten faltete die Hände, legte sie auf den Tisch: »Außerdem wurden Fingerabdrücke von Herrn Schiefer an der Terrassentür von Merdingers Bungalow festgestellt. Wie kommen die dahin? Mir ist schon klar, dass er bei dem Mord Handschuhe getragen hat. Aber die hat er offenbar erst im Keller übergezogen. Wenn die DNA analysiert ist, werden wir den nächsten Beweis haben.« Er stand auf: »Nun, Herr Anwalt, ich denke für heute ist Ihre Mission hier beendet.« Er fügte hinzu. »Wir werden einen Haftbefehl wegen Mordverdachts gegen Herrn Schiefer ausstellen lassen. Er bleibt vorerst hier. Ferner werden wir seine Wohnung durchsuchen.« Er wandte sich an Mario Schiefer. »Sie können bei der Durchsuchung gerne dabei sein.«

»Ja«, sagte Schiefer kleinlaut, »ich komme mit.«

Anwalt Heinz-Werner Klein verabschiedete sich von seinem Mandanten. Unbefriedigt und schlecht gelaunt verließ er das Kommissariat.

Kersten, Steinmann und zwei weitere Mitarbeiter der SoKo Forster durchsuchten gründlich das Haus Schiefers in dessen Gegenwart, nahmen verschiedene Sachen mit, die in der Asservatenkammer auf ihre Untersuchungen warteten. Durch die DNA-Schnellanalyse wurde deutlicher Hautabrieb Schiefers an Doreens Oberkörper festgestellt.

Noch am gleichen Nachmittag stellte Richter Dr. Hilmar Siebert den nächsten Haftbefehl aus. Er wunderte sich, sagte kopfschüttelnd zu seiner Assistentin: »Was ist nur im Odenwald los?«

Sie zuckte mit den Schultern: »Ich weiß es nicht!«

78

Die Hauptkommissare Dröger und Semmelweiß waren im Büro des Kriminalrates geblieben. Wenig später wurde Franz Wegner gebracht. Ihm konnte am wenigsten nachgesagt werden. Gegen ihn gab es keine Beweise wegen Mordes. Was ihm zur Last gelegt werden konnte, war die mögliche Vergewaltigung Veronica de Silvas. Er wanderte zurück in die Gewahrsamszelle.

Kriminalrat Walter Schlett wiegte den Kopf. »Jetzt hängt es von Tursas ab, wie die ganze Chose weiterläuft. Wir können die Wegners nicht mehr lange festhalten. Wir haben bisher nichts gegen sie in der Hand.« Den Kriminalrat interessierte besonders der Lette Valdis Tursas. Er begleitete Hummel und Holzner in den Vernehmungsraum. Kurz darauf erschien ein Uniformierter mit dem grauhaarigen Mann. Nachdem sie sich an den Tisch gesetzt hatten, fragte Tursas gleich wieder nach seinem Verteidiger.

»Später. Sie sind ja nicht gerade kooperationsbereit.« Hauptkommissar Hummel legte den Kopf schief. »Das mit dem Verteidiger hat noch Zeit.« Gleichermaßen wusste er, dass er ihn auch nicht lange festhalten konnte. Er würde ihn, sollte Tursas nicht reden, zum Haftrichter bringen.

»Nun, Herr Tursas, ist Ihnen eingefallen, was Sie uns zu sagen haben?«

»Nix sagen!«

»Wirklich nicht?«

Der Lette schüttelte energisch den Kopf.

Hummel hob die Arme. »Dann wird mir wohl nichts anderes übrigbleiben, als mit Ihnen beim Haftrichter vorstellig zu werden. Sie gehen dann ganz sicher in Untersuchungshaft.« Er schaute ihn mit stechendem Blick an: »Überlegen Sie es sich.«

Tursas blieb unnachgiebig. Er sagte keinen Ton mehr. Die Staatsanwaltschaft wurde informiert. Der Lette wurde zum Amtsgericht in Erbach gebracht. Aufgrund des durch das Messer und den blauen Edelstein begründeten Mordverdachtes ließ Haftrichter Dr. Hilmar Siebert Valdis Tursas nach Weiterstadt in Untersuchungshaft bringen.

Franz und Monika Wegner mussten wieder freigelassen werden, da ihnen nichts nachgewiesen werden konnte und die Frist der Festnahme am Abend ablief.

»Aber verlassen Sie Ihren Wohnort nicht«, gab ihnen Schlett mit auf den Weg. »Wir werden Sie noch brauchen.« Fluchtgefahr schloss er aus.

79

Etwas verspätet, um neunzehn Uhr kam Dröger zur Abschiedsfeier seines Freundes, Hauptkommissar Urs Fränkli, mit dem er einige Jahre sehr erfolgreich zusammengearbeitet hatte. Die Kollegen vom Polizeipräsidium Südhessen in Darmstadt wollten Urs nicht ohne Feier zurück nach Zürich gehen lassen, obwohl er eigentlich keine wollte. Direktorin Ilse Ehresmann hatte sich selbst um die Organisation gekümmert. Auf einem weißgedeckten Tisch befanden sich auf silbernen Platten die feinsten Häppchen. Alkoholfreier Sekt wurde von Heiner Drögers Assistentin Nikki Herold ausgeschenkt.

Es wurde ein netter Abend, gegen einundzwanzig Uhr war dann für Urs Fränkli endgültig Schluss in Darmstadt in der Klappacher Straße. Für jeden noch einen freundlichen Händedruck, hier und da mussten einige ein paar Tränen zurückhalten. Heiner Dröger begleitete ihn auf den Parkplatz zu seinem Ford Focus. »Du wolltest wissen, wie weit die Ermittlungen mit den Morden im Odenwald fortgeschritten sind, Urs.«

»Ja, Heiner, es interessiert mich wirklich.« Urs legte seinem ehemaligen Vorgesetzten freundschaftlich die Hand auf die Schulter. Dröger berichtete ihm den Stand der Dinge.

Eine halbe Stunde später war Hauptkommissar Urs Fränkli unterwegs auf der A5 in Richtung Schweiz. Es begann zu regnen, was genau zu seiner momentanen Stimmung passte. Hatte er die richtige Entscheidung getroffen?

80

Freitag, 14. August

Oberkommissar Holzner und Hauptkommissar Hummel fuhren nach Weiterstadt, um erneut Valdis Tursas zu vernehmen. Den vorher besorgten Durchsuchungsbeschluss hatte Hummel mitgenommen. Sie warteten im Vernehmungsraum, wenig später wurde der Lette von einem Beamten gebracht.

»Na, Herr Tursas, haben Sie es sich überlegt? Sie können jetzt Ihren Anwalt anrufen«, sprach ihn Hummel an.

Tursas zögerte, dachte nach. Die Beamten ließen ihm die Zeit.

»Ich sagen!«, entschloss er sich. »Ich nicht kann bezahlen Anwalt.«

»Ihnen kann ein Pflichtverteidiger zur Verfügung gestellt werden.«

Tursas lehnte ab.

»Also wo haben Sie den Edelstein gefunden?«, fragte Hummel.

»In Wald bei Eulbacher Park.« Er schniefte: »Auf Boden von Wald. Nachts Mann mit Frau in Wald. In Auto. Haben … haben … umarmt.«

»Welcher Mann? Welche Frau? Welches Auto?«

»Dickes Mann mit dunkel Auto. Schönes Frau von Café ich gesehen.« Er trank das vor ihm stehende Wasserglas halb leer. »Als wegfahren, ich in Licht von Auto gesehen auf Boden Funkelstein. Nahm mit Stein.«

»Was haben Sie zu der Zeit dort gemacht?«

Valdis Tursas gab zu, dass er dem Wagen ab dem Parkplatz der Firma Merdinger bis an den Waldweg gefolgt war: »Wollte gucken, wo fahren hin. Habe an Wald angehalten. Als Licht von Auto aus, ich zu Fuß bis dort, dann versteckt hinter Baum. Habe dann gesehen, wie Mann auf Frau und … und …« Er kratzte sich erregt am Hinterkopf.

»Schon gut!«, sagte Hauptkommissar Hummel, noch entspannt. »Wie kamen Sie auf die Idee, zum Parkplatz der Firma Merdinger zu fahren?«

»Hatte in Café gehört, dass schönes Frau an diese Samstag länger arbeiten. Wolle nur gucken, was dann machen. Dann kam Auto mit dickes Mann, warten auf Frau. Dann er mit Frau weg. Ich nachgefahren.«

»Ist die Frau freiwillig in den Wagen gestiegen.«

»Ich nix genau gesehen, weil groß dunkel Auto, so wie, wie sagt man, Geländeauto, oder so, stand davor. Ich nur gesehen, wie weggefahren.«

»Hat die Frau sich gewehrt, als sie die beiden im Wald beobachtet haben?«

»Nix gesehen. War dunkel. Ich nur gesehen, wie schon gesagt.«

»Den Mann kennen Sie nicht?«

»Ich schon gesehen, aber sonst nix kennen. Dickes Mann.«

»Ja, das sagten Sie schon.« Hummel schaute nachdenklich gegen die Decke. Dann sagte er leise: »Sie wollten die Frau, stimmt's?«

»Nein, nein! Nur gucken!«, wehrte Tursas ab. Holzner schaltete sich ein: »Das können Sie erzählen, wem Sie wollen, aber nicht uns. Sie wollten die Frau haben! Geben Sie's zu!«

Der Lette hieb die Fäuste gegeneinander, schüttelte heftig mit dem Kopf.

»Sie lügen«, war sich Simon Holzner sicher. »Aber zu einer anderen Sache: Sie hatten ein

Messer, als wir Sie an der Hütte trafen. Was war das für ein Messer? Und wo ist es?«

Valdis Tursas reagierte erschrocken: »Ist ... ist ... ist Messer mit Hirschgriff. Ich nix gemacht mit Messer. Ist bei mir zu Haus in Rucksack. In kleines Raum wo Putzmittel. Können gucken.«

»Sie meinen Hirschhorngriff.« Holzner zog an den hochgerutschten Ärmel seiner Uniformjacke, die die Manschetten mit den silbernen Manschettenknöpfen freigaben.

»Können haben Schlüssel. Ich hier abgegeben. Alles abgegeben.«

Die Kommissare zogen sich zurück, Holzner sagte dem Beamten, der an der Tür stand, er solle bitte einen Moment warten. »Wir kommen gleich wieder.« Der Oberkommissar kratzte sich am Kinn: »Meinst du, dass der den Mord begangen hat?«

»Möglich. Ich trau ihm nicht. Aber wieso ist er auf einmal so zugänglich?« Hummel zweifelte. »Eins ist klar, Simon. Der Dicke war mit Sicherheit Wegner, die Frau war die Silver. Wegner wird doch verdächtigt, sie vergewaltigt zu haben. Aber ob es eine Vergewaltigung war?«

»De Silva! Er hat es nicht genau gesehen. Sagt er«, entgegnete Holzner.

Sie gingen wieder in den Vernehmungsraum.

»Warum haben Sie uns all das im Kommissariat nicht gesagt?«, wollte Hummel wissen. »Es hätte die Sache erleichtert. Auch für Sie, Herr Tursas.«

»Ich viel Angst. Ich nicht überlegt. Jetzt mir geht besser.«

»Bringen Sie ihn zurück.« Hummel winkte dem Beamten an der Tür.

Er zeigte den Durchsuchungsbeschluss beim zuständigen Beamten vor, ließ sich den Schlüssel von Valdis Tursas aushändigen, fragte ihn, ob er bei der Wohnungsdurchsuchung dabei sein wolle. Der Lette lehnte ab. »Brauch nicht.«

Hummel rief Kriminalrat Schlett an, berichtete ihm von der Aussage des Letten Valdis Tursas. »Er konnte nicht sehen, ob Wegner Frau de Silva vergewaltigt hat.«

»Wir vermuten zwar, dass er es getan hat, aber es gibt keinen einzigen Beweis«, gab Schlett zur Antwort.

Die Kommissare fuhren nach Höchst in die Spessartstraße. Sie betraten die unaufgeräumte Wohnung im ersten Stock, schauten sich um, zogen Latexhandschuhe über. An der Garderobe hingen eine braune Cordjacke mit Einschubtaschen und ein grüner Lodenmantel. Zwei speckige Lederkappen lagen auf der Ablage. Im Kleiderschrank im Schlafzimmer hingen diverse Mäntel und Jacken, darunter eine blaue dünne Jacke, eine Art Regenjacke, mit Kapuze. Der Reißverschluss der Jacke war zur Hälfte eingerissen, der Schieber fehlte. Ein verschmutzter schwarzer Schal lag auf dem Boden des Schrankes. Im Abstellraum fanden sie den Rucksack von Tursas. In diesem befand sich das Messer mit dem Hirschhorngriff. Es steckte in einer Lederscheide. Holzner zog es heraus, schaute es sich genau an. »Es ist ein zweischneidiges Fahrtenmesser«, stellte er fest, reichte das Messer Hummel. Hummel nickte, wiegte es in der Hand: »Das passt. Im Bericht der Rechtsmedizinerin stand etwas von einem zweischneidigen Messer.«

»Ja, Dolch oder Bajonett vermutete Dr. Kant. Im Obduktionsbericht hat sie sich nicht festgelegt. Es kann genauso gut ein Fahrtenmesser gewesen sein.« Holzner war zuversichtlich. »Ich glaube, wir haben ihn. Wir nehmen Schal, Jacke, alle anderen Kleidungsstücke und das Messer mit. Und Schuhe! Seine Schuhe nehmen wir auch mit. Wegen der Abdrücke.« Vor der Garderobe standen sechs paar Schuhe, darunter weiße Turnschuhe. Mehr waren in der ganzen Wohnung nicht zu finden. Sie packten alles ein. Im VW Bora des Letten, der draußen auf dem Parkplatz stand, steckte immer noch eingeklemmt zwischen Rücksitz und Lehne der durchsichtige, blauschimmernde Edelstein. Der Prospekt von *Merdingers Binnenschifffahrt* lag nicht mehr auf dem Sitz. »Den hat er wahrscheinlich entsorgt«, vermutete Hummel. »Egal, den brauchen wir nicht unbedingt.« Hummel nahm den Saphir vom Sitz, verpackte den Edelstein und das Messer in separate Plastikbeutel. Im Kommissariat übergab er sämtliche Sachen sogleich Peter Rothman vom Erkennungsdienst. Rothman nahm zunächst die Schuhe in Augenschein. »Größe zweiundvierzig«, stellte er fest, »genau wie die Abdrücke, die wir am Viadukt ausgegossen haben.«

»Na also«, freute sich Holzner, »ich hatte Recht. Der Tursas, der war's.« Er wischte mit einem Taschentuch den Staub von seinen schwarzglänzenden Schnürschuhen.

Rothman verglich die Sohlen mit den Gipsabdrücken. »Stopp! Ich bin noch nicht fertig.

Die Sohlen aller sechs Paar Schuhe sind nicht identisch mit den Abdrücken. Also von daher steht noch nichts fest«, bremste er Holzner. Er schaute sich die Jacke an. »Hier fehlt der Schieber des eingerissenen Reißverschlusses«, fuhr der Chef des Erkennungsdienstes fort und hob die Hand, »und einen Schieber hatte Fränkli am Tag des Mordes in der Wohnung Veronica de Silvas gefunden. Wenn der passt, dann hat unser Mann aus Lettland ein massives Problem.« Er ging nach nebenan, kam mit dem Schieber zurück, setzte ihn an den Reißverschluss der blauen Jacke. »Passt!«

»Okay.« meinte Holzner. »Um nochmal auf die Schuhe zurückzukommen. Tursas könnte doch die, die er damals getragen hatte, vernichtet haben. Weggeworfen oder verbrannt oder was auch immer.«

»Wenn er die Tat begangen hat, dann hat er es ganz sicher so gemacht«, bestätigte Peter Rothman.

»Klar! Und was ist mit dem Messer?«, hakte Hummel nach.

»Darum haben wir uns auch gekümmert. Es ist ein Fahrtenmesser mit einer Klingenlänge von etwas über elf und einer Breite von zwei Zentimetern.«

»Bis zwölf Zentimeter Länge sind erlaubt. Also darf er's mit sich führen.« Holzner zog die Brauen nach oben.

»Das schon«, gab Hummel zu. »Knapp zwölf Zentimeter Klingenlänge ist zwar nicht sehr viel, aber es reicht aus, um einen Menschen zu töten.«

81

Das Telefon klingelte. Rothman nahm ab. Die Leitstelle war dran: »Herr Rothman, ich kann keinen der Ermittler erreichen, deshalb rufe …«

»Die sind bei mir«, unterbrach der Chef des Erkennungsdienstes. »Sekunde.« Rothman übergab den Hörer dem neben ihm stehenden Hummel.

»Um was geht's?«, fragte Hummel.

»Hier ist ein Herr namens Kornelius. Er will eine Aussage machen.«

»Ich komme gleich.« Er winkte Holzner: »Simon, geh schon mal in mein Büro.« Hummel ging die Treppe hinunter zum Empfang. Ein junger Mann in Motorradkleidung und einem Helm in der Hand kam auf ihn zu: »Guten Tag, mein Name ist Paul Kornelius.«

Der Hauptkommissar reichte ihm die Hand: »Hauptkommissar Hummel. Kommen Sie bitte mit.« Er begleitete den Mann nach oben, sie setzten sich an den runden Tisch in seinem Büro. »Was führt Sie zu uns, Herr Kornelius?«

»Es ... geht ... da war doch die Entführung«, stotterte Kornelius. »Ich habe in der Zeitung gelesen, dass Frau Merdinger und ihre Kinder gerettet werden konnten. Und ich ... ich habe Herrn Merdinger vor ein paar Tagen gesehen. Da ... da wusste ich aber noch nichts von der Entführung, weil ich in Urlaub war. Sonst hätte ich mich eher gemeldet.

»Nun mal langsam, Herr Kornelius«, entgegnete Hummel ruhig. »Wann genau haben Sie Herrn Merdinger gesehen? Wir sprechen doch von Hartmut Merdinger, oder?«

»Jaja«, nickte Kornelius, »ich kenne nur Hartmut. Ich wohne wie er in Hetschbach. In der Fichtenstraße.« Er erklärte, wo er ihn abends am Montag vor einer Woche gesehen hatte, auch, dass *er* zu Michaela Fiedler wollte, sie aber nicht geöffnet habe. »Nachdem Merdinger gegangen war, hatte ich noch mehrere Male bei ihr geklingelt. Sie hatte mir wieder nicht geöffnet.«

»Kennen Sie diese Frau Fiedler näher?«, wollte Hummel wissen.

»Wir haben uns im vorigen Jahr auf dem Höchster Apfelblütenfest kennengelernt und uns damals ab und zu getroffen. Ich wollte sie mal wieder besuchen.«

Hummel schob die Unterlippe vor. »Wie sieht sie denn aus, die Frau Fiedler?«

»Sie ist groß und schlank, hat lange schwarze Haare, ein hübsches Gesicht. Eine attraktive Frau«, schwärmte Kornelius. »Unglaublich attraktiv.«

»Aha!«

»Wissen Sie, Herr Kommissar, es geht mich ja nichts an, was andere Menschen tun, aber weil ich ja jetzt erst von der Entführung gehört habe, dachte ich, ich sollte das der Polizei melden. Wenn er zu anderen Frauen geht, dann ist das wohl nicht weit her mit seiner Ehe. Vielleicht hat er das ja selbst …« Er kratzte sich verlegen am Hinterkopf. »Ich weiß nicht, ob die Täter gefasst sind. Radio höre ich so gut wie gar nicht, Zeitungen lese ich nur selten und … und im Fernsehen habe ich nichts von einer Festnahme der Entführer mitbekommen, weil ich mir gelegentlich höchstens mal einen Film anschaue.«

»Es ist natürlich sehr unwahrscheinlich, dass Herr Merdinger an der Entführung beteiligt war. Wir wollen ihm da nichts unterstellen.« Hummel hob tadelnd die Hand.

»Nein, nein, um Gottes willen!«, wehrte Kornelius ab.

»Kennen Sie Herrn Merdinger gut?«, wollte Hummel wissen.

»Gut nicht, nein. Aber ich bin mir ziemlich sicher, dass Michaela seine Freundin ist. Das verstehe ich nicht. Er hat doch eine schöne Frau.« Bedrückt sagte er: »Da habe ich wohl jetzt keine Chance mehr bei Michaela.«

Felix Hummel verstand. »Okay, Herr Kornelius, belassen wir es dabei. Vielen Dank für Ihre Aussage.« Dann fiel ihm ein, dass Dröger etwas von einem Motorradfahrer gesagt hatte, der laut Aussage von Maria Tiefenbach auf dem Parkplatz am Himbächel-Viadukt eine Zigarette geraucht hatte, als das Ehepaar den abgetrennten Finger mit dem Saphir gefunden hatte. »Ach, noch etwas. Sie tragen Motorradkleidung. Was für ein Motorrad fahren Sie?«

»Eine Kawasaki 800. Aber warum interessiert Sie das?«, fragte der junge Mann erstaunt.

»Ich bin selbst Motorradfahrer«, schwindelte der Hauptkommissar. »Welche Farbe hat denn Ihre Maschine?«

»Dunkelblau.«

»Schön«, nickte Hummel. »Oberkommissar Holzner nimmt noch Ihre Personalien auf, dann können Sie gehen. Bitte geben Sie ihm auch Ihre Handynummer für den Fall, dass wir noch Fragen haben.«

Kornelius willigte ein. Der Hauptkommissar fügte hinzu: »Zu Ihrer Information: Die Entführer sind gefasst.«

Als Paul Kornelius gegangen war, meinte Holzner: »Was sagt man dazu? Der Merdinger! Und Kornelius ist eifersüchtig. Der will ihm eins auswischen.«

»Hm!«, sinnierte Hummel und stützte sich mit der Linken auf die Armlehne des Bürostuhls. »Es geht uns ja wirklich nichts an, wenn Merdinger nebenher eine Freundin hat.« Er lehnte sich nach vorne, kratzte sich an der spitzen Nase: »Was mich mehr wundert, ist, dass er gerade in der Situation, in der er sich damals befand, zu einer anderen Frau ging. Er hatte an diesem Abend kurz zuvor den Geldkoffer zum Marbach-Stausee gebracht. Verstehst du, was ich meine?«

»Ja, klar. Vielleicht musste er auf diese Art Stress abbauen.«

»Stress abbauen! Auf diese Art!«, wiederholte der Hauptkommissar. »Ich bin kein Psychologe, aber ich glaube eher, dass es ein innerer Zwang war, dem er folgte.« Er stand auf, stellte sich mit dem Rücken an einen der Schränke, tippte mit dem linken Fuß dreimal auf den hellbraunen Laminatboden. »Eins ist sicher! Wir müssen ihn mal genauer beobachten.«

»Du meinst …«

»So ist es, Simon. Ich meine. Ich weiß nur noch nicht genau, was ich meine.«

»Ich mein ja nur«, entgegnete Oberkommissar Holzner. Sie lachten. »Aber was sollte das mit dem Motorrad? Soviel ich weiß, hast du doch nie eines besessen, oder?«

Hummel winkte ab. »Reine Neugierde.«

Oberkommissar Simon Holzner nahm ihm das jetzt nicht so recht ab.

Der Hauptkommissar klopfte seinem Kollegen auf die Schulter: »Komm, wir gehen nach Hause. Morgen früh fahren wir zu dieser Frau Fiedler.«

»Ich würde sagen, wir ziehen das heute noch durch«, widersprach Holzner. »Vielleicht haben wir Glück.«

Hummel schaute auf die Uhr. »Okay, Simon, versuchen wir es. Eine viertel Stunde später lenkte Oberkommissar Holzner seinen Golf auf den Parkplatz in der Werner-von-

Siemens-Straße. Die Kommissare stiegen aus. Dunkle schwere Wolken zogen über den Odenwald. »Sieht nach Regen aus«, bemerkte Hummel beiläufig, schaute nach oben.

»Ist mal nötig. Es ist schon viel zu lange trocken«, antwortete Holzner.

Leichter Regen setzte ein, Hummel spannte seinen Regenschirm auf. Sie hasteten in die Hauptstraße. Der Regen hatte sich urplötzlich zu einem Wolkenbruch entwickelt, sie konnten gerade noch den Schutz des Vordaches an der Haustür erreichen, ohne nass zu werden. Felix drückte die Klingel an dem Messingschild des Mehrfamilienhauses, auf dem *M. Fiedler* eingestanzt war. Niemand öffnete. Er klingelte noch einmal.

»Hallo!«, ertönte jetzt eine rauchige Stimme aus dem Lautsprecher.

»Kripo Erbach, bitte öffnen Sie.«

»Polizei? Moment! Zweiter Stock.« Der Öffner klackte, die Beamten betraten den weißverputzten, mit hellgrauen Fliesen belegten Flur. Das Fenster war gekippt, auf der Fensterbank standen zwei herrlich blühende Orchideen in weißen Töpfen. »Fein, fein, Simon, oder?« Hummel stellte den Schirm in den Ständer in der Ecke.

»Absolut.« Holzner nickte ihm zu. Sie gingen die Treppe hoch. Gegenüber des Aufzugs öffnete sich eine Tür. »Bitte kommen Sie herein.« Eine große Frau mit kurzen, dunkelblonden Haaren erwartete sie. »Entschuldigen Sie, ich habe mich gerade umgezogen.«

»Das ist doch nicht die, die uns Kornelius …«, flüsterte Holzner, schaute Hummel konsterniert an. Felix formte mit dem Mund: »Schwarze Perücke!« Er schob ihn sachte in die Wohnung der grazilen Frau. Leichter Rosenduft strömte ihnen entgegen als sie eintraten. Die offenstehende Schlafzimmertür gab den Blick frei auf einen geschmackvollen hellen Schrank und auf ein breites französisches Bett, über dem ein riesiges Bild der Skyline von Frankfurt hing. Ein großes Fenster, blaue Gardinen, die Wände waren mit alabasterweißem Strukturputz versehen. Das große Wohnzimmer war ebenfalls komfortabel eingerichtet.

Sie zeigten ihre Dienstausweise.

»Nehmen Sie Platz.« Michaela Fiedler wies auf die Couch im Wohnzimmer, wo auf dem Tisch eine große Kerze stand, die noch nicht lange brannte. Sie setzte sich auf ein Sitzkissen, legte die Beine übereinander, ihr kurzer

Rock rutschte hoch, gab ihre Oberschenkel frei. Mit verführerischem Lächeln fragte sie: »Was führt Sie zu mir?«

Hummels Blutdruck stieg an, aber er fasste sich schnell: »Frau Fiedler, kennen Sie Herrn Merdinger?«

»Normalerweise gebe ich über meine Bekanntschaften niemals Auskunft«, bemerkte sie anzüglich. »Aber bei der Kripo werde ich das ja wohl tun müssen.«

»Exakt getroffen.« Hummel grinste.

»Um was geht es?«, fragte sie spitz.

Hummel ging nicht auf ihre Frage ein, sagte kurz: »Bitte beantworten Sie nur unsere Fragen.«

»Okay.« Sie schmunzelte: »Selbstverständlich kenne ich Hartmut. Er besucht mich ab und zu.«

»Hier in der Wohnung?«

»Natürlich.« Sie lächelte süffisant: »Wenn Sie es genau wissen wollen, Herr Kommissar, wir schlafen auch miteinander.«

»Ach ja?« Hummels Augenlider zuckten, er grinste dümmlich, war erstaunt über ihre Offenheit. »Wie hat Herr Mellinger ...«, er zögerte, »Herr Merdinger sich Ihnen gegenüber verhalten.«

»Hm!« Sie nahm eine Gauloise aus der auf dem ovalen Holztisch liegenden Packung, zündete sie mit einem goldenen Feuerzeug an. »Der Hartmut!« Sie blies den Rauch aus. »Ja, der ist schon ein ganz spezieller Fall.«

»Ein ganz spezieller Fall?«, widerholte der Hauptkommissar. »Wie darf ich das verstehen?«

»Er kann sehr rüde sein. Es kam sogar schon vor, dass er mir beim Sex die Kehle so lange zudrückte, bis ich kaum mehr atmen konnte.« Sie winkte ab. »Aber was tut man nicht alles!« Dann fiel ihr ein: »Er hat mich vor einiger Zeit sogar mit einem Messer gepikst. Es hat nicht geblutet, aber es war unangenehm. Ich hatte Angst, er würde zustechen.«

»Und das haben sie einfach so hingenommen?«

»Das mit dem Messer habe ich ihm verboten. Noch einmal so ein Versuch, fuhr ich ihn damals an, und du brauchst nicht mehr zu mir kommen.«

»Und? Wie hat er sich danach verhalten?«, fragte Holzner.

»Nun, er hat es sein lassen. Aber so manche Perversität verlangt er immer noch von mir. Soll ich Ihnen Details …«

»Nein, danke. Es reicht auch so«, lehnte Holzner ab.

»Moment, Herr Kommissar, mir ist da eben noch etwas eingefallen.« Sie beugte sich leicht nach vorne.

»Ja?« Hummel wurde neugierig. »Was denn?«

»Ich habe irgendwann zufällig im *Weinstadl* in Michelstadt mit einer jungen Frau aus Rumänien und noch mehreren Leuten an einem Tisch gesessen. Nach ein paar Gläsern Wein erzählte sie mir, dass sie vor einigen Wochen mit einem Messer gequält worden sei. Kleine Stiche und Schnitte. So wie sie sagte, muss sie an verschiedenen Stellen geblutet haben. Auch sei sie geschlagen worden. Sie zeigte mir eine Zahnlücke.« Michaela zog an ihrer Zigarette, blies den Rauch nach unten.

»Wo wurde sie überfallen? In ihrer Wohnung?« Hummel runzelte die Stirn.

»Wie sie mir erzählte, hatte der Kunde sie in einem Hotel in Bad-König erwartet. Später habe er ihr angeboten, sie nach Hause nach Michelstadt zu bringen. Sie habe eingewilligt. Dann sei er auf dem Nachhauseweg über den Radweg auf einen kurzen Feldweg am Bahndamm zwischen Bad-König und Zell gefahren und habe sie angefallen. Sie habe sich gewehrt und er habe sie aus dem Auto gestoßen.«

»Wo wohnte sie? Hat sie Ihnen das gesagt?«

»Nein, aber ich vermute, dass sie in einem Wohnblock im Stockheimer Weg in Michelstadt wohnt. Vermutlich schafft sie auch dort an. Sie ist in dem Haus nicht die einzige, die das tut. Sie sagte, sie besuche ihre Kunden öfters in Hotels. Aber auch auf Parkplätzen an der Mümling warte sie auf Männer.«

»Ja, und? Das ist doch nichts Besonderes.«

»Nein, ist es nicht, aber an diesem Abend in dem Hotel in Bad-König bot ihr der Kunde an, sie nach Hause zu bringen. Das ist nicht üblich.«

»Nein?«

»Nein!«, betonte Michaela Fiedler.

»Sie kennen sich aber gut aus, Frau Fiedler.«

»Warum nicht, ich komme aus dem Metier«, lächelte sie geheimnisvoll. »Ich war mal Bardame in einem exklusiven Nachtclub in Frankfurt. Sie verstehen?«

Hummel verstand es. Holzner schaute verlegen auf seine polierten Schuhe.

»Aber das ist vorbei. War keine schlechte Zeit. Ich bin finanziell unabhängig.« Sie lächelte wieder, diesmal charmant.

»Ah ja?« Der Hauptkommissar kratzte sich hinterm Ohr. »In welchem Hotel hatte sie den Kunden besucht?«

»Ich habe sie danach gefragt, aber sie hat es mir nicht gesagt.« »Hat sie gesagt, wie ihr Kunde aussah?«

»Danach habe ich nicht gefragt. Ich habe einfach nicht daran gedacht. Wissen Sie, es wurde ja auch dabei getrunken. Wir hatten alle schon einen ziemlichen Schwips.« Sie drückte die Kippe im Aschenbecher aus. »Na ja, auf jeden Fall wurde sie vorher mit dem Messer bedroht und auch verletzt.«

»Ach? Und Sie glauben, dass Hartmut Merdinger …?«

»Was heißt schon glauben, Herr Kommissar Hummel? Ich weiß es nicht.« Ihr Gesicht nahm einen überlegenen Ausdruck an. »Liegt aber nahe, oder nicht?«

Hummel wiegte den Kopf. Holzner fragte: »Wissen Sie den Tag noch genau, an dem Sie mit ihr zusammengesessen hatten, Frau Fiedler?«

»Nein, das weiß ich nicht mehr. Ich bin dort öfter.«

»Ist die Rumänin noch in Michelstadt?«

»Ich habe seitdem nichts mehr von ihr gehört.«

»Waren das alles Bekannte von Ihnen, die damals mit am Tisch saßen.« Holzner verschränkte die Arme.

»Manche kannte ich. Aber Freunde waren an diesem Abend nicht dabei. Der *Weinstadl* ist immer gut besetzt. Man setzt sich immer dahin, wo gerade Platz ist.«

»Das stimmt wohl. Wir gehen der Sache nach.« Holzner bedankte sich für die bereitwillige Auskunft. Ihm war klar, dass Michaela Fiedler sich an Hartmut Merdinger für die Stiche rächen wollte. Eine günstige Gelegenheit!

Hummel ging nicht weiter darauf ein: »Eine Frage hätte ich noch, Frau Fiedler?« Er erhob sich von der Couch.

»Ja?«

»Ist Hartmut Merdinger Ihnen hörig?«

Sie schmunzelte hintergründig: »Fragen Sie ihn selbst.« Sie zündete sich eine weitere Gauloise an, hustete rauchig.

»Danke … und entschuldigen Sie den Überfall.« Die Kommissare verabschiedeten sich.

»Wiedersehen.« Mit einem Blick auf Holzner sagte sie: »Hübsche Uniform. Steht Ihnen gut.« Michaela Fiedler schloss mit einem spöttischen Lächeln auf den Lippen die Tür. Holzner schubste Hummel in die Seite: »Bardame!«

»Genau. Bardame!«

Es hatte aufgehört zu regnen. Die Sonne kämpfte sich langsam durch die Wolken, der Asphalt der Straße dampfte. Auf dem Weg zum Auto meinte Hummel nachdenklich: »Merdinger und ein Messer! Er hat es bei ihr angewandt. Und so wie es aussieht, nicht nur bei ihr. Fällt dir was auf?«

Holzner zuckte die Schultern: »Schon.«

Hummel forderte seinen Kollegen spontan auf: »Komm, wir gehen noch ein Glas Wein trinken.«

»Felix, es ist spät. Wo willst du denn noch hin?«

»Wir gehen ins *Bistro Laurentius* in der Bahnstraße, gleich da vorne.« Er deutete mit dem Zeigefinger über den Marktplatz. Bei Iven kriege ich einen guten Muscadet und du … du bekommst einen hervorragenden Café au lait. Du musst ja noch Auto fahren. Ich habe das Glück, nicht weit vom Bistro zu wohnen. Wir lassen unsere Autos stehen. Ich laufe später nach Hause, du hast es nicht weit zu deinem Golf.«

»Felix, Felix, warum spiele ich bei dir immer wieder mit?« Holzner rollte die Augen: »Also los. Du gibst ja doch eher keine Ruhe.«

»So ist es, mein Lieber«, feixte der Hauptkommissar, »so ist es.«

Wenige Minuten später betraten sie das *Bistro Laurentius*. Iven le Geoff, Bretone und Wirt des Bistros begrüßte seinen alten Freund Hummel: »Dass man dich auch mal wieder sieht, Felix! Ich dachte schon, du seist weggezogen. Aber ich weiß, zurzeit ist viel los bei euch, gell?«

»Zu viel, Iven, zu viel!« Sie setzten sich an einen Tisch, bestellten Wein und Kaffee. Iven servierte Felix trockenen Muscadet Sèvre et Maine, einen erstklassigen Wein aus dem Loiretal, Simon bekam Café au lait.

»Schieß los, Felix, du willst doch was sagen.«

»Gut erkannt, Simon. Also pass auf. Der Mellinger spielte mit einem Messer an der Fiedler rum. Ich könnte mir vorstellen, dass er es war, der auch bei der anderen mit dem Messer rumgefummelt hat. Die wurde ja sogar misshandelt. Laut Aussage Michaela Fiedlers. Und nicht zu vergessen, de Silva wurde erstochen, wie wir wissen.«

»Ja, aber … meinst du wirklich …? Ach komm! Das ist absurd! Felix!«

»Du glaubst, das sei absurd. Aber es wäre sicher kein Fehler, sich den Mellinger mal genauer anzusehen, oder liege ich falsch?«

»Gedankenspiele!«, wiegelte Holzner ab. »Nichts weiter.«

Hummel ließ nicht locker. »Mellinger führt wahrscheinlich öfter oder sogar immer ein Messer mit sich. Genau wie dieser Tussa … Turna …« Er biss sich auf die Lippen, … »dieser Lette!«

»Du hast schon wieder die Namen verkehrt … ach egal.« Holzner lenkte ein: »Wir müssen wissen, was Merdinger für ein Messer besitzt und wie lang die Klinge ist.«

»Richtig!«, entgegnete Hummel. »Wichtig wäre die Tiefe der Stiche bei Veronica Silver. Das steht nicht im Bericht der Rechtsmedizinerin.«

»Bist du sicher? Ich glaube, etwas von über elf Zentimetern gelesen zu haben.«

»Komm, Simon, erzähl mir nichts. Ich weiß doch, was ich gelesen habe. Die Kant hat das vergessen«, behauptete Hummel. »Gleich morgen früh ruf ich sie an.«

»Ganz wie du meinst.« Holzner gähnte hinter vorgehaltener Hand, sagte undeutlich:

»So, Felix, jetzt ist Schluss. Ich muss nach Hause. Es wird wirklich Zeit.«

»Okay, gehen wir.« Hummel bezahlte bei Iven, sie gingen aus dem *Bistro Laurentius*. »Und morgen früh klappern wir alle Hotels in Bad-König ab.«

»Okay, Felix. Gute Nacht.«

»Bis morgen, acht Uhr.«

82

Der Erste Kriminalhauptkommissar Josef Kersten und Kommissarin Stefanie Steinmann von der SoKo Forster waren in die Justizvollzugsanstalt nach Weiterstadt gefahren. Sie wollten Mario Schiefer zu einem Geständnis bewegen.

»Das wird nicht leicht werden. Schiefers Anwalt wird alles versuchen, um uns die Suppe zu versalzen«, bemerkte die Kommissarin skeptisch während der Fahrt.

»Darauf sind wir doch vorbereitet, Frau Steinmann«, gab Kersten sich selbstbewusst. »Wir haben eindeutige Beweise. Die Fasern seines Pullovers und die DNA, dazu die Fingerabdrücke. Deutlicher geht's ja wohl kaum.«

»Ja, aber Klein wird trotzdem alles versuchen, Schiefer rauszuhauen.«

»Das ist sein gutes Recht.« Kersten lächelte selbstsicher vor sich hin: »Es wird ihm nur nicht gelingen. Für uns ist wichtig, ein Geständnis von diesem Schönling zu bekommen.«

Schönling! Jetzt lächelte Stefanie, beobachtete Kersten aus den Augenwinkeln.

In der JVA in Weiterstadt wiesen sie sich aus, baten einen Justizvollzugsbeamten, Mario Schiefer in den Vernehmungsraum zu bringen. »Er möchte bitte seinen Anwalt informieren.« Kersten nickte dem Mann freundlich zu.

Im Vernehmungsraum nahmen sie an einem Tisch Platz. Schiefer wurde wenig später gebracht, setzte sich den Polizisten gegenüber. Der Beamte stellte sich an die Tür des Raumes.

»Guten Morgen, Herr Schiefer«, grüßte Kersten.

»Das ist kein guter Morgen«, knurrte Schiefer schlechtgelaunt.

»Haben Sie Ihren Verteidiger bestellt?«, fragte der Hauptkommissar ungerührt. Schiefer nickte wortlos.

»Na dann können wir ja schon mal beginnen.«

»Ich sage keinen Ton. Das wissen Sie doch!«, gab Schiefer patzig zur Antwort.

»Wie Sie wünschen. Wir haben Zeit.« Kersten bemerkte ironisch: »Ach ja, ich vergaß. Sie ja auch. Sie haben ja auch Zeit. Sogar mehr als wir.«

Stefanie Steinmann grinste. Schönling! Nützt ihm jetzt nicht viel. Nach einer guten Stunde kam Schiefers Verteidiger Heinz-Werner Klein zur Tür herein. Er hatte eine abgeschabte braune, lederne Aktentasche unterm Arm, setzte sich sogleich neben seinen Mandanten, legte die Tasche auf den Schoß, nahm Notizblock und Kugelschreiber heraus, hielt beides in der Hand. Die Gespräche dauerten nicht lange. Der Verteidiger musste unverrichteter Dinge wieder gehen. Gegen die Beweise, die Mario Schiefer zur Last gelegt wurden, war er machtlos. Aber es gab auch kein Geständnis. Mario Schiefer wurde zurück in die Zelle gebracht. Josef Kersten und Stefanie Steinmann fuhren nach Erbach ins Kommissariat, erledigten liegengebliebene Schreibarbeiten. Um 18.30 Uhr hatten sie das meiste geschafft, Kersten ging zur Kommissarin: »Wir machen Feierabend, Frau Steinmann. Es reicht für heute.« Gemeinsam gingen sie aus dem Büro. Auf dem Weg zum Parkplatz fasste sich die wieder sichtlich nervös gewordene Stefanie ein Herz und sprach den Hauptkommissar an: »Kommen Sie noch auf einen Drink mit zu mir?« Ihr wurde warm. Ihr Gesicht war gerötet, was Kersten nicht entging.

»Aber gerne«, antwortete der Hauptkommissar. Er stieg in seinen Audi, fuhr hinter der Kommissarin her. In der Oberhöchster Straße in Höchst angekommen, stellten sie die Wagen vor dem Reihenhaus ab, in dem Stefanie Steinmann wohnte, gingen hinein. Ihre Wohnung war nicht sehr groß, aber sie war gemütlich eingerichtet. Alles war ordentlich aufgeräumt, sauber, fast steril. Im Wohnzimmer bot sie Kersten einen Platz auf einem mit rotem Mikrofaserstoff überzogenen Sessel an. Gegenüber stand hinter dem kleinen Tisch eine schmale Couch in gleicher Farbe, darüber hing ein Bild der Düne 45 vom Sossusvlei in der Namib. Ein Flachbildfernseher befand sich in einer modernen Anbauwand, in der auch eine Mini-Stereoanlage untergebracht war. Der hellglänzende Parkettboden und die weiß gemusterten Schiebegardinen vor der Balkontür rundeten das hübsche Bild ab.

Kersten fühlte sich sofort wohl. Aber das lag sicher nicht nur an der Wohnung. Stefanie legte eine CD in den Player, leise Popmusik von Robbie Williams ertönte aus den Lautsprechern. Mit einem Blick auf die Garderobe entdeckte der Hauptkommissar zwei

Männerjacken. Er vermutete, dass seine Kollegin nicht alleine hier wohnte.

»Whisky?« Stefanie nahm Gläser und eine Flasche Jack Daniels aus dem Schrank.

»Sehr gerne«, antwortete Kersten gutgelaunt. Er fragte: »Ihr Mann ist nicht da?«

»Wieso fragen Sie?« Sie schaute ihn mit zusammengezogenen Brauen an. »Ach so«, lächelte sie jetzt, »wegen der Jacken. Wir haben uns vor einigen Wochen getrennt. Die Lederjacken muss er noch abholen. Außerdem sind wir nicht verheiratet.« Abwesend setzte sie hinzu: »Der Himmel weiß, wann der die holen wird.« Sie setzte sich Kersten gegenüber, nippte am Glas.

Es blieb nicht nur bei Whisky ...

So wurde es spät, bis der Hauptkommissar nach Hause in den Erbacher Ortsteil Erlenbach kam. Er stellte den Wagen in der Garage ab, ging leise ins Haus. Da er Hunger hatte, ging er in die Küche, hoffte, Paula habe ihm sein Abendessen zum Wärmen in die Mikrowelle gestellt. In der Mikrowelle lag stattdessen ein Zettel mit dem Text: *Dein Essen steht im Kochbuch.* Missmutig betrat er das Schlafzimmer, sah, dass das Bett neben seiner schlafenden Frau abgezogen war. Auch war keine Decke da. Mit zusammengekniffenen Lippen schlurfte er ins Wohnzimmer, entkleidete sich, zog einen Jogginganzug an und legte sich auf die Couch.

***

Samstag, 15. August

Als Josef Kersten morgens erwachte, verspürte er starke Rückenschmerzen. Er hatte miserabel geschlafen, ging gekrümmt in die Küche. Paula saß zeitunglesend am Tisch, eine Tasse Kaffee vor sich.

»Guten Morgen, Paula. Ich habe gestern Abend noch lange im Büro gearbeitet«, wollte er sich rechtfertigen. Als er sich ihr gegenüber setzte, nahm seine Frau wortlos ihre Tasse und das *Odenwälder Echo*, ging hinaus. Bevor sie sich auf die Bank im Garten setzte, ging sie zur Gartenhütte. Sie nahm eine Flasche Wodka aus dem Sicherungskasten, setzte sie an, trank einen langen Schluck. Paula wusste, dass ihr Mann niemals in den Kasten hineinschauen würde. Seit er vor einigen Jahren einen Stromschlag abbekommen hatte, hatte er vor elektrischen

Dingen ungeheuren Respekt. Sie stellte die Schnapsflasche zurück, schloss den Sicherungskasten.

Josef Kersten ballte die Hände zu Fäusten, klopfte auf den Tisch, knurrte zerknirscht: »Ich Idiot!« Doch dann zog ein Lächeln über sein Gesicht, leise sagte er: »Aber es war toll mit dieser schönen Frau.«

83

Am gleichen Tag waren Hauptkommissar Felix Hummel und Oberkommissar Simon Holzner vormittags unterwegs in Bad-König. Sie suchten alle Hotels auf, fragten nach dem Namen *Merdinger*. Der Name war nirgends eingetragen. Auf Anfrage, ob auch Callgirls ihre Kunden hier besuchen würden, bekamen sie zuweilen die Antwort: »Das kommt schon vor.«

»So kommen wir nicht weiter, Simon«, brummte Hummel. »Entweder die decken den Merdinger, oder er hat einen anderen Namen angegeben und sie haben das akzeptiert.«

»Ja«, sinnierte Holzner, »vielleicht gegen ein kleines Trinkgeld. Aber es könnte auch ganz anders sein.«

»Was meinst du?«

»Er war es nicht.«

»Das ist natürlich auch möglich«, gab Hummel zu. »Wir fahren später nach Hetschbach.«

Sie fuhren zurück ins Kommissariat, lasen den Obduktionsbericht vom Leichnam Veronica de Silvas noch einmal aufmerksam durch.

»Siehst du, Felix, im Bericht steht genau, wie tief die Stiche sind«, fühlte sich Holzner bestätigt.

»Ja, Simon, ich war halt anderer Ansicht.« Hummel zog die Stirn kraus. Es war ihm unangenehm, dass er sich nicht daran erinnern konnte. Er wechselte das Thema. »Wir müssen ganz sensibel vorgehen, Simon.« Hummel hielt die Hand vor den Mund, hustete.

»Sensibel! Mann, Felix, sprich deutsch mit mir. Sensibel!« Holzner konnte Fremdwörter nicht leiden. Er war der Auffassung, Deutschland habe einen so großen Sprachschatz, dass Fremdwörter nicht nötig seien. Hummel ignorierte den Satz seines Kollegen. *Sensibel* war für ihn kein Fremdwort.

Sie fuhren los. »Hartmut Mellinger wird wohl unterwegs sein«, äußerte er, drehte die Klimaanlage höher. Die Sonne stach erbarmungslos vom wolkenlosen Himmel. Die Temperatur lag bei vierunddreißig Grad. Vor dem Haus der Familie Merdinger, Am Südhang, parkte er den Fleetwood Eldorado auf der rechten Straßenseite. Die Beamten stiegen aus, gingen durch das offenstehende, niedrige Türchen. In der Garage polierte Katharina mit einem Tuch ihren weißen Audi, den sie, nachdem er vom K10 genau untersucht worden war, zurückerhalten hatte. Über dem Garagentor war ein Basketballkorb angebracht. Thomas hatte gerade einen Treffer erzielt, worüber seine Schwester verärgert zu ihrer Mutter lief: »Der ist ja auch viel größer als ich. Thomas trifft fast immer … und ich?« Sie meckerte: »Ich bin ja schon froh, wenn ich überhaupt so hoch werfen kann. Papa hat den Korb viel zu hoch gehängt.«

Katharina legte tröstend den Arm um ihre hübsche Tochter, beruhigte sie: »Warte mal ab. Wenn du größer bist, dann zeigst du es ihm. Du bist doch jetzt schon viel flinker als er.«

»Das sagst du nur so. Wenn ich größer bin, dann ist er auch wieder größer, oder meinst du, Thomas wächst nicht mehr?«

Ihre Mutter schüttelte den Kopf: »Kinderlogik!« Sie lächelte.

Missmutig stapfte Bettina ins Haus, maulte: »Und außerdem ist es heute viel zu heiß, um Basketball zu spielen.«

»Memme«, nörgelte Thomas und landete den nächsten Treffer. Bettina setzte sich in ihrem Zimmer aufs Bett, nahm ihre farbige Puppe auf den Schoß, flüsterte traurig: »Blödes Basketball, gell, Katja?«

Die Kommissare gingen schmunzelnd auf Katharina zu. Hummel grüßte freundlich: »Guten Tag, Frau Merdinger.«

Erschrocken drehte sie sich um: »Oh … Guten Tag. Ich habe Sie gar nicht kommen hören.« Sie reichte ihnen die Hand. Hummel entschuldigte sich: »Verzeihung, wir wollten Sie nicht erschrecken.«

»Ist schon gut«, lächelte Sie.

»Wie geht es Ihnen und den Kindern? Konnten Sie sich von dem Schock, den Sie erlitten hatten, einigermaßen erholen?«

»Ach, Herr Kommissar! Der Schock sitzt immer noch sehr tief, aber es wird von Tag zu Tag besser.« Sie blies eine Haarsträhne aus dem Gesicht. »Es muss ja weitergehen. Auch schon der Kinder wegen. Ich glaube, die haben das besser weggesteckt als ich.«

»Ja«, gab Hummel zur Antwort, »es ist wohl so, dass Kinder schneller vergessen als wir Erwachsene.«

»Wahrscheinlich.« Sie legte das Poliertuch beiseite. »Kommen Sie doch mit hinein. Kann ich Ihnen etwas zu trinken anbieten? Kaffee, Tee, Wasser oder ein kaltes Bier?«

»Was meinst du, Simon?« Hummel wandte sich an den Oberkommissar. »Einen Kaffee?«

»Ja, gerne.« Holzner lächelte Frau Merdinger an.

»Schön.« Katharina ging voran, bot den Polizisten einen Platz am Wohnzimmertisch an. Sie ging in die Küche, ließ Kaffee aus der Maschine laufen: »Milch und Zucker?«, rief sie ins Wohnzimmer.

»Ja, bitte.«

Sie brachte den Kaffee an den Tisch, setzte sich dazu. »Es ist nett, dass Sie mich besuchen«, freute sie sich.

»Wir wollten einfach wissen, wie es Ihnen und den Kindern geht.« Hummel räusperte sich. »Nach dieser bösen Geschichte, die Sie erlebt haben.« Er trank einen Schluck Kaffee.

»Das ist Gott sei Dank vorbei. Es war wirklich schlimm. Meine Güte!« Katharina rieb sich die Stirn.

»Zum Schluss ist ja glücklicherweise alles gut gegangen.« Hummel faltete die Hände, blickte hoch: »Ihr Mann ist nicht in der Nähe, Frau Merdinger?«

»Er ist auf dem Main unterwegs«, antwortete sie. »Morgen gegen Mittag will er hinter der Schleuse in Wallstatt anlegen. Den Rest des Tages ist er dann zu Hause. Warum fragen Sie?«

»Wir möchten nur mal mit ihm sprechen.«

»Kommen Sie morgen Nachmittag wieder. Er wird sich freuen.«

»Prima, Frau Merdinger.« Hummel legte Holzner die Hand auf die Schulter. »Komm, Simon, wir müssen los.«

Die Beamten bedankten sich für den Kaffee und verabschiedeten sich. Als sie im Wagen saßen, meinte Simon Holzner: »Sie ist so nett. Und er …?« Er winkte ab: »Saublöd!«

»Ja«, bestätigte Hummel, »der hat diese Frau nicht verdient. Offenbar betrügt er sie, wo er kann. Mellinger ist ein Blender.« Er zog die Lippen durch die Zähne: »Weiß der Geier, was er noch so alles treibt.« Hintersinnig fügte er hinzu: »Oder schon getrieben hat.« Hummel startete, legte den Gang ein, setzte den schweren Wagen langsam in Bewegung. Holzner wunderte sich: »Der ist jetzt aber schnell angespru…«

»Jaja«, unterbrach Hummel. »Wenn's nur immer so wäre.«

Felix Hummel saß nach dem Abendessen nachdenklich auf seinem Balkon bei einem Glas Muscadet. »Kornelius!« Er sprang auf, ging eilig die Treppe hinunter, setzte sich in seinen Fleetwood und fuhr nach Hetschbach in die Fichtenstraße. Nach mehrmaligem Klingeln an der Eingangstür des Hauses, in dem Kornelius wohnte, gab er auf, fluchte leise: »Verflixt! Nicht zu Hause.«

Als er zu seinem Wagen zurückging, kam Kornelius mit seiner Kawasaki gerade um die Ecke. Paul Kornelius ließ sich die Überraschung nicht anmerken, stellte die Maschine in der Garage ab und ging auf Hummel zu, der vor der Garage wartete. Er nahm den Helm ab, grüßte freundlich: »Guten Abend, Herr Kommissar. Ist etwas passiert?«

»Wirklich eine schöne Maschine, die Sie da fahren.«, bemerkte Hummel.

»Ja, aber … Sie sind doch nicht wegen der Kawa hier, oder?« Kornelius zog, nervös geworden, den Reißverschluss seiner Lederjakke auf.

Hummel fragte direkt: »Wo waren Sie am Samstag, den 8. August?«

Der junge Mann erschrak, fasste sich aber schnell: »Wo soll ich schon gewesen sein? Ich war mit dem Motorrad unterwegs. Motorradfahren ist mein Hobby.«

»Aha! Wohin waren Sie denn gefahren?«

»Das kann ich Ihnen nicht genau sagen. Ich bin im Odenwald spazieren gefahren. Kreidacher Höhe, Wald-Michelbach. Was weiß ich, wo noch. Solche Touren mache ich öfter.«

»Sie waren alleine?«

»Ja, warum?«

»Nur so! Auf Wiedersehen, Herr Kornelius.«

Paul Kornelius nickte, ging grübelnd hoch in seine Wohnung.

Was wollte dieser Kommissar von ihm?

***

Hauptkommissar Hummel hatte nicht nur den Letten Valdis Tursas im Visier, Veronica de Silva erstochen zu haben. Das war Oberkommissar Simon Holzner klar. Holzner wusste, dass Felix Hummel sich Namen nicht gut merken konnte, auch, dass er manchmal vergesslich war. Aber er wusste auch, dass der Hauptkommissar nicht locker ließ, wenn er jemanden im Verdacht hatte, etwas verbrochen zu haben.

84

Sonntag, 16. August

Um 13.30 Uhr machten sich Hummel und Holzner wieder auf den Weg nach Hetschbach. Hartmut Merdinger spielte mit seinem Sohn Thomas im Hof Basketball, als sie ankamen und aus dem Fleetwood des Hauptkommissars stiegen.

»Tag, Herr Merdinger.« Hummel hob die Hand zum Gruß.

»Guten Tag. Die Herren Kommissare! Welche Ehre. Schade, dass meine Frau nicht da ist. Sie ist mit Bettina im Schwimmbad.« Er übergab Thomas den Ball, ging auf die Beamten zu, streckte die Hand aus. Hummel ergriff sie, schüttelte sie. »Ja, das ist schade. Aber wir hatten sie ja gestern schon besucht.«

»Sie hat es mir gesagt und sie hat sich sehr darüber gefreut.«

Holzner ging an Merdinger vorbei. Er war so wütend auf ihn, dass er ihm die Hand nicht geben wollte. Hummel setzte eine ernste Miene auf. »Können wir Sie sprechen, Herr Merdinger? Es wäre sehr dringend.«

Hartmut war verunsichert: »Ach ja?« Er deutete auf die Sitzgruppe auf dem kurzgeschnittenen Rasen. »Setzen wir uns.« Es duftete nach Blumen. Der Himmel war wolkenlos, die Luft angenehm warm, nicht zu heiß. Ein schöner Tag. Als sie Platz genommen hatten, eröffnete Hummel dem Schiffsführer, aus welchem Grund sie hier waren. Er führte alles auf, was er und Holzner bisher in Erfahrung bringen konnten. Und alles sprach gegen Hartmut Merdinger. Total überrascht war dieser völlig von der Rolle: »Das ... das stimmt«, gab er niedergeschlagen zu. »Auch, dass ich gewisse Neigungen habe.« Er war schockiert. Wie kam die Kripo hinter diese Intimitäten?

Er senkte den Blick, atmete schwer. »Kann ich auf Ihre Diskretion hoffen, Herr Kommissar?«

»Ich kann Ihnen nichts versprechen, Herr Merdinger. Das hängt von den Umständen ab.«

»Wenn Katharina das erfährt! Das bringt sie um.« Harmut raufte sich deprimiert die Haare. Hummel beugte sich über den Tisch, sprach nun leiser, aber mit scharfem Ton:

»Was war mit Veronica de Silva? Hatten Sie mit ihr ein Verhältnis?«

»Nein, nein!« Hartmut bestritt vehement Hummels Verdacht. Der Hauptkommissar dachte nach. Er konnte sich entsinnen, wie die Assistentin Stefan Merdingers, Irma – den Nachnamen wusste er nicht – etwas von Klunkern sagte, als er mit Kersten damals im Büro von *Merdingers Binnenschifffahrt* Veronica de Silva sprechen wollte. Sie bekäme nie Klunkern geschenkt, oder so ähnlich hatte sie sich ausgedrückt.

»Haben Sie Veronica de Silva jemals Schmuck geschenkt?« Der Hauptkommissar legte die gefalteten Hände auf den Tisch, blickte den Schiffsführer mit zusammengekniffenen Lippen an. Merdinger hob verwundert den Kopf, doch dann erinnerte er sich, gab zu, Veronica eine Halskette und einen Ring mit Saphiren geschenkt zu haben. »Vor ungefähr zwei Jahren oder länger.«

Auf die Frage, warum er ihr den Schmuck geschenkt habe, antwortete er: »Wir hatten damals kurzzeitig ein kleines Techtelmechtel.«

»Wo waren Sie am Freitag, den 7. August als der Mord geschah zwischen neun und zwölf Uhr?«

»Ich habe nach dem Frühstück in der Gärtnerei Weinhold in Höchst Blumen besorgt, dann habe ich Veronica besucht«, sagte er offen.

»Ach! Das ist ja interessant. Was ist bei Frau de Silva geschehen?«

»Nichts! Wir haben Kaffee getrunken und uns unterhalten, eine halbe Stunde später bin ich zurückgefahren. Auf dem Panoramaweg unterhalb der Veste Otzberg bin ich noch spazieren gegangen. Zum Mittagessen war ich zu Hause.«

»Hat Sie bei Ihrem Spaziergang jemand gesehen?«

»Nein, niemand.« Merdinger legte die schwitzenden Hände auf die Oberschenkel. Der Hauptkommissar spürte, wie dieser unruhig wurde, wartete ab, ließ ihn ein wenig schmoren. Hartmut kratzte sich verlegen am Knie. Schweiß färbte dunkel sein gelbes, kurzärmeliges Hemd unter den Achseln. Plötzlich kam Hummels Frage wie aus der Pistole geschossen: »Haben Sie Veronica de Silva ermordet?«

Mit vor Schreck geweiteten Augen starrte der Schiffsführer ihn an. »Nein! Nein!«, entrang sich klanglos seiner Kehle. »Um Gottes willen! Ich bin doch kein Mörder! Ich habe sicher Fehler gemacht. A … aber ich bin kein Mörder!« Er hob verzweifelt beide Arme. »Das müssen Sie mir glauben. Ich habe das nicht getan!« Er schaute die Kommissare flehend an, versuchte seine Stimme zu festigen: »Bitte glauben Sie mir! Ich war das nicht!« Er verbarg weinend das Gesicht in den Händen.

Oberkommissar Holzer flüsterte Hummel ins Ohr: »Spermaspuren!«

Hummel nickte. »Hatten Sie an diesem Tag Sex mit Veronica de Silva?«, fragte er mitleidlos weiter.

»Aber nein! Wo denken Sie hin? Wie kommen Sie darauf?« Merdinger war empört.

»Das ist ganz einfach und auch sehr naheliegend. Auf dem Bettlaken Frau de Silvas wurden Spermaspuren gefunden. Waren die von Ihnen?« Hummel schaute Merdinger lauernd an. »Wir können das leicht nachprüfen.«

Hartmut Merdinger wurde es heiß. Sein Körper glühte, der Kopf wurde feuerrot. Er begann zu zittern. Mit belegter Stimme gab er leise zu: »Das Sperma stammt von mir. Es kam zwar nicht zum Verkehr, aber ich konnte mich nicht mehr zurückhalten. Sie wollte es ja auch. Es war ein Rausch. Wie in einer anderen Welt.«

»Sie wollte es auch, sagen Sie?« Hummel blickte ihn ungläubig an.

»Ja! Warum also sollte ich sie umbringen? Ich habe Veronica nicht ermordet. Wirklich nicht!«

»Und Sie sind dann einfach weggegangen? Was ist mit Frau de Silva geschehen?«, setzte Hummel nach.

»Ich weiß es nicht. Es klingelte an der Tür. Ich wollte nicht bei Veronica gesehen werden und bin durch die Hintertür leise hinausgegangen.«

»Und das sollen wir Ihnen glauben, Herr Merdinger?« Der Hauptkommissar sah ihn kritisch an.

»Es war so«, antwortete der Schiffsführer weinerlich. »Ob Sie es glauben oder nicht.«

»Besitzen Sie ein Messer?«, hakte Oberkommissar Holzner nach. Merdinger hob den Kopf, wischte die Tränen mit dem Handrücken ab. »Ja, ein Jagdmesser. Ich habe es vor einiger Zeit von einem befreundeten Förster geschenkt bekommen.« Er stand auf, ging mit schleppenden Schritten in die Garage, kam mit dem Messer zurück: »Das ist es.« Er reichte es Holzner. Simon betrachtete es abschätzend: »Klingenlänge etwa 15 cm.«

Hummel schaute seinen Kollegen fragend an, spürte, dass sich bei ihm die Rädchen drehten. Der Hauptkommissar erhob sich, zog Holzner am Hemdsärmel, bedeutet ihm, aufzustehen. Sie gingen einige Meter vom Tisch weg. »Was ist, Simon? Was ist mit dem Messer?«

»Der war's nicht! Ich bin sicher, dass der die de Silva nicht erstochen hat. Fast sicher!«

»Fast sicher? Erst sagst du …« Hummel winkte ab.

»Ich denke, die Klinge ist zu lang.« Holzer zögerte: »Vielleicht … *zu* lang.«

»Fast sicher! Die Klinge zu lang … vielleicht *zu* lang.« Felix Hummel nahm die Brille ab, wischte sich über die Augen: »Vielleicht sagst du mal, was du wirklich meinst.«

»Ach, ich weiß es auch nicht.«

»Na siehste, das ist doch ein Wort«, meinte Hummel zynisch, tätschelte Holzner die Schulter, setzte die Brille wieder auf. Sie gingen zurück an den Tisch, an dem Hartmut Merdinger wie ein Häufchen Elend saß, die Hände verkrampft zwischen die Knie geklemmt. Beiläufig erwähnte der Hauptkommissar: »Besuchen Sie auch Damen des Gewerbes?«

»Das ist meine Privatsache«, sagte er kleinlaut, aber bestimmt.

»Eine junge Frau aus Rumänien wurde misshandelt und übel zugerichtet.« Hummel schaute ihm durchdringend in die Augen. »Mit dem Messer sind Sie ja schnell bei der Hand.«

Der sichtlich am Boden zerstörte Merdinger sackte förmlich zusammen, antwortete kaum hörbar: »Ich habe keine Ahnung, wovon Sie sprechen, Herr Kommissar.«

»Sicher nicht?«

»Sicher nicht!«, kam es nur noch krächzend aus Merdingers Mund.

»Bitte halten Sie sich zu unserer Verfügung, verlassen Sie Hetschbach nicht. Dass Messer nehmen wir mit.«

»Aber ich muss morgen früh weiter.« Seine Stimme versagte fast. »Die Fracht muss gelöscht werden. Ich muss den Termin einhalten.«

Hummel blieb dabei. »Ihre Sache. Verlassen Sie Hetschbach nicht. Punkt!« Er drehte sich um: »Simon, komm bitte.« Sie gingen grußlos hinaus auf die Straße, setzten sich in den Oldtimer, fuhren weg. Hartmut Merdinger blieb mit hängendem Kopf und allerlei möglichen und unmöglichen Gedanken am Gartentisch sitzen.

Unterwegs meinte Holzner: »Wieso haben wir ihn nicht mitgenommen? Der hat doch gelogen. Der hat womöglich die de Silva vergewaltigt und dann umgebracht.«

»Hast du den Bericht von der Kant nicht richtig gelesen? Es fand kein Geschlechtsverkehr statt. Mensch, Simon, pass doch ein bisschen auf«, antwortete Hummel kopfschüttelnd.

»Das sagst ausgerechnet du. Von wegen Bericht. Was war denn mit der Tiefe der Messerstiche. Das stand auch im Be…«

»Hör auf«, fiel ihm Hummel ins Wort. Er knurrte: »Ja, ja, ich weiß schon. Wir lassen ihn an der langen Leine. Er soll sich sicher fühlen.« Grimmig gab er Gas, so dass der Fleetwood in der nächsten Kurve leicht ins Schleudern geriet. Angstvoll klammerte sich Holzner am Armaturenbrett fest.

85

Zurück im Kommissariat berichtete Hummel den Kollegen, was er mit Holzner bei Merdinger in Erfahrung gebracht hatte.

»Wenigstens ist die mysteriöse Spermageschichte aufgeklärt«, sagte Kriminalrat Schlett. Dröger nickte: »Wenigstens!«

Hummel ging in sein Büro, setzte sich, lehnte sich zurück und faltete die Hände hinter dem Kopf. Holzner blieb stumm neben ihm stehen, nagte an der Unterlippe.

»Setz dich, Simon, du klaust mir die Ruhe.« Der Hauptkommissar deutete auf einen Stuhl vor seinem Schreibtisch. Holzner drehte den Stuhl so, dass die Rückenlehne nach vorne zeigte. Er setzte sich, verschränkte die Arme auf der Lehne. So saßen sie sich einige Minuten gegenüber. Jeder hing seinen Gedanken nach.

»Was ist mit dieser Irma?« unterbrach Hummel die Stille.

»Mit welcher Irma?« Holzner verstand nicht.

»Der Assistentin von Stefan Merdinger.«

»Aha! Was soll mit der schon sein, Felix?«

»Die konnte Veronica de Silva nicht ausstehen«, meinte Hummel, nachdenklich geworden. »Wahrscheinlich weil die de Silva die Assistentin des Seniorchefs war. Also eine Stufe höher als sie.«

»Im Berufsleben ist das ja nichts Neues. Da ist der Neid groß. Jeder meint, er würde benachteiligt, wenn der andere eine Position erreicht hat, die er gerne selber einnehmen möchte.«

»Oder *sie*!«, warf Hummel ein.

»Wie? Ach so! Oder *sie*, ja.« Er schaute Hummel an: »Du meinst …?«

»Vielleicht!« Hummel zog die Unterlippe durch die Zähne. »Fassen wir mal zusammen, Felix. Wir haben Tur … sas. Der hat ein Messer. Mellinger hat auch ein Messer. Beide Messer sind zweischneidig. Die Längen der Klingen sind nicht sehr unterschiedlich. Die Einstiche sind über elf Zentimeter tief.«

»Ich würde eher Tursas vermuten.« Holzner hustete, räusperte sich. »Die Klingenlänge seines Messers entspricht in etwa den Einstichen. Die Klinge von Merdingers Messer ist etwas länger«, stellte er fest.

»Das stimmt, Simon. Aber er könnte vielleicht nicht so tief zugestochen haben.«

Hummel schaute grüblerisch auf seine gefalteten Hände.

»In solch einer Situation? Das glaube ich eher nicht. Da spielte offensichtlich Wut und Zorn eine große Rolle.« Holzner war skeptisch. Er sah sich das Messer noch einmal genau an, stand auf, brachte es zum Erkennungsdienst. Hummel meldete die neuen Erkenntnisse weiter an den Kriminalrat und an den Ersten Kriminalhauptkommissar Heiner Dröger. Walter Schlett sprach mit Dröger: »Der Mord an Veronica de Silva ist zwar Ihr Fall, aber ich möchte Hummel und Holzner weiter ermitteln lassen. Die haben sich so richtig reingearbeitet. Ich möchte auch, dass Sie mit dran bleiben. Auch sollte Peter Rothman beim Erkennungsdienst federführend sein. Es ist einfacher, er ist vor Ort. Heiner Dröger stimmte zu: »Das ist für mich okay. Es macht durchaus Sinn. Semmelweiß und Lehmann bleiben in Darmstadt. Dort haben sie genug zu tun. Die Direktorin wird sich freuen. Sollten Sie gebraucht werden, rufen wir in Darmstadt an.«

»Prima.« Schlett rief Hummel an: »Arbeitet an dem Fall weiter. Wenn ihr Unterstützung braucht, sagt Bescheid.«

Inzwischen war Holzner zurück.

86

Diese Irma!« Es ließ Hummel keine Ruhe. »Diese Irma, Simon! Wir reden immer nur über Hartmut Merdinger oder Tursas. Ich habe so ein seltsames Gefühl.« Ihm fiel wieder ein: »Klunkern! Die war neidisch ohne Ende, auch weil sie keine Klunkern geschenkt bekam. Im Gegensatz zu Veronica Silver.« Hauptkommissar Hummel entschied spontan: »Wir fahren hin. Ich will mit dieser Irma sprechen.«

»Heute ist Sonntag, Felix. Sonntag! Die wird heute nicht arbeiten«, bemerkte Simon.

»Das ist doch egal«, brummte Hummel. »Merdinger weiß, wo sie wohnt.«

Nach kurzem Telefonat mit Stefan Merdinger erfuhr Hummel, dass Irma Kronauer in Hassenroth in der Darmstädter Straße wohnte. Stefan war verwundert, dass die Kripo ausgerechnet Irma sprechen wollte. Sie war zwar auf alles neidisch, was andere besaßen und sie nicht, aber ansonsten konnte sie seiner Meinung nach keiner Fliege etwas zu Leide tun. »Merkwürdig«, murmelte er, zündete sich eine Zigarette an.

»Auf geht's, Simon! Wir fahren nach Hassenroth.« Hummel strotzte nur so vor Tatendrang. Sie stellten den Fleetwood vor dem Haus Irma Kronauers ab. Es war ein schon etwas älteres Einfamilienhaus mit Kniestock und steilem Dach, wie die Häuser in den frühen fünfziger Jahren gebaut worden waren. Ein niedriger, mit dunkelbrauner Lasur eingelassener Jägerzaun umsäumte das gesamte Grundstück mit dem Vorgarten, in dem allerlei bunte Blumen blühten. Sie klingelten an der Haustür. Eine junge Frau mit blonden Locken öffnete, an der Hand hielt sie einen etwa vierjährigen Jungen mit ebenso blonden Locken. Ihm war deutlich anzusehen, dass er gerade erst ein Marmeladenbrot gegessen hatte. »Bitte?«

»Kripo Erbach.« Hummel zeigte ihr seinen Dienstausweis. »Wir möchten zu Frau Irma Kronauer.«

»Kripo? Ist was passiert?« Die Frau bekam eine trockene Kehle.

»Wir möchten Frau Kronauer sprechen«, fasste Hummel sich kurz.

»Meine Mutter wohnt oben. Kommen Sie herein«, sagte sie mit belegter Stimme. Sie schickte die Beamten die steile, schmale Treppe hoch. »Klopfen sie einfach an die Tür.«

Oben war ein Glasabschluss, der die Wohnung von der Treppe trennte. Hummel wollte anklopfen, da hörten sie, dass Irma Kronauer telefonierte. »Und das Schlimme ist, die haben Valdis festgenommen. Er sitzt in U-Haft in Weiterstadt. Das ist ein schöner Mist. Was werden die noch alles rauskriegen! Diese scheiß Bullen!«

Die Polizisten sahen sich an, Hummel flüsterte: »Valdis? U-Haft? Simon, merkste was? Die meint Tur …!«

»Sicher«, bestätigte Holzner. »Die kennt Tursas.« Sie lauschten. Irma Kronauer sprach weiter: »Wir können nur hoffen, dass die nichts nachweisen können.« Es war einen Moment still. Dann war ihre Stimme wieder zu hören: »Jaja, ich bin schon vorsichtig. Tschüss!« Sie legte hörbar auf.

»Sieh mal an!« Hummel klopfte an die Tür.

»Augenblick«, kam Irmas Stimme aus der Wohnung, »ich komme.« Die Tür ging auf, sie erschrak, als sie Hauptkommissar Hummel vor sich stehen sah.

»Guten Tag, Frau Kronauer«, grüßte er.

»Was …was …?«

Hummel ließ sie nicht ausreden: »Dürfen wir eintreten?«

»Ja … ja … natürlich …«, stotterte sie. Sie setzten sich an den Küchentisch. Unverzüglich erkundigte sich Hummel: »Mit wem haben Sie eben telefoniert, Frau Kronauer?«

Sie wurde verlegen: »Ei, das war …« sie hielt inne. »Das war …« Ihre auf dem Tisch gefalteten Hände verkrampften sich.

»Mit wem?« Der Hauptkommissar hob die Stimme. »Wir können das leicht nachvollziehen. Also?«

»Mit Monika.« Sie gab zu, dass sie Monika Wegner kennen würde. Die Frage Holzners, ob sie Valdis Tursas auch kenne, bejahte sie. Auch gestand sie, dass sie mit dem Letten ein Verhältnis habe. Sie wisse auch, dass Tursas wegen Mordverdachtes an Veronica de Silva in Weiterstadt einsaß.

»Trauen Sie ihm einen Mord zu?«, fragte Holzner weiter.

»Ich… ich weiß es nicht. So lange kenne ich ihn noch nicht.«

»Wie lange kennen Sie ihn?«

Irma überlegte: »Ungefähr vier Wochen«, antwortete sie mit zitternder Stimme. »Vielleicht war er es wirklich.«

»Sie kommen mal mit ins Kommissariat nach Erbach.«

Voller Angst fügte sie sich.

87

Im Kommissariat wurde Irma Kronauer erstmal zum Erkennungsdienst gebracht. Hummel und Holzner gingen hoch ins Büro, wo Kersten an seinem Schreibtisch saß und Akten wälzte. Stefanie Steinmann saß an dem runden Tisch, hatte ebenfalls einen Berg Akten vor sich.

»Was macht der Fall Forster, Josef?«, fragte Hummel.

»Der ist eigentlich aufgeklärt. Die Beweise sind eindeutig. Dieser Mario Schiefer hat nur noch kein Geständnis abgelegt. Die SoKo haben wir aufgelöst. Frau Steinmann erledigt noch den Rest der Akten.«

»Frau Steinmann! Wie nett«, flüsterte Hummel. Ihm war nicht entgangen, dass Stefanie eine schöne Frau war. Auch dass sie auf Kersten stand, war ihm nicht entgangen. »Na, dann hätten wir ja zwei von drei Fällen soweit aufgeklärt. Aber der dritte Fall! Wir sind dran, aber es gibt noch einige Ungereimtheiten.« Er setzte sich, beantragte bei Staatsanwältin Dr.

Augustin einen Durchsuchungsbeschluss, um die Wohnung Irma Kronauers unter die Lupe zu nehmen. Dann stand er auf, ging hinüber in den Konferenzraum, wo Kriminalrat Schlett mit Heiner Dröger vor der Tafel mit Bildern irgendwelcher tatverdächtiger Personen und allerlei Skizzen und Aufzeichnungen stand. Er schaute ihnen auf Zehenspitzen über die Schultern: »Wir haben eine Zeugin oder gar Täterin mitgebracht.«

»Wir kommen.«

Inzwischen war Irma Kronauer in den Vernehmungsraum gebracht worden. Sie saß zusammengekrümmt Holzner gegenüber. Hauptkommissar Hummel setzte sich neben seinen Kollegen. Heiner Dröger und Walter Schlett saßen vor dem Monitor im Büro des Kriminalrats und verfolgten das Gespräch. Während des Verhörs glaubte Hummel zu erkennen, dass Irma Kronauer dem Druck, der auf ihr lastete, nicht gewachsen war. Sie war drauf und dran, Valdis Tursas des Mordes zu beschuldigen. »Er war in manchen Dingen brutal und rücksichtslos, fuchtelte auch immer mit seinem blöden Messer rum. Ganz besonders, wenn er betrunken war.« Sie schlug die Augen nieder. »Manchmal hat er mir richtig Angst gemacht.«

»War er oft betrunken?«

»In letzter Zeit leider ja«, flennte sie.

»Warum haben Sie sich trotzdem mit ihm eingelassen, Frau Kronauer?«

»Na ja, er konnte auch nett sein. War er auch oft. Aber wie gesagt ...« Tränen liefen ihr über die Wangen, die sie mit einem Taschentuch wegwischte. Hummel blieb erbarmungslos: »Haben Sie mit dem Mord an Frau de Silva etwas zu tun?«

Sie schüttelte stumm den gesenkten Kopf. Ihre Hände verkrampften sich wieder. Seine Stimme wurde lauter: »Haben Sie sie umgebracht?«

Jetzt brach sie weinend zusammen: »Valdis war das!«, schluchzte sie. Irma Kronauer war am Ende ihrer Kräfte.

»Hat Frau Wegner etwas damit zu tun?«

»Ich ... ich weiß es nicht. Ich habe ihr nur gesagt, dass Valdis im Gefängnis ist. Aber ich habe ihr nicht gesagt, dass er der Mörder ist.«

»Okay, Frau Kronauer. Sie bleiben über Nacht hier.« Hummel rief einen Beamten, ließ sie in eine Gewahrsamszelle bringen. Er ging mit Holzner in sein Büro, der Kriminalrat und Hauptkommissar Dröger folgten ihnen.

»Ich habe bei ihr ein ganz sonderbares Gefühl.« Hummel war unzufrieden.

»Glauben Sie, dass sie …« Dröger wiegte den Kopf, sagte: »Man kann es nie wissen.«

»Es gibt mindesten drei Verdächtige, vielleicht sogar vier.« Hummel zählte auf: »Valdis Tursas. Irma Kronauer gehört meines Erachtens dazu. Hartmut Merdinger ist noch lange nicht raus.«

»Wer noch? Wer ist der Vierte?«, fragte Kriminalrat Schlett.

»Stefan Merdinger? Vielleicht! Den behalte ich auch noch im Auge.« Dass er Paul Kornelius noch im Hinterstübchen hatte, sagte er erstmal nicht.

Dröger fasste einen Entschluss: »Herr Hummel, wir beide fahren zu Tursas. Gleich morgen.«

»Je eher, desto besser. Ich glaube, wir sind ganz nah dran.« Felix Hummel war wie besessen. Er wollte endgültig wissen, was da wirklich gelaufen war. Und wenn möglich, spätestens am nächsten Tag. Er wandte sich an Holzner: »Simon, mach Feierabend. Die Woche war lang genug. Deine Frau und Florian sind froh, wenn du mal wieder etwas Zeit hast. Wir gehen dann auch. Nimm Dir morgen einen freien Tag.«

Der schlaksige dreiunddreißigjährige Oberkommissar Simon Holzner wohnte in Bad-König in einem Altbau. Er hatte das Haus erst im letzten Jahr gekauft, und war dabei, es komplett zu renovieren. Deshalb war es ihm recht, heute mal früher nach Hause zu kommen und am nächsten Tag frei zu nehmen. Er hatte dann mal wieder ein bisschen Zeit für seine Frau Sandra und seinen fünfjährigen Sohn. Zudem konnte er einiges an Arbeit erledigen.

»Wir nehmen morgen meinen Wagen, Herr Dröger«, schlug Hummel vor. »Mit so einer Karosse sind sie doch noch nicht gefahren, oder?«, grinste Hummel.

»Nein«, gab Dröger lächelnd zu, »bisher noch nicht. Aber ich kann mich bei Gelegenheit bei Ihnen revanchieren?«

»Ja? Wie denn?«

»Warten Sie es ab. Es ist eine Überraschung.«

»Na schön. Da bin ich mal gespannt. Ich hole Sie dann um acht Uhr ab. Ist das okay?«

»Neun Uhr reicht. Ich muss vorher bei Staatsanwältin Augustin die Besuchserlaubnis beantragen. Früher erreiche ich sie nicht.« Dröger stand auf. Gemeinsam gingen sie aus dem Kommissariat, fuhren nach Hause.

88

Montag, 17. August

Hummel fuhr nach Groß-Umstadt, klingelte an Drögers Haustür.

Es war wenige Minuten vor neun. Karin Dröger öffnete, begrüßte freundlich den Kollegen ihres Mannes: »Schön, Sie kennenzulernen, Herr Hummel.«

»Ich freue mich auch, Sie kennenzulernen, Frau Dröger.« Er schüttelte ihr die Hand. Heiner Dröger winkte ihn hinein: »Moin, Herr Kollege. Es gibt noch schnell einen Espresso.«

»Gerne.«

Nachdem sie ausgetrunken hatten, setzten sie sich in den Cadillac Fleetwood, der – Hummel hatte es nicht anders erwartet – erst wieder nach dem vierten Starten ansprang. Unterwegs bemerkte Dröger: »Ist schon ein gemütliches Fahrzeug.« Er grinste. »Aber anspringen tut er nicht so gerne, gell?«

Hummel tat, als habe er es nicht gehört.

Da um diese Zeit starker Verkehr herrschte, dauerte es über eine Stunde, bis sie die Justizvollzugsanstalt in Weiterstadt betreten konnten. Sie ließen sich Valdis Tursas bringen. Der Lette setzte sich übelgelaunt den Kommissaren gegenüber. Er stützte die Ellbogen auf den Tisch, stützte den Kopf in beide Hände.

»Herr Tursas, wir wollen nicht lange herumreden, sondern gleich die Fakten offenlegen«, sprach Hummel ihn an, rückte ihm das Mikrofon hin. »Wir haben in Frau de Silvas Wohnung einen Reißverschlussschieber gefunden. Dieser Schieber passt genau auf den Reißverschluss einer dünnen blauen Jacke, die wir in *Ihrer* Wohnung gefunden haben. Wir haben einen verschmutzten schwarzen Schal mit Hautpartikeln von Frau de Silva in *Ihrer* Wohnung gefunden. Wir haben das Fahrtenmesser. Die Klinge passt genau zu den tödlichen Stichen, die Frau de Silva zugefügt wurden.« Er pochte mit den Knöcheln einer Hand auf den Tisch: »Das sind erstmal Beweise!« Der Hauptkommissar legte eine kurze Pause ein, beobachtete Tursas. Dieser begann, stark zu schwitzen. Hummel fuhr erbarmungslos fort: »Des Weiteren kennen Sie Frau Kronauer, haben sogar ein Verhältnis mit ihr. Warum haben Sie uns davon nichts gesagt? »

»Sie nix gefragt«, gab Tursas gereizt zur Antwort. Er bekam einen roten Kopf.

»Was wollten Sie eigentlich von Veronica de Silva?«, fragte Hummel mit zusammengekniffenen Augen.

»Frau mit Prospett in Café damals mir gefallen. Wollte nur besuchen.«

Hummel erinnerte sich. »Woher hatten Sie ihre Adresse?«

»Irma gesagt.«

Hummel nickte Heiner Dröger zu.

»Na schön«, ergriff Dröger das Wort, blickte Tursas lange ins Gesicht: »Wie ist Ihr Verhältnis zu Frau Kronauer? Gibt's öfters Streit, oder verstehen Sie sich gut?«

Tursas wurde unsicher: »Auch Streit, aber meist wir uns gutt verstehn.«

Hummel übernahm wieder. »Frau Kronauer hat ausgesagt, Sie hätten Veronica de Silva umgebracht.« Seine Stimme wurde schneidend: »Stimmt das?«

Jetzt verlor der Lette die Beherrschung. Er sprang auf, rief laut: »Nein! Nix stimmt! Sie hat umgebracht schönes Frau. Sie hat erstochen! Ich nix! Glauben mir!« Er schlug die Hände vors Gesicht.

Hummel sah zu Dröger. Der Erste Kriminalhauptkommissar nickte kaum merklich. Mit ruhiger Stimme sagte er: »Na dann erzählen Sie mal. Offensichtlich waren Sie dabei. Wie hat sich das zugetragen? Setzen Sie sich wieder.«

Valdis Tursas gestand ausnahmslos alles, was in der Wohnung Veronica de Silvas geschehen war. »Aber nix umgebracht!«, betonte er laut. »Frau still, ich dann weggerannt.«

»Was geschah weiter?«

»Nach einer Stunde ich zurückgekommen, wieder an Tür geläutet. Frau nix aufgemacht. Ich durch Hof zurück zu Auto. Da sehe, wie Irma geht zu Tür. Nach ungefähr zwei Minuten Tür aufgegangen, erst Irma rein, dann ich.« Er berichtete, Irma Kronauer habe Veronica de Silva umbringen wollen, weil sie sie fürchterlich hasste. Der Grund sei Eifersucht auf Stefan und Hartmut, aber auch auf Seniorchef Jo Merdinger gewesen. Auch sei sie, wie Hummel richtig vermutete, neidisch auf Veronica gewesen. Veronica habe viele Vergünstigungen gehabt, die sie nicht hatte. Sie wollte zumindest den Schmuck haben, den

Veronica von Hartmut Merdinger geschenkt bekam.

»Frau haben geglaubt, Irma wollen sie besuchen. Deshalb Tür aufgemacht.« Er schilderte, dass Irma Veronica sofort angriff und sie am Hals gepackt hat. Sie habe aber nicht genug Kraft gehabt, ihr den Kehlkopf durchzudrücken. Dann habe sie in seine Jackentasche gegriffen und das Messer herausgeholt, um auf Veronica einzustechen, was er, wie er sagte, verhindern konnte. »Sie gewusst, wo ich habe Messer. Hatte schon gesehn.« Sie habe dann das Messer weggesteckt und ihm mit einem schweren Gegenstand auf den Kopf gehauen. Als er wieder erwachte, sei niemand mehr da gewesen. »Beule an Kopf. Auto weg. Ich mit Zug heim. Ich gefragt als sie heimkommen, was gemacht. Sie gesagt: Nix. Alles gutt.« Er schnaufte laut, sagte dann niedergeschlagen: »Ich nix geglaubt, aber denken, sie gemacht Frau tot. Mit Messer von mir.«

»Warum haben Sie das nicht angezeigt? Das war immerhin Mord!«

»Ich viel Angst. Ich glauben, keiner merkt.«

Heiner Dröger blies die Backen auf: »Was wollten Sie nun wirklich von Frau de Silva? Wie kamen Sie auf die Idee, sie zu besuchen?«

»Wollte haben schönes Frau, aber nix geklappt«, gab er jetzt zu.

»Sie wollten sie also *doch* haben?«

»Ja«, nickte der grauhaarige Mann verschämt und senkte den Kopf.

Dröger ließ ihn von dem Vollzugsbeamten, der an der Tür stand, zurück in die Zelle bringen.

Valdis Tursas erzählte nicht, dass er ursprünglich geplant hatte, Veronica zu vergewaltigen und sie danach umzubringen und ihre Leiche in der ihm bekannten Blockhütte im Wald zwischen Boxbrunn und Amorbach, an der er zufällig irgendwann mal vorbei gekommen war, verschwinden zu lassen. Er erzählte auch nicht, dass er nach seiner Wanderung in der Hütte war und von den Kommissaren gestört worden war, als sie nach dem Entführer und Erpresser Vitus Ommersberg gesucht hatten. Durchs hintere Fenster war er hinausgestiegen. Es war ihm keine Zeit mehr geblieben, die Tür zu schließen, er hatte die Polizisten zu spät gesehen. Dann war er an der Hütte vorbei zu seinem Wagen gelaufen, den Rucksack auf dem Rücken.

»Wir lassen morgen in der Früh gleich einen U-Haftbefehl gegen Irma Kronauer ausstellen.« Hummel war fest entschlossen.

89

Josef Kersten und Stefanie Steinmann steckten immer noch mit dem Forstermord fest. Sie hatten wiederholt den mutmaßlichen Täter Mario Schiefer in der JVA Weiterstadt aufgesucht und ihn mit Fragen nur so gelöchert. Schiefer wollte einfach kein Geständnis ablegen, aber der alte Fuchs Kersten sah ihm an, dass er gezeichnet war. Falten hatten sich in sein unrasiertes Gesicht gegraben. Er wirkte übermüdet.

»Wir haben ihn bald soweit, Stefanie«, behauptete der Hauptkommissar. »Wir lassen nicht eher locker.«

90

Dienstag, 18. August

Die dritte Sonderkommission, die SoKo Silva, wurde jetzt auch aufgelöst. Der Fall war so gut wie aufgeklärt. Der Mordverdacht hatte sich minimiert auf zwei Personen, Valdis Tursas und Irma Kronauer. Eine dieser beiden Personen hatte Veronica de Silva erstochen. Soviel stand fest. Aber wer war's? Wer hatte den Mord wirklich begangen? Der Haftbefehl für die ihm vorgeführte Irma Kronauer wurde von Haftrichter Dr. Siebert ausgestellt, der sich wiederholt wunderte: »Und schon wieder Odenwald. Die schaffen mich noch.«

Die Hauptkommissare Dröger und Hummel ließen Irma Kronauer in den Vernehmungsraum bringen. Sie blieb stur bei ihrer Aussage, Tursas sei es gewesen. Sie räumte zwar ein, dass sie an diesem Tag bei Veronica de Silva in der Wohnung war, ihr aber nur einen Krankenbesuch abstatten wollte. Von Gewaltanwendung ihrerseits wollte sie nichts wissen.

»Tursas hat Veronica schon in ihrer Wohnung erstechen wollen, was ich mit aller Mühe verhindern konnte. Er hat sie dann gewürgt, bis sie keinen Laut mehr von sich gab. Er hat mich sogar gezwungen mitzufahren, um die Totgeglaubte zu vergraben. Als er am Viadukt feststellte, dass sie noch lebt, hat er sie erstochen. Das war schrecklich! Schrecklich!« Sie sank schniefend zusammen, ließ den Kopf hängen. Sie jammerte: »Es war wirklich schrecklich!«

»Was war mit dem abgeschnittenen Finger und dem Saphir?«, fragte Hummel. »Dem Klunker, wie Sie es gerne nennen?«

»Ich weiß nichts von einem abgeschnittenen Finger«, gab Irma Kronauer flennend zurück. »Auch nichts von einem Saphir oder einem Klunker.«

Die Kommissare konnten fragen was sie wollten, Irma Kronauer blieb hartnäckig dabei, sie habe Veronica de Silva nicht erstochen. Die Mordgeschichte blieb weiterhin rätselhaft und ungeklärt. Irma Kronauer wurde als Mordverdächtige von Beamten der

Regionalen Kriminalinspektion Odenwald in Untersuchungshaft in die JVA nach Frankfurt-Preungesheim überstellt.

Hummel las den Bericht von der Rechtsmedizinerin noch einmal genau durch. Er hatte eine, wie er meinte, zündende Idee, teilte sie Schlett und Dröger sogleich mit.

»Respekt, Herr Hummel, das könnte klappen.« Dröger reckte einen Daumen nach oben. Er beantragte auf dem vorgeschriebenen Weg bei der Staatsanwältin eine Besuchserlaubnis. Zwei Stunden später waren die Kommissare in der JVA, betraten nach der üblichen Ausweiskontrolle den Vernehmungsraum. Hummel hatte vorher eine Flasche Mineralwasser mit drei Gläsern besorgt, die er auf den Tisch stellte. Sie ließen Valdis Tursas bringen. Als der Lette Platz genommen hatte, füllte Hummel die Gläser, nahm seines und trank. Tursas tat es ihm gleich. Mit der Rechten nahm er sein Glas, trank es mit einem Zug aus, füllte nach. Dröger stellte ihm noch einige Fragen, der Lette blieb dabei, er habe den Mord nicht begangen. Das sei Irma Kronauer gewesen. »Sie hat schönes Frau ja schon in Wohnung wollen erstechen.«

Dröger winkte dem Uniformierten an der Tür: »Bringen Sie ihn zurück.«

Sie fuhren weiter nach Preungesheim in die JVA, ließen Irma Kronauer holen. Auch hier hatte Hummel Mineralwasser und drei Gläser besorgt. Dröger hatte gerade seine stilvolle, leicht nach unten gebogene Savinelli-Pfeife angezündet, als sie sich den Beamten gegenübersetzte. Sie schenkte sich mit der linken Hand ein Glas Wasser ein, trank, fragte mit Blick auf Dröger, der genüsslich mit dem Rauch des Rum and Maple spielte, kleine Kringel ausstieß: »Darf man hier rauchen?«

»Ja, ausnahmsweise. Möchten Sie eine Zigarette?« Dröger bot ihr eine Marlboro an.

»Ich habe selbst welche.« Sie griff in die Jackentasche, holte ein Päckchen Gitane hervor, nahm eine der Zigaretten mit dem starken dunklen Tabak heraus, steckte das Päckchen zurück. Dröger gab ihr mit einem Streichholz Feuer. Während sie die Zigarette in der Linken hielt, hektisch daran zog, den Rauch tief inhalierte und in die Luft blies, legte sie die andere Hand auf den Tisch.

»Nun, Frau Kronauer«, Dröger nahm einen weiteren Zug, »Sie können einen Anwalt anrufen. Es kann Ihnen auch ein Pflichtverteidiger zur Verfügung gestellt werden.« Nachdem er sie über ihre Rechte aufgeklärt hatte, offenbarte er ihr: »Herr Tursas belastete Sie genauso wie Sie ihn. Er sagte aus, Sie hätten den Mord an Frau de Silva begangen. Sie behaupteten, er sei es gewesen.« Er legte die Pfeife auf den Rand des Plastikaschenbechers. »Wer war es denn nun wirklich?«

Sie schrie hysterisch auf: »Dieser verdammte Lügner! Der will den Mord auf mich schieben? Er hat Veronika erstochen! Er und sonst niemand! So ein feiges Schwein!« Sie drückte zornig die Zigarette aus.

»Bleiben Sie sachlich, Frau Kronauer. Und bitte nicht diesen Ton.« Drögers Stimme wurde schärfer.

Lautstark betonte sie: »Ich möchte meinen Anwalt sprechen. Sofort! Ich sage gar nichts mehr.«

Hauptkommissar Dröger nahm gelassen seine Pfeife: »Gut. Wir kommen morgen wieder. Um neun Uhr sind wir da. Klären Sie inzwischen alles mit Ihrem Verteidiger. Auf Wiedersehen.« Er stand auf: »Wir gehen, Herr Hummel.«

Felix Hummel erhob sich, winkte dem Vollzugsbeamten zu, der Irma Kronauer zurück in die Zelle brachte. Er ging noch einmal an den Tisch, nahm mit einem Taschentuch die Zigarettenkippe aus dem Aschenbecher, steckte sie ein. Auf dem Weg nach draußen meinte Dröger augenzwinkernd: »Ich glaube wir haben's!«

Hummel lachte leise. Seine List hatte funktioniert.

»Gut gemacht, Herr Hummel«, lobte ihn Dröger. »Morgen nageln wir sie fest. Und wenn sie zehn Anwälte hat.«

Zurück im Kommissariat erstatteten sie Kriminalrat Schlett Bericht. Schlett gab sich mit dem bisherigen Ergebnis sehr zufrieden.

»Aber eines machen wir noch«, sagte Dröger. »Wir fahren nach Hassenroth. Haben wir einen Durchsuchungsbeschluss?« »Haben wir«, antwortete Hummel.

»Na dann los!« Sie fuhren mit Drögers Audi A6 nach Hassenroth. Irma Kronauers Tochter gab ihnen nach Vorlage des Beschlusses bestürzt den Schlüssel. Was hatte ihre Mutter verbrochen?

In Irmas Wohnung fanden sie zunächst nichts Besonderes. Sie nahmen drei Jeans aus dem Schrank. Es waren die einzigen Hosen, die darin hingen. Alle weiteren Kleidungsstücke nahmen sie auch mit. Schuhe nahmen sie aus dem Schuhschrank. Hummel stellte fest: »Die lebt aber auf großem Fuß.«

»Wie meinen Sie das?« Dröger schaute ihn interessiert an.

»Na ja, für Frauenschuhe sind die recht groß, oder?«, brummte Hummel.

»Ja schon.« Heiner Dröger schaute bei einem Turnschuh auf die Sohle, meinte: »Tatsächlich! Zweiundvierzig. Sie ist ja auch mindestens eins fünfundsiebzig. Von daher ist das gar nicht so ungewöhnlich.«

»Mag sein«, gab Hummel zu. Dröger zupfte sich am Ohrläppchen. Sie brachten alles in den Audi, gaben den Schlüssel ab und fuhren zurück. Im Kommissariat übergab Hummel die Sachen Peter Rothman. »Kannst du das heute noch analysieren? Wir brauchen die Ergebnisse spätestens morgen früh.« Er nickte ihm verschmitzt zu: »Du hast also genug Zeit.«

Der Chef der SpuSi grinste ihn an: »Wieso nicht gestern?« Er lenkte ein: »Felix, du weißt, ich bin Kummer gewohnt. Ich ruf dich an.«

»Danke, Peter, hast was gut bei mir.«

»Jaja, ich weiß.« Rothman ging sogleich mit zwei weiteren Beamten an die Arbeit. Er rief Lehmann in Darmstadt an: »Hennes, kannst du mir aushelfen? Ich muss einiges an Kleidern und Schuhen analysieren.«

»Ja, klar, Peter.«

Der Darmstädter SpuSi-Chef nahm zwei Kollegen mit nach Erbach. Allen war bewusst: Das wird eine lange Nacht.

91

Mittwoch, 19. August

Die Kommissare Josef Kersten und Stefanie Steinmann waren wieder unterwegs nach Weiterstadt in die JVA, um Mario Schiefer zu vernehmen. »Heute muss er ein Geständnis ablegen. Unbedingt! Ich gebe eher keine Ruhe. Langsam reicht es mir. Sein Verteidiger, dieser Klein muss doch auch wissen, dass es so nicht weitergeht.« Er schlug mit der flachen Hand aufs Armaturenbrett, donnerte: »Verdammt noch mal.«

Seine Kollegin schaute ihn erschrocken an. Wenig später trafen sie in Weiterstadt ein. Im Vernehmungsraum warteten sie auf Mario Schiefer, der einige Minuten später gebracht wurde. Sein Verteidiger Heinz-Werner Klein war auch zugegen. Diesmal argumentierte Kersten von Anfang an mit höchst aggressiver Stimme. Anwalt Klein blieb gelassen, schlug die Beine übereinander. Aber Schiefer wurde von Minute zu Minute blasser. Stefanie Steinmann fiel auf, dass er immer mehr abbaute.

»Geben Sie endlich zu, was Sie getan haben, Herr Schiefer«, dröhnte Kersten böse. »Es steht doch fest, dass Sie Doreen Forster ermordet haben! Wir haben doch alle Beweise gegen Sie erörtert.« Er stand auf, stellte sich hinter seinen Stuhl, stützte sich mit den Händen ab.

Schiefer kippte unvermittelt nach vorne, schlug mit dem Kopf auf die Tischplatte. Alle schraken zusammen. Kersten sprang hinzu, wollte ihn aufrichten. Schiefer war bewusstlos geworden. Der Justizvollzugsbeamte kam sofort herbeigeeilt, rief den Arzt an. Nach vier Minuten war der Gefängnisarzt da, behandelte Mario Schiefer, der dann wieder zu sich kam. Er richtete sich auf, lehnte sich im Stuhl zurück.

»Ich lasse Sie auf die Krankenstation bringen.« Der Arzt rief zwei Sanitäter an, die mit einem Rollstuhl Schiefer abholten. Er wandte sich an den Anwalt und an die Beamten: »Meine Herrschaften, ich möchte Sie bitten, unverzüglich zu gehen. Sie sehen selbst, dass Herr Schiefer unbedingt Ruhe braucht. Wenn es ihm morgen besser geht, können Sie wiederkommen. Ich bitte um Ihr Verständnis.«

»Okay, wir kommen morgen wieder«, antwortete Kersten. Sie verließen die Justizvollzugsanstalt.

***

Donnerstag, 20. August

Nachdem Kommissarin Steinmann in der JVA angerufen und sich vergewissert hatte, dass sie Mario Schiefer weiter vernehmen konnten, fuhren sie wieder nach Weiterstadt. »Meinst du nicht, dass du Schiefer zu hart angepackt hast?« Stefanie äußerte Bedenken. »Warum sonst ist er zusammengebrochen?«

»Ach was!« Kersten wischte ihre Worte mit einer Handbewegung weg. »Wenn ich ihn mit Samthandschuhen anfasse, wird er nie gestehen.« Entschlossen sagte er: »Heute muss er aussagen. Heute krieg ich ihn soweit. Die Samthandschuhe habe ich zu Hause gelassen.« Kersten stellte den Audi auf dem Parkplatz ab, sie gingen hinein. Anwalt Klein und sein Mandant erwarteten sie im Vernehmungsraum. Stefanie setzte sich, Kersten blieb hinter seinem Stuhl stehen, schaute Schiefer in sein blasses, eingefallenes Gesicht, sagte nichts. Der Mann wirkte sehr krank. Anwalt Klein berichtete mit wenigen Worten: »Herr Schiefer wird ein Geständnis ablegen. Ich habe ihm dazu geraten. Sein Gesundheitszustand hält diesen Stress nicht mehr länger aus.«

Unter dem Druck der Beweislast und auf Anraten seines Anwaltes sagte Mario Schiefer mit leiser Stimme: »Ja, ich werde gestehen. Ich habe nichts mehr zu verlieren.«

Kersten schaute ihn verunsichert an. Stefanie überfiel ein sonderbares Gefühl. Er hat nichts mehr zu verlieren? Was ist los mit ihm?

Der Hauptkommissar rückte das Mikrofon näher zu ihm hin: »Okay, Herr Schiefer. Sprechen Sie bitte so deutlich wie möglich.« Kersten setzte sich, strich sich über das Oberlippenbärtchen. Steinmann schaute gespannt dem Häftling ins Gesicht.

»Gut«, begann Schiefer heiser. Er erzählte alles von Anfang an, ergänzte anschließend: »Als ich sah, dass Doreen und Veronica sich in der Sauna streichelten und küssten, war das für mich der klare Beweis, dass sie tatsächlich ein Verhältnis miteinander hatten.

Jetzt war die Grenze der Eifersucht bei mir erreicht. Ich wartete nicht mehr, schlich in den Fitnessraum, zog die Saunatür auf. Vroni hatte sich zuerst gefasst, schnappte ihre Kleider, schlüpfte panisch an mir vorbei und rannte die Treppe hoch. Wenig später kam sie angezogen zurück in die Sauna. Sie wollte Doreen zur Hilfe kommen.« Er schloss für einige Sekunden die Augen, knüpfte an: »Ich bekam Doreens Hals zu fassen, drückte fest zu. Sie wehrte sich, trat und schlug um sich. Vroni warf sich auf meinen Rücken, versuchte, mich wegzuzerren. Ich konnte sie abschütteln. Sie fiel vor der Tür auf den Boden, blieb benommen liegen. Da ich mehr Kraft als Doreen hatte, lag diese plötzlich wehrlos neben mir. Ihre Arme und Beine zuckten noch für einen kleinen Moment, dann waren auch die still. Als ich ihren Puls fühlte, merkte ich, dass sie noch lebte. Ich griff in die Tasche, holte zwei Kapseln mit Zyankali hervor, drückte sie Vroni, die sich wieder aufgerappelt hatte, in die Hand. ›Steck ihr die Kapseln zwischen die Zähne. Schnell!‹

›Was? Bist du verrückt? Du bringst sie um!‹ Sie war entsetzt, schlug mir mit der flachen Hand ins Gesicht.

›Mach schon, steck ihr die verdammten Kapseln zwischen die Zähne. Los!‹, schrie ich.« Er legte eine längere Pause ein, überlegte. Die Beamten ließen ihm die Zeit. Dann nahm der den Faden wieder auf: »Ihr dämmerte wahrscheinlich, dass sie dann vielleicht mit mir zusammen sein könne. Ich wusste ja, dass sie das wollte. Aber … na ja.« Er fasste sich an die schweißnasse Stirn. »Fieberhaft riss sie mir die Kapseln aus der Hand, steckte sie Doreen hektisch zwischen die Zähne. Ich drückte Doreen den Mund zu. Die Kapseln wurden zerbissen, so drang das Gift in ihren Körper. Nach kurzer Zeit atmete sie nicht mehr. Wir wischten alles gründlich ab. Den kompletten Fitnessraum wischten wir auf. Dann schaltete ich die Sauna aus, wir rannten die Treppe hoch und verließen das Haus. Vroni schloss die Haustür ab und wir fuhren nach Hause.«

»So war das also, Herr Schiefer!«, warf Steinmann ein.

»Genau, so war das«, gab er mit ermattender Stimme zurück.

»Veronica de Silva können wir nicht mehr fragen.«

»Ja.« Schiefer schloss erschöpft die Augen, legte die Hände auf den Tisch.

»Am Tatort wurde außer Kleidern und Schuhen nichts von Doreen Forster gefunden. Hatte sie keine Handtasche dabei?«, fragte Stefanie.

»Doch. Die hatte Vroni mitgenommen. Sie hatte die Tasche samt Inhalt unterwegs in einem Müllcontainer entsorgt.«

»Die Kapseln mit Zyankali! Woher hatten Sie die?«, wollte Kersten wissen. Schiefer öffnete langsam wieder die Augen: »Die habe ich am Hauptbahnhof in Frankfurt am Kaisersack einem Typen abgekauft.«

»Verstehe. Hatten Sie öfters Kontakt mit den Leuten, die sich dort herumtreiben?«

»Nein, hatte ich nicht«, antwortete er schleppend.

»Wie kamen Sie auf die Idee, dorthin zu fahren?«

»Weil ich mehrfach gehört hatte, dass man dort fast alles bekommen kann.« Er betonte: »Fast alles! Deshalb.«

»Sie hatten schon länger vor, Doreen Forster zu vergiften?«, erkundigte sich Kersten.

»Nein. Die Kapseln waren für mich gedacht. Ich habe Krebs. Ich habe sie gekauft, damit ich nicht lange leiden muss, wenn es soweit ist und der Schmerz vielleicht plötzlich kommt.«

Die Beamten erkannten, dass ihn das Sprechen mittlerweile sehr anstrengte.

»Deswegen hatte ich die Kapseln auch immer bei mir«, fügte er heiser hinzu.

Jetzt wurde dem Hauptkommissar und der Kommissarin klar, weshalb Schiefer so plötzlich umschwenkte. Ihnen wurde auch klar, warum er sagte: Ich habe nichts mehr zu verlieren.

Kersten gab dem Beamten an der Tür ein Zeichen. Schiefer wurde zurück in die Zelle gebracht. Der Anwalt ging mit ihm. Stefanie sah Kersten betroffen an: »Wenn er kein Mörder wäre, täte er mir wirklich leid.«

»Ja. Wenn er kein Mörder wäre …«

Sie verließen die JVA.

Mario Schiefer wurde später zu lebenslanger Haft verurteilt.

Die meiste Zeit verbrachte er auf der Krankenstation, wo er nach etwa einem Jahr an den Folgen seiner Krebserkrankung verstarb.

92

Trotz Waschmaschine und Trockner fand der Erkennungsdienst sehr wichtige, aussagekräftige Spuren bei der Analyse der Kleider und Schuhe Irma Kronauers. Hummel und Dröger fuhren mit den neuen Erkenntnissen abermals nach Frankfurt-Preungesheim. Um zehn Minuten nach neun nahmen sie Platz im Vernehmungsraum des Frauengefängnisses. Kurz darauf erschien Irma Kronauer mit ihrem Verteidiger, der sich als Dr. Joachim Heber vorstellte. Er verkündete sogleich großspurig, dass seine Mandantin nichts sagen würde. Es sei denn, er erteile ihr das Wort. Er wollte seine Präsenz dokumentieren, indem er seine dichten schwarzen Augenbrauen hochzog und die dicken Lippen vorschob.

»Soll uns Recht sein, Herr Doktor Hammer«, sagte Hummel kalt.

»Heber!«, korrigierte der Anwalt pikiert, »Rechtsanwalt Doktor Heber!«

»Gut, Herr Doktor Heber«, schaltete sich Dröger ein, »beginnen wir. Ich stelle zunächst fest, dass Frau Irma Kronauer des Mordes beschuldigt …«

»Das ist noch nicht bewiesen«, fiel ihm der Anwalt ins Wort, »so einfach geht das nicht.«

»Ich habe Sie jetzt ausreden lassen, obwohl Sie mich unterbrochen haben, Herr Doktor Heber«, sagte Dröger ruhig, wobei er *Doktor* besonders betonte. Sein Ton wurde jetzt messerscharf: »Also lassen Sie mich auch ausreden.« Mit klarer, scharfer Stimme fuhr er fort: »Ich möchte Ihnen mitteilen, dass wir Beweise haben, die ganz klar gegen Frau Kronauer sprechen. Ich darf Ihnen die mal vortragen, wenn's recht ist.«

Der Anwalt nahm sich etwas zurück: »Bitte! Was haben Sie an Beweisen?« Überheblich hob er den Kopf, zog wieder die buschigen Augenbrauen hoch.

»Im Bericht der Rechtsmedizinerin Dr. Sarah Kant steht ganz klar, dass der Mörder oder die Mörderin Linkshänder sei. Das trifft bei Frau Kronauer zu. Tursas ist Rechtshänder. Sie nahm zum Beispiel das Zigarettenpäckchen mit der linken Hand aus der Tasche, nahm das Wasserglas mit der linken

Hand, rauchte mit der linken Hand, während sie die Rechte ruhend auf den Tisch gelegt hatte.«

»Außerdem raucht sie Gitane mit dunklem Tabak«, bemerkte Hummel. »Tursas raucht Selbstgedrehte. Dieser Tabak ist hell. Mir war eingefallen, dass er sich damals, als wir bei ihm zu Hause waren, eine Zigarette gedreht hatte.« Er grinste: »Bei der Leiche Veronica de Silvas wurden zwei Kippen mit dunklem Tabak gefunden. Gitane, die Marke Frau Kronauers. Die DNA-Analyse beweist, dass die Zigaretten von ihr geraucht wurden. Bei Durchsuchung ihrer Wohnung wurden in einer Jeans und in Turnschuhen Spuren von Waldboden festgestellt. Es war genau der Boden, wie der am Himbächel-Viadukt, wo die Leiche gefunden wurde.«

»Das kann nicht sein!«, versuchte Irma Kronauer sich lautstark zu wehren. »Alle Hosen waren frisch gewaschen, alle Schuhe waren geputzt.«

Ihr Anwalt hob die Hände, versuchte sie zu beschwichtigen.

»Trotzdem«, erwiderte Hummel ohne weitere Erklärung. »Auch Blutspuren von ihr wurden sichergestellt.«

»Woher sollen von mir Blutspuren kommen?«, ereiferte sie sich.

»Wahrscheinlich haben Sie sich bei der Tat verletzt.«

»Das ist unmöglich!«, schrie sie auf, schüttelte heftig den Kopf. Dr. Heber zog eine Grimasse: »Frau Kronauer! Bitte beruhigen Sie sich.«

Irma Kronauer faltete verzweifelt die Hände im Schoß.

Hummel ließ sich nicht stören, erläuterte weiter: »Außerdem sind die Schuhspuren, die am Tatort festgestellt wurden, identisch mit den Turnschuhen Frau Kronauers. Größe zweiundvierzig, das Profil der Sohle entspricht exakt dem Gipsabdruck, den der Erkennungsdienst vor Ort gefertigt hat. Es passt alles haargenau zusammen.« Er nahm die Brille ab, legte sie vor sich auf den Tisch. »Auch hatte ich die Kippe der Gitane, die sie gestern geraucht hat, mitgenommen. Sie wird im Labor analysiert. Ich bin sicher, das ist der nächste Beweis.«

Irma Kronauer war blass geworden. Mit offenem Mund starrte sie ihn an. Ihr Verteidiger saß unruhig dabei, wollte etwas sagen, Hauptkommissar Dröger hob die Hand: »Moment! Wir sind noch nicht fertig. Ich möchte von Frau Kronauer detailgetreu wissen, was geschehen ist. Sie soll ganz klar Stellung beziehen.«

»Ich habe Ihnen eben gesagt, dass die Gespräche ausschließlich über mich laufen«, empörte sich der dickliche Anwalt.

»Lassen Sie, Herr Dr. Heber«, wandte sich Irma Kronauer unter Tränen niedergeschlagen an ihren Verteidiger. »Ich glaube, das hat keinen Sinn mehr.«

»Aber wir müssen alles versuchen, um Sie frei zu bekommen.«, rief er verärgert. »Wozu haben Sie mich …?«

»Nein, Herr Dr. Heber«, unterbrach sie ihn mit gebrochener Stimme, »ich werde ein Geständnis ablegen.« Sie wischte sich mit einem Taschentuch die Tränen aus den Augen. »Ich habe nicht mehr die Kraft, das durchzustehen. Ich will nicht mehr!«

Dr. Heber sah sie verwirrt an: »Aber …«

Sie winkte ab, schaute Dröger mit getrübtem Blick an: »Also das war so: Ich hatte einen unglaublichen Hass auf Veronica, packte sie in ihrer Wohnung am Hals und drückte fest zu, bis sie keinen Laut mehr von sich gab. Ich glaubte, sie sei tot.« Sie war einen

Moment still, schaute gegen die Wand.« Valdis hatte mich vorher noch daran gehindert, sie zu erstechen. Ich schlug ihm mit voller Kraft einen Kerzenständer auf den Kopf. Dann habe ich mich vergewissert, dass sich niemand im Hof befindet. Ich schaffte Veronica in Valdis' Auto und fuhr nach Hetzbach zum Himbächel-Viadukt. Dort habe ich gemerkt, dass sie noch nicht tot war.« Tränen liefen ihr über die Wangen, mit erstickter Stimme sprach sie weiter: »Ich habe sie auf die Folie gelegt, die ich im Kofferraum des Wagens fand und mit Valdis' Messer auf sie eingestochen. Dann habe ich sie eingewikkelt und sie mit einem Spaten, der auch im Kofferraum lag, hinter einem Pfeiler des Viadukts vergraben. Da ich glaubte Stimmen zu hören, musste alles sehr schnell gehen.«

»Was war mit dem Finger?«, wollte Hummel wissen.

»Ich wollte vorher den Ring vom Finger ziehen. Aber das ging nicht. Er saß zu fest. Da habe ich den Finger mit einer Gartenschere abgeschnitten. Mit so einer Ratschenschere. Die fand ich auch im Kofferraum des Bora. In der Eile habe ich den Finger mit dem Saphir verloren. Ich bin zu Valdis gefahren, habe das Auto abgestellt und das Messer in den Kofferraum gelegt. Das war's.« Sie wischte ihre Tränen mit dem linken Handrücken ab. »Darf ich rauchen?«

»Nein, Frau Kronauer, heute nicht«, antwortete Dröger. »Hat Valdis Tursas immer Gartengeräte und Folie im Kofferraum seines Wagens?«

»In dem Kofferraum liegt immer alles Mögliche. Der kann alles brauchen.«

»Eine Frage noch, Frau Kronauer: Wie kamen Sie nach Lengfeld? Sie haben den Wagen von Tursas genommen und sind nach Hetzbach gefahren. Hatten Sie kein Auto dabei?«

»Nein. Ich kam mit der Bahn. Ich hatte ja nicht geplant, nach Hetzbach zu fahren.«

Irma Kronauer wurde zurück in die Zelle gebracht. Anwalt Dr. Heber ging grußlos aus dem Vernehmungsraum, folgte ihr. Die Kommissare fuhren nach Erbach in die Regionale Kriminalinspektion Odenwald. Während der Fahrt spielte Hummel auf Irma Kronauer an: »Sie ist eine schmale Person. Woher nimmt die ihre körperliche Kraft? Man muss sich das mal überlegen.«

»Ja, das ist schon unglaublich«, entgegnete Dröger, schaltete einen Gang höher.

»Wir sollten Hartmut Merdinger sagen, dass er sich wieder frei bewegen kann. Das wäre nur fair. Er muss die Ladung der *MS Cristan von Hoiste* löschen«, merkte Hummel an. Er kniff die Lippen zusammen: »Obwohl er meines Erachtens die de Silva zum Sex zwingen wollte, aber … letztendlich kam es ja nicht soweit.«

»Ja. Wir können es ihm nicht nachweisen. Fahren wir zu ihm.«

»Und? Wer war's?« Hartmut war immer noch sauer, weil die Beamten ihm nicht geglaubt hatten.

»Das werden Sie noch früh genug erfahren, Herr Merdinger. Ihr Messer bekommen Sie natürlich umgehend zurück. Übrigens … was war mit dieser Prostituierten, die damals zwischen Zell und Bad-König misshandelt worden war?« Hauptkommissar Felix Hummel hatte das nicht vergessen. »Hatten Sie damit etwas zu tun? Haben Sie die Frau gekannt?«

»Sie haben mir diesen Fall schon einmal anhängen wollen, Herr Kommissar. Ich muss Ihnen leider jetzt auch wieder mitteilen: Ich weiß nicht, wovon Sie sprechen.« Merdinger zuckte gleichmütig die Schultern. Auf dem

Rückweg zum Kommissariat erzählte Hummel Heiner Dröger die Geschichte, die sich vor einiger Zeit ereignet hatte. Er äußerte: »Der ist saucool. Er zeigt keine Regung. Wer wirklich dieser Frau Gewalt angetan hat, werden wir wahrscheinlich nie herausfinden.«

Dröger wiegte den Kopf: »Never say never again. Sag niemals nie.« Er schmunzelte über sich selbst. Englische Floskeln waren eigentlich gar nicht seine Sache. Hummel sah erstaunt zu ihm hinüber.

Später wurde die des Mordes angeklagte Irma Kronauer vom Gericht zu lebenslänglicher Haft verurteilt. Valdis Tursas, ihr Lebensgefährte, wurde wegen Mitwisserschaft und brutaler Gewalt gegen Veronica de Silva zu einer Haftstrafe mit nicht so hohem Ausmaß verurteilt.

93

Josef Kersten nahm ein paar Tage längst überfälligen Urlaub. Er wollte eigentlich mit seiner Frau nach Italien fahren, Paula lehnte jedoch ab. In angetrunkenem Zustand erklärte sie ihm, dass sie niemals mehr mit ihm wegfahren würde. »Fahr doch alleine. Du brauchst mich nicht … und ich dich auch nicht. Hau ab!«

Voller Zorn packte er seine Reisetasche und fuhr, ohne mit Paula ein weiteres Wort zu wechseln, an die sonnenverwöhnte italienische Riviera. In Alassio konnte er im *Hotel Internazionale* eines der wenigen noch freien Zimmer buchen. Er verbrachte einige unbeschwerte, wenn auch nicht sorgenfreie Tage. Das mittlerweile ganz schlechte Verhältnis zu seiner Frau, an dem er ja nicht schuldlos war, machte ihm zu schaffen.

Als er vom Urlaub zurückkam und das Garagentor öffnete, standen drei gepackte Koffer dort, wo eigentlich der Platz seines Wagens war.

»Verdammt! Was fällt der ein?«, schimpfte er laut, ging zur Haustür. An der Tür hing ein Schild mit großen Druckbuchstaben: *GEH ZUM TEUFEL, KERSTEN!!!*

Stocksauer wollte er die Tür aufschließen. Der Schlüssel ließ sich nicht drehen. Er ging zur Terrassentür. Auch hier passte der Schlüssel nicht. Ihm wurde bewusst, dass Paula die Schlösser hatte auswechseln lassen. Alles klopfen nützte nichts, seine Frau rührte sich nicht. Er rief an. Nachdem das Telefon mehrmals geklingelt hatte, nahm sie ab. Betrunken brabbelte sie undeutlich in den Hörer: »Hau blosss ab! Lasss mir meine Ruhe!«

»Mach sofort die Tür auf, Paula, ich will mit dir reden.« Seine Stimme überschlug sich.

Sie hatte aufgelegt. Verzweifelt rang er die Hände. Was sollte er tun? Stefanie? »Nein, das ist noch zu früh. Sie wird mich abweisen«, murmelte er deprimiert. Er legte frustriert die Koffer auf den Rücksitz seines Wagens, setzte sich ans Steuer und fuhr nach Michelstadt in die Pension *Zum roten Hahn*. Dort wollte er vorerst bleiben. Er hoffte, dass Paula sich beruhigen würde und er nach Hause zurückkommen könne. Auf jeden Fall mussten sie miteinander reden.

94

Ab dem Tag, als Kersten wieder im Dienst war, nahm Felix Hummel Urlaub, den er gemütlich im Odenwald, zum Teil auf dem Balkon seiner Wohnung in Erbach verbrachte. Er ließ einfach die Seele baumeln, hörte seine Lieblingsmusik von Tim Bendzko, trank seinen Lieblingswein aus der Bretagne. Hin und wieder schaute er bei Iven le Geoff im *Bistro Laurentius* vorbei, was den Bretonen außerordentlich freute. Sie hatten sich im Laufe der Jahre angefreundet.

95

Sonntag, 6. September

Nach seinem Urlaub saß Hummel gemütlich beim Frühstück vor sich eine große Tasse schwarzen, dampfenden Kaffee, Rühreier mit Speck brutzelten in der Pfanne auf dem Herd. Eine Silberplatte mit Schinken und Käse stand vor ihm auf dem Tisch. Frische Brötchen und Croissants standen in einem Brotkörbchen daneben. Er wollte den Tag noch einmal richtig genießen, bevor der Dienst wieder begann. Und ein schöner Tag fing – da war er überzeugt – mit einem guten Frühstück an. Hummel schnitt ein knuspriges Brötchen auf, bestrich es mit Butter, als das Telefon klingelte. Er nahm ab, Heiner Dröger war am Apparat: »Moin, Herr Hummel. Wie geht es Ihnen?«

»Noch gut, Herr Dröger, danke. Und Ihnen?«

»Alles bestens. Ich hörte, Sie hatten Urlaub.«

»Das ist richtig. Morgen geht's wieder los.«

»Na, da hätte ich vorher noch etwas für Sie.«

»Ach ja? Da bin ich mal gespannt. Was haben Sie denn für mich? Doch hoffentlich keine Arbeit. Ich sagte ja, …«

»Vergessen Sie für heute nochmal die Arbeit. Sie können sich sicher erinnern, dass ich mal von einer Überraschung gesprochen hatte.«

Felix überlegte einen Moment, dann fiel es ihm ein: »Ja, und zwar damals, als wir mit meinem Oldie nach Weiterstadt fuhren. Richtig! Da sprachen Sie von einer Überraschung.«

Dröger hörte plötzlich einen lauten Fluch. »Verdammt noch mal!«

Dann meldete sich Hummel wieder: »Entschuldigung, Herr Dröger. Die Eier und der Speck sind angebrannt. Ich habe nur schnell die Pfanne vom Herd genommen.«

»Das tut mir leid.«

»Ist nicht zu ändern«, knurrte Hummel. »Aber was ist mit der Überraschung?«

Dröger wartete einen Moment. »Die Überraschung kommt heute.«

»Aha! Und wann … heute?«

»Heute Nachmittag. Sagen wir um 14.00 Uhr. Sie müssten allerdings nach Reinheim zum Flugplatz kommen.«

»Wieso das?«, fragte Hummel interessiert.

»Es wartet ein Rundflug auf Sie.«

»Ein Rundflug? Mit wem? Und wie komme ich dazu?«

»Kommen Sie nach Reinheim. Alles Weitere besprechen wir dort.«

»Okay, ich bin um 14.00 Uhr am Flugplatz.«

Ein Rundflug! Nicht gerade Hummels Lieblingsbeschäftigung. Er hatte ja mit normalen Verkehrsflugzeugen schon seine Probleme. Und jetzt wahrscheinlich so eine wackelige Einmotorige! Er mochte gar nicht daran denken.

Pünktlich traf er ein. Dröger saß auf der Terrasse bei Cappuccino. Die Männer begrüßten sich, Dröger deutete in Richtung Startbahn. Hummel konnte im Moment nichts damit anfangen. Dort standen drei Flugzeuge hintereinander. Zwei einmotorige Maschinen, dahinter ein Segelflieger. Dröger stand auf: »Kommen Sie.« Er ging vorweg, Hummel folgte ihm mit gemischten Gefühlen. Vor dem silberblinkenden Segelflugzeug mit der Aufschrift *Kranich II* blieben sie stehen. Hummel deutete ungläubig auf den Flieger: »Mit dem?«

»Genau mit dem. Das Fliegen mit diesem Segler ist mein großes Hobby.« Er lachte: »Nicht nur Sie haben einen Oldtimer. Der *Kranich II* wurde 1938 gebaut. Ein wahrer Klassiker.«

Felix Hummel schob verlegen die vorgerutschte Brille zurück. Er fühlte sich ein wenig unwohl, hatte gehofft, dass es zumindest trotz seiner Abneigung eine der Propellermaschinen sei, mit der er zusammen mit Heiner Dröger die Lüfte erobern sollte. Aber jetzt war er mal da und zurück konnte er auch nicht mehr. Diese Blöße hätte er sich nun doch nicht gegeben. Eine Stunde Angst! Was soll's? Es gibt Schlimmeres! Mit diesen Gedanken stieg er ein. Heiner Dröger, ein erfahrener Pilot, setzte sich zu ihm ins Cockpit. Die erste Maschine auf der Startbahn war bereits gestartet, die zweite gehörte einem Freund Drögers, einem Arzt aus Reinheim. Er zog den *Kranich II* an einem Stahlseil hoch. Wenig später wurde das Seil ausgeklinkt, der *Kranich II* segelte. Ruhig glitt er durch die Luft. Der blaue Himmel mit wenigen Wölkchen und die strahlende Sonne machten den Flug zu einem wunderschönen Erlebnis. Dem herrlichen Wetter war es auch zu verdanken, dass sie einen tollen Blick auf Reinheim und die umliegenden Ortschaften hatten. Über die Veste Otzberg und den Breuberg flogen sie weiter über Höchst, Bad-König, Michelstadt und Erbach bis in den badischen Odenwald. Felix Hummel verspürte nun überhaupt kein Bauchgrimmen mehr, im Gegenteil, er genoss den traumhaften Flug. Nach knapp eineinhalb Stunden setzte Dröger zur Landung in Reinheim an. Sanft schwebte der *Kranich II* auf die Piste. Felix Hummel war begeistert. Er lud Dröger spontan zum Essen ein.

Die Kommissare setzten sich auf die Terrasse am Flugplatz, bestellten Rumpsteaks mit Pommes frites und Salat. Mit am Tisch saßen noch einige Freizeitpiloten. Es wurde übers Fliegen gefachsimpelt, wovon Hummel eigentlich nichts verstand und deshalb nur zuhörte. Alles in allem war es ein schöner und erlebnisreicher Sonntag für beide.

Dröger wollte wissen, wie es in der Sache mit der misshandelten rumänischen Frau weitergehe.

»Tja, Herr Dröger, das macht mir noch Kopfschmerzen«, gab Hummel mit ernster Miene zu. »Ich habe noch keinen Plan.«

»Na dann.« Dröger reichte Hummel die Hand: »Viel Glück, Herr Hummel und alles Gute.«

»Das wünsche ich Ihnen auch, Herr Dröger. Tschüss.«

Sie stiegen in ihre Wagen und fuhren nach Hause.

96

Montag, 7. September

Kommissarin Stefanie Steinmann war zurück in ihrer Dienststelle in Höchst. Hauptkommissar Heiner Dröger ging wieder seiner Arbeit in Darmstadt und Umgebung nach.

Nachdem sein Urlaub zu Ende war, kehrte Hauptkommissar Hummel voller Tatendrang in die Regionale Kriminalinspektion Odenwald zurück. Als er ins Büro kam, saß Josef Kersten vor einem Stapel Akten. Eine Tasse Kaffee stand vor ihm. »Magst du?« Er deutete auf die Tasse. Hummel winkte ab: »Nein.« Er setzte sich an seinen Schreibtisch.

»Wie war der Urlaub?«, wollte Kersten ein Gespräch beginnen.

Felix blieb einsilbig: »Gut.«

»Bist du weggefahren?«

»Nein.«

Kersten gab auf, blätterte in den Akten murmelte: »Sturer Bock!« Er wollte eigentlich mit seinem Kollegen über seine zurzeit katastrophale familiäre Situation sprechen.

97

Hummel wäre nicht Hummel gewesen, wenn er den Fall mit der misshandelten Rumänin aufgegeben hätte. In solchen Dingen war er zäh und verbissen. Er wollte auch keinen Kollegen dabei haben, der ihm half, den Täter zu fassen. Es war ja nicht das erste Mal, dass er alleine ermittelte. »Das wird zwar nicht gern gesehen, aber ich kann eben nicht aus meiner Haut«, grantelte er. »Dieses Dreckschwein kriege ich.« Zorn baute sich in ihm auf. »Von wegen Frauen überfallen! Wo sind wir denn?«

Allerdings spielte da Kriminalrat Walter Schlett nicht mit, der sich eh über Hummels Ehrgeiz wunderte: »Sie werden wieder mit Holzner ermitteln, Herr Hummel.«

»Aber …«

»Kein Aber!« Schlett duldete keinen Widerspruch. Hauptkommissar Felix Hummel musste sich wohl oder übel fügen. Das einzige Positive war, dass er lieber mit Holzner ermittelte als mit jemand anderem.

Der Kriminalrat telefonierte kurz, informierte Holzner über Hummels Vorhaben. Wenig später kam der Oberkommissar in Hummels Büro.

»So, Simon, wir besuchen zunächst Michaela Fiedler in Erbach.«

»Okay, Felix, wann geht's los?«

»Sofort, mein Freund, sofort.«

Sie fuhren nach Erbach in die Hauptstraße zur Wohnung Michaela Fiedlers. Nachdem Holzner mehrmals geklingelt und niemand geöffnet hatte, stellte er lapidar fest: »Niemand da!«

»Ach! Das hätte ich jetzt nicht gedacht«, sagte Hummel sarkastisch. »Wir warten dort drüben im Eiscafé.«

Es dauerte ungefähr eine Stunde bis Michaela Fiedler im roten Toyota Cabrio angerauscht kam. Sie bugsierte den Wagen in die enge Garage am Haus, in dem sie wohnte, eilte mit schnellen Tippelschritten zur Haustür, schloss auf und ging hinein. Die Beamten tranken ihren Espresso, gingen hinüber, klingelten. Die rauchige Stimme Michaela Fiedlers tönte durch den Lautsprecher: »Ja, bitte?« Hummel meldete sich, Frau Fiedler sagte nur: »Sie kennen ja den Weg.« Der Türöffner klackte.

Alle nahmen im Wohnzimmer Platz.

»Nun, was wollen Sie wissen?«, fragte sie lächelnd. Da sie Männer sehr gut einzuschätzen vermochte, spürte sie, dass Hummel jetzt viel lieber etwas Anderes mit ihr getan hätte, als Fragen zu stellen.

»Kennen Sie die Rumänin näher, von der wir damals bei Ihnen gesprochen hatten?« Der Hauptkommissar beugte sich nach vorne, verschränkte die Arme auf dem Tisch.

»Nein, das nicht. Ich weiß nur, wo sie ihre Freier empfing und mir fiel wieder ein, dass sie sich Florina nannte. Aber ob der Name stimmte? Keine Ahnung.«

»Florina also.« Hummel wollte sich den Namen merken. »Und wo genau empfing sie ihre Freier?«

»Ich weiß nur den Parkplatz an der Mümling, das heißt, ich vermute, dass sie dort stand. Da sind immer mal welche … na Sie wissen schon.« Sie erklärten die Lage des Platzes, zog an ihrer Zigarette, blies den Rauch seitlich aus. »Sie sehen, Herr Kommissar, viel kann ich Ihnen nicht helfen.«

»Vielleicht doch«, entgegnete der Hauptkommissar: »Schildern Sie mir das Aussehen der Frau.«

»Etwas über zwanzig Jahre alt, ungefähr eins fünfundsechzig groß, kurze schwarze Haare, schmal, fast dünn. Sie trägt immer einen kurzen Rock, ein Trägerhemdchen und hochhackige Schuhe. Sie ist nicht unbedingt eine Schönheit, aber doch irgendwie attraktiv. Viele Männer mögen so dünne Frauen.« Sie drückte die Kippe im Aschenbecher aus. Hummel bedankte sich, sie verließen die Wohnung der begehrenswerten Michaela Fiedler. Hauptkommissar Felix Hummel veranlasste sofort eine bundesweite Fahndung nach der ihm beschriebenen Frau. Europol wurde eingeschaltet, da sie auch im Ausland vermutet wurde.

98

Auf dem Parkplatz bei Michelstadt standen zwei Wohnmobile. Die nicht mehr ganz jungen Damen winkten heftig, als die Beamten einbogen. Sonst war niemand da.

»Vielleicht ist sie gerade am Arbeiten«, vermutete Holzner.

»Das werden wir gleich wissen.« Hummel ging zu dem roten Wohnmobil, fragte nach der jungen Rumänin.

»Die ist schon lange nicht mehr hier.« Die stark geschminkte Hure nahm die Zigarette aus dem knallroten Mund, hob die schmalen Achseln: »Wer weiß, wo sie sich rumtreibt.« Mit einem Blinzeln säuselte sie Holzner zu: »Geile Uniform.« Sie streckte die linke Hand nach ihm aus, wollte ihn anfassen.

Simon drehte sich kommentarlos um, sein Gesicht lief rot an.

Hummel schmunzelte, ging zum anderen Wohnmobil. Dort bekam er die gleiche Antwort: »Lange nicht gesehen.«

»Simon, ich denke, wir kommen so nicht weiter«, befürchtete der Hauptkommissar. »Er fasste sich an die Nase, überlegte angestrengt. Da er Hartmut Merdinger in Verdacht hatte, die Rumänin misshandelt zu haben, entschied er kurz entschlossen, ihn erneut aufzusuchen. In Hetschbach erfuhren sie von Katharina Merdinger, dass ihr Mann sich heute noch nicht gemeldet habe, er müsse aber inzwischen auf dem Main-Donau-Kanal sein. »Aber warum interessiert sie das?«, fragte sie erstaunt.

»Wir möchten noch einmal mit ihm sprechen. Reine Routinesache«, erklärte Hummel.

Katharina schaute ihn misstrauisch an.

Hummel rief Oberkommissar Klaus Oppenheimer vom K10 an: »Stell doch mal fest, wo sich die *Cristan von Hoiste* ungefähr befindet. Sie ist wahrscheinlich auf dem Main-Donau-Kanal unterwegs.«

»Okay, Felix, ich melde mich.«

Hauptkommissar Hummel und Oberkommissar Holzner waren auf dem Weg über die A3 in Richtung Nürnberg. Oppenheimer hatte alle Schleusen auf dem Kanal angerufen und herausgefunden, dass die *MS Cristan von Hoiste*, das Flaggschiff unter den Frachtern von *Merdingers Binnenschifffahrt* nach seinen Berechnungen am Nachmittag die Schleuse Forchheim in der Fränkischen Schweiz passieren würde.

»Dort gehen wir an Bord«, beschloss Hummel. Holzner hatte es nicht gehört, er war eingenickt.

Um 15.15 Uhr kamen sie in Forchheim an. Hummel meldete sich beim Schleusenwärter, zeigte ihm seinen Dienstausweis. Die *Cristan von Hoiste* war noch nicht durch. »Wir möchten bei Eintreffen des Schiffes Herrn Merdinger sprechen.«

»Kein Problem.«

»Sagen Sie ihm Bescheid, wenn das Schiff ankommt?« Er gab ihm seine Handynummer: »Rufen Sie mich dann bitte an.«

»Mach ich, Herr Hummel.«

Eine Stunde später klingelte Hummels Handy. Der Schleusenwärter hatte sein Versprechen gehalten und Hartmut Merdinger unterrichtet. Hummel und Holzner gingen an Bord der *MS Cristan von Hoiste*, wo sie von dem Schiffsführer im Steuerhaus sehr kühl und abweisend empfangen wurden. »Was wollen Sie?«

Hummel erklärte ihm ohne Umschweife, aus welchem Grund sie hier waren. Merdinger guckte ihn entgeistert an.

»Wo waren Sie am Abend des 22. Juli? Sie brauchen jetzt ein wasserdichtes Alibi, Herr Merdinger.«

»Ich weiß, worauf Sie hinauswollen, Herr Kommissar«, entgegnete der total überraschte Merdinger, »aber das kann nicht sein. Ich habe niemandem etwas angetan. Das habe ich Ihnen doch schon gesagt. Ich war unterwegs.« Er bot an: »Aber bitte, ich kann nachsehen.«

»Tun Sie das.« Hummel setzte sich auf die Bank am Tisch. Hartmut Merdinger konnte sein Alibi belegen, indem er den Kommissaren Einblick ins Logbuch gewährte. Die Eintragungen am 22. Juli bewiesen, dass die *Cristan von Hoiste* an diesem Abend um 20.09 Uhr hinter der Schleuse Heubach angelegt hatte und über Nacht dort liegengeblieben war. Die Matrosen Felden und Schneider, die Merdinger ins Steuerhaus gerufen hatte, konnten erstmal seinen Aufenthalt an Bord nicht bestätigten. Doch dann fiel Felden ein, dass an diesem Abend ein Fußballländerspiel im Fernsehen übertragen wurde, das sie sich gemeinsam angeschaut hatten. »Deutschland gegen Polen. Die DFB-Auswahl hatte 2:1 gewonnen.«

»Wir haben zusammen das Spiel angesehen, anschließend sind wir zu Bett gegangen«, bekräftigte Bootsmann Karl Felden. »Um wieviel Uhr sind Sie zu Bett gegangen?« Hummel schob das Kinn vor.

»Das weiß ich nicht mehr. Ist ja nun schon eine Weile her«, antwortete Felden. Er schaute ins Logbuch: »Es war bestimmt nicht allzu spät, denn wir legten am nächsten Tag schon um fünf in der Früh ab.«

»Sie sind sicher, dass Herr Merdinger auch zu Bett gegangen ist? Oder ist er nochmal von Bord gegangen?«

»Nein.« Felden schüttelte den Kopf. »Das hätte ich gehört. Ich habe einen sehr leichten Schlaf. Außerdem war ich später an Deck, um eine Zigarette zu rauchen. Als ich an seinem Schlafzimmer vorbeiging, hörte ich ihn durch das geöffnete Fenster leise schnarchen. Er war ganz sicher an Bord.«

»Das wissen Sie aber noch genau, Herr …?«

»Felden!«

»Obwohl es nun schon eine Weile her ist, wie Sie selbst sagten.«

Felden nickte. Hummel wandte sich an den Steuermann: »Und Sie? Wissen Sie das auch noch so genau?«

Fred Schneider schaute den Kommissar mit ruhigem Blick an, sagte: »Bis wir zu

Bett gegangen sind, ja. Aber dann habe ich durchgeschlafen bis um kurz nach vier.«

»Nun, Herr Merdinger«, Hauptkommissar Hummel wandte sich an den Schiffsführer, »Ihr Alibi scheint zu stimmen. Entschuldigen Sie die Störung. Auf Wiedersehen.«

Er ging von Bord. Holzner folgte ihm. Hartmut Merdinger war sich sicher, dass dieser Hauptkommissar nicht eher aufgab, bis er den Täter gestellt hatte. Er würde wiederkommen.

Aber Felix Hummel hatte schon wieder weitergedacht.

99

Dienstag, 8. September

Morgens im Kommissariat wollte Hummel gerade zur Kaffeemaschine gehen, als Simon Holzner sein Büro betrat. Hummel holte eine zweite Tasse, füllte beide Tassen mit dem schwarzen Getränk, wies mit dem Kopf auf einen Stuhl vor seinem Schreibtisch. Holzner setzte sich. Er war wie immer akkurat gekleidet. Die Uniform saß wie angegossen, der Windsorknoten seiner Krawatte war perfekt. Die schwarzen Schuhe glänzten. Hummel schaute an sich herab, konnte kaum seine Schuhspitzen sehen. Der Bauch war einfach im Weg. Die Hose hing an ihm wie ein loser Lappen. Ebenso die Jacke. Er rollte die Augen, nippte am Kaffee, verzog den Mund. Aus der Zuckerdose wollte er drei Würfel Zucker nehmen. Er zog die Hand wieder zurück. Holzner bediente sich des Süßstoffs. Hummel knurrte: »Glaubst du, das ist besser als Zucker?«

Der junge Oberkommissar hob die Schultern, schaute Hummel grinsend auf den Bauch: »Weiß nicht.«

»Na gut. Also, was ich sagen wollte: Ich habe mir natürlich auch während meines Urlaubs einige Gedanken gemacht. Aber zuerst eine Frage an dich.« Hummel setzte die Tasse ab. »Wie siehst du die Angelegenheit mit der überfallenen Rumänin? Was hältst du von Merdinger als Verdächtigem?«

»Nun ja«, erwiderte Holzner, »ich bin der Meinung, sein Alibi stimmt«, sagte er selbstsicher. »Wir werden weitersuchen müssen.«

»Vermutlich, ja. Hast du einen Plan?«, forderte Hummel den jungen Polizisten heraus.

»Wir müssten diese Rumänin finden, dann wäre alles viel einfacher.«

»Das ist richtig. Aber solange wir sie nicht haben, sollten wir andere Wege gehen. Bevor wir nach ihr suchen, habe ich eine andere Idee.«

»Ja? Welche?«

»Wie die Fiedler erzählt hat, hatte ihr Merdinger mit einem Messer kleine harmlose Stiche zugefügt. Dies war bei der Rumänin auch der Fall, nur waren diese Stiche vermutlich etwas tiefer, denn sie blutete. Wenn wir Merdingers Alibi glauben, kämen ganz sicher etliche andere Personen in Frage.« Hummel hob die Tasse. »Aber wir gehen erst mal von einer bestimmten Person aus.«

»Und die wäre?«, fragte Simon Holzner.

»Valdis Tull ... Tursas, der Lette.« Der Hauptkommissar trank einen Schluck Kaffee, verzog das Gesicht, knurrte: »Verdammt bitter, die Brühe.« Er gab Milch hinzu, stellte die Tasse auf den Tisch.

»Tursas? *Der* Tursas?« Holzner schaute auf.

»Ganz recht, *der* Tursas.« Hummel nahm seine Uhr ab, legte sie vor sich auf den Tisch, massierte sein Handgelenk. »Der hat ja dieses Fahrtenmesser.«

»Was glaubst du, Felix, wieviel Menschen alleine hier in der Gegend ein Messer besitzen? Er ist doch nicht der Einzige«, entgegnete Holzner

»Hast ja Recht. Aber den nehmen wir zuerst aufs Korn.«

Hummel stand auf, band die Uhr wieder um: »Los, Simon, wir fahren nach Weiterstadt. Er wird vermutlich nichts zugeben, aber einen Versuch ist es allemal wert.«

Nachdem sie die Besuchserlaubnis erhalten hatten, fuhren sie los. In der Justizvollzugsanstalt, in der Tursas einsaß, ließen sie ihn in den Vernehmungsraum bringen. Valdis Tursas war über den Besuch gar nicht erfreut. Es trat ein, was Hummel befürchtet hatte. Tursas bestritt zuerst, was ihm vorgeworfen wurde, dann hüllte er sich komplett in Schweigen. Die Beamten warteten geduldig ab, nahmen eine lässige Haltung ein.

Nach wenigen Minuten erinnerte sich der Lette, dass er die Nacht vom 22. auf den 23. Juli bei Irma Kronauer verbracht hatte. »Es war einzige Nacht bei Irma. Ihre Tochter nicht gerne das hat gesehen. Sie mich nicht mag. Deshalb ich weiß genau Datum.«

»Wir werden das überprüfen«, meinte Hummel lakonisch. Die Polizisten verließen die JVA.

Zurück im Odenwald, klapperten sie alle Parkplätze ab, auf denen Sie die Damen vom Gewerbe vermuteten. Ohne Erfolg. Später fuhren sie zur Tochter Irma Kronauers. Sie bestätigte das Alibi von Tursas. Hummel war misstrauisch: »Wieso weiß die das Datum so genau?«

»Sie weiß es eben noch«, antwortete Holzner unbedarft. Hauptkommissar Hummel war unsicher. Hatte Tursas auch etwas mit der Tochter der Mörderin von Veronica de Silva?

100

Mehr als drei endlos lange Wochen waren Hauptkommissar Felix Hummel und Oberkommissar Simon Holzner unterwegs, hatten alle möglichen Personen befragt. Sie ermittelten in alle Richtungen. Niemand kannte die rumänische Prostituierte, die sich Florina nannte.

***

Freitag, 2. Oktober

Es war merklich kühler geworden. Die Temperaturen waren auf vierzehn Grad Celsius gefallen. Kalter Ostwind frischte auf, ließ es noch kälter erscheinen. Dauerregen setzte ein, die Mümling erreichte einen bedenklich hohen Wasserpegel.

»Wahrscheinlich will diese Florina niemand kennen«, folgerte der Hauptkommissar, als sie zurück im Kommissariat waren.

»Oder so«, entgegnete Holzner. »Ist ja irgendwie klar. Keiner will gestehen, dass er zu Prostituierten geht.«

Hummel wurde stutzig: »Vielleicht kann uns einer helfen! Kommelus!«

»Wer?«

«Kommelus aus Hetschbach«, widerholte Hummel.

»Ach, ich weiß. Du meinst Kornelius.«

»Jaja!« Hummel verdrehte die Augen. Er ging zur Tür: »Los, es geht nach Hetschbach.«

»Was wollen wir jetzt dort? Der Kornelius ist ganz sicher zur Arbeit. »

»Haste auch wieder Recht. Aber du hast doch seine Handynummer notiert. Ruf ihn an. Wir müssen mit ihm reden.«

Holzner wählte die Nummer von Paul Kornelius. »Kripo Erbach. Herr Kornelius, können wir Sie sprechen?«, fragte der Oberkommissar.

»Das ist jetzt schwierig«, bekam er zur Antwort. »Ich bin gerade im Geschäft. Wenn Sie um viertel nach zwölf Uhr bei mir zu Hause sein können, dann gerne. Meine Adresse haben Sie ja.«

»Okay, wir sind dann bei Ihnen.« Holzner legte auf.

Um zwanzig Minuten nach zwölf standen die Kommissare vor dem Haus in Hetschbach, in dem der junge Mann unter dem Dach ein Zweizimmer-Appartement gemietet hatte. Er hatte sie kommen gesehen, öffnete ihnen die Tür, bevor sie klingelten. »Kommen Sie ganz nach oben. Drei Stockwerke.«

Holzner schmunzelte, schielte zu Hummel. Hummel blies die Backen auf, zog die Augenbrauen nach oben. Als sie die Treppe zum zweiten Stock hinter sich gebracht hatten, blieb er stehen, holte sein Taschentuch raus, wischte sich übers trotz des kühlen Wetters verschwitzte Gesicht. Simon Holzner schaute ihn an: »Was ist, Felix? Geht es dir nicht gut?« Er unterdrückte ein Grinsen.

»Ich glaube, ich muss mal ein paar Gramm abnehmen«, stöhnte der Hauptkommissar. Er blinzelte: »Und überhaupt ... du hast gut reden, du Hänflich.«

»Hänfling!«

»Jaja! Komm, weiter.«

Nachdem sie die dritte Treppe geschafft hatten, konnten sie durch die offene Tür das Appartement des Paul Kornelius betreten. Zwei kleine Zimmer, Kochnische, Bad, eine typische Junggesellenwohnung. Durch die

Schräge der Wände war nicht viel Platz, um Bilder aufzuhängen, um die Wohnung ein wenig aufzulockern. Trotzdem wirkte alles sehr gemütlich und aufgeräumt. Im Wohnzimmer nahmen sie Platz.

»Was kann ich für Sie tun?«, erkundigte sich Kornelius.

»Wir haben erfahren, dass vor ungefähr sechs Wochen eine Prostituierte misshandelt wurde«, entgegnete der Hauptkommissar. »Sie soll angeblich Florina heißen. Kennen Sie eine Frau mit diesem Namen?«

»Wie kommen Sie darauf, dass ich eine Prostituierte kenne?«

»Es ist nur eine Frage, Herr Kornelius«, bemerkte Hummel freundlich. »Vielleicht kennen Sie …« Den Rest des Satzes verschluckte er. Er wollte dem jungen Mann nicht zu nahetreten.

»Florina? Nein, der Name sagt mir nichts. Wo ist sie misshandelt worden?«, wollte Kornelius wissen.

»Zwischen Zell und Bad-König. In der Nähe des Bahndamms. Den genauen Tatort kennen wir nicht. In einem Wohnblock im Stockheimer Weg in Michelstadt wartete sie vermutlich auf Gäste.« Hummel sah über den Rand seiner Brille: »Waren Sie dort schon mal?«

Zögernd gestand Kornelius. »Ja … ja. Ich war schon dort.« Er errötete. »Da sind ja mehrere Frauen.«

»Aha! Kennen Sie dort eine Rumänin?«

»Wie sieht sie denn aus?«

Felix schaute zu Holzner. Der Oberkommissar beschrieb ihr Aussehen.

»Dünne Figur? Nein! Ich stehe nicht auf Skinnies. Ich kann mich auch nicht erinnern, sie schon mal gesehen zu haben.« Er zog kopfschüttelnd die Mundwinkel nach unten. Hummel blickte ihm eine Weile ins Gesicht. Kornelius wurde unsicher.

»Wo waren Sie am 22. Juli abends?«, fragte Simon Holzner unvermittelt. Der kräftige junge Mann senkte den Kopf, fasste sich an die Stirn, dachte nach. Nach zwei Minuten musste er passen: »Das kann ich Ihnen beim besten Willen nicht sagen. Es ist zu lange her. Ich bin ja fast jeden Abend mit dem Motorrad unterwegs.«

»Sie besuchen dann Callgirls, nehme ich an«, stellte Holzner in den Raum.

»Manchmal«, gab Kornelius zu. Jetzt war er verärgert: »Aber ich wüsste nicht, was Sie das angeht.«

Unbeirrt fuhr der Oberkommissar fort. »Haben Sie keinen Freundeskreis?«

»Ich bin lieber alleine.« Kornelius pochte auf den Tisch, grollte: »So! Jetzt reicht's aber. Lassen Sie mich in Frieden. Ich habe nichts getan, was gegen das Gesetz wäre.«

»Sie haben kein Alibi für den 22. Juli«, erinnerte Hauptkommissar Hummel.

»Aber ich habe Ihnen doch schon gesagt, dass …«

»Jaja. Bringen Sie uns ein Alibi und die Sache ist für Sie erledigt.«

Plötzlich fiel es Kornelius ein: »Am 22. Juli hat Romina Geburtstag gefeiert. Sie wohnt in Höchst am Schorschberg. Bei ihr war ich bis ungefähr acht Uhr morgens, dann bin ich zur Arbeit gefahren.« Er sprang erregt auf, holte aus einer Jacke sein Smartphone, drückte die gespeicherte Nummer seiner Ex-Freundin. Sie meldete sich: »Du, Paul? Ich habe dir doch klar und deutlich gesagt, dass es vorbei ist.«

Er konnte heraushören, dass sie sauer war.

»Ja, schon, aber du musst mir aus der Klemme helfen«, greinte er.

»Also was willst du?«, fragte sie ungeduldig. Er erklärte ihr die Sachlage, übergab das Smartphone Hauptkommissar Hummel. Die junge Frau bestätigte das Alibi von Paul Kornelius.

»Sie hat mir leider den Laufpass gegeben«, bedauerte er.

»Wegen Ihrer Eskapaden?« Holzner rieb sich die Stirn.

»Ja, genau deswegen. Ich konnte es einfach nicht lassen. Ich bin ein Vollidiot.«

Hummel zog die Brauen zusammen: »Ich hätte noch eine Frage. Haben Sie bei Ihren, sagen wir mal, bei Ihren Ausflügen irgendwann Personen gesehen, die Ihnen bekannt waren?«

»Ich kann mich an eine Person erinnern, aber ich möchte nicht gerne darüber reden.«

»Nicht gerne darüber reden! Wenn ich das schon höre!«, knurrte Hummel. »Ihr Name bleibt selbstverständlich anonym. Wir suchen lediglich Anhaltspunkte, um die rätselhafte Geschichte um die Rumänin aufzuklären.«

»Nun gut! Ich muss schon wieder über die Familie Merdinger sprechen.«

»Angeblich kennen Sie nur Hartmut Merdinger.«

»Ja, zu dem Zeitpunkt, als ich Ihnen das sagte, kannte ich auch nur Hartmut.«

»Und jetzt?« Hummel schaute ihm gespannt ins Gesicht.

»Vor einigen Tagen war ein älterer, großer Mann mit einem stattlichen Bauch bei uns in

Geschäft. Als ein Kollege sich mit ihm unterhielt, hörte ich, wie er ihn mit *Herr Merdinger* ansprach.«

»Was ist das für ein Geschäft, in dem Sie arbeiten?«

»Autozubehör Mangold in Höchst. Ich bin dort im Verkauf tätig.«

»Kommen wir auf diesen älteren Herrn zurück«, setzte Hummel das Gespräch fort. »Haben Sie ihn schon mal bei Prostituierten gesehen?«

»Ja«, flüsterte er zögerlich, »aber da wusste ich noch nicht, wer er war.«

»Wo war das?«, fragte Hummel weiter.

»Eben in Michelstadt. In dem Wohnblock im Stockheimer Weg. Ich kam gerade aus dem Zimmer von Adriana, einer Brasilianerin. Er stand vor der Tür einer anderen Frau. Ich bin eilig weggegangen, vermute, dass er hineingegangen ist.«

»Wann?«

»Das weiß ich wirklich nicht mehr. Ist schon einige Wochen zurück.« Er schaute auf die Uhr: »Ich muss wieder zur Arbeit.«

Die Beamten bedankten sich, verließen das Appartement. »Scheißwetter«, motzte Holzner. »Es regnet wirklich schon den ganzen Tag.«

Hummel spannte den Schirm auf: »Wenigstens regnet es heute nicht so oft, sondern nur einmal«, versuchte er zu scherzen. Er konnte seinen Kollegen nicht aufheitern. Simon Holzner hasste Regen und Kälte.

Auf dem Rückweg ins Kommissariat murmelte Hummel: »Was ist nur bei den Merdingers los? Die entpuppen sich ja zu … zu … ach was weiß ich.« Ihm fiel kein passendes Wort ein. Holzner grinste: »Jaja, die Unbescholtenen.« Er strich mit beiden Händen über die Uniformjacke. »Aber sag mal«, fuhr er fort, »du hattest doch unlängst Kornelius nach seinem Motorrad gefragt. Was war der Grund dafür?«

»Reine Neugierde«, antwortete der Hauptkommissar erneut.

»Das hast du schon einmal gesagt. Da steckt doch mehr dahinter«, bohrte Holzner weiter. »Ich kenn dich doch.«

Hummel gab keine Antwort, die Sache mit dem Motorrad war für ihn erledigt. Der Motorradfahrer, der am 8. August, an dem Veronica de Silvas Leiche gefunden worden war und von Gerolf und Marie Tiefenbach mit einer *vielleicht 500er Maschine* am Himbächel-Viadukt gesehen worden war, konnte nicht ermittelt werden. Er rieb sich demonstrativ den Bauch. »Simon, mir knurrt der Magen, ich muss was essen. Anschließend fahren wir ins Büro von *Merdingers Binnenschifffahrt* und unterhalten uns mal mit dem Seniorchef. Wollen wir in ein Lokal gehen, oder essen wir Döner?«

»Du weichst mir aus, Felix. Ich weiß immer noch nicht, was es mit dem Motorrad auf sich hat.«

»Musst du nicht wissen. Ist unwichtig«, brummte Hummel.

Simon blickte ihn kopfschüttelnd an. Er musste akzeptieren, dass der Hauptkommissar nicht mehr darüber sprechen wollte.

»Was ist jetzt? Lokal oder Döner?« Hummel klopfte auf den Tisch.

»Döner geht schneller. Ich hole welche bei Mehmet, okay?«, entgegnete Holzner, zog seinen Parka über, um sich vor der Nässe zu schützen.

»Ja, aber mit alles und mit scharf, gell!«

Der Imbiss war nicht weit vom Kommissariat. Simon Holzner war nach gut fünfzehn Minuten wieder zurück, gab Hummel einen Döner, frotzelte: »Mit alles und mit scharf, wie du ihn bestellt hast.« Er hängte den triefenden Parka an die Garderobe.

Nachdem sie gegessen hatten, machen sie sich auf den Weg zum Büro *Merdingers Binnenschifffahrt*. Der Regen hatte nachgelassen, es tröpfelte nur noch leicht. Hummel drückte die Klingel, der Türsummer ertönte, die Glastür öffnete sich. Stefan Merdinger hatte die Beamten auf dem Monitor der Überwachungskamera gesehen. Er empfing sie verhalten, fragte kühl: »Zu wem möchten Sie?«

»Wir möchten Ihren Vater sprechen. Ist er im Hause?«, fragte Hummel ebenso kühl.

»Ja, er ist in seinem Büro. Was wollen Sie denn von ihm?«

»Das möchten wir mit ihm besprechen. Also?«

»Ich sage ihm Bescheid. Warten Sie hier.« Stefan ging hoch ins Büro des Seniorchefs. Wenig später kam er zurück, sagte knapp: »Mein Vater erwartet Sie. Treppe hoch, gleich links.«

»Mhm!« Ohne weitere Worte gingen die Kommissare hoch, dann durch die offene Tür ins Büro Jo Merdingers, der sich gerade eine Montecristo angezündet hatte. Er zog kräftig, bis die Zigarrenspitze rot leuchtete. Dicke Rauchwolken waberten durch den Raum.

Die Beamten konnten ihn nur schemenhaft wahrnehmen.

»Was wollen Sie von mir?«, dröhnte der Bass des Seniorchefs aus der Richtung, wo er ein Fenster öffnete, durch das langsam der Qualm abzog.

»Wir möchten mit Ihnen sprechen, Herr Merdinger«, sagte Hauptkommissar Hummel mit durch den Rauch brüchiger Stimme. Er räusperte sich laut.

»Worüber?«, klang es fast schon drohend.

»Dürfen wir uns setzen?« Hummel hustete.

»Von mir aus.« Merdinger wies auf die Ledercouch, die hinter einem rechteckigen Tisch ihm gegenüber an der Wand stand. »Es wird hoffentlich nicht lange dauern. Ich habe nicht viel Zeit. Zudem haben Sie keinen Termin. Und ein Termin ist bei uns üblich.« Er schloss die Tür, setzte sich hinter den Schreibtisch. Hummel ließ sich nicht einschüchtern: »Gut, Herr Merdinger, dann lassen Sie uns nicht lange herumreden.« Er wurde jetzt sehr direkt: »Uns ist bekannt, dass sie schon bei Prostituierten waren. Kennen Sie eine ...«

»Das ist ja wohl eine Unverschämtheit«, polterte Merdinger und fuhr vom Chefsessel hoch. »Was geht Sie mein Privatleben an?« Sein Gesicht war plötzlich feuerrot. Sein mächtiger Brustkorb bebte.

»Normalerweise nichts.« Hummel blieb unbeeindruckt. »Aber wir sind ja nicht ohne Grund hier, nicht wahr? Vor ungefähr sechs Wochen wurde eine junge Prostituierte in der Nähe von Bad-König misshandelt und aus dem Auto gestoßen. Sie wurden vor einiger Zeit in einem Wohnblock im Stockheimer Weg gesehen, wo diese Damen auf Kunden warten. Auch haben Sie bei einer der Damen geklingelt.« Der letzte Satz war geflunkert, aber Hummel wollte wissen, bei wem Merdinger war. »War es eine sehr schlanke, schwarzhaarige junge Frau? Etwas über zwanzig Jahre alt? Eine Rumänin namens Florina?«

Merdinger ließ sich in seinen Sessel fallen, schnaufte laut. Er legte die Zigarre in den Aschenbecher, schaute fassungslos gegen die Decke. Total überrumpelt, brachte er kein Wort über die Lippen. Hummel stand auf, ging zu ihm an den Schreibtisch: » Herr Merdinger, ich frage Sie noch einmal: »Kennen Sie Florina? War sie es, die Sie besucht haben?«

Allmählich erholte sich Merdinger. Seine Stimme war nun erheblich leiser als zuvor: »Ich war schon dort. Ich muss gestehen, sogar mehrere Male. Aber an eine Florina aus Rumänien kann ich mich nicht erinnern.«

»Wo waren Sie am 22. Juli abends?«

Merdinger überlegte kurz, sagte dann: »Am 23. Juli sind wir in den Urlaub gefahren. Am Abend zuvor war ich auf ein paar Bierchen in meiner Stammkneipe. Hier in Höchst.«

»Wie heißt das Lokal?«

Jo Merdinger nannte den Namen seiner Stammkneipe.

»Wie lange waren Sie dort?«

»Nicht sehr lange. Vielleicht bis zehn. Ich musste ja am nächsten Tag früh aufstehen.«

»Ich denke, der Wirt kann das bezeugen«, bemerkte Hummel.

»Ja, auf jeden Fall.« Merdinger zündete die zwischenzeitlich kaltgewordene Zigarre wieder an, stieß eine dichte Wolke aus. Hummel hustete. »Wir werden auch Ihre Frau fragen, wann Sie an diesem Abend zu Hause waren.«

»Tun Sie das.«

Die Kommissare gingen grußlos aus dem Büro. Merdinger nahm den Telefonhörer von der Gabel.

Auf dem Weg zum Wagen meinte Holzner, der aufmerksam das Gespräch verfolgt hatte: »Felix, ich glaube, dir ist vorhin ein Fehler unterlaufen.«

»Was für ein Fehler?« Hummel war erstaunt.

»Du hättest dem Merdinger nicht sagen dürfen, dass wir seine Frau aufsuchen. Und das mit dem Wirt ...«

Hummel schlug sich mit der flachen Hand gegen die Stirn: »Du hast Recht, Simon. Der ruft bestimmt sofort seine Frau und den Wirt an. Ich Blödmann!« Er war jetzt stocksauer.

101

Samstag, 3. Oktober

Es war genauso, wie die Kommissare Hummel und Holzner vermutet hatten. Als sie vormittags Ottilie Merdinger aufsuchten, bestätigte sie, dass ihr Mann am Abend, bevor sie in Urlaub gefahren waren, um kurz nach zweiundzwanzig Uhr zu Hause gewesen sei. Auch der Wirt der Stammkneipe Merdingers bestätigte seinen Aufenthalt bis zirka zweiundzwanzig Uhr. Zurück im Kommissariat wollten sie Kriminalrat Schlett Bericht erstatten.

Nach dem vergangenen Regentag hatte sich das Wetter gebessert, die Sonne war hin und wieder zu sehen. Die Luft war klar.

Schlett war nicht im Dienst. Er war mit Privatdetektiv Frederic Kaiser zum Angeln an der Mümling bei Bad-König. Hummel rief ihn auf dem Handy an.

Enttäuscht setzte sich Hauptkommissar Hummel an seinen Schreibtisch und grübelte vor sich hin. Wer hatte die Rumänin überfallen? Das Alibi Jo Merdingers kam ihm nicht geheuer vor. Er glaubte nicht daran. Auch Tursas spielte eine Rolle, genau wie Stefan Merdinger. »Hartmut Merdinger hat zwar ein Alibi, aber …« Er war sehr verunsichert … und zornig.

Oberkommissar Simon Holzner klopfte ihm auf die Schulter: »Komm, Felix, wir gehen mal ein wenig durch Erbach. Vielleicht kommen wir in der frischen Luft auf neue Gedanken.«

Hummel willigte ein: »Das ist vielleicht nicht verkehrt, Simon.«

Sie gingen durch den Lustgarten, von dort über die Brücke zum Marktplatz, spazierten weiter an der Mümling entlang.

»Später gehen wir noch ein gutes Glas trinken«, schlug Holzner vor.

»Gute Idee. Aber wir essen erst mal eine Kleinigkeit. »Sie kehrten um, gingen in eine Metzgerei in der Nähe des Marktplatzes, wo sie an einem Stehtisch Rindswurst mit Pommes frites aßen. Auf dem Weg zurück sah Hummel Hartmut Merdinger über den Marktplatz laufen. An einem weißen Mehrfamilienhaus in der Hauptstraße wartete er vor der Haustür, bis diese sich öffnete. Nachdem die Tür sich geschlossen hatte, stand sein Bruder Stefan vor besagter Haustür. Hummel behielt es für sich. Im Kommissariat meinte er: »Und, Simon, hat sich unser kleiner Ausflug gelohnt?«

»Nicht wirklich, aber wir haben wenigstens mal ein bisschen ausgespannt. Das ist ja auch schon mal was.«

Hummel war nachdenklich geworden. »Weiß du, was mir spontan einfällt?«

Holzner sah ihn wortlos an.

»Wir waren auf der *Cristan von Hoiste.*«

»Ja. Und?«

»Kannst du dich an die Aussage des Bootsmannes erinnern? Feldmann oder so ähnlich heißt der.«

»Ja. Nach dem Fußball sind die alle zu Bett gegangen.«

»Genau. So hat er gesagt. Aber stimmt das?« Er sinnierte: » Feldmann hat gesagt, er habe Merdinger schnarchen gehört. Was hat er selbst gemacht? Ist er wirklich auch schlafen gegangen? Oder war er später noch unterwegs? Nach Michelstadt. In ein Hotel. Bestellte er Florina zu sich?«

Holzner fiel ein: »Felden heißt er, nicht Feldmann.« Er hob die Hände. »Komm, Felix! Jetzt geht aber deine Fantasie mit dir durch.«

»Nein, nein, mein Lieber. So abwegig ist das nicht. Die hatten an der Schleuse Heubach festgemacht. Das sind gerade mal dreißig Kilometer bis nach Michelstadt. Mit dem Taxi eine Kleinigkeit.«

»Aber der Täter hat doch diese Rumänin aus dem Auto gestoßen. Von einem Taxi war keine Rede.«

»Du hast Recht. Taxi scheidet aus. Leihwagen?«

»Mitten in der Nacht. Kann nicht sein.«

»Hast wieder Recht.« Hummel lehnte sich in seinem Bürosessel zurück, schloss die Augen. Er stand auf: »Los, Felix, wir fahren in den Stockheimer Weg nach Michelstadt. Wir befragen dort alle Damen. Vielleicht kann uns eine von ihnen sagen, wo diese Florina sich aufhält. Irgendjemand muss sie doch kennen.«

»Okay, fahren wir.«

Im Stockheimer Weg bekamen sie einen entscheidenden Tipp.

Von den vier Damen konnte sich nur die Deutsche Amanda an die Rumänin erinnern. Auf die Frage Hummels, ob ihr Florina bekannt sei, antwortete sie sogleich: »Ja, natürlich. Die schmale Rumänin. Zimmer Nr. 5.«

Hummel nickte bedächtig, fragte weiter: »Ist sie hier?«

»Seit gestern wieder, ja.«

Der Hauptkommissar war erstaunt. »Ach ja? Wo war sie die letzten Monate?«

»Keine Ahnung!« Die junge Deutsche zuckte die Schultern.

Auch konnte sie sich nach Hummels Beschreibung an Jo Merdinger erinnern. »Er war hin und wieder bei mir. Ein sehr großzügiger Mann. Dem kommt's nicht darauf an, was es kostet.«

»Wann war er das letzte Mal bei Ihnen?«, fragte Hummel direkt.

»Das ist schon einige Wochen zurück. Ich weiß es nicht mehr genau. Er ist ja nicht der einzige Mann, der mich besucht.«

»Kennen Sie Paul Kornelius?«

»Der Name sagt mir jetzt nichts. Aber die meisten Männer geben ihre Namen nicht preis.«

Hummel beschrieb ihn. Das Callgirl konnte sich nicht an ihn entsinnen.

Auf die Frage nach Felden, den er auch ausführlich beschrieb, erinnerte sie sich sofort. »Das ist ein unangenehmer Typ. Der verlangte Sachen, die ich ihm nicht erfüllte.«

»Und dann ging er zu Florina?« Hummel spann seine Idee weiter. Er wurde sich immer sicherer.

»Weiß ich nicht.«

»Vielen Dank. Sie haben uns sehr geholfen. Wiedersehen.« Sie gingen zu Zimmer Nr. 5. Holzner klingelte an der Tür, eine junge Frau, die ein Handtuch um ihren schmalen Körper gewickelt hatte, öffnete. In ihrem ansonsten makellosen Gebiss fehlte ein Schneidezahn. »Moment noch, ich haben Gast«, zischte sie durch die Zahnlücke und schloss die Tür.

Die Beamten sahen sich an, grinsten. »Na dann warten wir noch einen Moment, Simon.« Hummel lehnte sich gegen die Wand, tippte dreimal mit dem linken Fuß auf den roten Teppichboden.

Nach wenigen Minuten öffnete sich die Tür, der ältere Herr verschwand mit abgewandtem Gesicht schnell zur Treppe.

Florina hatte einen Bademantel übergezogen, bat die beiden Männer ins Appartement.

Hummels Herz klopfte, aber er blieb cool, holte seinen Dienstausweis hervor: »Hauptkommissar Hummel, Kripo Erbach.« Er deutete auf seinen Kollegen. »Das ist Oberkommissar Holzner.« »Politie? Was wollen?«, fragte die verblüffte Frau. Sie ließ die Polizisten stehen, setzte sich auf einen Sessel, zog den hochgerutschten Bademantel über die Knie.

»Wir haben nur ein paar Fragen«, gab Hummel zur Antwort. »Sie sind Florina aus Rumänien?«

»Da! Ja!« Sie schaute ihn irritiert an.

»Bieten Sie Ihre Dienste auch in Hotels an?«

»Da!«, gab sie einsilbig zurück.

»Am 22. Juli wurden Sie nach einem Hotelbesuch von einem Mann, der Sie nach Hause bringen sollte, misshandelt und aus dem Auto gestoßen. Ist das richtig?«

Sie schlug die Augen nieder: »Nein! War Kunde von Parkplatz.«

Hummel war überrascht. »Aber wir haben gehört, dass ein Kunde Sie von einem Hotel nach Hause fahren wollte und sie unterwegs misshandelt hat.«

»Hotel falsch«, sagte sie leise und verschämt, »aber das mit Mann richtig.«

»Sie haben die Frau, die damals neben Ihnen im *Weinstadl* saß, angelogen.«

»Da!«

»Warum?«, wollte der Hauptkommissar wissen.

»Geht nix an Frau. Geht nix an niemand. Wir viel Wein getrunken. Zuviel Wein.«

»Gut. Der Mann kam also zu Ihnen auf den Parkplatz unten an der Mümling. Stimmt *das* denn?«

»Da! Stimmt. Ich gefahren mit ihm wegen Sex, dann passiert.« Sie schluckte, nahm das Zigarettenetui vom Couchtisch, nestelte nervös eine Reyno Menthol heraus und zündete sie an. Den Rauch blies sie in Richtung Hummel. Hummel hustete, dann musste er niesen. Holzner wandte sich grinsend ab.

»Was war das für ein Wagen?«, fragte Felix Hummel weiter.

»Nix verstehn von Autos. War große Auto.«

»War es ein großer, dicker, älterer Mann?« Hummel beschrieb mit kratziger Stimme erneut Jo Merdinger.

»Nein, nix! Mann war junger, vielleicht dreißig. Mit Bart. Mann viel Gewalt, erst freundlich, aber dann …« Sie weinte: »Viel Gewalt! Zahn kaputt.« Sie zeigte auf ihre Zahnlücke im Oberkiefer, fuhr fort: »Viel Blut an Körper. Mit Messer.«

Hummel wandte sich an Holzner, sagte leise: »Also der alte Merdinger war's offensichtlich nicht.«

»Was ist geschehen, Frau … wie ist Ihr Name?«, fragte nun Holzner.

»Melina Gadescu. In Deutschland werde Florina gerufen.«

»Mhm!«, schaltete sich Hummel wieder ein. »Also was war an diesem 22. Juli passiert?«

Sie erzählt wahrheitsgetreu, wie sich das Dilemma abgespielt hatte: »Später ich weg aus Deutschland.«

»Warum haben Sie damals nicht die Polizei gerufen?«

»Ich nur Angst. Wollen weg. Weit weg! Heim nach România.« Sie trocknete ihre Tränen mit einem Papiertaschentuch, drückte die angerauchte Zigarette im Aschenbecher aus: »War ich in România bis gestern«. Dann holte sie ein Pfefferspray aus ihrer Handtasche, setzte sich wieder: »Ich jetzt nix mehr Angst. Machen pffft!« Sie demonstrierte, wie sie das Spray einsetzen würde, wenn sie sich bedroht fühlen würde.

Hauptkommissar Hummel setzte die Befragung fort: »Wie sah der Mann aus, der sie damals misshandelt hat?«

Melina alias Florina überlegte: »War er schlank, groß, mit bisschen, wie sagen in Deutsch? … Bicker? In Gesicht.«

»Pickel?« Holzner schaute sie fragend an.

»Da! Pickel, rot. Und Bart hatte schon gesagt. Haar schwarz, kurz.« Ihr kamen wieder die Tränen, sie schluchzte, vergrub das Gesicht in den Händen: »Böses Mann.«

Hummel trat neben sie, versuchte sie zu trösten: »Beruhigen Sie sich. Wir kriegen diesen Kerl.«

»Ich hoffe. Sonst ich finden und machen tot ihn.« Sie ballte die Hände zu Fäusten. »Ich sagen, ich machen tot, dann ich machen tot! Fertig!« Sie stand auf, ging ins Bad, wusch sich die Tränen aus dem Gesicht, kam zurück. »Jetzt Sie wissen alles. Finden diese Schwein.« Sie atmete durch: »Oder ich machen, wie ich gesagt.«

»Tun Sie nichts Unüberlegtes. Wir werden uns sofort darum kümmern. Warten Sie ab, bis wir Ihnen Bescheid geben.« Er sah ihr ins Gesicht: »Sie haben mich verstanden?«

»Da! Verstanden.« Sie nickte.

Die Kommissare verließen das Mehrfamilienhaus. »Der Feldmann war's«, behauptete Hummel.

»Aber Felix«, widersprach Simon Holzner, »wie hätte der das denn machen wollen? Er hatte doch gar kein Auto. Die ist doch aus einem Auto gesto…« Er winkte ab. » Felden heißt er.«

»Ja! Der war's, Simon. Du wirst es sehen.«

»Du bist wirklich stur wie ein Esel, weißt du das eigentlich?«

Hummel schmunzelte: »Den Esel verbitte ich mir. Mit dem *stur* könntest du allerdings Recht haben. Nichtsdestotrotz fahren wir morgen früh dahin, wo die *Cristan von Hoiste* sich dann gerade befindet. Es ist mir egal, wo das ist.«

»Und außerdem, der Felden hat keinen Bart. Und seine Haare sind zwar schwarz, aber lang und nicht kurz, wie Florina oder Melina oder wie zum Teufel sie wirklich heißt, gesagt hat.«

»Das kann man alles ändern.« Hummel blieb bei seiner Entscheidung.

Simon resignierte: »Okay, ich spreche mit Klaus. Den habe ich heute schon mal gesehen. Er hat Dienst. Er soll sich morgen früh gleich darum kümmern.«

»Das ist doch mal eine Idee. Der Oppenheimer, der macht das schon.« Felix Hummel verspürte eine gewisse innere Zufriedenheit.

102

Sonntag, 4. Oktober

Oberkommissar Klaus Oppenheimer hatte bereits in Erfahrung gebracht, wo die *MS Cristan von Hoiste* unterwegs war, als Simon Holzner um 8.15 Uhr das Büro Hummels, der schon auf ihn wartete, betrat. Sie gingen sogleich zu Oppenheimer.

»In ungefähr einer Stunde wird der Frachter in Kleinostheim an der Schleuse eintreffen«, meinte dieser. »Das könnt ihr locker schaffen.«

Sie stiegen in Hummels Fleetwood und fuhren los. Eine dreiviertel Stunde später warteten sie an der Schleuse auf das Schiff. Langsam bewegte sich die *Cristan von Hoiste* auf die Schleuse zu. Als sie durch war, wurde sie von der von Hummel informierten Wasserschutzpolizei Aschaffenburg gestoppt. Nachdem sie angelegt hatte gingen die Kommissare an Bord.

»Verdammt nochmal!«, fluchte Hartmut Merdinger. »Was wollen Sie denn schon wieder hier? Ich dachte, es sei alles geklärt. »Er schaute auf seine Armbanduhr, meckerte unfreundlich: »Wir haben jetzt für Sie keine Zeit. Die Ladung muss gelöscht werden. Sie kommen immer dann, wenn's überhaupt nicht passt.«

»Ach so, Herr Merdinger! Wann passt es Ihnen denn? Sollen wir einen Termin vereinbaren?«, spöttelte Hummel ironisch.

Merdinger knurrte gereizt: »Also was wollen Sie?«

»Sehen Sie, es geht doch!«, lächelte der Hauptkommissar. »Wir möchten gerne Herrn Feldmann sprechen, wenn es möglich ist.«

»Wen?«

»Herrn Felden«, berichtigte Holzner. Hummel warf ihm einen giftigen Blick zu.

»Karl«, rief Merdinger laut.

»Ja, was gibt's?« Feldens Stimme kam von Deck, wo er eine Zigarette rauchte.

»Komm mal ins Steuerhaus.«

Kurz darauf erschien Karl Felden. Ungläubig blickte er die Kommissare an: »Schon wieder die Polizei?«

»Genau, Herr Felden. Wir möchten uns mal mit Ihnen unterhalten.«

»Worum geht's?« Felden zündete sich eine neue Zigarette an.

»Es geht um den 22. Juli. Wir haben schon einmal über die Misshandlung einer Rumänin gesprochen, die in Michelstadt anschafft.«

»Ja, ich erinnere mich. Aber ich habe Ihnen damals doch alles gesagt. Mehr kann ich Ihnen heute auch nicht sagen.« Er zog an der Zigarette. »Ich weiß nicht mehr«, betonte er.

»Gehen Sie zu Prostituierten?«, fragte Hummel übergangslos.

Felden erschrak, fasste sich aber schnell wieder: »Ich wüsste nicht, was Sie das angeht, Herr Kommissar, aber es ist ja kein Geheimnis. Ja, ich gehe zu Prostituierten.«

»Waren Sie schon in Michelstadt im Stockheimer Weg?«

»Ja, da war ich auch schon. Aber nicht am 22. Juli. Das ist alles.«

Sein Kollege Fred Schneider lief am Steuerhaus vorbei. Als er die Polizisten sah, duckte er sich und verschwand schnell.

Felix Hummel war bei dem Bootsmann nicht weitergekommen. Felden beharrte stur auf seiner Aussage vom 7. September.

Holzner nahm Hummel beiseite, flüsterte: »Felix, ich glaube er hat Recht. Er hat auch kein pickeliges Gesicht. Was mich ein wenig irritiert, ist, dass dieser Schneider sich weggeschlichen hat. Ich habe ihn kurz gesehen.«

»Herr Merdinger, holen Sie doch mal den Herrn Schneider. Vielleicht kann der uns etwas erzählen«, bat Hummel höflich.

»Wir haben jetzt schon genug Zeit verloren. Ist doch eh alles für die Katz. Aber gut, Schneider noch, dann ist hier aber Schluss. Wir müssen weiter.« Hartmut Merdinger war stinkesauer.

»Wann hier Schluss ist, müssen Sie schon uns überlassen. Aber nun holen Sie bitte Herrn Schneider.«

Mürrisch und ungehalten ging Merdinger ins Appartement der Matrosen. Der Steuermann lag mit geschlossenen Augen auf dem Bett.

»Komm mit hoch, Fred. Die Polizei will mit dir sprechen.«

Schneider stand langsam auf, zog seine Schuhe an, fragte: »Was wollen die von mir?«

»Das sagen sie dir schon selbst.« Er klopfte ihm auf die Schulter: »Und jetzt komm.«

Als er vor den Kommissaren stand, wurde ihm heiß. Große rote Pickel übersäten plötzlich sein Gesicht.

Holzner stieß Hummel in die Seite. Hummel verstand. Er schickte Merdinger und Felden aus dem Steuerhaus.

»Was soll das, Herr Kommissar?« Merdinger war verärgert.

»Lassen Sie uns alleine«, sagte Hummel bestimmend.

Empört gingen die Männer hinaus an Deck. Holzner schloss die Tür.

»Trugen Sie schon mal einen Bart?«, fragte Hummel unvermittelt und schaute Schneider scharf an.

»Einen … einen Bart?«, stotterte Schneider.

»Einen Bart! Und kurzgeschnittene Haare?«

Der Steuermann erschrak. Nervös rieb er sich die Hände, Schweiß stand ihm auf der Stirn. »Ich … ich … ich … ja, ich hatte mal einen Bart, und auch kurze Haare.«

»Am 22. Juli?« Hummel hob den Kopf, blickte ihm prüfend ins Gesicht. Schneider sackte zusammen, musste sich setzen. Zitternd und mit einem schwachen Kopfnicken bestätigte er Hummels überraschende Frage. »Ja … ja … auch am 22. Juli. Ich … ich habe mir den Bart später abgenommen und mir die Haare länger wachsen lassen.« Seine Lippen zitterten.

»Dann haben Sie uns am 7. September belogen, als wir auf dem Schiff waren?«

»Ja«, gab er kleinlaut zu.

»Was ist am 22. Juli nachts passiert? Wo waren Sie wirklich nach dem Fußballspiel? Ich will alles wissen! Alles!« Felix Hummel war laut geworden. Holzner hörte aufmerksam zu.

Mit belegter Stimme gestand Fred Schneider: »Nach dem Spiel bin ich zunächst an Deck gegangen. Hartmut und Karl gingen zu Bett. Ich wartete, bis sie schliefen, dann rief ich einen Freund in Großheubach an und bat ihn, mir seinen Wagen zu leihen.«

»Und Ihr Freund lieh Ihnen einfach so seinen Wagen? Wollte er nicht wissen, was Sie damit vorhatten?«

»Er lieh ihn mir hin und wieder. Ich selbst habe kein Auto. Ich sagte ihm, dass ich nach Michelstadt fahren wolle, um eine Bekannte zu besuchen.«

»Name und genaue Adresse Ihres Freundes?«

Schneider nannte beides. Holzner notierte es in sein Notizbuch.

»Wie ging's weiter?«

»Wenig später fuhr ich mit seinem BMW nach Michelstadt auf den Parkplatz an der

Mümling, auf dem meistens Prostituierte auf Freier warten.« Schneider stockte, zündete sich eine Zigarette an. »Dort stand nur die Rumänin. Sie stieg bei mir ein, wir fuhren in einen Waldweg zwischen Michelstadt und Bad König. Wir hatten Sex. Sie wollte mehr Geld, als abgesprochen war, da bin ich ausgerastet.« Er raufte sich die Haare, erzählte alles, was geschehen war. Seine Aussage deckte sich genau mit den Angaben der Rumänin Melina, genannt Florina, Gadescu.

Hummel rief den Schiffsführer ins Steuerhaus: »Herr Merdinger, Sie müssen in der nächsten Zeit ohne Ihren Steuermann auskommen. Er kommt mit uns.«

»Aber das können Sie doch nicht machen«, protestierte Hartmut Merdinger, »ich brauche ihn.«

»Wir auch«, gab Hummel zurück. Mit offenem Mund starrte Merdinger ihn an.

Die Kommissare nahmen den verzweifelten Fred Schneider mit ins Kommissariat nach Erbach.

Später wurde er zu einer Geldstrafe verurteilt.

103

So«, entschied Hummel spontan, » jetzt gehen wir zu Iven und gießen uns einen auf die Lampe. Für heute ist Schluss mit der Polizeiarbeit. Du rufst deine Frau an und sagst ihr, dass du heute bei mir schläfst.«

»Aber …«

Felix Hummel ließ ihn nicht weiterreden, erklärte ihm mit verschmitztem Lächeln: »Das ist ein dienstlicher Befehl, Herr Oberkommissar, verstanden?«

»Na, dann kann ich ja wohl nichts dagegen machen … und Sandra wohl auch nicht.« Simon Holzner hob die Arme.

»Genau«, grinste Hummel.

Er informierte noch schnell Kriminalrat Schlett, der zu Hause gerade eine frische Forelle in einer schmiedeeisernen Pfanne zubereitete. Der Kriminalrat zeigte sich sehr zufrieden: »Gute Arbeit, Herr Hummel.«

Zehn Minuten später saßen Hauptkommissar Felix Hummel und Oberkommissar

Simon Holzner im *Bistro Laurentius* bei einer Flasche Muscadet Sèvre et Maine, Hummels Lieblingswein aus der Bretagne. Der Hauptkommissar ließ die Speisekarten bringen, sagte zu Holzner: »Hau rein, Simon, du bist eingeladen.«

»Du weißt, Felix, ich mache fast immer, was du sagst«, schmunzelte dieser.

»Ja, ja, ich weiß. Fast!« Beide lachten.

Zur gleichen Zeit saß ein Pärchen im *Hotel & Restaurant Zur Krone* in Hetschbach an einem hübsch gedeckten Tisch. Sie hatten auf Empfehlung der Kellnerin Argentinisches Rumpsteak *Madagaskar* vom Grill mit Cognac-Pfeffersoße an Kartoffelspalten und einen gemischten Salat bestellt. Eine Flasche Spätburgunder und zwei Gläser standen vor ihnen.

Mit einem Glas Champagner prosteten sie sich zu: »Sehr zum Wohl.« Der schlanke Mann mit der Glatze und dem eleganten dunkelblauen Anzug hob lächelnd das Glas und stieß mit der ebenfalls elegant gekleideten Dame an.

»Zum Wohl, Frederic«, strahlte die bildhübsche Chantal Rougere.

Mein ganz besonderer Dank gilt

Bärbel Orth, die sich, wie immer, die Zeit genommen hat, das Manuskript durchzuarbeiten.
Helmut Fischer für die juristische Beratung.
Manfred Wohlfahrt, der mich ausführlich über die Polizeiarbeit informierte, wenn ich Fragen hatte.
Rolf Kiepe, Eigner und Schiffsführer von der MS Rudolf-Thea, mit dem ich eine Woche lang auf deutschen Flüssen unterwegs gewesen war, für die genauen Ausführungen über Frachtschiffe und die Binnenschifffahrt.

Wolfgang Fitz, Inhaber des Naumann-Verlages,
Andreas Köglowitz, Leiter des Naumann-Verlages,
Miriam Spies, meiner Lektorin.
Ich freue mich auf weitere gute Zusammenarbeit.

Karin, meiner Frau, die mich immer unterstützte und geduldig ertrug, auch wenn es mal nicht so lief.

allen, die mir ihre freundliche Genehmigung erteilten, Örtlichkeiten namentlich nennen zu dürfen.
allen, die mich bereitwillig und gerne bei meinen Recherchen unterstützt haben.